Volker Hein

# Kommando
# Schinderhannes

D1672992

*Volker Hein* ist 1967 in Köln geboren und im Alter von fünf Jahren mit seinen Eltern aufs Land gezogen. Overath sieht er als seine Heimat an. Hier ging er zur Schule und hier verbrachte er einen Großteil seiner Kindheit und Jugend. In Bonn studierte er Soziologie, Germanistik und Psychologie. Danach arbeitete er als Autor, Texter und Journalist. 2003 begann er – zunächst aus rein privatem Interesse – seinen politischen Kriminalroman „Kommando Schinderhannes". Im Verlauf der nächsten Jahre musste das Projekt immer wieder beruflichen Engagements weichen, bis er das Werk 2013 endlich fertig stellen konnte. Volker Hein lebt heute mit seiner Frau und seiner Tochter wieder auf dem Land, diesmal in Wevelinghoven am Niederrhein.

Volker Hein

# Kommando
# Schinderhannes

Kriminalroman

© 2013 by Bücken & Sulzer Verlag GbR, Overath-Witten
Alexander Bücken und Fabian Sulzer
www.buecken-sulzer.de

Layout und Satz: Fabian Sulzer
Logo- und Covergestaltung: Vicky Hein – Schockominza
Druck und Bindung: PrintGroup Sp. z.o.o.

Printed in Poland

ISBN: 978-3-936405-68-2

*Meinen beiden Mädchen gewidmet*
$V^2+L$

# Kapitel 1

Eine Gruppe schwitzender und stinkender Zuschauer schob sich durch den Seiteneingang des Studios, ganz dicht an Mark Gabrenz vorbei. Oben die brütende Sommerhitze und hier unten im Keller des Senders die Scheinwerfer-Artillerie.

Vor dem Einlass gab es immer Bier und Frikadellen – Alkohol und Fleisch. Das brachte die Meute in die richtige Stimmung. Still vor sich hin rülpsend drängten sie sich nun an Mark vorbei und begafften die Kulissen. Jeder zweite sagte dann so etwas, wie „Das habe ich mir ja viel größer vorgestellt."

Seit vier Jahren war Mark schon die Nummer zwei der „Krieger-Show". Direkt hinter Ulrich Krieger selbst. Aber er wollte nicht ewig den CvD, den Chef vom Dienst, spielen. Irgendwann würde er selbst den Krieger spielen und hier seine eigene Nummer abziehen.

Wie er allein den Namen hasste. Kein Zweifel, Krieger war eine echte Nummer eins, damals, als er noch als Reporter unterwegs war – im echten Leben. Riesige Geschichten. Hat mit Markus Wolf gefrühstückt, als es ihn noch gar nicht geben durfte. Er besuchte Terroristen in ihrem Ausbildungslager, an die kein Geheimdienst heran kam. Die Information, die er brauchte, bekam er. Denn er hatte seine Finger überall drin. In nur wenigen Jahren hatte er ein weltweites Netz gespannt aus Politikern und Wirtschaftsbossen, aus Mafiosi und Kleinkriminellen.

Über drei Ecken musste er wohl jeden Mensch auf dieser Welt kennen.

Heute war er nur noch ein alter, aufgedunsener, zugekokster und besoffener Schmierenkomödiant. Ewig die gleiche Show. Immer der gleiche Kreislauf: Für das geifernde TV-Publikum schlachtete Krieger Menschen in seiner Talkshow. Das bringt Quote. Quote bringt Geld. Krieger will Geld. So bekam jeder den Dreck, den er verdiente. Das Einzige, was man ihm lassen musste, war, dass er genau den Geschmack des Pöbels, des Abschaums traf. Und rhetorisch gesehen hätte er einen Göbbels dreimal in die Tasche gesteckt.

Ein unglaublich fetter Mann quetschte sich an Mark vorbei und setzte sich ausgerechnet in die erste Reihe, wo er mit Sicherheit ins Bild kam. Dann gab es das allgemeine Entkleiden. Alle stöhnten über die Temperaturen. Dabei wurde jeder auf der Eintrittskarte darauf hingewiesen, dass er leichte Kleidung tragen solle. Der Zuschauerraum sollte ja nicht wie die Umkleidekabine eines gemischten Kegelclubs aussehen – und riechen. Aber unter fünfhundert Zuschauern brauchten bloß fünf nicht geduscht zu haben und es stank wie in einem Pumakäfig. Und dazu dann noch das ewige lautlose Biergerülpse.

Ralf, der Aufnahmeleiter tippte Mark auf die Schulter und machte ein „Zwei-Minuten-Zeichen". Es war Zeit für Marks Warm-Up. Seine Aufgabe war das Aufheizen, das Pushen und Aufsagen von Stammtischparolen aus der Tagespresse. Hauptsache, die Leute sind in Stimmung für die öffentliche Hinrichtung, die Krieger im Anschluss veranstalten würde. Heute war es ein Fleischproduzent, der angeblich immer noch Tiermehl aus verseuchten Altbeständen verfütterte. Der Mann saß hinter der Bühne im Aufenthaltsraum, schwitzte und qualmte eine Zigarette nach der anderen. Sein runder Kopf war rot wie eine Tomate. Die unruhig hin- und herzuckenden Augen verrieten seine Angst. Gut, dass es in jedem Studio Sanitäter gab. Obwohl so ein Tod vor laufenden Kameras ja echt einmmal eine Hammernummer wäre.

Mittlerweile hatte Mark kein Mitleid mehr mit solchen Typen. Irgendwo haben die mal richtig abgesahnt, dann Scheiße gebaut. Und hier bei Krieger wurden Sie dann zerlegt und dem Pöbel zum Fraß hingeworfen. Nur wenige konnten die Chance von 1 zu 100 nutzen und im Talk mit Krieger bestehen. Die, die es tatsächlich schafften, konnten am nächsten Morgen wieder erhobenen Hauptes zu ihrem Bäcker gehen. Sie hatten es geschafft und sich bei Krieger die blutigen Hände reingewaschen. Dieser armselige Fettsack würde nicht dazugehören.

Ralf gab das Zeichen. Das Warm-Up ging los. Mark betrat die Bühne und warf zwei nette Blicke, einen relativ neuen Witz und den Hinweis ins Publikum, man möge bitte während der Aufzeichnung auf den Sitzen bleiben und erst in der Pause zum Klo gehen.

Doch dann steigerte er die Gangart und füllte das Thema mit Relevanz:

„Wer von Ihnen weiß, was er heute zu Mittag gegessen hat?" Etwas mehr als die Hälfte der Zuschauer hob die Hand. „Sind Sie sicher?" Etwas weniger als die Hälfte lachte. „Pestizide?" Jetzt lachte auch der Rest. „Antibiotika? BSE-Erreger? Gen-Food?"

Jetzt schilderte Mark die Gefahren, die damit verbunden waren, und malte in düsteren Farben ein Bild des Grauens in dieselben Gesichter, die eben noch so vergnügt über einen kleinen Scherz geschmunzelt und sich die letzten Reste der Frikadelle aus den Zähnen gelutscht hatten, von der eigentlich auch niemand wusste, woraus sie wirklich gemacht worden war.

Er machte seine Sache gut. Manchmal kam es vor, dass er eine Spur besser war als Krieger selbst. Er wusste, dass Krieger bei Marks Wam-Up immer schon unten auf seinem Thron saß, der ihn am Anfang der Show direkt auf die Bühne beförderte. Krieger sagte immer, er müsse sich auf seinen Auftritt konzentrieren.

Aber Mark glaubte fest daran, dass er nur hören wollte, wie gut sein Anheizer schon geworden war.

Ein besonders gutes Warm-Up kritisierte Uli Krieger immer stärker als ein sehr schlechtes. Und diesmal war Mark besonders gut.

„Heute haben wir jemanden hier, der weiß, was in unserem Essen steckt. Denn er produziert und verkauft den Dreck und macht Millionen damit."

Die Wut des Publikums steigerte sich von Minute zu Minute.

9

Es wurde gebuht und gepfiffen, gejohlt und geschrien. Wie bei einer echten Hinrichtung.

„Doch, liebe Zuschauer", er ging ein wenig zurück zur Bühnenmitte und machte eine bedeutungsvolle, exakt kalkulierte Pause. „In wenigen Minuten öffnet sich hier der Boden und Krieger wird für Sie richten. Und wenn sich dieses Höllenloch hier öffnet, dann möchte ich Sie um eines bitten: Klatschen Sie bitte nicht, Trampeln Sie nicht mit den Füßen auf den Boden, stoßen Sie keine grellen Schreie oder Pfiffe aus, sondern tun Sie das alles gleichzeitig. Viel Spaß."

Als Mark die Bühne verließ, wusste er, dass er diesmal besonders gut war.

Der Zuschauerraum wurde verdunkelt. Die Show ging los. Ein tiefes, bassiges Pochen wurde langsam hörbar. Wie ein Herzschlag. Nebel stieg auf. Die Lampen schossen kreuz und quer. Das Publikum raste. Für Mark war es wie immer. Aus dem Loch im Boden, dort, wo Kriegers Thron gleich erscheinen würde, kamen Blitze. Ein schepperndes Klingeln, ein Knall. Und dann nichts. Krieger müsste jeden Moment aus der Nebelwand aufspringen, die Arme ausbreiten und mit seinem blöden, überheblichen Grinsen dem Publikum entgegenwanken. Doch diesmal nichts. Die Musik spielte weiter. Mark schaute nervös zu Ralf auf der anderen Seite der Bühne hinüber. Aber der Aufnahmeleiter schaute genauso nervös zu den Bühnentechnikern. Und die zuckten bloß mit den Achseln. Mark betrat seitlich die Bühne. „Liebe Zuschauer, eine kleine technische Panne hat den Ablauf ein wenig ...". Weiter kam er nicht. Der dicke Mann von eben, der jetzt genau vor ihm saß, schaute an Mark vorbei und bekam Glubschaugen. Eine jüngere Frau zwei Reihen über ihm bekam einen Schreikrampf. Alles schrie auf einmal. Mark dreht sich um und sah den Thron auf der Bühne stehen. Darauf Ulrich Krieger. Aber ohne Kopf. Alles ordentlich: Schuhe, Anzug, sogar das Textkärtchen hatte er noch in der Hand. Nur keinen Kopf. Bevor Mark die Situation erfassen konnte, warf ihn der dicke Mann bereits von hinten um.

Das ganze Publikum kam plötzlich wie eine geifernde Masse auf ihn zugerannt. Er überlegte noch, wie Krieger auf diese blödsinnige Idee gekommen sein mochte und warum das nicht in der letzten Regie-Sitzung besprochen worden war. Da bekam er einen Schlag gegen die Schulter. Er rollte sich geistesgegenwärtig unter ein Steuerpult und stieß dabei mit dem Kopf hart an einen Metallkasten. Ein paar Sekunden blieb er bewusstlos liegen. Dann öffnete er seine Augen. Es war ihm unbegreiflich. Er sah einen älteren Herrn in der ersten Reihe, der in aller Ruhe versuchte, seine Jacke von der Sitzlehne zu nehmen. Doch sie hatte sich irgendwo verhakt. Hinter ihm jagten die Menschen schreiend an ihm vorbei Richtung Notausgang. Dann wurde der alte Mann umgerissen. Er stolperte und fiel auf den Boden. Eine absurde Szene spielte sich vor Marks Augen ab. Wie ein Slapstick. Der Mann hielt eisern seine blöde Jacke in der Hand und versuchte aufzustehen. Doch eine Frau trat ihm auf den Arm und wäre dabei fast selbst hingefallen.

Immer mehr Menschen trampelten plötzlich über ihn hinweg. Wie besessen. Sie traten ihm auf den Kopf, der bei jedem Tritt wie ein Ball hin- und herrollte. Mark konnte dem am Boden liegenden Mann genau in die Augen sehen. Er lag nur zwei Meter von ihm entfernt. Beide schauten sich lange und intensiv an. Doch die Augen des Mannes verrieten, dass er sich bereits aufgegeben hatte. Aber er schaute immer noch herüber, hilflos, fragend, anklagend: „Warum hilft mir niemand?" Immer wieder wurde er von panischen Menschen überrannt und getreten. Dann verlor Mark endgültig das Bewusstsein.

# Kapitel 2

Im ganzen Haus brannte noch in zwei Zimmern Licht. Das eine war die Kaffee-Küche und das andere war das Büro von Jürgen Dressler. Eigentlich hatte er schon zu Hause sein wollen. Aber er hatte sich heute vorgenommen, den Schreibtisch aufzuräumen. Außerdem war es draußen immer noch heiß und schwül. Zu Hause hatte er keine Klimaanlage und vor allem: Was sollte er da? Zu Hause wartete niemand auf ihn. Und er genoss es von Zeit zu Zeit, den ganzen Laden mal für sich allein zu haben. Er hatte sich eine eiskalte Flasche Bier aus dem Kühlschrank geholt und rauchte gemütlich eine Zigarette, als das Telefon läutete. Es war Oliver Weiler, der Frischling im Team. „Was machst du so spät noch in der Kaserne?", fragte er. „Abkühlen", brummte Dressler.

„Die haben dem Krieger mitten in seiner Show den Kopf weggesprengt", gab Weiler nach einer kurzen Pause durch. Für einen ganz kurzen Moment dachte Dressler, dass sich Krieger da wohl etwas Neues hatte einfallen lassen, um für Gesprächsstoff zu sorgen. Dann begriff er, dass Krieger wirklich tot war. Tief saugte er den Rauch seiner Zigarette ein. Dann trank er die Flasche in wenigen Zügen leer, nahm einen weiteren tiefen Zug, drückte die Zigarette aus und lehnte sich zurück. Jetzt war es also tatsächlich passiert. Irgendwie hatte alle Welt darauf gewartet, dass jemand Krieger mal ordentlich die Fresse polieren würde. Jetzt, als Krieger jenseits der 70 war, hatte niemand mehr damit gerechnet. Eher hätte man gedacht, er würde sich irgendwann zurück ziehen, um noch was vom Leben zu haben. Jetzt hatte man es ihm genommen. Die Show war mit einem großen Knall zu Ende gegangen – eigentlich ganz nach Kriegers Geschmack.

Auf der Fahrt zur „Krieger-Filmproduktion" flogen ihm Erinnerungsbruchstücke entgegen. Krieger, Ulrich Krieger. Da war der Krieger, der in allen Krisengebieten zu Hause war. Vor der Kamera hatte er immer mindestens zehn Passierscheine und Ausweise um den Hals baumeln. Manchmal sah man ihn mit Helm und schusssicherer Weste. Im Hintergrund Raketeneinschläge, wie ein schlechtes Feuerwerk. Der Golfkrieg war seine große Bühne gewesen, die er gut für seine eigenen Zwecke eingesetzt hatte.

Später hatte er diese Show, in der eigentlich niemand Gast sein wollte. Aber viele taten es trotzdem und verbrannten sich entsetzlich das Fell. Und dann war da auch so etwas wie eine persönliche Beziehung zu Dressler. Denn Dressler war selbst mal bei ihm in der Show gewesen. Es ging damals um einen schweren Fehler, für den er verantwortlich war. Er hatte einen Immobilienmakler als Kinderschänder verdächtigt und ihn voreilig festgenommen. Die Sache war sofort an die Öffentlichkeit geraten. Doch später zeigte sich, dass der Mann mit der Sache überhaupt nichts zu tun hatte. Aber er hatte seinen Ruf weg.

Die Sendung hatte Dressler zwar halbwegs unbeschadet überstanden, aber seither drückte er sich, wo es nur ging, vor öffentlichen Stellungnahmen. Und insgeheim hatte er Krieger immer die Pest an den Hals gewünscht.

Jetzt war Krieger in den ewigen Jagdgründen. Dressler hatte den Fall übernehmen müssen. In Gladbach gab es nur eine Mordkommission, und das war seine. So war es nur eine Frage der Zeit, bis man ihn wieder auf seinen Fehler ansprechen würde.

Das Telefon klingelte. Dressler sah im Display, dass es Oliver Weiler war. Er nahm ab. „Es war wirklich eine Bombe. Eine Mini-Bombe. Direkt an seinem Kopf gezündet." Bevor er weiterreden konnte, legte Dressler auf. Er war fast am Tatort angekommen. Er bog in das Overather Industriegebiet ein, vorbei am Garten- und Baubedarf, an großen Hallen, in denen noch richtige Arbeit verrichtet wurde, und folgte den neonblendenden Schilder „Krieger-Show". Er ließ den Busparkplatz rechts liegen, bog auf das Studiogelände und parkte direkt vor dem Haupteingang, den Krieger schon öfters mit rotem Teppich im Hollywood-Look präsentiert hatte.

Oliver stand am Eingang und winkte ihn heran. An seiner Seite fuhr Dressler in den Keller hinab und ging durch endlose Korridore. Dafür, dass hier eine Bombe explodiert war, sah es tatsächlich noch recht harmlos aus. Zwei Bühnenarbeiter standen mit einem Butterbrot auf dem Flur und beäugten die beiden Polizisten neugierig.

Dressler stieg vorsichtig über umgefallene Kulissenteile und ließ sich von einem Polizisten berichten, der zuerst am Tatort war. Ein alter Mann sei von der Menge überrannt und bewusstlos ins Krankenhaus eingeliefert worden. Sonst nur ein paar Schürfwunden und Prellungen. Nur Krieger. Tot. Dressler vermied es, in die Richtung zu schauen, die ihn eigentlich am meisten interessieren sollte. Aber es half nichts. Augen zu und durch. Die Bühne war so gut beleuchtet, dass die Kriminaltechniker heute auf ihre Scheinwerfer verzichten konnten. Es war ein skurriles Bild. Die Beamten von der Spurensicherung wirkten in ihren weißen Overalls wie Künstler, die an einem Bühnenbild arbeiteten. Sie arbeiteten sich – wie immer – im Uhrzeigersinn vor, fotografierten alles und trugen jede relevante Spur ins Spurenbuch ein und erstellten eine Skizze des Raumes. Selbst oben auf der Beleuchterbrücke, einem Metallgestänge, an dem die Lampen aufgehängt waren, balancierte ein Kollege herum und nahm Fingerabdrücke ab. Und mittendrin stand der aus so vielen Sendungen bekannte Thron, diesmal verhüllt wie von Christo.

Er blickte zu Jens Meister, einem der Techniker, und als der nickte, kam Dressler näher und ließ sich das Leichentuch anheben. Der Kopf war wirklich weg. „Habt ihr alle Fotos?" Er blickte dabei zurück zu seinem Assistenten. Der nickte.

„Den Thron haben wir."

Sofort ließ Dressler das Tuch fallen. Auf Fotos war das Ganze doch besser zu verkraften. Das hier würden sich die Techniker schon zu Gemüte führen.

„Eindeutig eine Bombe?" Dabei schaute er zu Weiler und Claudia Hoppenstedt, die gerade das Studio betrat und mit einer erstaunlichen Sicherheit die steile Treppe im Zuschauerraum herunter schritt und auf Dressler zusteuerte. „Eine selbst gebaute Minibombe. Sollte bloß Krieger töten. Sonst niemanden. Die Reste werden gerade vom Kampfmittel-Räumdienst und von zwei Mitarbeitern des LKA analysiert." Sie drehte sich auf dem Absatz um und war urplötzlich hinter einer Kulisse verschwunden.

Dressler schaute ihr hinterher. Dann trafen sich seine Blicke mit denen von Oliver Weiler, der ihm zuschmunzelte. Irgendetwas störte ihn an Claudia. Sie war jung und attraktiv und zeigte das nötige Talent, einmal eine ganz Große bei der Polizei zu werden. Sie war mehr als eifrig und vielleicht war es genau das, was ihn verunsicherte. Früher war man auch professionell bei der Polizei, aber es wurde auch vieles aus dem Bauch heraus entschieden. Hoppenstedt war anders. Sie gehörte der jungen Generation an, die noch sehr idealistisch eingestellt war, die von Anfang an die Karriereplanung im Auge hatte. Bisher kannte Dressler nur einen, der während des ersten Tages auf Streife schon plante, irgendwann mal ganz oben zu sitzen. Und der saß nun auch wirklich dort, direkt beim LKA in Köln und machte am Schreibtisch eine ungemein gute Figur. Vielleicht fasste Claudia Hoppenstedt ihre jetzige Arbeit auch nur als Intermezzo auf, als Zwischenstation.

Dressler fühlte sich wie von einer anderen Welt. Er sah sich als schlichter Bulle, der im „Jetzt und Hier" lebte. Es musste doch auch die geben, die auf der Straße arbeiteten, die den dreckigen Alltag nicht nur als Bericht mit Fotos auf dem Schreibtisch vorfanden. Die, die sich noch rauswagten, die die Welt so sahen, wie sie war: brutal, aber ehrlich.

Dressler schaute zu seinem Kollegen Jens Meister herüber, der die Spurensicherung übernahm. Jens war ein Typ, der Dressler noch ziemlich ähnlich war. Auch Meister war jung und wollte den Job nicht ewig machen. Aber er machte ihn mit Hingabe. Nicht nur bei Morden. Denn oft musste er bei Einbrüchen oder anderen eher harmlosen Fällen die Tatorte sichern und analysieren. Aber er tat es jedes Mal, als wenn er ein ganz großes Ding aufdecken könnte. Jens war aus Dresslers Sicht eigentlich kein Polizist, sondern eher Wissenschaftler. Jens beanspruchte für sich, keine Schlussfolgerungen ziehen zu müssen. Er war ein Tatsachenfanatiker. Wenn er seine Meldungen abgab, konnte man davor ausgehen, dass die Sachlage so war, wie von ihm beschrieben, nicht mehr – nicht weniger. Ob er durch seine Berichte einen gewöhnlichen Einbruch aufdeckte, einen Mord oder eine politische Verschwörung, interessierte ihn nicht die Bohne. Er war durch und durch Pragmatiker, dem Hintergründe vollkommen egal waren. Wenn von ihm verlangt wurde, Spuren zu sichern, dann tat er seine Arbeit. Und er sah seine Arbeit niemals als beendet an, solange er nicht einen stichhaltigen Bericht abgeben konnte.

„Seid ihr fertig?", fragte ihn Dressler. Jens Meister nickte. „Den Rest mache ich, wenn er weg ist."

„Habt ihr seinen Perso gefunden?"

Jens nickte und hielt dabei eine Brieftasche hoch.

„Das Meldeamt ist auch schon benachrichtigt worden."

„Und ist er zweifelsfrei identifiziert worden als Krieger?"

„Ja, mehrere Mitarbeiter haben bestätigt, dass es Krieger ist. Wieso? Zweifelst du etwa daran, dass es Krieger ist?"

Dressler kratzte sich hinter dem Ohr.

„Tja, ich weiß nicht. Ich würde Krieger eigentlich alles zutrauen, auch, dass er jemand anders vor allen Augen sprengen lässt, um abzutauchen."

„Wieso sollte er abtauchen?"

„Ach, Jens, das weiß ich ehrlich gesagt selber alles nicht. Das ist irgendwie nur ein Gefühl. Aber zutrauen würde ich ihm so etwas."

Jens schaute Dressler noch einen Moment schweigend an und machte sich dann wieder an die Arbeit.

„O.k.. Ihr könnt ihn dann wegbringen."

Dressler besah sich den Tatort mit einem langsamen Rundum-Blick.

„Wer hat ihn zuletzt lebend gesehen?"

„Mark Gabrenz und eine Maskenbildnerin." Oliver zeigte auf eine etwa 50-jährige, etwas pummelige Frau mit blond gefärbten Haaren und einen schlaksigen, aber sehr modern gekleideten jungen Mann, der einen Verband um den Kopf trug und nervös in die Gegend grinste. Dressler näherte sich den beiden und wollte sich gerade vorstellen, als der junge Mann ihn bat, rüber ins Büro zu gehen, weil er hier nicht rauchen dürfe.

Ein paar Minuten später liefen die ersten Befragungen. Niemand hatte scheinbar irgend etwas gesehen. Krieger schloss sich immer eine halbe Stunde vor Beginn der Show unten ein, um das Thema noch einmal durchzugehen. Vermutlich wusste er vorher nie genau, worum es überhaupt ging. Er war ein Meister im Improvisieren.

Die Gespräche mit den Bühnenmitarbeitern ergaben, dass die Maskenbildnerin ca. 10 Minuten vor Beginn der Aufzeichnung noch einmal bei ihm gewesen war. Sie erwähnte, dass er das letzte Abtupfen immer selber machte. Sie musste demnach der letzte Mensch gewesen sein, der ihn lebend gesehen hatte – vermutlich mit Ausnahme des Mörders.

Aber wie kam der hier rein? Selbst Dressler musste beim Portier seinen Ausweis vorzeigen. Kriegers Redaktion wurde vermutlich besser geschützt als das Pentagon. Er drehte sich um und schaute an die Decke. „Wie sieht es aus mit den Überwachungskameras und dem aufgezeichneten Sendungsmaterial?"

Oliver hüstelte kurz. „Das wird gerade alles auf DVD kopiert. Können wir gleich mitnehmen."

„Kümmert sich da jemand drum?"

„Ja, wird gemacht. Wir gleichen die Aufnahmen mit den aktuellen Fahndungen ab. Hier ist übrigens eine Liste der Mitarbeiter, und eine Liste der Zuschauer wird auch gerade erstellt. Die Vernehmungen laufen sicher noch morgen den ganzen Tag. Willst du dir irgendjemanden persönlich vornehmen?"

„Jetzt noch nicht. Ich will erst mal den Bericht vorliegen haben, damit ich mir ein Bild machen kann."

Die Spurensicherung hatte sich nebenan breitgemacht. Jens Meister packte kleine und kleinste Dinge in Plastiktüten und schien ganz in seine Welt versunken zu sein.

„Wie sieht es unten aus? Habt ihr da schon alles untersucht?"

Jens schüttelte den Kopf.

„O.k., dann macht ihr hier erstmal fertig."

Dressler verordnete Oliver Weiler und Claudia Hoppenstedt noch zwei Stunden am Computer, um das eigentlich vollkommen bekannte Leben des Ulrich Krieger nach letzten Lücken zu durchforsten, und machte sich dann auf den Heimweg, um sich noch einmal alles ins Gedächtnis zu rufen, was er über Krieger wusste.

Als er in sein Auto stieg, bekam er einen Anruf. Auf dem Display erschien der Name Markworth. Dressler setzte sich zurecht, bevor er den Anruf des Polizeipräsidenten entgegennahm.

„Dressler?"

„Hallo Herr Dressler. Was ist denn da los?"

„Hallo Herr Dr. Markworth. Das wissen wir noch nicht genau. Ulrich Krieger wurde während der Aufzeichnung einer Sendung getötet, vermutlich durch eine Bombe."

„Eine Bombe? Mein Gott, was meinen Sie, ist das ein Terroranschlag?"

„Es liegt alles noch im Dunkeln. Ich weiß, Sie würden gerne mehr hören. Aber die Spurensicherung ist noch am Ort und die Vernehmungen laufen noch."

„Gut, halten Sie mich einfach auf dem Laufenden."

„Wird gemacht. Auf Wiederhören, Herr Landrat."

Nach dem Auflegen lehnte sich Dressler zurück. Er wusste um den Erfolgsdruck, unter dem er nun stand. Er hatte ein junges Team, mit allen Vor- und Nachteilen. Aber er hatte auch seinen ganz eigenen Ehrgeiz. Landrat Markworth war erst seit kurzem im Amt. So wie Dressler ihn einschätzte, war er fair und erwartete keine Wunder. Er hatte Dressler seit seinem Amtsantritt immer freie Hand gelassen, vielleicht, weil Markworth sich stärker auf anderen Baustellen betätigen wollte, vielleicht auch, weil er wirklich so großes Vertrauen zu Dressler hatte, vielleicht auch beides.

Dressler verließ das Gewerbegebiet, in dem Krieger sein Studio hatte, und bog links ab Richtung Overath. Dabei öffnete er die Autofenster. Das tat er immer, zumindest bei gutem Wetter, denn er war ein Frischluftfanatiker. Schon Bergisch Gladbach, wo das Präsidium lag, empfand er als städtisch und hektisch. Obwohl er das Stadtleben als willkommene Abwechselung empfand, war er ein Landmensch. Er brauchte die Ruhe, die Abgeschiedenheit und die Ehrlichkeit des Landlebens.

Er fuhr durch das kleine Örtchen, vorbei am Jugendzentrum, vorbei am Bahnhof, der für ihn in seinen jüngeren Jahren einmal das Tor zur Welt war. Er bog links ab und ließ den Steinhofplatz zu seiner rechten liegen, dort, wo er sich als Jugendlicher öfters mit anderen getroffen hatte, um das Neuste in Sachen Mofatuning zu besprechen. Das Paul-Klee-Gymnasium, auf dem er nach mehrfachen Anläufen das Abi bestanden hatte, lag rechter Hand auf seinem Weg. Hier hatte er zahlreiche Kämpfe mit und auch gegen Lehrer bestritten. Dann fuhr er den Cyriax bergauf, ein Weg, benannt nach einem mittelalterlichen Kloster, das hier einmal gestanden hatte. Hier hatte sich Dressler vor ein paar Jahren sein neues Domizil gekauft, ein altes, idyllisches Fachwerkhaus. Er parkte seinen Wagen direkt vor dem Haus.

Er öffnete das Gartentor und schritt durch den Vorgarten, der herrlich nach frischen Blumen und Kräutern duftete. Schon vor Jahren hatte er sich vorgenommen, hier gründlich Ordnung zu schaffen. Aber seine Arbeit ließ ihm kaum Zeit dafür. Also spross und blühte hier alles so, wie es die Natur in ihrer ganz eigenen Ordnung vorgesehen hatte. Er öffnete die uralte Holztür, die schon vor Hunderten von Jahren den Bewohnern dieses Hauses Einlass gewährt hatte. Er warf seine Jacke auf die Bank in der Diele und ging in die Küche, um sich ein Bier aus dem Kühlschrank zu holen. Er betrat das Wohnzimmer, das so gar nicht nach Landhausstil aussah. Er hatte sich, Stück für Stück, Mobiliar aus den 70er-Jahren zusammengesucht, denn diese Zeit war seine geistige Heimat, obwohl er die 70er-Jahre nur als Kind miterlebt hatte.

Seine Eltern hatten Antiquitäten aus der Zeit der Jahrhundertwende gesammelt, Möbel, die stilistisch perfekt in sein Haus gepasst hätten. Doch als Kind und Jugendlicher fühlte er sich stärker zu dem hingezogen, was damals modern war und heute schon fast wieder antiquiert wirkte. Da stand ein geradlinig geformtes Sofa in hellen Grüntönen, ein niedriger Couchtisch aus Glas und ein weißes hochglänzendes Sideboard. Darüber prunkte ein großflächiges buntes Bild, das einmal Modern Art gewesen war, doch mittlerweile schon als Klassiker gehandelt wurde. Jedem, der es wissen wollte, erzählte er, dass es eine Reproduktion war. In Wahrheit hatte er auf einer Londoner Auktion unzählige Monatslöhne dafür gezahlt. Doch mittlerweile war das Bild so viel wert, dass er es insgeheim als Altersvorsorge betrachtete.

Dressler ging an seine Stereoanlage, die er sich noch als Jugendlicher von seinem hart ersparten Geld gekauft hatte, und legte eine frühe Platte von Pink Floyd auf. Da saß er nun, trank sein Bier aus der Flasche und dachte über Krieger nach. Auch Krieger war ein Kind der 70er. Dressler lehnte sich zurück, eigentlich um seine Gedanken zu sortieren. Doch schon bald schlief er ein.

Es war ein Uhr nachts, als er plötzlich aufwachte, weil er aufs Klo musste. Als er zurück im Wohnzimmer war, merkte er, dass er Durst hatte, und holte sich in der Küche eine weitere Flasche Bier, zum einen, um seinen Durst zu löschen und zum anderen, um sich müde zu trinken. Doch das gelang beides nicht. Also holte er sich eine dritte Flasche. Einen kurzen Moment dachte er über den Fall „Krieger" nach. Doch er kannte sich. Um diese Zeit hätte er keinen klaren Gedanken zustande gebracht, obwohl er wusste, dass die Zeit drängt. Und er wusste auch, dass er sich oft, trotz enormen Zeitdrucks, stark zurücknehmen musste und sich seine Freizeit gönnen musste, um in seinem Job zu funktionieren. Und irgendwie hatte er das Gefühl, dass sein Gehirn, je weiter er sich gedanklich von seiner Arbeit entfernte, desto stärker unbewusst mit seiner Arbeit beschäftigte. Es war ihm schon einige Male passiert, dass er beim Joggen oder sogar beim Duschen vollkommen unerwartet einen Geistesblitz hatte, der ihn weiter brachte.

Also schlich er in den Keller, wo sein geliebter Feind stand, ein alter Modular Moog, ein Synthesizer, in den er sich verliebt hatte, als er im Alter von 14 Jahren die erste Platte von Emerson, Lake & Palmer hörte. Vor zwei Jahren dann hatte er genau so einen Synthesizer auf dem Flohmarkt stehen sehen und ihn sofort gekauft, obwohl er sich in einem bedauernswerten Zustand befand. Seitdem hatte er eine Unmenge Geld, Zeit und vor allem Nerven investiert, um ihn wieder ans Laufen zu bringen. Insbesondere die Nerven seiner Nachbarn hatten seitdem gelitten. Denn von dem, was er an seiner ELP-Schallplatte so liebte, waren sowohl der Synthesizer als auch er selbst als Musiker noch Lichtjahre entfernt. Und weil er meistens nachts an dem Ungetüm schraubte, passierte es nicht selten, dass zu unchristlichen Zeiten unchristliche Töne aus dem Keller des Hauses drangen. Vor allem einem ehemaligen Polizisten, der direkt neben Dressler wohnte, war dies ein Dorn im Auge. Hätte Dressler damals gewusst, dass er sich hier neben einem Ex-Bullen niederlassen wollte, dann hätte er den Kaufvertrag nicht unterschrieben. Wenn es zwei Menschengattungen gab, mit denen er im Leben nie klarkam, dann waren es Lehrer und Polizisten. Jetzt wohnte er oberhalb seiner ehemaligen Schule neben einem Polizisten und war selber einer. Das Leben war nicht fair.

Dressler verscheuchte seine Gedanken, indem er einen großen Schluck aus der Flasche nahm, die Flasche weit weg von dem elektronischen Ungeheuer stellte und das Licht anknipste. Da stand der Synthesizer, eine meterhohe Wand aus Schaltern, Drehreglern und Kabeln. Dressler beäugte ihn mit offenem Mund. Manchmal fühlte er sich wie ein Gläubiger vor dem Altar, der nicht wusste, ob Gott es heute gut oder böse mit ihm meinte.

Da schaltete er – einem Ritual gleich – in einer vorgegebenen Reihenfolge die An-/Aus-Schalter auf „on". Erst dann knipste er das Mischpult an und zuletzt, gab er den Lautsprechern Saft – ein Moment, der immer wieder eine Spannung verursachte, wie sie beim Wiedereintritt in die Erdatmosphäre nicht größer sein konnte.

Da war es wieder, das Brummen, an dem er schon seit langem arbeitete, ein Grundton, dessen Ursache er auch nach vielen Nächten noch nicht lokalisiert hatte. Dressler holte einmal tief Luft und beugte sich dann über die Rückwand des Synthesizers. Irgend etwas musste es mit der Abschirmung des Netzteils zu tun haben. Doch immer wieder erschien vor seinem geistigen Auge das Bild Kriegers.

# Kapitel 3

Am nächsten Morgen fühlte sich Dressler gerädert. Mit dem Weckerklingeln waren seine dienstlichen Aufgaben mit Hochdruck in sein Bewusstsein zurückgekommen. Und sie standen wie eine Mauer vor ihm. Auf dem Schreibtisch türmte sich ein halber Meter Papier: Zeitungsausschnitte, Internet-Ausdrucke, zwei Videokassetten, die er mit einem seltsam nostalgischen Gefühl in der Hand drehte und wendete, so als ob er eine Münze aus vorchristlicher Zeit begutachtete. Darüber hinaus lag zuunterst eine sechsseitige Zusammenfassung des gesammelten Materials. Claudia und Oliver hatten ganze Arbeit geleistet.

Krieger war noch ein Baby, als er gegen Ende des Krieges von einer schlesischen Frau auf der Flucht mit nach Deutschland gebracht wurde. Er wuchs in einem kleinen Dorf in Hessen auf, ging nach dem Studium auf eine Journalistenschule in Hamburg und wurde Zeitungsreporter. Später landete er beim Fernsehen. Da gab es die Zeit als Kriegsreporter, die Moderation seiner ersten politischen Magazinsendung und dann Talk. Scheidung von seiner ersten Frau, Sabine Krieger, einer ehemaligen Miss Germany. Dressler hatte sie damals bei seinem Auftritt in der Show kennen gelernt. Eine Frau mit Stil und vollkommen ohne die Blasiertheit Kriegers. Sie machte nicht den Anschein, als ob Krieger ihr etwas vormachen könnte. Aber Krieger machte vor etwa zwei Jahren noch einmal eine richtige Sause. Er schien seine Jugend nachholen zu wollen, wurde häufig mit schnellen Autos gesehen und war ein beliebter Partygast. Seit letztem Jahr hatte er ein Verhältnis mit seiner Produktionsassistentin, Janine Kaufmann. Die Drogengerüchte, die immer wieder um die Person Kriegers rankten, bestätigten sich bei einer Hausdurchsuchung. Rund 30 Gramm Kokain lagen in einem Versteck im Sofa. Und auch am

Tatort, rund um seinen Thron herum, fanden sich zahlreiche Spuren von Koks. Krieger hat wohl seine eigene Art, sich auf seine Auftritte vorzubereiten.

Nach einer Stunde warf Dressler das letzte Blatt auf den Stapel zurück. Die Videoaufnahmen wollte er anderen aufs Auge drücken. Er hatte keine Lust auf Kriegers Visage. Die gesammelten Infos zeichneten das Bild nach, das jeder von Krieger hatte. Aber wie mag die Person gewesen sein, wenn sie nicht im Rampenlicht stand, wie waren die vermutlich seltenen Momente, in denen Krieger nicht unter Drogeneinfluss stand? Wer war er wirklich?

Gegen Mittag fuhr Dressler raus zu Sabine Krieger, während sich Oliver und Claudia die Produktionsassistentin vornahmen. Die Kollegen Hoppenstedt und Mahlberg und zwei weitere Polizeibeamte sprachen noch mal mit den Augenzeugen und den Angestellten der „Krieger-Film".

Sabine Krieger war nach der Trennung von ihrem Mann in dem kleinen, steinernen Bauernhaus zwischen Marialinden und Much geblieben. Anders als Krieger wählte sie für ihr weiteres Leben ein, zumindest auf den ersten Blick, bescheidenes Zuhause. Das Einzige, was von außen auf Geld hindeutete, war der angrenzende Reitstall.

Dressler klingelte an der Pforte und unmittelbar danach schwenkte das Tor auf. Er fuhr mit seinem Wagen über einen Kiesweg, so dass die Steine unter den Rädern knirschten. Nach etwa hundert Metern kam er im Innenhof des alten Hauses an. Sabine Krieger stand vor dem Eingang und lehnte lässig an einer hölzernen Säule, die das Vordach trug. Sie wirkte ein wenig reserviert, lächelte aber trotzdem herzlich und warm. Als Dressler ausstieg, kam sie auf ihn zu, begrüßte ihn höflich, zeigte aber keinerlei Anzeichen von Erschütterung. Sie gingen durch einen schlicht und spärlich eingerichteten Vorraum. Aber überall hingen Gemälde. Irgendjemand im Haus musste ein Kunstsammler sein.

„Möchten Sie eine Tasse Kaffee?", fragte sie.

„Sehr gerne", antwortete Dressler wahrheitsgemäß.

Sie wies ihm den Weg in einen Wintergarten und verschwand in der angrenzenden Küche. Dressler saß dort und ließ seinen Blick über die Weiden gleiten. Hier würde er sich auch wohlfühlen.

„Sie wundern sich wahrscheinlich, warum ich keine Trauerkleidung trage." Sabine Krieger stellte zwei Tassen auf den Marmortisch und setzte sich Dressler gegenüber. „Aber ich habe schon länger mit Krieger abgeschlossen."

Sie machte eine kurze Pause, sah Dressler direkt in die Augen und fuhr fort.

„Um es kurz zu sagen: Ich weiß nicht, wer es getan hat. Aber wer auch immer es war, ich danke ihm. Er hat etwas getan, wozu ich all die Jahre nicht fähig gewesen bin."

„Sie wollten ihn töten?"

„Ja und nein. Es war eine Mischung aus Ekel, Mitleid und einem Rest von Liebe, den ich anfangs nicht aus mir herausbekommen konnte."

Dressler fragte sich, wann er schon einmal ein Gespräch geführt hatte, bei dem jemand sich so schnell öffnete.

Er schwieg und überlegte, ob er sich Zucker in den Kaffee tun sollte oder nicht. Seit er auf dem Fitness-Trip war, bedeutete jedes Stückchen Zucker eine Todsünde. Während sich drei dieser Todsünden gerade unter hektischem Gerühre und Löffelgeklimper in seiner Tasse auflösten, stellte er seine Fragen, da Kriegers Witwe ihren Redefluss nicht von selbst wieder aufnahm. Der Beginn des Gesprächs hatte ihn neugierig gemacht.

„Was mich zunächst interessiert, ist seine Kindheit und seine Jugend. Was wissen Sie darüber? Was hat er gemacht, bevor Sie sich kennen lernten?"

„Darüber hat er nicht gerne gesprochen. Er hatte eine traumatische Kindheit. Als kleiner Junge hatte er mit ansehen müssen, wie seine Familie hingerichtet wurde. Ein Dienstmädchen ist dann mit ihm in den Westen geflohen und er ist irgendwo in einem hessischen Dorf groß geworden. Tja, das ist eigentlich schon alles. Mehr weiß ich nicht. Wissen Sie, ich merkte einfach, dass er Probleme damit hatte, darüber zu reden und ich besitze genügend Respekt, so dass ich auch nie wieder danach gefragt habe."

„Erzählen Sie mir von Ihrer Beziehung. Wie kam sie zustande?"

„Wir lernten uns Ende der 70er-Jahre kennen. Ich arbeitete damals als Fotografin bei einer Zeitung. Bei einem Presseball in Berlin haben wir uns kennen gelernt. Ich hatte schon vorher von ihm gehört. Er war noch frisch im Geschäft, aber er hatte damals schon das, was man einen „Namen" nennt."

„Wann haben Sie geheiratet?"

„Noch im gleichen Jahr. Für mich ging das alles viel zu schnell. Aber ihm konnte es nicht schnell genug gehen."

„Wie entwickelte sich dann Ihre Beziehung?"

„Die ersten Jahre waren wir häufig getrennt. Ich habe damals gut verdient mit Reisereportagen. Ich habe von der Welt mehr gesehen als Sie und Krieger zusammen. Und ich hatte meine Freiheit."

„Was machte er?"

„Das wissen Sie doch sicher besser aus Ihren Unterlagen. Stört es Sie, wenn ich rauche?"

„Nein, nein", erwiderte Dressler und steckte sich gedankenverloren selbst eine an.

„Wann sind Sie zusammengezogen? Das Haus hier stammt doch noch aus Ihrer Beziehung?"

„Wir sind Mitte der 80er hier eingezogen."

„Wieso sind Sie eigentlich zusammengezogen?"

Sie rutschte ein wenig auf dem Sessel herum und schaute zu Boden. Nur für einen ganz kurzen Moment. Aber Dressler bemerkte es und für ihn war es ein eindeutiges Zeichen von Unmut. Was nun folgte, konnte wichtig sein.

„Ich war auf einmal schwanger. Mitten in der Wüste von Libyen bin ich zusammengebrochen. Ich lag fast eine Woche in einer isolierten Abteilung im Berliner Tropenkrankenhaus, bis man feststellte, dass ich schwanger war."

Dresslers Gedanken rotierten. Von einem Kind war in Kriegers Akte keine Rede.

„Und da haben Sie sofort dieses Haus hier gekauft?"

„Sofort. Ulrich schaltete augenblicklich auf Familienleben um. Er tauschte sogar seinen Porsche gegen einen Mercedes, damit wir alle Platz hatten. Und dann hatte ich eine Fehlgeburt. Danach wurde ich nie wieder schwanger." Sie zog an ihrer Zigarette und ließ ihren Blick hinaus über den Garten schweifen.

„Wie hat Ihr Mann reagiert?"

„Ganz am Anfang hat er sich sehr um mich gekümmert und versucht, mich wieder aufzubauen. Schließlich hatte ich für das alles meinen Job aufgegeben. Aber irgendwie habe ich schon gemerkt, dass ihm das einen Knacks gegeben hatte. Ulrich war immer ein Perfektionist. Alles musste stimmen. Er war ein gefragter Mann. Da konnte er so ein Scheitern nicht gebrauchen. Das passte nicht zu seinem Ego."

„Wie sind Sie damals mit der Situation umgegangen?"

„Für mich ging damit der Horror los. Ich war bei jedem Arzt, der sich mit dem Thema beschäftigt. Ich habe jahrelang versucht, das Haus mit Kindern zu füllen. Er schien es mittlerweile gut verkraftet zu haben und stürzte sich auf seine Arbeit. Wo immer es geknallt hat auf der Welt, hatte er seine Aufsager vor der Kamera."

Sie schien zu versuchen, sich genauer an die Zeit zu erinnern.

„Zu Hause hat er immer den tru sorgenden Ehemann gespielt. Aber die Wahrheit ist, dass er schon bald nach meiner Fehlgeburt seine erste Geliebte hatte."

„Wie sind sie dahintergekommen?"

„Dafür braucht man keinen Detektiv. Ich habe das gespürt. Und das Gefühl wurde bei jeder Frau schlimmer."

„Kennen Sie die Namen seiner Geliebten?"

Die Frage schien sie zu amüsieren.

„Ich werde Ihnen eine Liste mailen."

„Was empfinden Sie Janine Kaufmann gegenüber?"

Sie goss noch etwas Kaffe nach und steckte sich eine weitere Zigarette an.

„Sie tut mir leid. Sie hat noch weniger gelernt, auf eigenen Beinen zu stehen, als ich. Ihr bleibt jetzt nichts anderes, als bei einem anderen unter die Bettdecke zu kriechen, solange sie noch gut aussieht. Ich habe wenigstens ein Haus und die Bilder."

Dressler schaute sich um. „Haben Sie die gesammelt?"

„Nein, das war seine Leidenschaft. Und ich habe bei der Scheidung alles darum gegeben, sie zu bekommen."

„Warum?"

„Weil ich ihm damit am meisten weh tun konnte und weil ich wusste, dass die Bilder einmal sehr wertvoll sein würden. Krieger hat nicht ein einziges Bild gekauft, weil er eine Beziehung dazu hatte. Für ihn waren Gemälde immer nur Kapitalanlage und Imagepflege."

„Wenn Sie bei der Scheidung so gut abgeschnitten haben, wieso entwickelten Sie so einen Hass gegen ihn?"

„Können Sie das nicht verstehen? Dieses ständige Wachliegen, wenn er auf Dienstreise war. Dieses ständige Denken daran, was er in diesem Augenblick geraden tun würde. Bis aus einer Dienstreise plötzlich ein halbes Jahr wurde. Er belegte mit seiner Tippse Tantra-Kurse in Indien und verkehrte nur noch über seinen Rechtsanwalt mit mir. Mein Leben, meinen Beruf – alles habe ich für ihn aufgegeben und plötzlich wurde ich ausgewechselt gegen ein aktuelles Modell."

„Wie denken Sie heute darüber?"

„Dass es eine echte Scheißzeit war, eine verlorene Zeit, die mir niemand zurückgeben kann. Aber leider lebt man nur einmal. Ich könnte heute eine anerkannte Fotografin sein. Aber jetzt bin ich bloß die Ex vom Krieger." Sie wischte sich eine Träne von der Wange.

„Haben Sie nie darüber nachgedacht, wieder zu heiraten?"

Sie schaute Dressler an, als wenn er sie gerade etwas Unanständiges gefragt hätte. Dann lachte sie lauthals los, völlig natürlich und von Herzen.

„Männer haben manchmal seltsame Ideen. Nein, heute mache ich es wie Krieger. Ich hole mir die Körper ins Bett, die ich bezahlen kann. Und dank Krieger kann ich mir die besten Körper leisten."

Eine Zeitlang schwiegen beide.

„Was bekamen Sie von seinem Drogenkonsum mit?", nahm Dressler das Gespräch wieder auf.

„Viel zu wenig. Ich habe aus den Medien davon erfahren. Als ich ihn mal danach gefragt habe, hat er ausweichend geantwortet. Mit der Zeit bekam ich dann mit, wann er etwas genommen hatte und wann nicht. Aber ich glaube, hier zu Hause hat er nie Drogen genommen."

„Wieso sind Sie da so sicher?"

„Ich glaube, er hat in irgendwelchen Hotels Drogen-Parties gefeiert. Manchmal war er für zwei oder drei Tage weg. Danach hat er manchmal zwei Tage lang nur noch geschlafen."

„Haben Sie keine Anhaltspunkte, wo oder mit wem er sich getroffen haben könnte?"

Sie schüttelte den Kopf.

„Fällt Ihnen sonst noch irgendetwas ein, was Sie für wichtig halten?"

„Nein", erwiderte sie nach kurzem Nachdenken. Dressler reagierte. War da wieder dieses kurze Flackern im Blick? Gab es da noch etwas, was sie vor ihm verborgen hielt? Aber jetzt würde sie ihm sicher nichts mehr sagen. Er merkte, dass das Feuer für heute erloschen war. Doch dies würde sicher nicht das letzte Gespräch mit ihr sein.

Beim Hinausgehen drehte er sich in der Vorhalle noch einmal um. Einige der Bilder gefielen ihm. Andere zeigten widerlich entstellte Fratzen und erzeugten bei ihm unangenehme Gefühle.

„Haben Sie einen Bezug zu den Bildern?", fragte er sie.

Sie lächelte nun wieder entspannt. „Ich verstehe überhaupt

gar nichts von Kunst. Von mir aus könnten da auch Geldscheine hängen."

Er drückte ihr seine Visitenkarte in die Hand und stieg ins Auto. Bei der Fahrt zum Präsidium dachte Dressler noch einmal über das Gespräch nach.

Inhaltlich gab es kaum Neuigkeiten. Krieger schien sein Leben 1:1 in der Öffentlichkeit abgeliefert zu haben. Nur die Fehlgeburt war den Medien scheinbar entgangen. Sabine Krieger machte insgesamt einen gefestigten Eindruck. Sie schien das Beste aus ihrem Leben zu machen.

Sie hatte das Haus, die Bilder und sogar seinen Namen behalten. Und doch gab es diesen abgrundtiefen Hass gegen Krieger. Das war das eigentliche Problem an der Sache: Ulrich Krieger wurde von vielen gehasst. Aber wer hasste ihn genug, um ihm den Kopf wegzusprengen?

Um drei hatten Sie sich verabredet, um die neuesten Informationen zusammenzutragen. Es war noch genügend Zeit, um bei Dresslers Lieblings-Imbissbude vorbeizufahren. Vorher fuhr er kurz bei sich zu Hause vorbei und wusch sich die Hände, denn er war ein bekennender Sauberkeitsfanatiker. Während das frische und kühle Wasser über seine Hände rann, blickte er in den Spiegel. Er bemerkte, dass er wieder etwas Bauch bekommen hatte, worüber er sich maßlos ärgerte. Seit zwei Jahren lief er regelmäßig und seit einem halben Jahr trainierte er für den Marathon. Aber es gab immer wieder Rückschläge. Früher hatte er mal fast 100 Kilo drauf. Damit musste jetzt unbedingt Schluss sein.

Als habe er beim Händewaschen auch seine negativen Gedanken heruntergespült, freute er sich nun auf die ‚beste Curry-Wurst der Welt' und machte sich auf den Weg zum Overather Steinhofplatz . Dort hatte er schon als Jugendlicher dem ungesunden Essen gehuldigt. Er parkte seinen Wagen und sog, während er sich dem Schnellrestaurant näherte, die Luft ein, die nach Fritten und Wurst roch.

„Hallo Mike", begrüßte er den Mann hinter der Theke.

„Hallo Jürgen, wie immer?"

„Ja, wie immer, nur noch ein bisschen besser, bitte."

„Wird gemacht", gab Mike zurück.

„Und, wie läufts Geschäft?"

„Et muss."

„Du meinst, et hätt noch immer joht jejange?"

„Na, schauen wir mal."

„Klingt aber nicht besonders zuversichtlich."

„Na ja, schau dich um. Die Bude rennen sie mir hier nicht grad ein."

„Und ich dachte immer, Imbissbuden seien Goldadern."

„Kann sein. Im Gasthaus zum ‚Goldenen M' brennt jedenfalls die Hütte."

„Macht dir der Laden echt Konkurrenz?"

Mike wischte sich den Schweiß an seiner Schürze ab.

„Das ist eher untertrieben. Früher war hier die Hölle los. Da war Essen aber noch was anderes. Heute siehst du ja überall an den Straßenrändern, wo das Geld bleibt. Da geht man auch nicht mehr rein und tauscht sich aus. Da fährt man praktisch nur vorbei, wirft Geld durch das Fenster und bekommt dafür eine stinkende Papptüte zurückgeworfen. Dann fahren die jungen Leute irgendwo in die Natur, wo es am schönsten ist. Und am Morgen siehst du dann zwei Tüten Müll da rumliegen."

„Da sagst du was. Die versauen sich selbst die ganze Lebensqualität. Und mir übrigens auch. Aber was willst du machen?"

„Nix. Ich bleib mir jedenfalls treu und mach das, was ich am besten kann, Fritten und Currywurst. Und solange ich noch ein paar Kunden habe wie dich, komme ich schon klar."

Dressler setzte sich auf den Barhocker neben dem Eingang und griff sich den Bergischen Teil des Stadtanzeigers. Der Fall Krieger wurde auf Seite eins ausführlich beschrieben. „Attentat auf Overather Filmproduzent. Polizei tappt im Dunkeln", las er dort. Anderes war auch nicht zu erwarten. Dressler ärgerte sich schon lange nicht mehr über die Überheblichkeit der Reporter.

Es war schließlich ihre Aufgabe, die Fragen der Leser auszusprechen.

„O. k., einmal wie immer, nur noch besser." Mike stellte Dressler einen Plastikteller vor die Nase mit einer dampfenden Grillwurst und reichlich Fritten. Dazu stellte er ein frisch gezapftes Kölsch, das Dressler fast in einem Zug leerte.

„Noch immer nichts Neues?", hakte er nach.

„Nein, nichts Neues. Aber das ist wohl ein harter Fall, noch härter als die Pelle deiner Wurst", feixte Dressler kauend zurück.

„Hast du den Krieger gekannt?", fragte er Mike, der sich die Hände an der nicht mehr ganz weißen Schürze abwischte und sich, in der Hoffnung auf Neuigkeiten aus erster Hand, zu Dressler setzte.

„Na ja, das ist so eine Sorte Mensch, der nur selten Currywurst und Fritten isst. Aber ein paar Mal war er schon hier."

„Was hast du für einen Eindruck von ihm?", fragte Dressler mit ernstem Interesse. Er legte großen Wert auf die Meinung von ‚Amateuren'. Oft hatten sie ihm schon entscheidende Hinweise gegeben, die er aufgrund einer natürlichen Betriebsblindheit nicht sah oder nicht sehen wollte.

„Ist das jetzt ein Verhör?"

Dressler grinste ihn mit vollem Mund an. Weil er keine Antwort lieferte, sondern sich mit Genuss ein weiteres Stück Wurst in den Mund schob, fuhr der Mann neben Dressler fort: „Also, meistens ist Krieger kurz vor Dienstschluss hier vorbeigekommen. Und dann hat er Unmengen gegessen. Und immer mit einem ordentlichen Trinkgeld. Nicht wie ihr Bullen."

„Vorsicht, das kann alles gegen dich verwendet werden", musste Dressler nun doch mit vollem Mund einwerfen.

„Ist mir egal. Wenn ich hier keine Würste mehr braten kann, dann hast du nichts mehr zum Kauen. Und wenn Bullen hungrig sind, dann können sie nicht mehr arbeiten. Und wenn Bullen nicht mehr arbeiten können, dann ist der Rechtsstaat in Gefahr. Also iss deine Wurst mit der harten Pelle, sonst gefährdest du den Rechtsstaat."

Dressler lachte laut auf, so dass ein kleines Stückchen Wurst quer durch den Raum flog und ein anderes in seine Luftröhre, wo es für einen enormen Hustenanfall sorgte. Mike verdrehte die Augen, warf einen entschuldigenden Blick in die Runde der wenigen anderen Gäste und klopfte Dressler auf den Rücken. Der wischte sich eine Träne aus dem Auge und spülte mit einem Rest Bier nach. Das war die Sorte von Antwort und die Sorte von Menschen, die er enorm schätzte.

„Also komm schon, was denkst du über Krieger?", bohrte Dressler nach, als er sich wieder gefangen hatte.

Mike schien zu überlegen, wie offen er hier reden konnte. Dann entschloss er sich zu „sehr offen". „Krieger war ein Arsch. Aber trotzdem hat er auch das Einfache gemocht. Ich glaube, der kam von ganz unten. Und im Fernsehen gab es keinen Besseren. Wenn er seine Show hatte, dann blieben die Leute hier oft länger, guckten sich die Sendung auf dem Bildschirm an und tranken noch ein Bierchen. Und danach wurde manchmal noch diskutiert, bis ich Feierabend hatte. Irgendwie war er ja einer von uns. Was hat Overath sonst schon an weltberühmter Prominenz zu bieten?"

„Oh, da wüsste ich aber einen ganz, ganz Großen."

„Ja, O.k.. Aber ohne unseren ‚Gentleman-Boxer' sähe es hier doch echt provinziell aus."

„Tja, das ist wohl war. War Krieger immer allein hier oder kam er auch mal in Begleitung?"

„Nee, der kam schon manchmal in Begleitung. Irgendwie seltsam. Manchmal kam er mit den Leuten hier rein, die er vorher in seiner Show zerpflückt hatte. Und dann saß er hier und quatschte mit ihnen über den Verlauf der Sendung."

„Und sonst? Weißt du, mit welchen Leuten er noch zu tun hatte?"

„Ich weiß, dass er manchmal Golf spielte. Wohl mehr schlecht als recht. Aber mit seinen Golfkumpanen kam er natürlich nicht hier hin. Willst du noch ein Bier?"

„Ja, gerne. Weißt du, mit wem er golfen ging?"

„Na, halt mit der Dorf-Schickeria. Keine Ahnung, da musst du

Freddy vom Golfclub fragen. Der weiß sicher mehr. Und sonst würde ich an deiner Stelle einfach mal auf die Beerdigung gehen. Die Leute, die Freunde von ihm waren, werden ja wohl alle da sein."

„Keine schlechte Idee", gab Dressler anerkennend zurück, obwohl das sowieso zum Pflichtprogramm gehörte. Er wischte sich den Mund ab, leerte auch sein zweites Glas, zahlte und ging hinaus.

Im Auto stellte er fest, dass es keine gute Idee war, sich mit Currywurst und Bier zu mästen. Denn zum einen drückte der Gürtel und zum anderen hatte er bei seinem Hustenanfall auf sein Hemd gekleckert. Der Fettfleck, den er nun mit einem Taschentuch bearbeitete, wurde immer größer, bis er es schließlich aufgab und losfuhr. Und weil er sowieso schon gesündigt hatte, zündete er sich noch eine Zigarette an. Irgendwie hing er doch ein wenig der Zeit nach, als er seinen Körper und seine Gesundheit noch vollkommen missachtete. Er konnte früher mehrere Nächte durchmachen und war trotzdem morgens um 6.30 Uhr auf der Wache. Eine tolle Zeit.

Dann klappte er irgendwann einfach zusammen. Mitten in einer Besprechung – vor versammelter Mannschaft. Gerade noch hatte er einen Kollegen zusammen geschissen und plötzlich ging er in die Knie und lag auf dem abgewetzten Teppich.

Jetzt lebte er gesund mit einigen wenigen, liebevoll gepflegten Unartigkeiten. Er rauchte ein paar Zigaretten täglich, trank mäßig Alkohol und rauchte ab und an einen Joint. Und nur alle paar Monate gönnte er sich ein richtiges Gelage mit Freunden. Das war sein Ritual, eine Hommage an die „gute alte Zeit", auch wenn es ihm hinterher meistens leid tat. Denn inzwischen brauchte er danach mindestens zwei Tage, um wieder halbwegs auf den Beinen zu sein.

Hinter ihm hupte ein Auto. Dressler hatte in Gedanken nicht bemerkt, dass die Ampel Grün zeigte.

# Kapitel 4

*„Es war ein eisiger, sonnenklarer Tag am 21. November 1803. Schon früh am morgen war das Volk auf den Marktplatz von Mainz gezogen, um den Aufbau der Guillotine mitzuverfolgen. Um kurz nach 12 Uhr kamen die mit Gittern versehenen Wagen auf den Platz gefahren. Die Kutscher hatten Mühe, sich einen Weg durch die Menge zu bahnen. Denn jeder wollte den berüchtigten Verbrecher und seine Gefährten aus nächster Nähe betrachten. Viele schrien im Chor ‚Tot dem Schinderhannes'."*

Dieter machte eine kurze Pause und zog das Buch näher zu sich heran, um besser sehen zu können. Das spärliche Kerzenlicht flackerte unruhig, denn ein kühlender Luftzug bewegte sich plötzlich zwischen den geöffneten Fenstern. Die Jungs saßen auf ihren Stühlen, Sesseln oder einfach auf der Matratze auf dem Boden und hörten aufmerksam zu. Kaum einer hatte die Augen geöffnet. Jeder ging in seiner Fantasie die Situation durch.

*„Da hielt der erste Wagen vor dem Ort der Hinrichtung. Etwa vierzig französische Soldaten bildeten das Spalier. Die zwei, die dem Wagen am nächsten standen, öffneten mit fast feierlicher Haltung die Türen des Gefangenentransports. Sie griffen hinein und zogen einen wahren Hünen ans Tageslicht. Der Schinderhannes war an Händen und Füßen mit schweren Ketten gefesselt. In dem Moment, in dem er aus dem Wagen kam und seinen Blick über die Menge schweifen ließ, war es auf einmal ruhig auf dem überfüllten Platz. Auf dem Weg durch das Spalier hörte man bis in die hintersten Reihen seine Fußketten rasseln.*

*Das war das Ende des berüchtigten Räubers Schinderhannes, der mehrere Jahre lang durch Raub und Erpressung die Menschen im Hunsrück in Atem gehalten hatte. Der stolze, aber durch die wochenlangen Verhöre geschwächte Körper stieg langsam und würde-*

*voll die Treppe zum Hinrichtungsort hinauf. Er würde der Erste von insgesamt 20 Räubern sein, die heute noch durch das Fallbeil sterben sollten. Als er oben angekommen war, ging ein Raunen durch das Volk. Einige schrien wieder ‚Tod dem Schinderhannes.' Aber es gab auch einige Menschen, die riefen so etwas wie ‚Lang lebe der Schinderhannes' oder ‚Ihr seid die wahren Mörder'. Gemeint waren die französischen Besatzer, die dem Räuber nach langer Suche nun den Prozess machten.*

*Der Hannes hatte also auch Befürworter. Für manch einen war er sogar ein Held, der sich durch Klugheit und Geschick immer wieder dem Zugriff der selbsternannten Ordnungshüter entzog. Eine Legende war er schon durch den Sprung aus dem Gefängnisturm von Simmern. Immer wieder konnte er fliehen und die Besatzer zum Narren halten.*

*Heute sollten sie als Sieger aus dem Wettstreit hervorgehen. Der Schinderhannes wurde kopfüber mit dem Gesicht nach unten unter dem Beil festgeschnallt. Seine Hände waren nun auf dem Rücken gefesselt. Das Geschrei der Menge verklang. Es war wieder still auf dem Marktplatz. Nur ab und an hörte man ein leises Husten oder Räuspern. Der Schinderhannes sah dem Tod geduldig in die Augen. Seine stolze Brust hob und senkte sich gleichmäßig. In rhythmischen Schüben erschien, durch die Kälte für alle sichtbar, der Atem wie kleine Rauchwölkchen vor seinem Gesicht.*

*Dann, um genau 13 Uhr, am 21. November 1803, hob ein Kommandeur der französischen Garnison seinen Säbel und gab das Kommando. Laut rasselnd schnellte das Beil herunter und durchtrennte den Hals des Schinderhannes mit einem scharfen Schnitt. Johannes Bückler war tot. Einer der Scharfrichter riss den Kopf an den Haaren aus dem Korb und hielt ihn hoch, damit ihn jeder sehen konnte. Doch die Menge schwieg."*

Dieter legte das Buch zur Seite und strich sich langsam über den langen Bart, den er sich schon einige Jahre lang hatte wachsen lassen. Seine aufmerksamen Augen wanderten über die Gesichter seiner Freunde. Auch im Zimmer war es – fast 170 Jahre nach dem Tod des Schinderhannes – sehr still geworden. Nur ein leises Knistern von Berni war zu hören, der gerade eine Zigarette drehte.

Man war vom Bauernhof, auf dem die Gruppe wohnte, in einer knappen halben Stunde bei der Schmidtburg im Hahnenbachtal oberhalb von Kirn. Dort hatte der Schinderhannes Zuflucht vor den Gendarmen gefunden und neue Pläne für seine Raubzüge geschmiedet.

Der Räuber, der sich bis zu seiner Enthauptung gegen die französische Besatzung gewehrt hatte und klaute, was er zum Leben brauchte, war so etwas wie ein Wahrzeichen für die Gruppe geworden. Ein Vorbild. Auch sie lebten von dem, was sie sich „besorgen" konnten, machten Musik, feierten Gelage und wollten sich schließlich mit aller Gewalt dem Staat zur Wehr setzen.

Dieter rieb sich die ermüdeten Augen. Es passte eigentlich gar nicht zu ihm, den Leseonkel zu spielen. Aber er hatte die beste Stimme. Er war sowieso der unbestrittene Sunnyboy der Gruppe, ein Frauenheld, sportlich gebaut, selbstbewusst, großkotzig. Aber immerhin war er nicht bloß auf der Uni eingeschrieben, er ging auch wirklich hin, zumindest ab und an. Alles schien sich so in sein Leben einzuordnen, wie er es geplant hatte. Vor seiner Zielstrebigkeit, aber auch vor seiner Skrupellosigkeit hatte die Gruppe Respekt. Und obwohl man hier zumindest offiziell auf jegliche Führungsstruktur verzichtete, war Dieter doch irgendwie der Boss. Er hatte eine körperliche und verbale Überlegenheit, so dass er immer im Mittelpunkt stand, immer präsent war. Aber er motivierte auch und sorgte so dafür, dass die Gruppe ihre Visionen auch wirklich lebte. Ohne ihn hätte es keine Räuberhöhle im Hunsrück gegeben, keine „Gruppe Schinderhannes" und kein Abtauchen in die Guerilla-Szene.

Dann gab es Siegfried oder auch „Guru" genannt, der es sich mit nackten Füße in der Ecke des Raumes auf einer alten Matratze gemütlich gemacht hatte. Guru nannte man ihn schon auf der Grundschule. Das war einfach cooler als Siegfried Metzler. Und er war nach und nach in den Namen hineingewachsen. Denn er war der Philosoph und Schamane der Gruppe. Mit seinen langen Haaren, seinem Bart und dem hageren Körper gab er seinem Image den letzten Schliff. Er konnte reden wie ein Buch. Nur dass er in seinem Hirn allzu häufig hin- und herblätterte. Es lag wahrscheinlich an seinem enormen Drogenkonsum, dass er seine Ideale und Ansichten, seine Werte und sogar seine Lebensweisen wechselte wie andere ihre Hemden.

Einmal schlug er vor, man solle öffentlichen Gruppensex in einer Fußgängerzone veranstalten, mit vielen crazy Leuten, einfach so. Der Polizei und den Presseleuten wollte er erzählen, es handle sich hier um eine völlig legale Form der nonverbalen Kommunikation. Eine halbe Stunde später diskutierten sie über Utopia, über ideale Modelle des Zusammenlebens. Guru legte sich dabei unheimlich ins Zeug für die bäuerliche Großfamilie als perfekte Symbiose. Solche bäuerlichen Großfamilien gab es hier auf dem Lande zuhauf. Denen hätte Guru mal seine Gruppensex-Pläne offerieren sollen. Da hätte er schneller am nächsten Ast gebaumelt, als er seine Ansichten wechseln konnte.

Doch in letzter Zeit macht er häufiger Abstecher ins Nirwana. Dann saß er tagelang auf seiner Matratze und meditierte bei Wasser und einer Schale Reis am Tag. Einmal hatte er sogar darauf verzichtet, zur Toilette zu gehen. Nach einigen Tagen roch es im ganzen Haus nach Fäkalien und Urin. Dieter ist damals total ausgerastet. Seitdem schlief Siegfried draußen im Stall. Und irgendwie schien er sich da sowieso wohler zu fühlen.

Berni passte optisch überhaupt nicht in eine Gruppe von Freaks und Hippies. Er trug die Haare kurz, war zu jeder Tageszeit von einer exklusiven Duftwolke umnebelt und piekfein gekleidet. Ein Rüschenhemd war das Einzige, was ihn äußerlich mit der Gruppe verband. Aber selbst das schien stets perfekt gebügelt. Guru machte sich häufig über ihn lustig. Aber auch Berni merkte man an, dass er Guru nur tolerierte, weil der Rest der Gruppe ihn mochte. Und der Rest der Gruppe mochte Berni eigentlich auch nur wegen seiner unbeschreiblichen Intelligenz und der erstaunlichen Fähigkeit, Geld zu beschaffen. Wo er war, war auch

Geld. Vermutlich gab es sogar einen Zusammenhang zwischen seinem Äußeren und dem Geld, das er auftreiben konnte.

Er war zwar „aus gutem Hause" und hatte eine Menge Geld geerbt. Aber das Geld ließ er links liegen. Er wollte ganz von unten anfangen und sich die gleiche Menge erarbeiten. Der Grund dafür war wohl, dass er seinem verstorbenen Vater zeigen wollte, dass er nicht auf die dreckige Erbschaft angewiesen war. Er hasste ihn. Sein ganzes Leben machte er seinen Vater dafür verantwortlich, dass er im betrunkenen Zustand Bernhards Mutter und sich selbst mit dem Auto vor einen Baum gesetzt hatte. Beide waren auf der Stelle tot. Bernard wurde von seiner Tante aufgezogen, die er fast noch mehr hasste als seinen Vater. Mit 18 war er endlich draußen und nahm sein Leben selbst in die Hand. Er bekam die Erbschaft ausgezahlt und packte sie direkt wieder auf die Bank. Bis er mit den anderen ausstieg, arbeitete er als Texter bei einer PR-Firma. Tagsüber schrieb er Spülmittelreklamen und Slogans für Gewinnspiele. Abends philosophierte er mit den anderen über den Konsumverzicht, bis er irgendwann beides nicht mehr unter einen Hut bekam. Er saß ja direkt an der Quelle des Konsums. Doch von einem Tag auf den anderen hatte er die Fronten gewechselt und war mit den anderen zusammengezogen.

Walter hatte noch nicht einmal die Hauptschule erfolgreich beendet. Er klaute, seitdem er 16 war, praktisch alles, was ihm unter die Nägel kam. Vor allem Autos. Er kannte sozusagen jedes Schlüsselloch von innen. Einen Käfer hatte er an guten Tagen innerhalb von 20 Sekunden am Laufen. Und immer wenn der Tank leer war, fuhr er die Autos in irgendeinen See oder Fluss und klaute sich ein neues vollgetanktes.

Walter war der Einzige, der noch einen normalen Kontakt zu seinen Eltern hatte. Dieter hatte zwar für alle angeordnet, den Kontakt abzubrechen, als sie beschlossen, in den Untergrund zu gehen. Doch nachdem Dieter aus reiner Notgeilheit mal einen Abstecher bei seiner Ex gemacht hatte, schrieb Walter demonstrativ Postkarten an seine Eltern. Allerdings war er klug genug, die Karten immer nur in weit entfernten Briefkästen einzuwerfen. Außerdem nahm er zum Spaß Karten von Fernzielen, die er in einer Second-Hand-Buchhandlung gekauft hatte. Mal schrieb er „aus Wien", dann „aus Paris" und einmal verwendete er sogar eine Karte „aus Lourdes". Seine Eltern konnten beide nicht mehr gut sehen. Die deutsche Briefmarke würden sie ohnehin nicht bemerken. Hauptsache, sie waren beruhigt.

Der politische Kopf der Gruppe war Hans. Hans war ein ruhiger und ernster Typ. Er hatte ganze acht Tage studiert. Dann war er unter Protest aus der Universität ausgetreten und hatte sich feierlich zum Autodidakten ernannt. Seitdem las er ständig. Wie Walter Autos klaute, so klaute Hans Fachliteratur über Soziologie, Geschichte, Politikwissenschaften und Psychologie. Was auch immer die Gruppe tat – essen, trinken oder albern –, immer hielt er sich beobachtend im Hintergrund. Aber bei Diskussionen blühte er auf. Wenn er richtig in Fahrt kam, dann gab es so schnell kein Entrinnen vor seinen verbalen Breitseiten.

Meistens begann es mit einer blöden Bemerkung von Guru, die Hans dann fachmännisch in Grund und Boden argumentierte. Guru unternahm in der Regel noch ein paar Versuche, das Gespräch auf eine Ebene zu lenken, die besser schmeckte. Aber irgendwann verzettelte er sich und überließ Dieter die Verteidigung. Berni und Walter hielten sich meistens aus solchen Diskussionen heraus, Berni, weil er wusste, dass man in hitzigen Diskussionen immer mehr von sich preisgab, als er eigentlich wollte, und Walter, weil ihm Diskussionen sowieso total auf den Nerv gingen und er nur hin und wieder etwas in die Runde warf, um nicht als reaktionär dazustehen. Es gab eigentlich nur diese zwei Pole, die eine ständige Debatte in Gang hielten: Dieter und Hans. Dabei waren sie beide die Gründer der Gruppe Schinderhannes. Die anderen waren nach und nach, per Zufall oder aus taktischen Gründen in die Gemeinschaft aufgenommen worden.

Berni war das Hirn, Walter der Logistiker und Guru der Unterhalter. Hans gab dem Ganzen eine ideologische Plattform und Dieter war der charismatische Boss.

Von niemandem wahrgenommen, steckte in dieser scheinbar perfekten Konstellation ein entscheidender Fehler.

# Kapitel 5

Um kurz vor drei saßen schon alle im Besprechungsraum. Es war eine mörderische Hitze und Dressler sah seinen Mitarbeitern genau an, dass die Gespräche eher neue Fragen als Antworten hervorgebracht hatten.

Die Berichte liefen reihum und begannen bei Oliver Weiler und Claudia Hoppenstedt. Dressler betrachtete währenddessen seine Mitarbeiter aufmerksam. Oliver ergriff sofort das Wort, doch schon nach dem zweiten Satz ging ihm die Luft aus bzw. wurde ihm das Wort von Claudia abgeschnitten, die von da an die Oberhand behielt. Oliver rutschte dagegen immer tiefer in seinen Sitz.

Irgendwie erinnerte er Dressler an seine eigenen jungen, wilden Jahre. Wie er früher war auch Oliver ein draufgängerischer Typ. Alles schien machbar. Er hatte das Gefühl, den anderen immer einen Schritt voraus zu sein. Oliver hatte diese Lockerheit, die Dressler im Laufe der Jahre stetig verloren hatte. Er war jung und hatte immer noch diese kindliche Naivität und den Irrglauben, dass sich alles aufklären, alles auflösen würde. Dabei spielte er den Playboy in Dresslers Team. Wenn er seine Dienstwaffe trug, kam er sich vor wie King Ketchup. Er mochte seinen Beruf und war stolz, ihn auszuüben. Weiter dachte er nicht. Es gab für ihn kein gestern und kein morgen, nur das Jetzt und Hier. Auch oder gerade weil Dressler sich ein Stück weit selbst in seinem jungen Kollegen wiederfand, fühlte er sich manchmal peinlich berührt, denn der Spiegel, mit dem er sich konfrontiert sah, gefiel oft ganz und gar nicht.

Claudia war da von einem völlig anderen Kaliber. Sie dachte differenzierter. Ihr reichte es nicht aus, ernst genommen zu werden. Sie wollte den Tatsachen auf den Grund gehen und alles verstehen. Sie hatte einen unglaublichen Sinn für Gerechtigkeit. Für sie war ein potenzieller Täter nicht mehr und nicht weniger als ein potenzieller Täter. Und solange er nicht als solcher überführt war, galt er für sie als unschuldig. Für Oliver waren alle Menschen, die er befragte, Feinde, die ihm seine Arbeit erschwerten. Für ihn log jeder und das war oft selbst dann noch der Fall, wenn die Tatsachen eindeutig gegen ihn sprachen. Claudia dagegen hatte gerade für Minderheiten ein gutes Gespür. Wenn es etwa darum ging, türkischstämmige Kreise zu befragen, gab es für sie keine Alternative. Dann schickte Dressler sie vor, weil er wusste, dass man ihr das Herz ausschütten würde.

Sie hatte ein Einfühlungsvermögen, das Dressler bei niemandem sonst vorfand. Trotzdem war Dressler ihr gegenüber oft skeptisch. Er begründete seine Zurückhaltung damit, dass es ihr – seiner Ansicht nach – an Entschlusskraft fehle. Darüber hinaus war sie jung und attraktiv. Das konnte Unruhe in einem Team geben, welches überwiegend aus Männern bestand. Er selbst musste sich eingestehen, dass auch er von ihrem Äußeren angetan war. Aber nach einer missglückten Beziehung zu einer Kollegin hatte er sich geschworen, sein Privatleben und das Berufliche strikt voneinander zu trennen. So versuchte er, Claudia und Oliver als Team aneinanderzuketten in der Hoffnung, dass so auch für alle anderen das Gefühl entstand, dass sie in der Beziehung nichts verloren hatten.

Außerdem waren beide zusammen für ihn ein unschlagbares Team. Während Oliver für Verdächtige stets ein Angstfaktor war, suchten sie die Nähe zu Claudia und öffneten sich ihr, um den vermeintlich brutalen Verhörpraktiken ihres Kollegen aus dem Weg zu gehen.

Die Vorteile ihrer Zusammenarbeit zeigten sich auch diesmal. Ihr Bericht ließ keine Fragen offen, während Oliver lässig in die Runde grinste.

Nach Aussage von Janine Kaufmann hatte Krieger gerade in den letzten ein bis zwei Jahren eine Menge Drohbriefe bekommen, darunter einige, bei denen der anonyme Absender anscheinend ziemlich viel über das Privatleben und den Tagesablauf Kriegers wusste. Einen dieser Briefe hatte Janine Kaufmann einmal zufällig in Kriegers Schreibtischschublade entdeckt. Sie konnte sich an den Satz „Du bist tot" erinnern, mit dem der Brief schloss."

„Und weiß sie nur nicht mehr, wo der Brief sein könnte oder ist der Brief einfach weg?"

„Nicht auffindbar."

„An was kann sie sich denn erinnern?"

„Nur, dass da ein Brief war und der Satz ‚Du bist tot!'."

„Ja, aber wenn sie den Brief gesehen hat, was war das für ein Brief?"

„Jürgen, ich verstehe nicht richtig, worauf du hinaus willst?"

Oliver bereute es schon, sich in der Sache gemeldet zu haben.

„Ja wie? Mann, war der Brief groß, klein, der Umschlag teuer oder billig, der Text handgeschrieben, von einer Frau, einem Mann oder war er gedruckt oder sogar stilecht aus Zeitungsbuchstaben zusammengesetzt? Daraus kann man doch schon einiges schließen."

„Sorry, aber da muss ich noch mal nachhaken."

„Leicht errötet notierte sich Weiler die Fragen Dresslers."

„Und weiter?", fragte Dressler.

„Die Durchsuchung von Kriegers privaten und dienstlichen Räumen war ergebnislos. Keiner der Drohbriefe war auffindbar."

Dresslers Blick wanderte hoch zur Lampe über dem Konferenztisch. Er dachte nach. War das der Mörder? Hatte der Briefschreiber seine Drohung wahr gemacht? An dieser Stelle klinkte sich Oliver Weiler wieder in den Bericht, offensichtlich, um dem Eindruck entgegenzuwirken, dass er seine Arbeit nicht richtig mache und sämtliche Informationen von seiner Kollegin alleine zusammengetragen würden.

„Seitdem hatte Krieger einen Privatdetektiv engagiert, der herausfinden sollte, wer ihn beobachtet und die Briefe schreibt", berichtete Weiler.

„Und was sagt der?", hakte Dressler ungeduldig nach.

„Den Namen des Privatdetektivs wusste die Kaufmann nicht", antwortete Weiler.

In Dressler stieg erneut Wut auf. Schon wieder hatte Oliver es bei einer oberflächlichen Befragung belassen.

„Angeblich ein Holländer", ergänzte Claudia Hoppenstedt, die ihren Kollegen nicht im Regen stehen lassen wollte. „Aber wir haben weder den Namen noch sonst irgendwas von ihm. Von den Drohbriefen keine Spur. Außer Kaufmann hat niemand bei der Krieger-Film von Drohbriefen gehört."

Dressler tippte unruhig mit dem Stift auf den Tisch. Das tat er jedes Mal, wenn er die Gefahr sah, dass ein Fall ihm aus den Fingern gleiten könnte. Er wusste genau, dass es nur eine Frage der Zeit war, bis er selbst sich von höherer Stelle solche Fragen gefallen lassen musste. Und die würde es nicht akzeptieren, wenn jede zweite Antwort aus einem Schulterzucken bestand. Also setzte er sich aufrecht hin, malte eine Eins oben links auf das bisher leere Stück Papier vor ihm und versuchte, die anderen mit seiner Haltung anzustecken.

„Gut, was haben wir also?" Er schlug das Spurenbuch auf. „Wir haben natürlich Krieger, dann die Bombe, die vermutlich mit einem Fernauslöser gezündet wurde. Spuren von Kokain um den Thron herum und ein Publikum, das nach der Detonation wie eine Stampede, wie eine wild gewordene Rinderherde durch das Studio gerast ist und vermutlich alle weiteren Spuren vernichtet hat. Wir müssen mit einer Unzahl an Fingerabdrücken und Spuren rechnen, die mit dem Mord überhaupt nichts zu tun haben. Interessant könnte für uns der Raum unter der Bühne sein. Denn da kommen weniger Menschen hin und der Täter oder ein Helfer muss dort gewesen sein."

Dressler schwieg einen Moment.

„Tja, mehr haben wir im Moment nicht."

Es herrschte nachdenkliches Schweigen im Raum, das Dressler eine Weile lang nicht unterbrach. Doch dann wollte er, dass es weitergeht.

„O.k., wer kann mal die Telefonverbindungen von Krieger prüfen? Und zwar restlos alles, Festnetz, mobil, seine beruflichen und auch seine privaten Anschlüsse. Außerdem brauchen wir eine komplette Liste seines E-Mail-Verkehrs. Und zwar brauchen wir das alles am besten jetzt. Irgendwie muss Krieger ja mit dem Detektiv kommuniziert haben. Vielleicht hat er ja sogar Drohanrufe bekommen."

Ein junger Kollege am Ende des Tisches meldete sich. „Können wir machen." Dressler beäugte ihn kritisch. Solch wichtige Aufgaben vergab er ungern an junge Kollegen. Auf der anderen Seite hatten junge Leute einen ungezwungenen Umgang mit dem, was ältere Generationen noch als moderne Kommunikationsmittel bezeichneten.

„Wer ist ‚wir'?"

Der junge Kollege zeigte auf einen ebenso jungen Polizisten, der neben ihm saß. Dressler bemerkte erst jetzt, dass er sich noch gar nicht richtig mit den beiden befasst hatte. Im Moment fielen ihm noch nicht einmal die Namen ein, obwohl sie schon vor mehr als einer Woche seiner Abteilung zugewiesen worden waren. Aber immerhin fiel ihm kurz darauf ein, dass sich einer oder sogar beide auf den Bereich IuK spezialisiert hatten.

Glücklicherweise führten die kurze Denkpause und Dresslers verwirrtes Gesicht dazu, dass der Kollege sich und seinen Sitznachbarn selbst vorstellte.

„Also, ich, Lukas Schneeberg und mein Kollege Timo Felser."

„Ja, O.k.. Wissen Sie, was da genau zu tun ist?"

„Darf ich einen Vorschlag machen?", fragte Schneeberg.

„Gerne", antwortete Dressler schuldbewusst. Er nahm sich von da an vor, seine jüngeren Kollegen mehr in die Arbeit einzubinden.

„Wir sollten sofort alle Rechner und Notebooks von Krieger konfiszieren und auf der Wache untersuchen. Wir haben hier die Möglichkeit, alle Daten, auch die gelöschten, auszulesen und zu untersuchen."

„Außerdem", ergänzte der Kollege, der offenbar Felser hieß, „sucht man doch zuerst im Internet, wenn man zum Beispiel einen Detektiv braucht. Und vielleicht finden wir irgendwelche Hinweise über seinen Freundeskreis."

„Schon klar", warf Dressler ein, obwohl ihm längst nicht alle Möglichkeiten der digitalen Fahndung bekannt waren. „Darum würde ich Sie bitten, direkt aktiv zu werden. Rufen Sie die Kollegen am Tatort an, dass sie alles mitbringen, was Sie für Ihre Arbeit benötigen. Vergessen Sie aber darüber nicht, die Verbindungsdaten bei den Netzbetreibern einzuholen. Claudia kann Ihnen da ein paar Kontakte nennen, über die wir schneller an Informationen kommen, als auf dem normalen Weg. Sie wissen ja, dass manche Verbindungsdaten schon nach ein paar Tagen gelöscht werden. Und setzen Sie uns bitte sofort in Kenntnis, wenn Sie etwas erfahren haben."

Die beiden Polizisten standen sichtlich erfreut auf und verließen den Besprechungsraum. Dressler war gespannt, was sie bei ihrer Suche aufdecken würden, und er war froh, dass er nun zwei Kollegen an Bord hatte, die sich offenbar auf die Arbeit am Rechner verstanden. Nachdem die beiden den Raum verlassen hatten, notierte er sich klein und kaum lesbar am Rande seines Zettels „Lukas Schneeberg, Timo Felser, IuK".

Claudia Hoppenstedt meldete sich zu Wort und nahm sich einen Zettel zur Hand, den sie mit handschriftlichen Notizen übersät hatte. „Also, meiner Meinung gibt es zwei klar abgegrenzte Bereiche in Kriegers Lebenslauf, die in völliger Dunkelheit liegen. Das eine ist seine Jugendzeit. Die Kaufmann wusste so gut wie nichts von Kriegers Herkunft."

„Das ist bei Sabine Krieger genau so", warf Dressler ein.

„Und", fuhr Claudia fort „obwohl Krieger sehr gut wusste, wie man an Informationen herankommt, finde ich es äußerst befremdlich, dass er offenbar nie einen Versuch unternommen hat, nach überlebenden Verwandten zu forschen." Claudia Hoppenstedt blickte fragend zu Dressler und zum Rest der Gruppe hinüber.

„Tja, das ist jetzt unsere Aufgabe", gab Dressler schulterzuckend zurück. „Aber was außer seiner Jugendzeit liegt noch im Dunkeln?"

„Die zweite Unbekannte ist sein Wochenendhaus in den Niederlanden." Dressler wurde plötzlich aufmerksam. „Davon hat Sabine Krieger nichts erwähnt."

„Janine Kaufmann wusste davon", gab Weiler zurück. „Aber sie war noch nie dort. Sie weiß noch nicht einmal, wo das Haus liegt. Krieger hatte ihr gesagt, dass er sich dort mit Freunden zum Fischen treffe und das sei ‚reine Männersache'."

Krieger mit einer Angel? Und stinkendem Fisch? Das passte nicht. Aber ein Haus und ein Detektiv in den Niederlanden? Das schien interessant zu sein. Dressler würde sich das selbst vornehmen. Dort zu suchen erschien ihm am erfolgversprechendsten.

„Die Info sollten auch unsere Neuen bekommen, damit sie die Postfächer und die Telefonlisten Kriegers danach untersuchen können."

Claudia machte sich eine Notiz dazu und fuhr fort.

„Die Kaufmann hatte mal einen ihrer Bekannten zum Spionieren hinter Krieger her geschickt", erzählte Hoppenstedt weiter. „Der konnte noch feststellen, dass Krieger irgendwo vermutlich Drogen kaufte. Auf der Autobahn Richtung Küste hat er den Verfolger dann abgehängt. Kein Wunder, in seiner Garage steht so ein Thomas-Magnum-Ferrari."

„Schon älter, aber immer noch schnell", warf Weiler ein, bei dem die Begeisterung für schnelle Autos und alte Krimiserien unübersehbar war.

„Findet heraus, wo er seine Drogen gekauft hat", gab Dressler zurück. „Nehmt am besten Kontakt mit der deutschen Drogenpolizei auf. Vielleicht wissen die etwas über Kriegers Kontakte in die Niederlande. Und wir sollten auch den informellen Kontakt zu unseren Kollegen in Holland ausprobieren. Soweit ich weiß, haben wir bei denen noch was gut."

Stefan Mahlberg meldete sich zu Wort. „Ich habe der Verbindungsstelle in Heerlen schon ein Info-Paket mit Fotos von Krieger zugeführt. Vielleicht ist er dort irgendwo aufgefallen. Auch Anfragen nach dem Wochenendhaus haben wir weitergeleitet."

Dressler erzählte nun von seinem Gespräch mit Sabine Krieger und den Drohbriefen. Stefan Mahlberg wurde ausschließlich auf den Privatdetektiv angesetzt. Wenn der gefunden war, müsste man auch dem Täter einen Schritt näher gekommen sein.

„Noch etwas", warf Dressler in die Runde. „Weiß einer von euch, wann und wo Krieger beerdigt wird?"

„Er hat wohl verfügt, dass er eingeäschert wird. Und die Bestattung ist Freitag in Overath auf dem Ferrenberg." Dressler nickte ihr dankend und mit einem Lächeln zu. Wieder mal war es Claudia, die mehr wusste als alle anderen.

Das war also der momentane Stand der Dinge. Auch die Mitarbeiter der „Krieger-Film" brachten keine neuen Informationen heraus. Krieger wurde überall sehr respektiert. Aber Hoppenstedt, Mahlberg und die anderen Kollegen hatten das Gefühl, dass viele Angestellte in Kriegers Firma bloß Schiss vor ihm hatten, und zwar immer noch, obwohl der schon tot war.

Das Testament hatte keine ungewöhnlichen Formulierungen. Ulrich Krieger hatte seinen beiden Frauen eine Art Pflichtteil vermacht. Sabine Krieger bekam also noch einmal Geld von ihm. Und auch Janine Kaufmann musste nicht unter die Bettdecke eines anderen kriechen.

Doch ein nicht unerheblicher Teil des Geldes ging an eine Hilfsorganisation, die Opfer von Landminen unterstützt. Ein wenig stutzig machte ihn das schon. Warum, das konnte sich Dressler nicht erklären. So etwas steht in jedem zweiten Testament. Als Toter brauchte Krieger kein Geld. Möglicherweise hatte er sein Vermögen in eine Art posthume Imagekampagne investiert. Nur um zu beweisen, dass er doch ein guter Mensch war.

Dabei machten alle Befragten den Eindruck, als wenn er zu Lebzeiten ein unglaubliches Schwein gewesen sein muss.

„Was wissen wir über diesen Gabrenz?", fragte Dressler in die Runde. Und wieder war es Claudia, die aufstand, um einen kurzen Bericht abzugeben. „Mark Gabrenz scheint mir ein kleiner ‚Möchte-gern-Krieger' zu sein. Angeblich schielte er schon seit längerer Zeit auf Kriegers Job. Aber ich glaube, er hat nicht das Zeug, um andere Leute vor der Kamera bloßzustellen. Einen Mord traue ich ihm auf keinen Fall zu."

„Claudia, deine Tätigkeit hier hat nichts mit Scheinen, Glauben und Trauen zu tun." Genervt rieb sich Dressler die Augen. Ihm war der Vorwärtsdrang seiner jungen Kollegin ein Dorn im Auge. „Bleib an Gabrenz dran. Wir müssen außerdem rausbekommen, welcher von Kriegers früheren Gästen eine besondere Abneigung gegen ihn hatte, wer besonders rachsüchtig wirkte und vor allem will ich wissen, auf welchem Weg der Mörder da rein gekommen ist. Irgendjemand muss den doch gesehen haben."

Jeden Satz betonte Dressler, indem er mit dem Finger auf die Tischplatte klopfte. Claudia Hoppenstedt notierte mit leicht errötetem Gesicht alles, was Dressler von sich gab. Dann schob sie ihm quer über den Tisch eine DVD zu.

„Was ist das?" fragte er – immer noch mit genervtem Unterton.

„Eine DVD."

Dressler verstand nicht, ob sie das ironisch meinte oder ob sie ihm einfach nur eine kurze, klare Antwort geben wollte. Um die Situation zu entschärfen, ergänzte sie „Mit Aufnahmen von der Show. Das Publikum ist leider nicht komplett zu sehen. Und die Leute von der ‚Krieger-Film' haben es offenbar auch versäumt, eine Namensliste mit den Zuschauern anlegen zu lassen. Wer rein wollte, bekam am Eingang eine Karte und wurde eingelassen."

Dressler sah zu Oliver herüber. Hatte der nicht gesagt, dass eine Liste mit den Namen der Zuschauer in Arbeit sei? Wie konnte das sein, wenn die Namen der Zuschauer überhaupt nicht festgehalten wurden?

Er schüttelte den Kopf. Wie konnte Krieger nur so nachlässig sein? Er musste doch wissen, dass er sich mit der Sendung massenweise Feinde ins Haus holen konnte. Aber vielleicht war es auch nur die Nachlässigkeit eines Angestellten, von der Krieger nichts wusste. Er steckte die DVD ein und sah sich gezwungen zu einer Geste, die ihm Respekt verschaffen und gleichzeitig seine vorherige Bemerkung gegenüber Claudia entschärfen würde: „Vielen Dank. Gute Arbeit. Liefert mir bitte noch den Bericht ab. Und tut mir den Gefallen, schickt auch an Dr. Markworth eine Kopie. Wir sind zwar noch nicht weit gekommen. Aber ich finde, unsere Arbeit kann sich sehen lassen. Sonst noch was?"

Dressler blickt in die Runde. Alle anderen schauten sich ebenfalls fragend an. Es war halb fünf. Er wollte gerade die Sitzung beenden, als das medizinische Gutachten und die Ergebnisse der Spurensicherung von einem Assistenten hereingereicht wurden.

Oliver Weiler las die wichtigsten Befunde laut vor. Doch niemand erhoffte sich zu diesem Zeitpunkt einen entscheidenden Hinweis. Wer unbemerkt in das Studio gelangen und eine Bombe installieren konnte, der war wohl auch klug genug, um Fingerabdrücke zu vermeiden. Und richtig. Keine Fingerabdrücke an den Überresten der Bombe. Die Abdrücke an der Kopflehne des Throns, wo die Bombe befestigt war, konnten einem vertrauenswürdigen Bühnentechniker zugeordnet werden. Es waren überhaupt nur wenige Spuren vorhanden. Der Raum unter der Bühne wirkte klinisch rein. Sie war Kriegers Höhle. Aber irgendjemand musste dort gewesen sein.

Das medizinische Gutachten ließ sich in drei Sätzen zusammenfassen. Ja, Krieger war direkt tot, verursacht durch die Detonation. Ja, Krieger hatte vorher gekokst (und zwar recht viel). Und ja, Krieger hatte Alkohol getrunken. Allerdings nur zwei bis drei Glas Whiskey. Erstaunlicherweise ließ sich noch feststellen, dass Krieger irgendwann einmal eine Schönheitsoperation gehabt hatte. Seine Nase war verkleinert worden und auch um die Augen herum war vermutlich gebastelt worden. Dressler fragte sich, wie man das aus den verbliebenen Gesichtsfetzen hatte erkennen können. Andererseits wunderte ihn bei dem rasenden Tempo der Entwicklungen in der Gerichtsmedizin mittlerweile kaum noch etwas. Und auch die Tatsache, dass sich Krieger hatte liften lassen, wunderte ihn nicht. Denn dass Krieger eitel war, das war ebenfalls nichts Neues.

Das Ergebnis des Labors war also eher ernüchternd. Dressler war nun gespannt auf die DVD und machte einen zweiten Anlauf, die Sitzung zu beenden. Da klingelte das Telefon und Jens Meister reichte den Hörer an Dressler weiter.

Der Anruf kam von der niederländischen Polizei. Krieger war vor zwei Monaten in der Nähe von Breda in eine Radarfalle geraten. Dressler stand mit einem leichten Grinsen auf. „Wie heißt unser Ansprechpartner bei der niederländischen Polizei und wo finde ich ihn?" Allen anderen war klar, dass Dressler sich diese Spur gerade geschnappt hatte. Dabei wäre jeder gerne mal für ein paar Stunden hier rausgekommen.

„Also, Stefan, du bleibst dran an dem Detektiv, Oliver und Claudia, ihr hängt euch an Gabrenz und Kriegers Gäste. Und bitte versucht mehr über seine Kindheit zu erfahren. Wer genau war seine Ersatz-Mutter? Wo genau kommt er her und hat er noch irgendwelche Verwandte? Und ruft mich bitte sofort an, wenn Ihr was habt, O.k.? Jens, kannst du dir die Bombe vornehmen? Irgendwoher muss der Sprengstoff ja stammen. Setz dich vielleicht mit den beiden LKAlern zusammen, die die Bombe untersucht haben und schau mal, ob die was herausbekommen."

Er packte gerade seine Sachen zusammen, um den Raum zu verlassen, als Weiler ihn von der Seite ansprach.

„Und was ist mit der Presse? Jeder erwartet doch für heute Nachmittag eine Stellungnahme." Niemand außer Weiler hätte den Mut oder die Unverfrorenheit gehabt, Dressler in einer solchen Situation auf die Presse anzusprechen.

Doch der stand auf, warf seine Jacke über die Schulter und beugte sich im Gehen zu Weiler hinunter. „Lassen Sie sich was einfallen."

Dann ging er. Die anderen schauten sich gegenseitig an. Dressler hatte eine Scheißlaune. Das merkten sie vor allem am Umgang mit Claudia.

# Kapitel 6

Dressler fuhr sofort los. Auch wenn seine Mitarbeiter jetzt meinten, er wolle sich einen schönen Tag machen, brauchte er diese Autofahrten. Jedes Mal, wenn er in einer Ermittlung steckte und nicht weiterkam, suchte er eine passende Gelegenheit, um sich ins Auto zu setzen und zu fahren. Einfach nur fahren. Dabei kamen ihm die besten Gedanken. Doch diesmal kam nichts, außer Müdigkeit. Schon nach einer halben Stunde stand er im Stau auf der A4. Und erst gegen 19.30 Uhr kam er bei der Polizei in Breda an. Die Informationen über Krieger waren von der Verbindungsstelle in Heerlen an die Dienststelle in Breda weitergeleitet worden und von dort aus hatte man das Info-Paket an die Küstenorte verteilt. Dressler setzte sich mit Pieter Hendrix, seinem niederländischen Kollegen, in eine Kneipe und trank ein Bier.

„Wisst Ihr, dass Krieger möglicherweise in Drogengeschäfte verwickelt war?", fragte er Dressler, nachdem er sich die Schaumkrone von der Lippe gewischt hatte.

„Er hat gekokst", antwortete Dressler. „Hat zweimal deswegen vor Gericht gestanden. Man hat aber nie größere Mengen gefunden. Bis auf die 30 Gramm, die wir nach seinem Tod im Sofa fanden."

„Er ist einige Male unserer Rauschgiftabteilung aufgefallen", entgegnete Hendrix. „Er hatte Kontakt zu einem kleinen Schmugglerring. Wir haben ihn mehrfach an der Grenze abgefangen, aber er hatte nie etwas dabei. Und genau das macht ihn eigentlich verdächtig."

„Das verstehe ich nicht."

„Wenn wir mal ein paar Gramm bei ihm gefunden hätten, dann würde das klar auf Konsum hindeuten. Aber wenn er nie etwas dabei hat, dann ist es wahrscheinlicher, dass er mit der

Organisation direkt etwas zu tun hat und nicht nur Konsument ist."

„Vielleicht war er dort, hat die Drogen in einem anderen Fahrzeug transportieren lassen und ist selbst nur zur Ablenkung mitgefahren."

„Tja, das ist natürlich auch möglich. Aber was auch immer er mit der Drogenszene zu tun hatte, bisher ist das alles Spekulation."

„Das stimmt. Und wohin könnte er in Breda unterwegs gewesen sein?", fragte ihn Dressler. „Das ist ja nicht gerade eine Drogenhochburg."

„Keine Ahnung. Aber wenn er Geld hatte, wenn er sich tatsächlich mit Freunden zum Angeln getroffen hat und wenn er ein Ferienhaus hatte, dann würde ich direkt am Meer suchen. Und wenn er über Breda fährt, dann kommen nur rund einhundert Kilometer Küstenlinie in Frage. Das haben wir schnell raus. So ein roter Ferrari ist ja kaum zu übersehen."

„Könnt ihr nicht mal in euren Grundbüchern oder so nachschauen? Da müsste Krieger doch irgendwo eingetragen sein als Besitzer eines Ferienhauses."

„Deine Kollegin hatte mich schon deswegen angerufen. Aber wir haben den Namen nirgendwo gefunden. Kein Haus, keine Wohnung, nicht mal ein Boot oder sonst etwas. Vermutlich war irgendjemand anderes der Besitzer oder Mieter."

„Krieger soll außerdem einen niederländischen Detektiv engagiert haben, weil er von einem Unbekannten Drohbriefe erhalten hat. Wisst ihr darüber etwas?"

Hendrix schüttelte den Kopf. „Nein, ich glaube nicht. Aber ich kann noch mal nachfragen."

Dressler kamen plötzlich Zweifel auf. Zu viele Richtungen, die direkt am Anfang im Sande verliefen. Krieger schien auch in den Niederlanden überaus vorsichtig vorgegangen zu sein. Jetzt lagen die größten Hoffnungen auf der Auswertung der Telefonate, Mails und Internetprotokolle.

Er schaute auf sein Telefon. Keine Anrufe, keine SMS. Auch in Gladbach gab es keine neuen Infos. Er gähnte. Eine Weile später verabschiedete er sich von seinem niederländischen Kollegen.

„Vielen Dank für Ihre Unterstützung", bedankte sich Dressler.

„Pieter." Hendrix reichte Dressler die Hand. „Bei uns in den Niederlanden duzt man sogar Kriminelle."

Dressler lachte. „O. k., dann solltest du mich ab sofort auch duzen. Jürgen. Vielen Dank, Pieter. Du hast uns schon sehr geholfen."

Erst im Hinausgehen fiel ihm der Hauptgrund für den Besuch wieder ein und er fragte den Polizisten, ob er das Radarfoto sehen könne. Doch das lag im Präsidium. Hendrix schrieb sich Dresslers Mailadresse auf, um ihm das Foto schicken zu lassen.

Als er im Auto saß, verspürte er Lust, raus ans Meer zu fahren. Schon nach einer halben Stunde sah er das Meer im Mondlicht schimmern. Er stellte den Wagen am Straßenrand ab und ging einige Schritte über den Deich. Der Wind hatte aufgefrischt und endlich etwas kühlere Luft mit sich gebracht. Der Sternenhimmel war glasklar. Dressler setzte sich in den Sand und rauchte eine Zigarette.

Vor seinen Augen erschien die Szene, die er damals bei Krieger in der Show durchmachen musste. Krieger ließ nicht locker. Kurz vor Dresslers Teilnahme an der Show ging ein Vorfall durch die Medien. Zwei Polizisten aus Dresslers Zuständigkeitsbereich hatten einen wehrlosen und unschuldigen Mann zusammengeschlagen, weil der sich einer Festnahme widersetzte. Die Polizei war damals auf der Suche nach einem Serienkinderschänder und Dressler hatte übereilt die Verhaftung angeordnet.

Der Moment war also günstig für Krieger und er konnte Dressler in die Enge treiben. Es fielen Ausdrücke wie Polizeistaat und Prügelkommando. Aber Dressler stand so sehr mit dem Rücken an der Wand, dass ihm nichts anderes übrig blieb, als ehrlich zu sein. Er wiederholte öffentlich, dass der verhaftete Makler vollkommen unschuldig gewesen sei und dass der Zugriff übertrieben brutal gewesen sei.

Aber dann tat er das, was er selbst eigentlich zutiefst verabscheute: er spielte mit den Emotionen der Zuschauer, er setzte Stammtischparolen ein und kokettierte mit einer Form des Political Correctness, die bei ihm normalerweise Brechreiz ausgelöst hätte, nur, damit er eine Chance hatte, seinen Kopf aus der Schlinge zu bekommen. Er erzählte von seinen damaligen Erlebnissen bei der Fahndung nach Pädophilen. Er berichtete von misshandelten Kindern und er sprach von den weit verzweigten Händlerringen, von Menschen, die eine lange Spur von Schicksalen hinter sich her zogen, die Geld mit dem endlosen Leid der Kinder verdienten, während die Kinder, die sie erbarmungslos gequält hatten, für ihr Leben gezeichnet seien.

Nachdem er dem Gespräch diese Wendung gegeben hatte, sah er es in Kriegers Augen blitzten. Denn es gab zwei Dinge, die dieser besonders wenig leiden konnte: Das eine war Ehrlichkeit und das andere war ein Publikum, das mit seinem Opfer sympathisierte. Welche weiteren Trümpfe wollte er jetzt ausspielen, wenn Dressler es selber tat? Wen konnte er aufwiegeln, wenn das Publikum nur an gedemütigte Kinder und überarbeitete Polizisten dachte?

Den Vogel abgeschossen hatte ein älterer Mann im Publikum, der so etwas brüllte wie „Wo gehobelt wird, da fallen Späne". Die Stimmung ging in eine Richtung, die Dressler zutiefst unangenehm war. Aber zu diesem Zeitpunkt war ihm dies egal. Auf dem Schafott kämpft man auch mit unsauberen Mitteln.

# Kapitel 7

Eine starke Windböe riss Dressler aus seinen Gedanken. Er atmete tief ein und saugte zufrieden die frische Luft in seine Lungen. Er stand nicht mehr auf dem Schafott. Aber jeder neue Fall rief ihm dieses Gefühl ins Gedächtnis zurück. Er musste sich dringend auf den Heimweg machen, damit dieser neue Fall nicht sein nächstes Waterloo wurde.

Auf der Rückfahrt drehte er das Radio an. Ein niederländischer Sender lief. Die Musik war hervorragend, aber das viele Gerede zwischendurch ärgerte ihn. Und der Gedanke an einen neuen Ansturm der Presse machte ihn nervös.

Als sein Telefon klingelte, meldete sich Claudia am anderen Ende. Jetzt war es ihm ein wenig peinlich, dass er die junge Polizistin vor den anderen runtergemacht hatte. Sie schien die Sache aber schon vergessen zu haben und berichtete eine Neuigkeit aus dem Labor.

„Die Bombe hatte eine seltsame Konstruktion. Sie war mit einem eigentlich vollkommen überflüssigen Wecker verbunden. Das deckt sich mit Aussagen von Zuschauern und Bühnentechnikern, die kurz vor dem Knall einen schrillen Ton wahrgenommen haben wollen."

„Ein Warnzeichen?"

„Scheint so. Aber wer sollte gewarnt werden? Außerdem hat das Klingeln zur Flucht keine Zeit gelassen."

„Also noch mal: Die Konstruktion bestand aus einem Wecker, der klingelte, und direkt danach wurde die Bombe durch einen völlig anderen Mechanismus gezündet?"

„Das weiß ich nicht genau. Ich will dem Bericht von Jens auch nicht vorgreifen, aber ich wollte dich schon mal über den seltsamen Bau informieren."

„Mhm. Was soll der Blödsinn. Aber ich denke, da steckt ein wichtiger Hinweis dahinter. Was hat denn die Bombe letztlich gezündet?"

„Auch das wird noch ermittelt. Aber die Auskunft werden wir bald haben. Jens sitzt die ganze Zeit am Telefon und bespricht sich mit dem LKA."

„Sonst noch was?"

Claudia Hoppenstedt zögerte einen Moment. „Tja. Mark Gabrenz ist verschwunden."

„Wer sagt das?"

„Er erschien heute nicht bei der Arbeit. Obwohl er damit beauftragt wurde, vorübergehend die Vertretung zu übernehmen."

Dressler merkte, dass sie dadurch auf unangenehme Weise an ihr letztes Gespräch erinnert wurde, in dem sie ihre Vermutung ausgesprochen hatte, dass sie Gabrenz nicht für einen Mörder hielt. Die Chance wollte Dressler nutzen, um ihr seine Wertschätzung auszudrücken.

„Wie denken Sie darüber?"

Dressler merkte ihr an, dass sie nun nach den passenden Worten suchte, um ihm nicht noch einmal die Möglichkeit zu geben, sie vor den anderen zurechtzuweisen.

„Ich denke oder ich bin davon überzeugt, wenn er wirklich auf Kriegers Thron gewollt hätte, dann wäre das seine große Chance. Also sollte er besser nicht verschwinden. Oder er ist doch der Mörder und hat sich aus dem Staub gemacht. Jedenfalls wird jetzt nach ihm gefahndet. Und ich bin gerade auf dem Weg zu seiner Wohnung. Vielleicht finde ich da etwas."

„Sehr gut. Vielen Dank. Ach so, was war eigentlich mit dem Pressetermin?"

„Darum hat Oliver sich gekümmert. Er hat ein paar dürftige Informationen an die verschiedenen Redaktionen rausgegeben und darum gebeten, dass sie uns noch etwas Zeit geben."

„Und das haben die geschluckt?"

„Es scheint so. Aber ehrlich gesagt denke ich, dass die ihre Infos irgendwo aus dem Kreis von „Krieger-Film" bekommen. Nur, darauf haben wir ja sowieso keinen Einfluss."

„Stimmt. Danke also erstmal."

Zufrieden schob Dressler das Telefon wieder in seine Jacken-tasche. Sollte Gabrenz wirklich ein Mörder sein? Jetzt wurde ihm bewusst, dass er den gleichen vagen Eindruck von ihm hatte, den auch Claudia während der Besprechung schilderte. Mark Gabrenz war tatsächlich kein Mördertyp.

Kurz vor Köln entschied er sich, bei Kim vorbeizufahren. Kim kannte er seit etwa zehn Jahren. Er hatte sie auf dem so genann-ten Babystrich aufgelesen und von der Straße geholt. Mit fünf-zehn war sie eigentlich schon am Ende ihres Lebens angekom-men. Eine Karriere, wie bei Christiane F. abgeschaut. Sie kam in einen Entzug und da sie keine Eltern hatte, landete sie danach in einer Art offener Therapie, wo Dressler sie öfter besucht und bestärkt hatte, ihrem Leben eine positive Wendung zu geben. Aber eigentlich war die Therapie nur eine Art Wartezimmer für die Volljährigkeit. Als sie dann 18 war, ging sie wieder anschaf-fen, doch diesmal ohne Heroin. Sie hatte einiges begriffen und Dressler schob es vor allem auf ihre herausragende Intelligenz, dass sie es geschafft hatte, als junge Frau in einem solchen Um-feld zu überleben und sich sogar zu behaupten.

Denn nach ein paar Jahren machte sie daraus ein einträgliches Geschäft, und zwar nicht auf der Straße, sondern als Geschäfts-führerin eines Bordells für besserverdienende Kunden. Viel-leicht hatte sie auch einfach nur Glück gehabt. Das Heroin hatte sie nicht zerfressen. Sie hatte zu kurz an der Nadel gehangen, um geistig und körperlich irreparabel zu sein.

In Köln bog er in das verkommene Gewerbegebiet ein, folgte den Bahngleisen, auf denen seit mindestens 30 Jahren keine Bahn mehr gefahren war, bog in eine dunkle Toreinfahrt, die nur durch eine rote Lampe beleuchtet war, fuhr an einem Lagerhaus vorbei und bog dann in einen gut beleuchteten, sauberen und einladenden Innenhof – ein Paradies der Lust inmitten einer dunklen, dreckigen Arbeitswelt.

„Hallo Kim, alles klar?", fragte Dressler. Er warf sich müde in einen tiefen Sessel. Sie saß am Tisch, notierte etwas und lächelte kurz zu ihm herüber. „Na, alter Brummbär?" antwortete sie, die Augen schon wieder auf das gerichtet, was sie gerade schrieb.

Dressler griff nach einem Kästchen auf dem Tisch, von dem er wusste, dass es immer randvoll mit Gras gefüllt war. Er drehte sich einen Joint, zündete ihn an und lehnte sich genüsslich zurück. Außer Kim gab es – berufsbedingt – niemanden, der davon wusste, dass Dressler, außer gutem legalem Whiskey auch gutes illegales Gras liebte.

Nach einiger Zeit drückte Dressler den Joint aus und sah Kim erwartungsvoll an. Er war ja nicht ohne Grund hierher gekommen. Kim bemerkte dies und ließ den Kuli sinken. Sie sah zu ihm herüber. „So schlimm?"

„Hast Dus noch nicht gelesen?" Dressler steckte sich eine Zigarette an.

Sie blickte ihn mit großen Augen an. „Du meinst Krieger? Oh, hör mir auf mit dem Schwein. Habt ihr nichts Besseres zu tun, als jemanden zu jagen, der nichts anderes getan hat, als Kriegers Fresse wegzublasen?"

Dressler musste unweigerlich grinsen. Er mochte an ihr diese ehrliche und offene Art zu sprechen, die so gut in die dunkle und dreckige Arbeitswelt passte und so wenig in ein Paradies der Lust. Schon oft hatte sie ihm mit ihrer Sichtweise weitergeholfen, die nicht selten grundlegend von seiner abwich. Vielleicht hatte sein Kontakt zu Kim deswegen so lange Bestand.

Irgendwie war Krieger ja selber schuld. Wenn er die Aufhetzung der Massen zu seinem Ziel gemacht und sich dabei täglich höhere Maßstäbe gesetzt hatte, dann musste er irgendwann scheitern. Das Volk wartete ja nur darauf, dass in einer seiner Shows ein Gast mal die Waffe zog. Der Haken war nur, dass das Volk die Blickrichtung geändert hatte und nun ebenso intensiv auf Dresslers Finger schaute. Er war es, der jetzt in Zugzwang war. Wer war es? Wer hatte Krieger ausgelöscht? War es ein ehemaliger Gast? Dresslers Gedanken rotierten. Er zog sein Telefon hervor und rief Claudia an.

„Claudia?"

„Ja?" Ihre Stimme klang abgehetzt. Im Hintergrund hörte er ihre Schritte auf dem Asphalt. Offenbar war sie noch unterwegs zu Gabrenz' Wohnung.

„Kannst du, wenn du Zeit hast, veranlassen, dass jemand noch einmal die DVD mit den Aufnahmen von den Zuschauern mit der kompletten Gästeliste abgleicht? Ich will einfach nur sicherstellen, dass niemand von Kriegers Ex-Gästen am Tatort war. Denn das wäre ja die Variante, die auf der Hand liegt."

„Alles klar. Ich melde mich." Sie legte auf.

Dressler schaute Kim fragend an. Sie schaute lächelnd zurück.

„Was glaubst Du, wer es war?", fragte er neugierig. Ihre Einschätzung zu dem Thema konnte sehr hilfreich sein.

„Du. Oder ich. Oder sonst wer. Jeder kann es sein. Überleg doch mal selbst. Fällt dir auf Anhieb jemand ein, der sich mehr Feinde gemacht hat als Krieger?"

Dressler musste gestehen, dass ihm aus dem Stegreif niemand einfiel. Aber diese Antwort brachte ihn auch nicht weiter.

„Wir haben Drogen bei ihm gefunden. Meinst du, er hatte was mit der Drogenszene zu tun?"

Kim schüttete sich einen Kaffee ein und rührte nachdenklich in ihm herum, so dass einige Zeit nur das Klicken des Löffels am Rande des Tasse zu hören war. Sie blickte auf den Aschenbecher neben Dressler.

„Hast du was mit der Drogen-Szene zu tun?"

Er verstand, worauf sie hinaus wollte.

„Nicht jeder, der kokst, hat etwas mit der Szene zu tun. Die meisten sind halt einfach Kunden, so wie die, die hier reinspazieren, um Liebe zu bekommen, so spazieren woanders Leute irgendwo rein und kaufen sich eine Nase Koks."

Sie wandte sich wieder ab.

„Der einzige Unterschied: Der Dealer wohnt mit Blick auf den

Rhein und ich blicke in den Hinterhof. Das ist der Aufpreis, den du bekommst, wenn du es illegal tust."

„Er ist mehrfach in die Niederlande gefahren."

„Das tust du doch auch", grinste sie. Außerdem passt das zu ihm. Er hat sich sein Zeug halt irgendwo gekauft, wo er nicht so auffällt. Wer direkt beim Großhändler im Ausland kauft, der wird nicht bei einem unvorsichtigen Kleinhändler ins Netz gehen. Außerdem: Stell dir vor, irgendein Pressefuzzi hätte ihn bei einem Dealer fotografiert. Krieger wusste ja gut genug, wie das Spielchen läuft und was ihm dann droht."

Sie war vollkommen überzeugt von dem, was sie sagte, und hielt das Gespräch offenbar für beendet, denn sie begann damit, ihre Fußnägel zu lackieren. Dressler schloss die Augen und ließ seinen Gedanken freien Lauf. Warum glaubten alle Frauen, dass bemalte Fußnägel erotisch wirkten? Oder andersherum: Warum suggerieren so viele Männer ihren Frauen, dass sie darauf stehen? Obwohl den Männern das unterm Strich gesehen sowieso scheißegal war?

Da überraschte Kim ihn damit, dass sie, anders als er selbst, dem vorigen Thema gedanklich treu geblieben war: „Warum bist du eigentlich so sicher, dass er wegen der Drogen in Holland war?"

Dressler fuhr aus seinen Gedanken hoch und blickte sie erstaunt an. „Gute Frage. Ich habe halt keine andere Spur zur Zeit. Warum sollte er sonst in die Niederlande fahren?"

Kim widmete sich wieder ihren Fußnägeln. „Keine Ahnung. Ich hab nur gedacht, dass das so ein typischer Bullengedankengang ist: Holland gleich Drogen. Ihr solltet euch nicht zu früh festlegen auf eine Variante. Ist schon O.k., wenn man für Ordnung sorgt und Dinge oder Leute in eine Schublade steckt. Aber ihr bei der Polizei macht die Schublade einfach zu schnell zu."

Dressler bewunderte ihre Gabe, Dinge auf den Punkt zu bringen. Er beneidete sie sogar darum. Was für eine Polizistin war an ihr verloren gegangen! Er blieb noch eine Stunde bei ihr, und als er fuhr, betrachtete er den Besuch als überaus erfolgreich. Auch wenn sie ihm keine Antwort auf all die brennenden Fragen geben konnte, Kim hatte eine seltsam beruhigende Wirkung auf ihn.

# Kapitel 8

Am frühen Morgen war Dressler nur kurz nach Hause gefahren. Er hatte geduscht, sich die Zähne geputzt und ein frisches Hemd angezogen. Dann war er zu Kriegers Privathaus auf dem Overather Ferrenberg gefahren. Auf dem Weg erkundigte er sich, ob es Neuigkeiten gab. Aber zur Zeit stockte die Ermittlung, was er mit steigender Nervosität quittierte. Kurz darauf war er angekommen. Es war ein eher protziges als stilvolles Haus mit einem schmiedeeisernen Tor und einer Einfahrt, die bequem auch für ein weiteres Haus Platz geboten hätte. Dressler parkte vor dem Haus und grüßte den Polizisten, der neben dem Eingang postiert war. Er schritt die Einfahrt entlang, vorbei an einem kleinen Swimmingpool und zahlreichen exotischen Bäumen und Sträuchern. Der Eingang war im Stil einer römischen Villa gehalten, mit zwei weißen Säulen, vor denen riesige Blumenkübel mit Buchsbäumen standen. Innen durchquerte er eine riesige Eingangshalle, die zu einer Treppe ins Obergeschoss führte. Dressler wurde von einem Kollegen in Empfang genommen, der ihm die wichtigsten Ergebnisse schilderte.

Die Spurensicherung war in den meisten Räumen bereits fertig. Ein Bericht war schon in Arbeit. Aber nach Aussage des Ermittlungsbeamten vor Ort gab es keine Neuigkeiten. Keine weiteren Drogenfunde, keine Hinweise auf den Detektiv, keine Spur von den Drohbriefen. Es sah fast so aus, als hätte jemand hier sauber gemacht. Obwohl dafür eigentlich keine Zeit war. Denn schon kurz nach dem Attentat im Studio war Kriegers Haus von der Polizei in Beschlag genommen worden.

Dressler war erstaunt über Kriegers Gemäldesammlung. Nachdem er einen Großteil der Bilder bei der Scheidung verloren hatte, musste er wieder kräftig zugeschlagen haben. Krieger musste außerdem eine Vorliebe für skurrile Einrichtungsgegenstände gehabt haben. Das Haus bestand aus etwa 15 Räumen, die alle in vollkommen unterschiedlichen Stilen eingerichtet waren. Es gab ein Zimmer, das kühl und spartanisch im Stil der 70er-Jahre eingerichtet war. Mit diesem Stil kannte sich Dressler aus. Hier standen die Stücke herum, die für ihn wohl ewig ein Traum bleiben würden.

Möbel, Bilder, sogar die Tapete waren authentisch. In der Ecke stand ein weißer Fernseher von Braun. Daneben eine orangefarbene Musiktruhe. Einen Raum weiter fand sich Dressler in den 50er-Jahren wieder. Nierentisch mit drei Beinen, ein Sofa mit übergeworfener Decke und mehrere Sitzkissen, die sogar den vorschriftsmäßigen Knick in der Mitte hatten. Krieger – ein Nostalgiker?

Auffallend war auch das indische Zimmer. Der Raum war ausgelegt mit Teppichen und Kissen. Anstelle einer Tür gab es nur einen Vorhang. Alles roch hier nach altem Rauch von Räucherstäbchen. In der Mitte war ein tiefer, kreisrunder Tisch mit einer Anzahl verschiedener Rauch-Utensilien. Darunter eine wohl anderthalb Meter hohe Wasserpfeife, in der die Kollegen Reste von Marihuana gefunden hatten.

Daneben gab es ein afrikanisches Zimmer. Vermutlich hatte Krieger es mit Souvenirs von seinen Reisen als Kriegsberichterstatter ausstaffiert. An der Wand gegenüber der Tür war eine grauenerregende Maske aufgehängt. Die Fratze grinste Dressler mit bösem, überlegenem Blick an. Er stand längere Zeit dort und betrachtete die Maske mit einer Mischung aus Faszination und Ekel. In einem Regal lagen Utensilien, die wie die Zutaten eines Voodoo-Rituals aussahen. Dressler schüttelte den Kopf. Krieger als Schamane und Meister der schwarzen Kunst? Das Haus warf einfach zu viele Fragen auf. Zu viele Rätsel, die die Gedanken und Nachforschungen in unzählige Richtungen lenkten. Dressler setzte sich auf einen niedrigen Sitzschemel, der aus einem Baumstamm gehauen war, und dachte nach. Er musste sich auf das Wesentliche konzentrieren. Irgendwo musste es hier einen

Schlüssel geben, einen Schlüssel zu Kriegers Vergangenheit, zu seiner Person. Wenn er den fand, fand er auch den Zugang zu Kriegers Mörder.

Er stand auf und versuchte, die Eindrücke abzuschütteln. Er musste sich unbefangen an seine Arbeit als Ermittler machen. Doch es fiel ihm schwer, hier den neutralen Blick zu behalten. Immer noch den Blick der afrikanischen Fratze vor Augen, stieg er die Kellertreppe hinunter.

Neben prall gefüllten Vorratsräumen und einem gut sortierten Weinkeller fand er ein komplett eingerichtetes Musikstudio. Die Technik war auf dem neuesten Stand. Aber auch alte Tonbandgeräte, ein Mischpult aus den 60ern und ein Minimoog-Synthesizer standen herum, der Dresslers besonderes Interesse weckte, weil er selber einen Moog besaß. Er besah die Rückseite und fand einen Aufkleber, der anzeigte, dass der Synthesizer erst vor zwei Jahren im Service gewesen war. Also war das kein Souvenir aus alten Zeiten, sondern ein noch relativ aktuell eingesetztes Instrument. Krieger – ein Musiker?

Dazu gab es hier eine beachtliche Menge an Schallplatten und Tonbändern. Per Telefon ordnete Dressler an, dass die Bänder zumindest in Stichproben abgehört werden sollten.

Er selbst griff sich wahllos ein Band heraus und fädelte es in ein Tonband ein. Was er hörte, war vermutlich die Aufnahme einer Bandprobe. Er hörte den Moog-Synthesizer ganz klar heraus, dazu Gitarren und Schlagzeug. Aber die Musik empfand Dressler als entsetzlich. Sie bestand für ihn nur aus Krach und wirrem Gekreische. Damit sollten sich lieber seine Kollegen herumschlagen.

Um zehn kam, wie verabredet, Janine Kaufmann in Kriegers Villa. Dressler war von ihrem Aussehen beeindruckt. Von Frauen verstand Krieger scheinbar mehr als von Musik. Sie trug eine schwarze Hose und einen schwarzen, enganliegenden Rollkragenpullover. Viel erinnerte Dressler an ein Foto von Audrey Hepburn, das er als Jugendlicher an seiner Wand kleben hatte. Ihre

Ausstrahlung machte Dressler nervös. Er bat einen Polizisten, Kaffee zu kochen, und fragte Janine Kaufmann, wo sie sich am liebsten unterhalten würde.

Sie lächelte ihn an. „Von mir aus im Wintergarten. Ich halte nichts von der künstlichen Stimmung der übrigen Räume."

„Wissen Sie, warum er sein Haus auf diese Weise eingerichtet hat?"

„Krieger hat alles in seinem Leben so eingerichtet, dass er möglichst auf Knopfdruck eine Atmosphäre um sich herum schaffen konnte, die seinen akuten Bedürfnissen gerecht wurde. Was meinen Sie, warum er kokainabhängig war?"

„Und wo hat er sich am liebsten aufgehalten?"

„Was denken Sie?", fragte sie lächelnd zurück.

„Im indischen Zimmer?"

„Nein." Sie lachte „Wenn er allein war, hat er sich am liebsten in die gutbürgerliche Stube gesetzt."

„Das Zimmer mit der Schrankwand und dem Plüschsofa?"

„Ja."

„Hat er Ihnen je erzählt, warum?"

Nachdem der Polizist den Kaffee eingeschenkt hatte, zündete sie sich eine Zigarette an, bevor sie mit einer Frage antwortete.

„Kennen Sie den Steppenwolf?"

„Klar. Pflichtlektüre", gab Dressler zurück.

„So wie der Steppenwolf hatte Krieger einerseits das Bedürfnis, dem Bürgertum, der Zivilisation, dem normalen Leben den Rücken zu kehren. Aber er hat immer wieder gemerkt, dass er damit seine Wurzeln, seine Heimat und sein seelisches Fundament zerstören würde. Darum pendelte er immer zwischen diesen Extremen."

„Was wissen Sie über sein Leben vor Ihrer Beziehung?"

„Das habe ich alles schon Ihren Kollegen erzählt. Krieger hat sich darüber ausgeschwiegen. Vielleicht hatte er auch eine schlimme Kindheit. Ich weiß es wirklich nicht."

„Sie verbergen nicht gerade, dass sein Tod Sie nicht besonders berührt."

„Wissen Sie, Krieger konnte man auf eine Art gerne haben. Er war halt ein Spielkind. Manchmal hatte man unglaublichen Spaß mit ihm. Er hatte etwas, was unglaublich anziehend war. Aber jeder, der eine Beziehung mit ihm einging, wusste vorher, das man ihn nie halten konnte. Jede seiner Beziehungen war sporadisch und auf reinen Lustgewinn beschränkt. Wissen Sie, die Menschen, die sich mit ihm einließen, waren wie diese Zimmer hier. Mal suchte er sie auf und nutzte sie und dann war er plötzlich wieder weg. Entweder man konnte damit leben oder nicht. Ich konnte damit leben, denn auch ich hatte meinen Spaß."

Während sie den letzten Satz sagte, warf sie einen kurzen Blick in den Garten. Dressler empfand in dem Blick eine gewisse Traurigkeit. Sein Gefühl sagte ihm in diesem Moment, dass Janine ihn nie hätte umbringen können.

„Wie wird für Sie das Leben weitergehen?"

Sie lächelte ihn an. „Genauso wie vorher, nur ohne Krieger." Selbstbewusst drückte sie ihre Zigarette aus. „Ich war nie von Krieger abhängig. Meinen Job hätte ich auch ohne Sex bekommen. Geld habe ich immer selbst verdient. Das werde ich auch in Zukunft tun. Die Erbschaft wird daran nichts ändern."

„Was wissen Sie über eine Erbschaft?", fragte Dressler erstaunt.

Er hat mir vor ein paar Wochen sein Testament gezeigt. Ich gehe nicht davon aus, dass er es in der Zwischenzeit geändert hat."

„Was glauben Sie, warum er es Ihnen gezeigt hat?"

„Vielleicht wollte er mir damit seine Liebe zeigen. Vielleicht wollte er mir auch nur einen Wink geben, wie sehr ihn die Drohbriefe wirklich beschäftigten. Ich weiß es nicht."

„Noch eine Frage: Können Sie sich noch an den Drohbrief erinnern? Können Sie ihn beschreiben?"

Sie dachte nach.

„Soweit ich weiß, war es wirklich nur dieses eine gefaltete Blatt, das ich gesehen habe."

„War der Brief handschriftlich verfasst?"

„Nein. Ich denke, das war einfach nur ein ganz gewöhnlicher Computerausdruck."

„Ist Ihnen sonst etwas aufgefallen? Sogar Kleinigkeiten können wichtig sein: das Druckbild, die Schriftart oder sonst irgendetwas."

„Nein, der Satz, den ich gelesen habe, war in irgendeiner Standardschriftart geschrieben und in Großbuchstaben. Die Schriftgröße war etwas größer als normal. Dahinter war ein Ausrufezeichen. Das ist alles, woran ich mich erinnern kann."

Nachdenklich verließ Dressler mit Janine Kaufmann das Haus. Draußen gab er ihr seine Karte. „Bitte halten Sie die Augen auf und informieren Sie mich, wenn Ihnen etwas einfällt, was Sie uns bisher noch nicht gesagt haben."

„Das mache ich", gab sie zurück und Dressler wusste, dass sie es ernst meinte.

# Kapitel 9

Claudia Hoppenstedt war unterdessen erneut im Studio der „Krieger-Film". Dort war auch überraschend Mark Gabrenz gefunden worden. Er habe angeblich die Nacht bei einem Freund verbracht und dabei heftig gezecht. Wenn man ihm in die Augen blickte, dann konnte das durchaus zutreffen.

Sie befragte der Reihe nach mehrere Mitarbeiter nochmals nach Krieger. Außerdem hatte sie – möglichst beiläufig – jeden Einzelnen gebeten, ihr Personen zu nennen, die ihrer Ansicht nach ein Motiv für den Mord haben könnten.

Es fanden sich drei Namen auffallend häufig auf der Liste: Klaus Schneider, Margot Landgraf und – Mark Gabrenz.

Schneider war vor zwei Jahren in Kriegers Sendung gewesen. Er hatte jahrelang das Waffenembargo gegen den Iran ignoriert und über Umwege ein Spezialventil an das Regime geliefert, mit dem man die Reichweite von Raketen erheblich steigern konnte. Krieger und Schneider waren nach der Show heftig aneinander geraten. Der Waffenhändler hatte Krieger vor den Augen des gesamten Teams damit gedroht, ihn umbringen zu lassen. „Wissen Sie was", hatte er gesagt „Für 3000,- Euro finden sich genügend Leute, um Sie ein für alle Mal aus dem Weg zu räumen."

Als noch gefährlicher stufte sie Margot Landgraf ein. Sie war in Kriegers Show gewesen, weil sie deutsche Bordells mit osteuropäischen Mädchen versorgt hatte. Fünf Mädchen waren damals auf einer Tour im Container erstickt. Auch wenn man ihr in diesem Fall nie eine Schuld hatte nachweisen können, gab es niemanden, der an ihre Unschuld glaubte.

Sie hatte keinen lauten Streit mit Krieger, es wurden keine platten Drohungen ausgesprochen. Aber die Art, in der sie mit

Krieger und auch anderen Mitarbeitern sprach, hinterließ einen extrem erbarmungslosen Eindruck.

Ein kurzer Anruf im Präsidium ergab, dass Schneider bereits vor einem Jahr bei einem Tauchunfall ums Leben gekommen war. Blieben also noch Margot Landgraf und Mark Gabrenz. Bei ihm lagen mehrere Motive auf der Hand, die auch durch mehrere Studiomitarbeiter bestätigt wurden. Er wollte selbst auf den Thron und er hatte jahrelang unter Kriegers herrischer Art zu leiden gehabt.

Als sich Claudia Hoppenstedt gerade auf den Weg in sein Büro machen wollte, erfuhr sie, dass zur Zeit eine Regieprobe mit Gabrenz durchgeführt wurde. Also setzte sich Claudia Hoppenstedt in den leeren Zuschauerraum und schaute zu.

Es war erstaunlich, wie sehr sich Gabrenz in seine Rolle hineingefunden hatte. Er schien seit dem Tod Kriegers wahrhaft aufgeblüht zu sein. Mit leicht arrogantem Unterton schickte er ständig irgendwelche Leute irgendwo hin. Die Kostümbildnerin musste irgendeinen Fummel noch einmal überarbeiten. Die Requisite wurde zusammengestaucht, weil sie den Teststudiogästen Rotweingläser zum Weißwein gebracht hatte, und der Beleuchter wurde vor versammelter Mannschaft zusammengefaltet, weil er eine Einstrahlung in die Kamera übersehen hatte.

Plötzlich legte Gabrenz seine Hand über die Augen und blickte unter den Scheinwerfern durch in den Zuschauerraum. Als er Hoppenstedt erkannte, gab er der Regieassistenz einen Wink, die daraufhin über die Studioanlage eine Pause von zwanzig Minuten ankündigte.

Gabrenz setzte sich neben Hoppenstedt und legte seine beste Laune auf, obwohl er noch Minuten vorher beinahe vor Wut explodiert wäre.

„Und? Sind Sie mit Ihrer Untersuchung schon weitergekommen?", fragte er die junge Polizistin und strich sich dabei eine Haartolle aus dem Gesicht. Als sie gerade antworten wollte, stand er plötzlich auf und brüllte über ihre Schulter hinweg einen Kameraassistenten an, der sich in einem Kabel verfangen hatte. „Hey, du! Geh in die Produktion und lass dich auszahlen. Und dann lass dich hier nie wieder blicken."

Er drehte sich um und beendete den Satz eher für sich als für die Polizistin: „Vollpfosten, idiotischer."

Als Hoppenstedt zum zweiten Mal Luft holte, um ihm zu antworten, unterbrach er sie ein weiteres Mal und fragte sie, ob sie sich nicht lieber in seinem Büro unterhalten wollten.

Seiner Sekretärin befahl er, in der nächsten Viertelstunde niemanden hereinzulassen.

„Setzen Sie sich. Kaffee, Tee oder was Härteres?", grinste er sie an.

„Lassen Sie Ihre blöden Sprüche und spielen Sie hier nicht den Krieger zwei Punkt Null", gab Hoppenstedt nun entnervt zurück. „Haben Sie sich eigentlich mal gefragt, warum die meisten Ihrer Mitarbeiter Sie für den Mörder halten?"

Für nur einen Sekundenbruchteil schien Gabrenz die Fassung zu verlieren, überbrückte diese Phase damit, sich eine Zigarette anzuzünden, und gab dann lächelnd zurück: „Wundert Sie das? Fragen Sie mal, was man hier Krieger alles zugetraut hätte."

Sie schaute ihm einen kurzen Augenblick tief in die Augen. Fast hatte sie das Gefühl, Gabrenz fühle sich geschmeichelt, als potenzieller Mörder zu gelten.

„Gut, fangen wir mit Ihnen an. Was hätten Sie Krieger zugetraut?"

„Ich gehöre wohl zu den ganz Wenigen, die ihn realistisch einschätzen konnten. Niemand hat so intensiv mit ihm zusammen gearbeitet wie ich."

„Und da wissen Sie so wenig über ihn?"

„Ich spreche von arbeiten und nicht von seinem Privatleben. Was er außerhalb des Studios gemacht hat, ging mich nie was an und geht mich auch nichts an."

„O.k, machen Sie weiter."

Gabrenz dachte einen Moment lang nach und strich sich mit der Hand über das Gesicht.

„Wissen Sie, wenn Sie so im Rampenlicht stehen, wenn Sie den Ruf haben – oder besser: haben müssen – erbarmungslos zu sein und wenn Sie damit auch noch gutes Geld verdienen, dann erhöht sich zwangsläufig die Zahl derjenigen, die Sie für ein Arschloch halten. Krieger hatte eine Art, die sehr verletzend war. Aber er wollte damit nur erreichen, dass das Team die Arbeit genauso wichtig nahm, wie er es tat. Und das war das Erfolgsrezept für seine Show. Was meinen Sie, warum ich die Leute hier so hart rannehme? Ich weiß von Krieger, wie man es macht, wie man aus sich selbst und aus seinen Mitarbeitern das Beste rausholt. Denn nur so funktioniert das Business. Bei Ihnen zu Hause am Bildschirm, da sehen Sie nur das Rampenlicht und den Glanz und Glamour. Aber hier, hinter den Kulissen, da arbeiten die Menschen wie in einem Bergwerk. Hier ist es dreckig und unmenschlich. Und nicht selten ist die Arbeit mit großen Schmerzen verbunden."

Er nahm einen tiefen Zug an der Zigarette und genoss offensichtlich das, was er gerade gesagt hatte.

„Keine Sorge, das merkt auch der dümmste Zuschauer vor der Glotze. Und Sie versuchen jetzt also, die Suppe warm zu halten, ja?"

Mit einem Anflug von Ungeduld lehnte sich Gabrenz vor und sah Hoppenstedt eindringlich an.

„Ob Sie es glauben oder nicht, ich habe eine soziale Verantwortung. Wenn ich hier nicht die Ruder in die Hand genommen hätte, dann wäre ein Chaos entstanden. Und eine chaotische Sendung macht keine Qusote. Und eine Sendung ohne Quote ist tot. Hier geht es auch um Arbeitsplätze."

Und wieder musste er kaum merklich grinsen. Was er gerade gesagt hatte, erfüllte ihn mit Stolz, weil er sich sicher war, damit die Emotionen ausgelöst zu haben, die er erreichen wollte. Denn bei allem, was er sagte, und bei allem, was er tat, hatte er stets das Gefühl, vor laufenden Kameras zu stehen. Allein bei Claudia Hoppenstedt schien er damit nicht anzukommen.

„Uuuuuuund Schnitt", warf sie lapidar ein, während sie ihren Zettel und das Handy in ihre Tasche packte und aufstand.

Damit war das Gespräch beendet. Das Einzige, was Hoppenstedt nun sicher wusste, war, dass Gabrenz nicht nur ein Motiv hatte, sondern auch die Unverfrorenheit, Krieger hinter der Bühne zu ermorden. Kriegers Sprengung vor laufender Kamera passte darüber hinaus zu seinem Quotendenken. Das musste für ihn ein gutes Startkapital sein. Doch noch war ihm überhaupt nichts nachzuweisen.

Ein wenig frustriert fuhr sie zurück ins Präsidium. Den Rest des Tages wollte sie sich Gabrenz und Landgraf widmen. Im Präsidium angekommen, nahm sie sich die Unterlagen der ersten Mitarbeitervernehmung und stellte einen Zeitverlauf auf. Sie wollte wissen, wann Gabrenz wo von wem gesehen worden war. Nach fast zwei Stunden Arbeit hatte sie einen lückenlosen Plan vor sich. Gabrenz hatte zumindest an diesem Tag keine Möglichkeit, eine Bombe zu platzieren. Aber was, wenn er dies schon in der Nacht vorher getan hatte oder schon Tage vorher?

Sie nahm den Telefonhörer ab und wählte die Nummer Jens Meisters.

„Jens?"

„Ja."

„Hier ist Claudia. Sag mal, kann so eine Bombe schon Tage vorher im Thron eingebaut worden sein?"

„Wieso fragst du?"

„Ich will den Zeitraum wissen, in dem der Täter da unten in den Katakomben unter der Bühne gewesen sein muss."

„Tja, das ist schwierig. Der Zünder muss ja mit einem Empfangsgerät gekoppelt gewesen sein und das wurde über eine Batterie betrieben. So eine 9-Volt-Batterie kann einige Wochen problemlos funktionieren. Aber wenn ich der Täter wäre und wollte ganz sicher sein, dass das System noch funktioniert, dann würde ich es am liebsten noch am gleichen Tag mit einer frischen Batterie versorgen."

„O.k., also sollten wir schon davon ausgehen, dass der Täter nur diese eine Chance hatte. Denn wäre die Batterie beim Zün-

den schon leer gewesen, dann hätte er sich noch mal da runter-
schleichen müssen und er hätte noch mal bei einer Aufzeichnung der Show im Gebäude sein müssen, um die Bombe zu
zünden."

„Wenn wir davon ausgehen, dass er ganz sicher sein wollte,
dann würde ich mal schätzen, dass er mit 90 Prozent Wahrscheinlichkeit die Bombe noch am gleichen Tag installiert hat
bzw. dass er die Batterie frisch eingelegt hat. Die restlichen zehn
Prozent würde ich darauf setzen, dass er es zumindest am Abend
vorher gemacht hat. Alles andere würde nicht zu seinem Perfektionismus passen. Außerdem: Wäre ich der Täter, dann würde
ich Bombe und frische Batterie zusammen dort installieren.
Denn wenn du die Bombe ein paar Tage vorher untergebracht
hast und dann noch am Tag der Sprengung eine frische Batterie
einlegen musst, dann bist du ja auch zweimal da unten und die
Gefahr, dass man dich sieht, verdoppelt sich."

„Und was meinst du, wie lange es dauern würde, das alles in
den Thron einzubauen?"

„Tja, der Thron ist aus Holz. Er ist gepolstert und mit farbigen
Leder überzogen – auch das Kopfteil. Ich denke, dass der Täter
vielleicht doch zweimal dort gewesen sein muss. Einmal, um
sich den Thron und seine Maße genau anzusehen, und einmal,
um die Bombe einzubauen. Oder es gibt noch eine Möglichkeit,
nämlich dass er sich den Thron auf einem Foto angesehen hat.
Warte mal. Ich schau mal gerade nach."

Claudia hört am anderen Ende der Leitung das Tippen auf einer Tastatur.

„Hier. Schau doch mal im Netz nach Bildern. Wenn du dort
Ulrich Krieger in Anführungsstrichen eingibst, dann bekommst
du direkt auf den ersten Plätzen ein Foto von ihm auf seinem
Thron."

Claudia gab die Begriffe ein und fand tatsächlich mehrere sehr
brauchbare Pressefotos.

„Stimmt. Anhand von Kriegers Kopf kann man sich sehr leicht
die Maße des Kopfteils ausrechnen. Und hier, schau mal ein we-

nig weiter unten, da siehst du sogar den Thron von der Seite. Siehst du das?"

Sie hörte, wie Jens Meister mit dem Rädchen an seiner Maus herunterscrollte.

„Ja, du hast Recht. Siehst du die beiden Schrauben dort unten an dem roten Kopfteil?"

„Ja, richtig."

„Mit diesem Foto und dem anderen, auf dem auch Krieger zu sehen ist, könnte ich dir eine passende Bombe bauen und ich wüsste sogar, wie ich sie einzubauen hätte."

„Gut, dann noch mal zur Ausgangsfrage: Wie lange bräuchte man, um die Bombe dort zu platzieren?"

„Hm, also, ich gehe mal davon aus, dass der Mörder keinen Akkuschrauber zur Hand hatte. Dann muss er vier Schrauben lösen. Das Oberteil hochschieben und die Bombe hineinlegen. Vielleicht oder nein – wahrscheinlich – hat er sie noch fixiert."

„Warum?"

„Damit sie nicht hinunterrutscht. Schau mal, der Thron verjüngt sich ja nach oben. Wenn du die Bombe oben hineinlegst, dann musst du sogar sicher davon ausgehen, dass sie in den Thron hinein fällt. Also musst du sie irgendwo befestigen, um dein Ziel zu erreichen. Stell dir vor, die Show beginnt, du drückst auf den Auslöser und hast Krieger nicht den Kopf, sondern den Arsch weggesprengt."

Jens lachte, aber Claudia blieb ruhig und konzentriert.

„O.k., also aufschrauben, hineinlegen, fixieren und zuschrauben."

„Vermutlich noch entsichern, aber das geht in ein paar Sekunden."

„Also, was meinst du?"

„Ich denke, dass der Mörder für die Installation der Bombe zwischen drei und vielleicht sechs Minuten gebraucht hat."

„Ja, das denke ich auch. Und wenn man dann noch hinzurechnet, dass der Mörder noch hinuntergehen muss, vielleicht muss er die Tür noch von innen verriegeln, dann können wir doch davon ausgehen, dass, wenn es Gabrenz war, er auf jeden Fall eine alibifreie Lücke von mindestens fünf Minuten braucht."

„Ja, mindestens. Ich würde aber eher sagen, dass es sechs bis acht Minuten sind."

„O.k., danke, das wollte ich wissen."

„Schon gut. Aber denke bitte daran, dass das alles nur grobe Vermutungen von mir sind."

„Ja, das ist mir klar. Aber die reichen mir, glaube ich. Vielen Dank."

„Nicht dafür."

Sie legte auf. Nach einer kurzen Pause stand sie auf, öffnete das Fenster und steckte sich eine Zigarette an. Sie ging das Telefonat noch einmal in Gedanken durch. Es erschien ihr immer wahrscheinlicher, dass der Täter Bombe und Batterie noch am gleichen Tag dort platziert hatte. Dann aber kam Gabrenz kaum in Frage. Da kam ihr ein Einfall. Sie drückte die kaum angerauchte Zigarette aus und warf sie aus dem Fenster.

Dann ging sie zu Oliver Weiler hinüber.

„Kann ich mir nochmal die DVD ausleihen?"

„Welche?"

„Die von der Aufzeichnung der Show."

„Wieso?"

„Ich hab da so eine Idee. Aber die ist noch so unfertig und ich will mich nicht wieder lächerlich machen."

„Quatsch, du hast dich nicht lächerlich gemacht. Dressler hatte halt einfach einen schlechten Tag."

„Gibst du mir jetzt die DVD?"

Er rückte ein paar Zentimeter von ihr ab, richtete sich leicht auf, senkte sein Kinn und sah sie mit einem missbilligenden Blick von der Seite an.

„Ja klar."

Er zischte leise durch die Zähne, schüttelte ein wenig den Kopf, öffnete dabei aber trotzdem seine Schublade und entnahm ihr ein DVD-Case, in dem mehrere Silberlinge zu sehen waren. Er nahm eine Scheibe heraus und reichte sie ihr."

„Was sind denn das da für DVDs?", fragte sie neugierig, indem sie sich über die Schachtel beugte.

„Die sind nicht so wichtig."

„Warum? Was zeigen die denn?"

„Das ist das Material von drei anderen Perspektiven. Aber Dressler wollte ja nur das Publikum haben." Er machte sich schon daran, die DVDs wieder in die Schublade zu legen.

„Aber die anderen können doch auch wichtig sein."

„Die habe ich mir schon angeguckt. Du siehst einmal die leere Bühne und dann noch zwei Einstellungen von der Seite."

„Gibst du mir vielleicht alle vier?"

Er warf die DVD-Hülle und die bereits entnommene DVD auf den Tisch.

„Wenn du nichts Besseres zu tun hast?"

Wieder in ihrem Büro öffnete sie das Case und betrachtete die Beschriftungen, die tatsächlich „Publikum", „Bühne", „Bühne – L" und „Bühne – R" hießen.

Sie zog die „Bühne"-DVD heraus, legte sie ein und fuhr die Stelle an, die den Moment der Sprengung zeigte. Die Bühne war leer. Sie war enttäuscht, tauschte aber sofort die DVD gegen die „Bühne – L" aus und suchte den gleichen Moment. Jetzt hatte sie gefunden, was sie suchte. Eine Kamera zeigte die Bühne von der Seite. Im Hintergrund sah sie deutlich Mark Gabrenz am Bühnenrand stehen. Er hatte sich an einen Pfeiler gelehnt und sah entspannt aus. Dann stieg Rauch auf. In dem Augenblick musste die Explosion geschehen sein. Hektisch tauschte sie die DVD wieder gegen die erste aus und stellte den Player kurz vor der entscheidenden Stelle auf Zeitlupe.

Jetzt konnte sie die Explosion sogar erkennen. Erst stieg der Rauch auf. Die Scheinwerfer warfen Blitze auf die Szene, aber plötzlich war da etwas anderes. Durch den Rauch war für einen kurzen Moment eine kleine Stichflamme zu sehen. Das musste die Detonation gewesen sein. Zum Glück war unten in das Bild der Timecode eingeblendet, der nicht nur die Sekunden, sondern die einzelnen Bilder eindeutig identifizierbar machte. Sie schrieb sich die exakten Zeiten auf, in denen die Stichflamme zu sehen war. Danach ließ sie die Aufnahme wieder in Echtzeit laufen und stellte dabei den Ton lauter, so dass ihre Monitorboxen bei dem Lärm dröhnten. Da war es. Sie fuhr noch ein paar Sekunden zurück. Da war eindeutig die Detonation zu hören. Wenn man die Stelle kannte und wusste, dass der Schall immer langsamer war als das Licht, dann konnte man sehr deutlich die Explosion im Lärm vernehmen. Die Musik, das Dröhnen und die eingespielten Geräusche, die Bässe und dazu das Geklatsche und Gestampfe des Publikums, alles unterschied sich von der kurzen Detonation, die unmittelbar nach der Stichflamme kam. Und auch das Weckerklingeln war nun nicht mehr zu überhören. Sie drehte die Bässe an ihren Boxen auf Null, so dass sie nur noch das obere Frequenzspektrum hören konnte. Da war auf einmal sehr deutlich und noch vor der Stichflamme ein typisches Weckertuten zu hören. Sie hörte sich die Stelle immer wieder an und rechnete sich die zeitlichen Abstände anhand des Timecodes aus.

Dann holte sie sich wieder die zweite DVD auf den Bildschirm und verglich den Timecode. Zwischen der Fernzündung und der Detonation rechnete sie noch ein paar Bilder Differenz mit ein. Jetzt besah sie sich das Bild in Einzelschritten.

„So eine Scheiße." Sie fluchte laut und schlug auf die Tischplatte. Denn in dem Moment, in dem die Zündung erfolgt sein musste, war Gabrenz ein Stück weit von dem Rauch verdeckt. Es war durchaus möglich, dass er den Zünder mit der linken Hand in der Hosentasche ausgelöst hatte. Sie griff zum Hörer.

„Jens, ich bin's noch mal. Wie groß ist eigentlich so ein Bombenfernzünder?"

„Ich kann dir einen bauen, der kaum größer ist als die Batterie, die er zum Senden braucht. Das Einzige, was ihn größer macht, ist die Antenne. Aber auch die kann man relativ klein halten. Je stärker der Sender, desto kleiner kannst du die Antenne halten."

„O.k., danke."

Sie legte wieder auf und dachte nach. Das alles brachte sie nicht weiter.

Sie besah sich die Bilder weiter in der Zeitlupe, bis Mark Gabrenz auf die Bühne ging. Sie ließ den Film in Echtzeit laufen.

Gabrenz wendete sich zu den Zuschauern, grinste sie an und versuchte sie zu beruhigen.

„Liebe Zuschauer, eine kleine technische Panne hat den Ablauf ein wenig ..." Weiter kam er nicht, denn im Studio begann das Publikum zu schreien.

Sie sah sich die Szene ein weiteres Mal an, ab dem Moment der vermeintlichen Zündung. Dann wechselte sie die DVD und startete den dritten Film ab dem betreffenden Zeitpunkt. Hier sah sie das Publikum, das aber leider nicht vollständig im Bild eingefangen war. Sie betrachtete jeden Einzelnen und achtete genau auf die Reaktionen. Als sie das auch nicht weiterbrachte, nahm sie sich die vierte DVD vor. Diesmal zeigte das Bild die Bühne wieder von der Seite, diesmal war es der rechte Teil des Studios. Hier war der Aufnahmeleiter zu sehen, den sie gerade noch in Kriegers Studio gesehen hatte, ohne aber mit ihm persönlich gesprochen zu haben.

Sie griff erneut zum Hörer und wählte die Nummer der „Krieger-Film".

„Hallo, hier Hoppenstedt, Kriminalpolizei Bergisch Gladbach. Bitte geben Sie mir den Aufnahmeleiter."

Eine gelangweilte Stimme antwortete ihr.

„Welchen?"

„Den, der bei Kriegers letzter Sendung neben der Bühne gestanden hat."

„Tut mir leid, der ist gerade in der Mittagspause. Würden Sie bitte in ..."

„Dann geben Sie mir bitte seine Handynummer."

„Ich weiß nicht, ob ich Ihnen die ..."

„Entweder Sie teilen ihm mit, dass ich ihn in etwa zehn Minuten von einem Streifenwagen abholen lasse, weil Sie es nicht für nötig halten, unsere Ermittlungen zu unterstützen, oder Sie geben mir seine Rufnummer." Ohne ihre Lautstärke oder Sprechgeschwindigkeit zu erhöhen, ließ Claudia ihre Wut, ihre Entschlossenheit und ihre Macht deutlich erkennbar werden. Und nur wenige Sekunden später wählte sie die Nummer des Aufnahmeleiters.

„Westenhöfer?"

„Hier ist Claudia Hoppenstedt von der Kripo Bergisch Gladbach."

„Ja, bitte?"

Es entging ihr nicht, dass ihr Gegenüber nervös wurde. Doch das waren die meisten, die mit einer Morduntersuchung zu tun hatten.

„Sie standen doch bei der Explosion rechts von der Bühne, oder?"

„Ja, ich muss ja sehen, wann was geschieht, um die entsprechenden Anweisungen zu geben."

„Gut, konnten Sie Mark Gabrenz von dort aus beobachten? Der hat nämlich im selben Moment ihnen gegenüber gestanden."

„Ja, wir verständigen uns normalerweise mit Handzeichen."

„Sehr gut. Haben Sie ihn denn während der Explosion auch gesehen?"

Er zögerte einen Moment.

„Ja, ich kann mich ehrlich gesagt nicht genau erinnern. Aber in diesem Moment muss ich eigentlich immer zu ihm schauen. Denn er gibt mir das Zeichen, dass ich den Beleuchtern und den Tontechnikern das Ende des Vorspanns durchgeben muss."

„Ist Ihnen etwas Besonderes an Gabrenz aufgefallen?"

„Nicht dass ich wüsste. Worauf wollen Sie denn hinaus"?

„Ich weiß nicht, wie Sie Gabrenz einschätzen, aber das spielt jetzt auch keine Rolle. Könnte er – abgesehen von Ihrer persönlichen Einschätzung über seine Person – in der Lage gewesen sein, die Bombe zu zünden?"

Es entstand eine Pause am anderen Ende.

„Warten Sie einen Moment."

Sie hörte ein Stuhlrücken, Gesprächsfetzen, eine Tür und dann Straßengeräusche. Offenbar wollte er das Gespräch lieber von anderen ungehört führen und war auf die Straße gegangen.

„Ich glaube, dass ich Ihnen da nicht weiterhelfen kann. Denn beim Intro ist die ganze Bühne voller Nebel. Wenn Mark mir das Zeichen gibt, dann hebt er immer die Hand hoch an den Hals, damit ich sein Zeichen überhaupt mitbekomme."

„Wie, er hebt die Hand an den Hals?"

„Ja, sie kennen doch das Zeichen. Man zieht die flache Hand am Hals vorbei, um zu zeigen, dass jetzt Schluss ist."

„Sie meinen die ‚Kopf-ab-Geste'?"

„Ja, genau die. Ich weiß, das klingt in dem Zusammenhang komisch. Aber das Zeichen machen wir schon seit Jahren."

„Diesmal hat er es aber nicht gemacht, oder?"

„Nein, nicht dass ich wüsste."

„Musste er denn das Zeichen nicht geben, damit der ganze Krach und das Lampenfeuerwerk aufhörte?"

„Ja, eigentlich hätte er den Vorgang auf diese Weise abbrechen müssen."

„Haben Sie eine Idee, warum er es diesmal nicht gemacht hat?"

„Nein. Aber wissen Sie, wenn ich mir die Situation jetzt noch mal genau überlege, dann lief halt überhaupt nichts so, wie wir es seit Jahren machen. Jetzt zum Beispiel fällt mir ein, dass ich auch kein Stoppzeichen an die Techniker weitergegeben habe."

„Warum nicht?"

„Ja, warum, warum? Mensch, wenn Sie die Bilder vorliegen haben, dann müssen Sie das doch verstehen. Sie machen Ihren Job seit Jahren und es ist immer der gleiche Ablauf. Und plötzlich kommt da kein Krieger von seinem Thron. Dann schreit und rennt alles durcheinander und Sie sehen, dass ihr Moderator ohne Kopf auf seinem Thron sitzt. Ich weiß noch, dass plötzlich die Beleuchtung und auch die Musik abbrach. Aber das haben die Techniker wohl in Eigenregie gemacht, weil alle gemerkt haben, dass da was nicht stimmt."

„Gut. O.k. Ja, das verstehe ich schon. Aber ich hoffe, Sie verstehen mich auch, dass ich dringend einen Hinweis brauche, der uns weiterbringt."

„Ja klar verstehe ich das."

Nach einer Pause fügte er noch etwas hinzu, was Claudia dennoch weiterhalf.

„Vielleicht noch eine Sache."

„Ja?"

„Sie haben mich gerade gebeten, ohne meine persönliche Einschätzung von Gabrenz eine Einschätzung abzugeben, ob er die Bombe gezündet haben könnte."

„Ja."

„Wissen Sie, Gabrenz ist, ganz im Vertrauen bitte, ein noch größeres Arschloch, als Krieger es war. Aber wenn Sie so viele Jahre mit einem Menschen zusammenarbeiten, dann lernen Sie ihn kennen. Ich weiß, dass viele hier im Team munkeln, dass er der Mörder sein könnte. Das liegt an seiner arroganten Art. Aber ich arbeite intensiver mit ihm zusammen als alle anderen und ich bin mir sicher, dass er nicht der Mörder ist."

„Wenn ich Sie schon mal an der Strippe habe. Wissen Sie, was Gabrenz gestern Abend gemacht hat?"

„Nein, keine Ahnung."

„Könnte es sein, dass er gestern Abend noch im Studio war?"

„Nein, das halte ich für ausgeschlossen."

„Warum?"

„Weil ich gestern noch bis in die Nacht mit mehreren Technikern die Beleuchtung aufgebaut habe."

„Hängt die nicht immer da?"

„Ja schon. Aber wir hatten das Studio in den letzten Tagen an eine Kölner Produktionsfirma vermietet. Und darum musste alles umgebaut werden. Und wenn Mark in der Zeit hier gewesen wäre, dann hätten wir ihn bemerken müssen."

„Gut, ich danke Ihnen für Ihre Hilfe. Würden Sie mich anrufen, wenn Ihnen noch etwas einfällt?"

„Ja, gerne. Ich will selbst, dass die Sache bald aufgeklärt wird. Denn es ist nicht gerade angenehm, jetzt einfach weiterzumachen, obwohl wir vielleicht einen Mörder unter uns haben. Wissen Sie, die Lage hier ist extrem angespannt und alle im Team nutzen jede freie Minute, um sich woanders zu bewerben."

„Ja, das verstehe ich. Vielen Dank noch mal."

„Kein Problem. Tschüss."

Sie legte auf und ließ sich das Gespräch noch einmal durch den Kopf gehen. Dann legte sie die zweite DVD noch einmal ein und fuhr die entsprechende Stelle an. Nein, es ließ sich definitiv nicht feststellen, wo sich Gabrenz' linke Hand während der Detonation befand. Aber etwas anderes beeinflusste ihre Ansicht zugunsten des CvD: Seine Mimik. Sie besah sich sein Gesicht und seine Körperhaltung während der nächsten Minute in Einzelschritten. Erst sah er eher entspannt und zufrieden aus. Dann, als Krieger nicht von seinem Thron aufstand, schaute er verunsichert in den Raum. Sein Blick wanderte von dem nebelverhangenen Thron zum anderen Ende der Bühne, wo er offensichtlich Blickkontakt zum Aufnahmeleiter Ralf suchte. Dann schaute er grinsend in Richtung Zuschauerraum.

Er trat von einem Fuß auf den anderen, unschlüssig, ob er eingreifen sollte oder nicht. Immer, wenn sein Blick Richtung Bühne ging, verschwand sein Grinsen. Seine Mimik und seine Gestik ließen sich nicht anders deuten als verunsichert, wenn nicht sogar ängstlich. Das war nicht der Gesichtsausdruck eines Mörders. Oder war er nicht nur arrogant und erbarmungslos, sondern noch dazu ein perfekter Schauspieler, der selbst in Extremsituationen einen klaren Kopf behielt?

# Kapitel 10

Dressler holte sich auf dem Weg ins Präsidium noch eine Curry-wurst, Pommes frites und eine große Cola. Er hatte lange genug verzichtet und setzte sich mit seiner Mahlzeit auf eine Parkbank mitten auf dem Steinhofplatz und schaute den Tauben zu, die Dreck von der Straße pickten. Obwohl er Tauben normalerweise als fliegende Ratten verabscheute, warf er ihnen eine Fritte auf den Weg. Sie war den Tauben offensichtlich zu heiß und die Currysauce zu scharf, aber sie fraßen sie trotzdem. In Spanien hatte er einmal eine Art Spatzen gesehen, die sich offenbar mehr oder weniger auf Pommes frites spezialisiert hatten. Sie hüpften in Scharen zwischen den Gästen eines Restaurants hin und her und zankten sich um die Fritten, während sie fast alles andere verschmähten. Seltsame Wege ging die Evolution manchmal.

Dressler lehnte sich zurück und blickte hoch in die Bäume. Es war schwül geworden und ihm fiel ein, dass er durch die Krieger-Geschichte wohl kaum noch zum Joggen kommen würde. Doch das war ihm egal. Hier saß er schwitzend unter einer Buche und verschlang mit Freude und in großen Bissen seine Wurst. Auch der Abgang „Cola mit Zigarette" passte. Danach saß er noch einige Zeit auf der Bank und genoss das Leben.

Eine Stunde später kam er gutgelaunt ins Präsidium. In dem Moment, in dem er das Präsidium betrat, wusste er, dass einzig und allein Janine Kaufmann für seine gute Laune verantwortlich war. Dabei wusste er nur zu gut, dass solche Anflüge von Emotionalität bei seiner Arbeit nur hinderlich waren.

Als er den Besprechungsraum betrat, war die Mannschaft schon komplett anwesend. Es gab keine Anzeichen von überheblicher Freude, die auf einen Fortschritt deuten könnten, aber auch keine schlechten Minen. Weiler und Hoppenstedt standen am Fenster und rauchten mit zwei anderen Kollegen eine Zigarette. Stefan Mahlberg tippte etwas in sein Laptop. Dressler setzte sich an den Tisch und blickte unauffällig zu Mahlberg. Der Mann war ihm auch nach all den Jahren der Zusammenarbeit noch ein Rätsel. Er machte seinen Job schweigend und gut. Er funktionierte, aber er gab nichts von sich preis. Er hatte keine Freunde unter den Kollegen und niemand wusste, was ihn beruflich antrieb oder was er für Hobbys hatte. Er war vor etwa fünf Jahren zu Dresslers Team gestoßen. Vorher war er bei der Hamburger Polizei beschäftigt gewesen und hatte von dort ein großartiges Zeugnis ausgestellt bekommen. Dressler fragte sich immer wieder aufs Neue, was den schweigsamen Norddeutschen ins redselige Rheinland trieb.

Aber aus irgendeinem Grund wollte er ihn nicht fragen. Mahlberg hatte eine Art Firewall um sich herum aufgebaut, die niemand zu durchbrechen wagte.

Schließlich schaute Dressler in die Runde und versuchte, in den Minen der anderen zu lesen. Aber er erntete überall nur die gleichen fragenden Blicke. Auch seinem Team schien kein Durchbruch gelungen zu sein. Alleine Claudia sah ihn mit einem etwas scheuen und aufgeregten Blick an. Bei ihr hatte er den Eindruck, dass sie etwas Neues erfahren hatten oder zumindest einer Sache auf die Spur gekommen war.

Nach dem Beginn der Besprechung gab es zunächst nur wenig Neuigkeiten. Das hessische Dorf, aus dem Krieger angeblich stammte, ließ sich nicht finden. In allen Zeitungsartikeln tauchte immer nur die Phrase „aufgewachsen in einem kleinen Dorf in Hessen" auf. Vermutlich hatte es irgendjemand so in die Welt gesetzt und alle anderen Redakteure hatte es unhinterfragt so übernommen. Vielleicht stammte es sogar von Krieger selbst und dieses Dorf hatte es nie gegeben. Es würde zu seiner Art passen, seine Kindheitsgeschichte nur erfunden zu haben. Vielleicht kam er aus einer Familie, die nicht in das Image passte, dem er sich verschrieben hatte. Dressler ordnete an, die Sache noch nicht fallen zu lassen. Kriegers Familie war zu wichtig und konnte etwas wissen. Sie musste gefunden werden. Irgendwelche Angehörigen musste er doch haben.

Dann berichtete Claudia Hoppenstedt über den Stand ihrer Ermittlungen zu Margot Landgraf. Dressler wurde aufmerksam, weil er sich von ihr am ehesten Fortschritte erhoffte.

„Die Bordellbesitzerin ist ihrem Metier treu geblieben und auch ihrer latenten Aggression. Ich lese mal kurz einen Ausschnitt ihrer Aussage vor: ‚Ich war es sicher nicht, denn ich hätte ihm zuerst die Eier und erst dann die Fresse weggesprengt. Ich konnte seine Visage nicht mehr sehen. Er hat mir etwas angedichtet, was mich jahrelang nicht hat schlafen lassen. Ich hätte ihn gerne umgebracht, ja, aber da war wohl jemand schneller. Viel Glück bei der Suche.‘ Tja, und damit war das Gespräch auch eigentlich beendet. Es spricht eigentlich nichts dagegen, dass sie es war. Doch es gibt eine ganze Reihe von Leuten, die ihr ein Alibi geben für die Tatzeit. Aber ehrlich gesagt traue ich ihr nicht zu, selbst auf den Auslöser gedrückt zu haben. Einen Auftragsmord traue ich ihr dagegen deutlich eher zu. Ich bleibe auf jeden Fall an ihr dran."

Dressler hob die Augenbrauen.

„Das war's?"

Claudia ordnete ihre Papiere. Sie wirkte beunruhigt. Dressler senkte den Kopf. Ihm war klar, dass sie durch seine Attacke in der letzten Besprechung vorsichtig geworden war. Er hätte sich ohrfeigen können.

„Nun ja. Ich bin heute noch mal im Krieger-Studio gewesen und habe mit ein paar Mitarbeitern gesprochen. Und da kam auch heraus, dass viele Mark Gabrenz für den Mörder halten."

„Und?"

„Ich habe einen Zeitplan erstellt, wann Gabrenz wo war. Mit Jens zusammen bin ich durchgegangen, wie lange es wohl dauern würde, die Bombe dort unten einzubauen."

„Und?"

„Alles in allem etwa fünf bis acht Minuten."

Oliver Weiler warf ihr einen enttäuschten Blick zu. Er konnte einfach nicht verstehen, warum Claudia nicht mit ihm gesprochen hatte. Für sie dagegen war es eine ganz pragmatische Begründung, weshalb sie sich hier lieber an den Techniker gewandt hatte.

„Gut, und was sagt der Zeitplan?"

„Dass es für Gabrenz fast nicht möglich war, sich für eine so lange Zeitspanne auszuklinken. Als Chef vom Dienst oder CvD hatte er von morgens bis abends damit zu tun, Einspielfilme zu sichten, Texte für Krieger zu schreiben oder zu redigieren. Dann war er bei der Requisite, hat mit den Leuten vom Kostüm gesprochen und außerdem gab es zwei Probedurchläufe, bei denen er übrigens auch die Rolle von Krieger übernahm."

„Macht Krieger das nicht selbst?"

„Offenbar nicht. Der scheint sich immer erst unten auf seinem Thron vorzubereiten."

Noch während sie das sagte, kam ihr ein Gedanke, den sie zu diesem Zeitpunkt noch niemandem mitteilen wollte. Sie wollte sich nicht schon wieder mit einer Vermutung bei Dressler in die Nesseln setzen.

„O. k., dann wird es immer unwahrscheinlicher, dass Gabrenz sie da unten angebracht hat. Aber vielleicht hatte er einen Helfer und er sie nur selbst gezündet."

„Das stimmt. Darum bin ich die DVDs durchgegangen und habe mir die Stelle mit der Explosion aus verschiedenen Perspektiven genauer angeschaut mit besonderem Fokus auf Gabrenz. Er war zwar im Prinzip in der Lage, die Bombe zu zünden. Aber wenn man seine Mimik und Gestik betrachtet, dann lässt das fast nur darauf schließen, dass er genauso erstaunt über den Vorgang war wie alle anderen im Studio."

„Was heißt ,fast'?"

„Vielleicht ist er ein großartiger Schauspieler. Das dürfen wir nicht außer Acht lassen."

„Gut, sehr gut."

Dressler atmete durch und nahm sich vor, die Gelegenheit jetzt beim Schopfe zu packen.

„Du weißt, dass ich dich das letzte Mal etwas unsanft behandelt habe, als du hier deine Vermutungen ausgesprochen hast."

Sie nickte.

„Weißt du auch, warum?"

Sie schwieg.

„Die Art und Weise tut mir leid. Aber in der Sache bleibe ich dabei. Wir dürfen uns nicht vorschnell von Vermutungen verleiten lassen. Ich sage dir sogar geradeheraus, dass ich ebenfalls so ,ein Gefühl' habe, dass Gabrenz es nicht war. Aber wisst ihr, was wir alle dann tun müssen, wenn wir das Gefühl haben, dass wir jemanden als Täter ausschließen können? Wir müssen versuchen nachzuweisen, dass er einer ist. Was wir auch keinen Fall tun dürfen, das ist, unser Gefühl durch Tatsachen zu untermauern. Wir müssen genau das Gegenteil tun."

Es war ruhig im Raum. Die einen blieben still, weil sie wussten, dass es nicht gut ankam, Dressler bei einer seiner Grundsatzreden zu unterbrechen. Die anderen, vor allem die etwas jüngeren Kollegen, die ihn noch nicht genau einschätzen konnten, hörten aufmerksam zu.

„Denn erst, wenn wir es unter Aufbietung aller Kräfte nicht schaffen, jemanden mit rationalen Mitteln zu überführen, dann können wir unserem Gefühl Recht geben und jemanden als Verdächtigen aus unserem Kopf streichen."

Claudia wusste nicht genau, worauf Dressler mit seinem Vortrag abzielte und ob die Rede sich zu einer Strafpredigt entwickeln würde. Sie saß seit einer Minute schweigend und errötet auf ihrem Platz, obwohl ihr jeder andere Platz auf dieser Welt lieber gewesen wäre.

„Und genau das hast du getan, Claudia. Du hattest – genau wie ich – das Gefühl, dass er es nicht sein konnte und hast dann die Mitarbeiter befragt, du hast einen Zeitplan entworfen, seine Mimik und Gestik analysiert, du hast jeden noch so kleinen Hinweis beachtet und versucht, ihn dadurch zu Fall zu bringen – entgegen deinem Bauchgefühl. Und obwohl sich dein Gefühl ganz objektiv zu bestätigen scheint, obwohl es jedem Versuch standhält, sich widerlegen zu lassen, denkst du trotzdem noch daran, dass er uns das einfach in einer perfekten Art und Weise vorspielen kann. Das ist Polizeiarbeit – und zwar vom Feinsten.

Und wieder war es ruhig im Raum. Bis auf Claudia, die nun noch deutlicher errötete und die sich nun noch mehr wünschte, jetzt an irgendeinem anderen Ort dieser Welt zu sein, grinsten sie die Kollegen im Chor an. Die einen lächelten, weil sie wussten, dass Dresslers Rede jetzt zu Ende war. Die anderen, vor allem die etwas jüngeren Kollegen, lächelten, weil sie von Dresslers Lob ergriffen waren und sich insgeheim ausmalten, wie auch sie einmal so im Rampenlicht stehen würden.

In die nun entstehende peinliche Pause hinein räusperte sich Jens Meister. „Also, ich habe vom LKA und vom Kampfmittelräumdienst etwas über die Bombe erfahren. Aber schon mal vorweg: Die Infos bringen uns zunächst einmal nicht entscheidend weiter. Der Wecker kommt aus China und das Modell wurde weltweit einige Millionen Mal verkauft. Das elektronische Kleinzeug bekommst du im Prinzip an jeder Ecke und es stammt letzten Endes auch aus China. Die Zündung erfolgte übrigens definitiv über einen Sender. Das habe ich noch mal nachgefragt. Tja, und der Sprengstoff ist so was wie Semtex gewesen."

Dressler hob interessiert den Kopf. „Was ist Semtex?"

„Das ist Plastiksprengstoff, wobei hier überhaupt nicht sicher ist, ob es wirklich Semtex ist."

„Was heißt das?"

„Also, da muss ich ein wenig ausholen. Semtex wurde von einem Tschechen entwickelt. Das ist im Prinzip eine Mischung aus einigen hochexplosiven Stoffen mit Weichmachern. Du kannst dazu auch Kautschuk verwenden. Das Zeug wurde unter anderem in Vietnam eingesetzt, aber auch überall auf der Welt im Bergbau und in Steinbrüchen. Es hat aber den Ruf, ein typisches Terrorwerkzeug zu sein. Das liegt daran, dass der Ostblock in den 70ern und 80ern seine Leute immer schlechter bezahlte. Das traf auch die Entwickler von Semtex. Und die haben den Sprengstoff dann in rauen Mengen ins Ausland geschmuggelt. Seit den 70ern wurden immer mal wieder unterschiedliche Mengen an der Grenze beschlagnahmt. Mal waren es 50 Kilo, mal 100 und manchmal eben auch über 1000 Kilo. Alleine in Libyen landeten mehr als 1000 Tonnen von dem Zeug. Und das sind ja nur die Mengen, von denen man weiß."

„Wie viel brauchte man denn, um Kriegers Kopf wegzusprengen?"

Jens deutete mit Daumen und Zeigefinger eine Menge an, die jeden im Raum in ungläubiges Staunen versetzte.

„Vielleicht so viel. Ich weiß es nicht. Ende der 80er-Jahre reichten 300 Gramm aus, um einen Passagierflieger über Lockerbie zu sprengen."

„300 Gramm reichen aus, um einen Passagierjet zu sprengen?" Dressler rutschte unruhig auf seinem Sitz herum. „Und dann ist das Zeug tonnenweise in dunkle Kanäle geraten?"

„So ist es. Gaddafi hat es zum Beispiel an palästinensische Terrorzellen weiterverkauft, aber auch an die IRA. Und in Italien hat die Mafia Semtex benutzt, um Mafia-Jäger in ihre Einzelteile zu zerlegen."

„Also, kurz gesagt: Semtex ist in aller Welt und in aller Hände."

„Richtig. Und dabei wissen wir nicht mal, ob es wirklich Semtex war. Denn auch bei der Bundeswehr wird Plastiksprengstoff eingesetzt. Da heißt es Nitropenta. Im Prinzip ist es aber das Gleiche wie Semtex."

Dressler rieb sich mit der Hand über das Kinn. Er dachte nach. Im Raum war es still. Die Informationen lagen wie ein erdrückender Schleier über allen Anwesenden.

„O.k., das ist für mich ein ganz entscheidender Punkt. Der Mörder oder die Mörderin brauchte also Zugang zu dem Zeug und muss die Fähigkeit haben, damit umzugehen oder jemanden kennen, der diese Bedingungen erfüllt. Wäre es ganz einfacher Sprengstoff, dann würde ich behaupten, dass jeder von uns hier im Raum die Fähigkeit hätte, sich solchen Sprengstoff irgendwo in einem Steinbruch zu besorgen und mit einer Anleitung aus dem Internet und ein wenig Übung eine solche Bombe zu bauen. Aber Plastiksprengstoff ist einfach eine andere Kategorie. Wo würdet ihr euch Plastiksprengstoff besorgen?"

Es war weiterhin still, bis Oliver sich meldete.

„Bei der Bundeswehr."

„Richtig. Also müsste man da jemanden kennen oder selbst dazugehören."

„Nicht unbedingt", warf Jens ein. „Auch bei der Bundeswehr ist Plastiksprengstoff schon abhanden gekommen."

Dressler rieb sich die Schläfen.

„Mein Gott, wo leben wir eigentlich? Na gut, gehen wir also davon aus, dass das Zeug im Prinzip überall in der Welt vorrätig ist und zwar in rauen Mengen. Dann bleiben wir zumindest dabei, dass es für einen Amateur auf dem Gebiet nicht so einfach ist, sich das Zeug zu beschaffen, wie für einen Profi. Bleibt die Frage, warum überhaupt Plastiksprengstoff verwendet wurde. Jens, vielleicht kannst du dazu etwas sagen."

„Also, die Bombe hätte genauso gut aus herkömmlichem Sprengstoff gebaut sein können. Im Kopfteil von Kriegers Thron war Platz genug für größere Mengen."

„Entschuldige die Unterbrechung. Aber was sagt uns das? Der Mörder hätte auch normalen Sprengstoff nehmen können, der viel leichter zu besorgen wäre."

„Und der deutlich billiger wäre", warf Jens ein.

„Gut, gehen wir mal davon aus, dass der Täter kein Schnäppchenjäger ist. Aber noch mal: Was sagt uns die Tatsache, dass er keinen gewöhnlichen Sprengstoff verwendet hat?"

„Entweder es war für ihn leicht, an diesen Sprengstoff heranzukommen ..."

„... oder er hatte ihn sowieso schon bei sich rumliegen", beendete Claudia den Satz ihres Kollegen Weiler.

Alle Kollegen schauten zu Claudia hinüber. Die einen sahen nachdenklich aus, bei anderen schien gerade ein Groschen gefallen zu sein. Und Dressler hakte nach. „Wie meinst du das?"

„Na ja, mal angenommen, da hat jemand einen Berufskiller engagiert oder meinetwegen auch die Mafia. Die haben so ein

Zeug doch vielleicht zentnerweise im Keller liegen. Warum dann nicht mal ein paar Gramm für die Ausführung eines Mordauftrages einsetzen?"

„O.k., dass wir es mit einem Berufskiller oder vielleicht sogar mit organisierter Kriminalität zu tun haben könnten, das wissen wir jetzt."

Dressler wandte sich an seinen Kollegen Mahlberg. „Stefan, du hast doch mal in Hamburg an einem Mafia-Fall gearbeitet."

„Nicht ganz. Die Sache hatte nichts mit der Mafia zu tun, sondern mit der Tambowskaja, das ist eine russische Organisation, die in Hamburg, aber vor allem auch in Düsseldorf aktiv ist."

„Fein, dann halt Russen. Umso besser. Da haben wir dann den direkten Draht von Moskau zur Plastiksprengstoff-Schmiede in Tschechien."

„Jürgen, die Tambowskaja hat einen direkten Draht zu Präsident Putin. Die brauchen keine tschechischen Sprengstoffschmuggler."

„Na, auch egal. Dann haben die ihren Stoff eben von Putin. Worauf ich hinaus will: Kannst du nicht mal die Kontakte von damals aufwärmen und rumhorchen, ob diese Art von Bombenkonstruktion in das Bild irgendeiner kriminellen Organisation passt und natürlich, ob Krieger mit einer solchen Organisation zu tun hatte? Ich meine, ob italienische Mafia oder Tambur-Dingsda, es geht doch meistens auch um Schutzgelderpressung. Vielleicht war Krieger ja in so eine Sache verwickelt."

„Gut. Das kann ich machen. Aber bitte stelle dich darauf ein, dass das dauert. Und die Arbeit ist sehr zeitaufwändig."

„Stefan, ich weiß. Aber ich muss dich trotzdem bitten, dich neben dem Privatdetektiv auch darum zu kümmern. Wir haben keine andere Wahl."

„Jürgen, das ist nicht damit getan, dass ich ein paar Anrufe mache. Solche Leute musst du persönlich aufsuchen. Die erzählen dir nichts am Telefon."

„Du sollst doch bloß mal deine ehemaligen Kollegen informieren, ob die was wissen."

„Die werden aber auch nicht so einfach etwas rausrücken. Das ist ein sensibles Thema und ich finde, im Moment ist die Verbindung von Krieger zur russischen Bandenkriminalität noch viel zu dünn, um in die Ermittlungen meiner ehemaligen Kollegen eingreifen zu dürfen."

Dressler fühlte, wie ein Anflug von Wut in ihm aufkochte. Außerdem sah er sich genötigt, hier die Oberhand zu behalten.

„Pass auf, ich denke, du weißt, was ich möchte. Und ich überlasse es dir, wo und wie und auch mit welchen Prioritäten du deine Arbeit machst. Aber wir sitzen hier alle in einem Boot. Wenn wir in der Sache nicht weiterkommen, dann fällt das schlechte Licht auch auf dich. Wenn wir hier aber weiterkommen und du hast einen entscheidenden Anteil dazu beigetragen, dann können wir uns alle gegenseitig auf die Schulter klopfen."

Stefan Mahlberg sagte nichts mehr dazu, machte sich aber ein paar Notizen. Er schien verstanden zu haben.

„Gut, dann noch mal zurück zur Ausgangsfrage: Denkt bitte nach, welchen Grund es noch geben kann, Plastiksprengstoff zu benutzen."

Einer der jüngeren Kollegen meldete sich zu Wort, so dass Dressler unauffällig nach dem Zettel suchen musste, auf dem er den Namen notiert hatte.

„Vielleicht hat das ja auch einen symbolischen Grund. Ich meine, vielleicht will der Mörder damit etwas sagen."

„Weiter", spornte ihn Dressler an.

„Ich weiß nicht richtig. Vielleicht will er uns ja gerade auf die Spur führen, auf der wir jetzt sind. Vielleicht sollen wir ja denken, dass ein Auftragskiller ist, aber er ist es gar nicht. Ach, Entschuldigung, vergessen Sie das. Das ist wohl alles etwas weit hergeholt."

„Nein", wollte Dressler ihn ermutigen. Wir stehen im Moment vor dem Nichts. Und darum müssen wir uns auch mit noch so unwahrscheinlichen oder unkonkreten Ideen beschäftigen."

Es entstand eine Pause. Dressler öffnete zwei Fenster. Von draußen drang Straßenlärm herein, der ab und an von einem

Vogelgezwitscher unterbrochen wurde. Dann schien Jens eine Idee zu haben.

„Vielleicht ist das alles aber auch ganz einfach technisch zu beantworten und hat überhaupt gar nichts mit Symbolik zu tun. Also schaut mal, normaler Sprengstoff ist leicht von Spürhunden zu finden. Plastiksprengstoff lässt sich in einer luftdichten Verpackung sogar in jedes Flugzeug schmuggeln, ohne dass es jemand merkt. Vielleicht wollte der Täter sich durch die Wahl des Sprengstoffes nur vor der Entdeckung schützen."

„Dann wäre es ein Zeichen für seine Professionalität", warf Dressler ein.

„Und wir wären wieder beim Auftragskiller", ergänzte Claudia.

Jens dachte nach. „Ja, aber ich meine, es könnte noch einen anderen Grund technischer Art geben. Dazu müsst ihr wissen, wo die Unterschiede zwischen normalem Sprengstoff und Plastiksprengstoff liegen. Plastiksprengstoff hat also einmal den Vorteil, dass er sich besser schmuggeln lässt. Dann genügen kleinere Mengen und er lässt sich gezielter einsetzen. Außerdem ist er beim Transport absolut unempfindlich."

„Moment, Moment", unterbrach Dressler ihn. „Behalte den letzten Punkt mal im Hinterkopf. Was heißt ‚gezielter einsetzen'?"

„Gezielter einsetzen bedeutet, dass du ihn wie Knetgummi irgendwohin stopfen kannst, so dass du bei der Detonation einen klarer definierten Bereich treffen kannst, als bei gewerblichen Sprengstoffen oder TNT."

„Du meinst also zum Beispiel den Kopf von Krieger."

„Richtig."

„Womit wir dann doch wieder bei der Symbolik angekommen sind", warf Claudia ein. „Ihr seht doch, dass wir immer wieder auf diesen Punkt zurückkommen. Der Täter oder die Täter wollten damit etwas zeigen."

„Wem?", fragte Oliver

„Das weiß ich nicht."

„So, Moment mal eben. Wir dürfen die Gedankengänge nicht

so zerpflücken. Nochmal zurück zu dir, Jens. Ich habe dich gerade unterbrochen. Du warst beim Transport von Plastiksprengstoff stehen geblieben."

„Also, wenn du jemanden oder etwas sprengen willst, dann kannst du einmal natürlich militärischen Sprengstoff nehmen, wie er in Bomben oder Granaten verwendet wird. Da musst du natürlich erstmal drankommen. Oder du klaust gewerblichen Sprengstoff bzw. irgendeinen, der zum Beispiel im Tagebau eingesetzt wird. Dann gibt es noch die Variante, dass du dir selbst was baust. Es hat schon sehr schwere Sprengungen gegeben, bei denen im Prinzip nur Puderzucker und chlorhaltiges Unkrautvernichtungsmittel eingesetzt wurde. Aber alle diese Sprengstoffe haben eines gemeinsam: Sie sind empfindlich. Bei Plastiksprengstoff ist das anders. Da kannst du mit dem Hammer draufhauen und es passiert nichts. Erst wenn du einen passenden Zünder hast, dann reagiert der Stoff und fliegt dir um die Ohren."

„Hm, O. k. Also fassen wir zusammen. Es ist nicht unmöglich, aber unwahrscheinlich, dass wir es hier mit einem Amateur zu tun haben. Außerdem ist es offensichtlich, dass mit dem Mord ein Zeichen gesetzt werden sollte. Der Plastiksprengstoff könnte, aber muss nicht zwingend dafür sprechen, weil sein Einsatz auch auf technische Gründe oder Sicherheitsaspekte zurückzuführen sein kann. Aber dass allein der Kopf gesprengt wurde, hat mit großer Wahrscheinlichkeit eine bestimmte Symbolik."

„Und der Wecker genauso", warf Claudia ein.

„Genau. Den dürfen wir auch nicht vergessen."

Jens blätterte in seinen Papieren.

„Auch über den Wecker wissen wir jetzt ein wenig mehr, obwohl nicht mehr viel davon übrig geblieben ist. Die Kollegen vom LKA sind sich sicher, dass der Mechanismus zuerst den Wecker hat klingeln lassen und mit einer Verzögerung von ein paar Sekunden die Bombe gezündet worden ist."

„Also hat der Wecker ganz sicher nichts mit dem Auslösen der Bombe zu tun."

„Nein. Es ging dem Täter also wirklich nur um das Geräusch."

„Na, also." Claudia schien sich immer mehr bestätigt zu fühlen. „Dann ist es also auch hier sicher, dass der Mörder eine Botschaft hatte."

„Tja", Dressler schaute gedankenverloren aus dem Fenster. „Aber welche Botschaft und an wen war sie gerichtet?"

Einer der beiden jüngeren Kollegen räusperte sich. „Ich bin mir nicht ganz sicher. Aber wenn der Mörder wollte, dass kurz vor der Explosion ein Weckersignal geht, dann kann das doch eigentlich nur eine Warnung sein."

„An wen?"

„Vielleicht sollte sich jemand in Sicherheit bringen?"

„Sie meinen, dass der Mörder jemandem Zeit geben wollte, sich vor der Explosion zu schützen?"

„Ja, vielleicht."

„Dann müsste es also eine weitere Person gegeben haben. Doch warum? Warum sollte noch jemand unten gewesen sein? Sich selbst brauchte er nicht zu schützen. Denn durch den Auslöser konnte der Mörder ja selber bestimmten, wann die Bombe hochgeht. Dann müsste er einen Komplizen unten gehabt haben. Aber den hätte er doch auch anders warnen können."

„Aber wie?", warf Jens Meister ein. „Handys haben da unten keinen Empfang."

„Da gibt es sicher noch andere Möglichkeiten, zum Beispiel durch ein Walkie-Talkie. Die setzen doch auch die Techniker des Fernsehteams ein. Außerdem stellt sich immer noch die Frage, welchen Sinn ein Komplize da unten gehabt hätte."

„Vielleicht um sicherzugehen, dass Krieger da unten auch wirklich sitzen bleibt?" Oliver schaute fragend in die Runde.

„Nein, nein", wies Dressler entschieden ab. „Das macht alles keinen Sinn.

Denn Krieger musste doch sowieso auf seinem Thron sitzen, weil das die Startposition für jede Sendung ist. Der Mörder konnte also sicher sein, dass Krieger dort sitzen würde. Und außerdem klingelte der Wecker ja wohl nur ganz kurz vor der Detonation."

„Exakt eine Sekunde."

Alles blickte zu Claudia herüber.

„Ich habe es ausgemessen. Der Wecker tutete genau dreimal und das in einem Zeitraum von einer Sekunde, bis die Stichflamme zu sehen bzw. die Detonation zu hören war."

„Also Claudia, bitte." Oliver rollte entnervt die Augen. „Bist du sicher, dass der Wecker nicht vielleicht doch dreieinhalbmal getutet hat?"

Claudia warf ihm nur einen kurzen Blick herüber, der aber mindestens genauso tödlich war wie die Sprengladung an Kriegers Kopf.

„Diese Sekunde ist aber doch genau der Punkt", griff Dressler wieder ein. „Wenn du jemanden vor einer Bombenexplosion warnen willst, Oliver, würdest du ihm dann genau eine Sekunde Zeit geben?"

Oliver schwieg.

„Einundzwanzig, zweiundzwanzig. Und? Hättest du genügend Zeit gehabt, dich in Sicherheit zu bringen? Noch dazu ist das Risiko, dass das Weckerklingeln bei dem ganzen Lärm überhört wird, viel zu groß."

Claudia schüttelte den Kopf. „Ich hoffe zwar, dass ich mich da nicht verrenne. Aber ich bin immer mehr der Ansicht, dass der Mörder durch den Wecker ein Zeichen, eine Botschaft senden wollte, und zwar an Krieger."

Dressler beugte sich nach vorn. Er schien einen Gedanken zu haben. „Claudia, ich glaube, du bist da auf der einzig richtigen Fährte, die sich im Moment vor uns auftut. Überlegt doch mal alle, wofür ein Wecker normalerweise eingesetzt wird."

Auch wenn die Frage eher rhetorisch gemeint war, antwortete einer der jungen Kollegen. „Um uns an etwas zu erinnern."

„Richtig. Krieger sollte also an etwas erinnert oder wachgerüttelt werden. Die Zeit sollte reichen, um ihn an etwas zu erinnern, aber er sollte nicht genügend Zeit haben zu fliehen oder sich in Sicherheit zu bringen. Das genau ist es, was uns die Sekunde sagt. Ich bin mir jetzt auf jeden Fall sicher, dass der Wecker für die Untersuchung des Falles eine Schlüsselrolle spielt." Er schaute auf die Uhr.

„O. k., ich denke, wir sind jetzt ein wenig weitergekommen, obwohl wir immer noch im Dunkeln tappen – und das ohne Licht am Ende des Tunnels."

Sichtlich erfreut über das Bild, das er gerade entworfen hatte, schaute er zu einem der beiden neuen Kollegen herüber.

„Können Sie denn ...", er blätterte in seinem Block, ohne aber den Zettel mit den beiden Namen zu finden. Dabei wusste er ganz genau, dass er neben den einen Namen „Brille" und neben den anderen „Wurst", wegen seiner dicken Finger, geschrieben hatte. Jetzt sprach er gerade mit der „Brille", ohne aber den korrekten Namen zu finden. Da kam ihn ein Gedanke, wie er die Kurve bekommen könnte.

„Ach, wissen Sie was, wir sollten uns doch mal langsam duzen. Ich heiße Jürgen."

„Timo", sagte der Kollege mit der Brille, während er sich herüber beugte und Dressler die Hand reichte. Dann stand auch der „Wurstfinger" auf. „Lukas."

„Gut, Timo, wie weit bist du denn mit den elektronischen Daten?"

„Die bearbeitet mein Kollege Lukas." Er zeigt mit der Hand auf den jungen Polizisten neben sich. „Ich habe mir erlaubt, die Zuschauer durchzugehen."

„Aha." Dressler wurde neugierig und beugte sich nach vorn. „Wie hast du das gemacht?"

„Als wir im Studio waren, um die Computer abzuholen, habe ich mir von den Krieger-Leuten den Vorspann aller Shows geben lassen. Da wird immer auch ein Bild des Studiogastes eingeblendet. Und die Bilder habe ich mir rausgezogen und mit den Zuschaueraufnahmen von Kriegers letzter Sendung abgeglichen."

„Sehr gut." Dressler nickte begeistert. „Und?"

„Nichts. Dazu muss man aber sagen, dass wir nur etwa 70 Prozent der Zuschauer direkt im Bild haben. Es gibt mehrere im Publikum, die nur ganz am Rand zu sehen sind, und da ist ein Vergleich im Prinzip unmöglich."

„Trotzdem: sehr gute Arbeit. Es hätte ja auch sein können, dass wir hier direkt jemanden finden. Die Bilder vom Vorspann hast du doch sicher digital vorliegen, oder?"

„Ja, klar."

„Würdest du mir den Gefallen tun, die gesammelten Bilder des Publikums ans LKA schicken? Die haben da die Möglichkeit, durch eine Software das Publikum mit unserem Sündenregister abzugleichen. Vielleicht findet sich ja irgendein Altbekannter im Zuschauerraum. Den Kontakt kann dir die Kollegin Claudia Hoppenstedt geben."

Er nickte Claudia kurz zu, die sein Nicken beantwortete und zu Timo Felser rüberblickte.

„Mache ich. Komm gleich mal zu mir rüber. Dann können wir gemeinsam das Zeug ans LKA schicken."

„Ja, o. k."

„Sonst noch was?", hakte Dressler nach.

„Nein."

„Und du, Lukas?"

„Ich habe bisher noch keine heiße Spur gefunden. Krieger hatte zwei Handys, zwei Festnetzanschlüsse, zwei Faxgeräte, im Büro einen Rechner und ein Notebook und ein kleines privates Netbook. Bisher sieht alles eher unauffällig aus. Aber manchmal kann ja auch ein Code dahinterstecken, den wir im Moment noch nicht verstehen. Ich stelle gerade eine Liste mit allen Mail- und Telefonkontakten zusammen. Die Telefonkontakte sind schwieriger, weil Krieger allein im letzten Jahr mehr als 8000 Telefonate geführt hat. Darunter sind etwa 15 Prozent an wiederholten Anrufen, die meistens mit Mitarbeitern oder Partnerunternehmen geführt wurden. Der Rest besteht aus einmaligen Anrufen, die nur mit viel Arbeit zu überprüfen sind."

„O. k., dann lass dich ab jetzt bitte wieder von deinem Kollegen Timo unterstützen. Die Zuschauer sind ja jetzt von unserer Seite aus überprüft. Und bist du sicher, dass wir jetzt alle Geräte haben, die Krieger zur Kommunikation genutzt haben kann?"

„Schwer zu sagen. Im Moment können wir uns da nur auf die Aussagen seiner Mitarbeiter verlassen. Ich habe mit Mark Gabrenz, mit Frau Krieger und Frau Kaufmann gesprochen und gefragt, welche Rufnummern und welche Mailadressen sie von Krieger hätten, und die führen alle zu den Telefonen und Rechnern, die wir überprüfen. Wir haben auch die IPs überprüft und bisher scheinen wir alles lückenlos zu haben. Aber das ist ja noch keine Garantie."

„Das stimmt. Wenn Krieger etwas geheim halten wollte, dann wird er die Möglichkeit dazu gehabt haben. Bitte überprüft doch, ob er noch bei einem anderen Netzbetreiber registriert ist, egal ob Telefon oder Internet. Aber, da stimme ich dir zu, dann kann es immer noch sein, dass er ein Handy genutzt hat, dass auf eine andere Person gemeldet wurde. Am liebsten würde ich die Recherche ausweiten auf Rechner und Telefon von Kaufmann und Gabrenz. Aber das bekommen wir im Moment nicht genehmigt. Die Krieger-Witwe würde ich jetzt erstmal außen vor lassen. Alles klar?"

„Gut, machen wir."

Nachdem Dressler fragend in schweigende Gesichter geschaut hatte, war die Besprechung zu Ende. Immerhin war ein bisschen geklärt worden und Dressler war positiv überrascht von seinen beiden jungen Kollegen.

# Kapitel 11

Es war um kurz vor 18 Uhr, als Dressler in seinen Wagen stieg. Er wollte noch einmal ins Studio fahren, um sich den Tatort ein weiteres Mal anzusehen. Vielleicht hatte er irgendetwas übersehen. Manchmal fallen einem erst nach Tagen Dinge auf, die vorher vollkommen übersehen worden waren.

Auf dem Weg entschloss er sich plötzlich anders. Er wollte noch einmal bei Kim in Köln vorbeifahren. Er hoffte, ihr ein paar mehr Informationen über Margot Landgraf entlocken zu können, mehr jedenfalls, als Claudia Hoppenstedt aus ihr herausbekommen hatte.

Da klingelte plötzlich sein Telefon. Es war Kim.

„Jürgen?"

„Ja?"

„Hast du einen Moment Zeit?"

„Ich wollte mich gerade auf den Weg zu dir machen. Wieso, was hast du?"

„Ich hab vielleicht was Wichtiges für dich. Wann kannst du da sein?"

„In 20 Minuten."

„O.k.. Dann bis gleich."

Dressler gab Gas. Von Kim hatte er meistens gute Tipps bekommen. Und die erhoffte er sich auch jetzt.

Als er in Köln angekommen war, bog er mit seinem Wagen in den Hinterhof, auf dem Kim den Parkplatz ihrer Kunden angelegt hatte. Auch heute war es hier wieder gerammelt voll. Dressler sah einen Jaguar, einen Porsche und mehrere andere teure Schlitten. Kim schien ihre Arbeit gut zu machen.

Die leicht bekleidete Empfangsdame grinste Dressler an und führte ihn direkt in Kims Zimmer.

„Hallo Bulle", grinste sie ihn an.

Dressler nickte leicht errötend und setzte sich.

„Was gibt es?", fragte er neugierig.

„Zuerst du", gab sie zurück.

„Unwichtig. Dazu komme ich später. Warum hast du mich angerufen?"

„O. k., ich habe gestern Abend noch ein bisschen herumtelefoniert. Du willst doch wissen, woher Krieger sein Koks bekam, oder?"

„Weißt du es?"

„Nur unter einer Bedingung. Die Person will unerkannt bleiben. Und straffrei."

Dressler atmete laut aus.

„Du weißt, dass ich dir das nicht versprechen kann. Dafür sitze ich auf dem falschen Stuhl."

„O. k., dann gibt es aber leider keine Infos."

Dressler drehte sich unruhig im Sessel herum. Er begab sich mit solchen Dingen auf ein rutschiges Parkett. Trotzdem hatte er manchmal Informanten auf diese Weise gedeckt.

„Ich muss erst wissen, wie wichtig die Informationen für die Ermittlungen sind."

„Tja, das kann ich dir nicht sagen. Das musst du selbst entscheiden. Ich habe nur dieses eine Angebot. Die Person rückt nur mit dem Wissen raus, wenn sie deswegen nicht in den Knast wandert."

Dressler rutschte erneut unruhig in seinem Sessel herum und überlegte. Die Informationen zu haben, war eine Sache, sie für seine Ermittlungen zu verwenden, war eine andere. Denn jeder würde sich fragen, woher er sein Wissen hatte.

„Also gut. Ich bin ehrlich gesagt zu neugierig."

„Gut. Ich habe einen Mann ausfindig gemacht, der Krieger bis vor ein paar Monaten mit Drogen versorgt hat. Und der sagte mir, dass Krieger zweimal mit einem anderen Mann zusammen bei ihm aufgetaucht ist. Vielleicht ist das ein Schlüssel zur unbekannten Seite Kriegers."

„Und wo finde ich diesen Mann?"

Kim schrieb ihm etwas auf einen kleinen Zettel und reichte ihn Dressler.

„Du kannst ihn direkt heute Abend sehen."

Dressler nahm den Zettel und überflog die Adresse. Der Mann wohnte in Köln Kalk. Die Wohngegend passte. Er steckte den Zettel ein und wollte sich sofort auf dem Weg machen. Als er schon in der Tür stand, rief Kim ihm hinterher.

„Hey, Bulle."

Dressler drehte sich verwirrt um.

„Hast du nicht was vergessen?"

Dressler überlegte.

„Was denn?"

„Du wolltest doch was von mir."

Dressler schüttelte sich kurz und schloss die Tür."

„Ja, das habe ich glatt vergessen. Kennst du eine Margot Landgraf?"

Kim bekam einen Lachanfall, der Dressler noch mehr verwirrte.

„Was ist daran so lustig?"

„Sag mir zuerst, was du von ihr willst."

„Sie war bei Krieger in der Sendung und hat mehr Gründe, ihn zu ermorden, als die meisten anderen."

Kim lachte noch einmal kurz auf.

Dressler setzte sich wieder und blickte Kim fragend an.

„Die Landgraf ist eine alte Schrulle. Ich weiß, dass Krieger sie damals in seiner Show plattgemacht hat. Aber soweit ich weiß, hatte sie nichts mit dem Tod der Mädchen zu tun. Weißt du, sie ist eine reine Geschäftsfrau und hat deswegen auch auf Frauen aus Russland und Litauen gesetzt. Aber wo die Mädchen herkommen und wie sie hierher kommen, das hat sie bestimmt nie interessiert. Und das mit dem Mord an Krieger, das kannst du vergessen. Wie gesagt, sie ist Geschäftsfrau, aber am liebsten hätte sie mit all dem, was schmutzig ist, nichts zu tun. Sie bietet die Dienste ihrer Mädels an, wie ich es tue. Aber für Menschenschmuggel oder sogar einen Mord ist die Dame zu fein."

Dressler stand auf und winkte ihr zu.

„O.k., ich danke dir für den Tipp."

„Kein Thema, Bulle."

Kim lächelte noch in Gedanken und vertiefte sich wieder in ihre Unterlagen. Dressler machte sich auf den Weg zu Kriegers Dealer. Er hatte ein ungutes Gefühl dabei. Wie jedes Mal, wenn er etwas tat, wofür er seinen Job verlieren konnte. Und in diesem Fall stand nicht nur sein Job auf dem Spiel.

***

Dressler fuhr langsam durch die Taunusstraße. Früher war er hier auf Streife gegangen. Da gab es hier noch Zuhälter, die beinahe nett zu nennen waren, weil sie mit Ausnahme ihrer Fäuste und vielleicht einem Schnappmesser unbewaffnet waren. Und es gab Prostituierte, die ihn freundlich grüßten, wenn sie morgens mit ihren Highheels erschöpft auf dem Weg nach Hause über die Pflastersteine stolperten. Damals waren die Fronten noch geklärt. Ein Wort war ein Wort, und wer dagegen verstieß, der wurde weder von den „Guten" noch von den „Bösen" länger geduldet.

Heute hatte das Viertel einen mehr als unangenehmen Ruf. Unter Polizisten hieß es, ein Drittel der Leute, die man hier auf der Straße trifft, seien Drogenabhängige, ein weiteres Drittel seien Dealer und der Rest sei von der Polizei. Gerade als er das dachte, nickte ihm auch schon ein Kollege in zivil unauffällig zu. Dressler gab Gas. Das konnte er am wenigsten brauchen. Er war abseits seiner dienstlichen Verpflichtungen unterwegs und er wusste, dass der Flurfunk der Polizei weitaus besser funktionierte als der Sprechfunk.

Er hielt mit der einen Hand das Lenkrad, mit der anderen den kleinen Zettel, auf den Kim ihm die Adresse geschrieben hatte. Er verfluchte ihre krakelige Schrift. Noch mehr verfluchte er seine langsam beginnende Sehschwäche. Er hatte sich zwar vor einiger Zeit eine Billig-Lesebrille angeschafft, aber er vermied es lieber, sie in der Öffentlichkeit zu tragen. Viel zu sehr ärgerte er sich über jegliche Art des körperlichen Verfalls.

Er fuhr langsam an der Hausnummer 68 vorbei und bog in eine Nebenstraße ein. Auf keinen Fall wollte er, dass sein Fahrzeug hier auf einem Parkplatz gesichtet wurde. Rund einen Kilometer weiter hielt er hinter einer Imbissbude. Der Pächter hatte inzwischen gewechselt und konnte ihn nicht mehr kennen.

Er setzte eine Schirmmütze auf und eine Sonnenbrille, die er schon seit Jahren im Handschuhfach liegen hatte. Obwohl er wusste, dass er damit sicher noch auffälliger aussah als ohne, fühlte er sich deutlich wohler.

Auch zu Fuß ging er erst einmal an dem besagten Haus vorbei. Er beobachtete das Treiben auf beiden Straßenseiten genau, bevor er wieder umkehrte und in den geöffneten Hausflur trat. Es stank hier entsetzlich nach Abfall und verdorbenen Essensresten. Die Mülltonnen neben der Treppe quollen über. Aber das kannte er. Wenn man Drogen nahm oder sie verkaufte, dann war der Rest meistens völlig egal. Langsam stieg er die Stufen hoch bis zum dritten Stock. Dort klopfte er an die Tür, weil keine Klingel vorhanden war. Leise hörte er, wie etwas im Inneren verrutscht wurde. Danach vernahm er ein kaum hörbares Knacken der Dielen. Vermutlich wurde er jetzt durch den Türspion begutachtet. Dressler blickte ärgerlich auf den Boden. Er hatte keine Lust, längere Zeit vor der Tür stehen zu bleiben. Denn sein Gefühl sagte ihm, dass er durch mehr als nur einen Türspion beobachtet wurde. Und er wusste, dass auch seine Kollegen sich zum Observieren ähnliche Absteigen nahmen.

Als er kurz darauf das gleiche Knarren erneut vernahm, stieg er langsam die Stufen hinunter, bis er neben den Mülltonnen stand, von wo aus er weder von den Wohnungen noch von der Straße aus beobachtet werden konnte. Hier zog er wütend sein Telefon aus der Tasche.

„Kim?"

„Ja?"

„Was soll der Scheiß?" Er flüsterte. Trotzdem hallte seine ge-
zischte Stimme laut von den kahlen Wänden wieder.

„Ich stehe hier vor der Wohnung und der Arsch macht nicht
auf. Ich hab keine Lust ..."

„Warte einen Moment", fiel ihm Kim ins Wort.

Sie legte auf.

Keine 30 Sekunden später hörte er von oben aus einer Wohnung
ein Telefon klingeln. Er stieg die Treppen wieder hinauf. Im dritten
Stock angekommen, stand diesmal die Tür einen Spalt weit auf, so
dass er direkt eintreten konnte. Das Innere der Wohnung war in
etwa so, wie er es erwartet hatte. Die Fenster waren durch schmud-
delige Decken verhangen. Es gab fast keine Möbel. Im Flur standen vielleicht 100, vielleicht auch mehr leere Flaschen herum.

Als er den Flur durchquert hatte, blickte er in ein kleines Zimmer, in dem eine Matratze lag, vor der ein niedriger Tisch stand.
Darauf eine Kerze. Daneben ein Plastikteller von einer Imbissbude, auf dem noch Essensreste lagen. Auf der Matratze hockte
ein Mann um die 30 mit dunklen, fettigen Haaren. Er stank auf
drei Meter Entfernung nach miefiger, ungewaschener Kleidung,
Schweiß und kaltem Nikotin. Seine Augen waren eingefallen
und er schaute Dressler mit einer Mischung aus Angst und Neugierde an. Von dem Moment an wusste Dressler, dass er es mit
der Sorte Dealer zu tun hatte, die sich durch den Verkauf nur
den eigenen Konsum finanzierten.

„Kim schickt mich."

„Kim hat gesagt, Sie lochen mich nicht ein." Der Mann sprach
langsam und unsicher.

„Daran werde ich mich auch halten. Aber dafür musst du mir
auch brauchbare Informationen geben."

„Du hast mit dem Krieger zu tun, oder?"

„Ja, ich ermittle wegen des Mordes."

„Bist du ein Kommissar?"

„So ähnlich. Aber kommen wir zur Sache, ich will hier nicht
versauern. Was weißt du?"

„Ich hab den Typen vor ein paar Jahren kennen gelernt, weil ich als Statist was nebenher verdient habe. Und dann hat er mich in der Drehpause angesprochen, ob ich ihm ein paar Gramm Gras besorgen kann."

„Wieso hat er dich einfach so angesprochen?"

„Sieht man mir nicht an, dass ich weiß, wo man sowas kriegt?"

„Egal, erzähl weiter."

Dressler sah sich nach einer Sitzgelegenheit um. Ein fleckiges Sitzkissen lag neben ihm, aber er zog es vor, sich auf einen leeren Bierkasten zu setzen.

„Ich gab ihm meine Adresse und erst hat er nichts mehr von sich hören lassen. Aber nach ein paar Wochen stand er nachts plötzlich vor der Tür. Er wollte aber kein Gras, sondern Koks. Ich hab ihm gesagt, dass das nicht so schnell geht, aber dann hat er mir fünf Hunderter auf den Tisch gelegt. Also bin ich los und hab ihm das Zeug besorgt."

„Und weiter?"

„Das ging dann einige Zeit so. Und dann hab ich plötzlich nichts mehr von ihm gehört. Dann hat er wohl 'ne andere Quelle aufgetan."

„Das ist alles?"

„Ja. Bis er vor ein paar Monaten wieder vor meiner Tür stand."

„Wann war das genau?"

„Keine Ahnung. Irgendwann vor zwei, drei Monaten. Er war total aufgedreht. Das war irgendwann nachts. Er hat mir fast die Bude eingerannt. Ich dachte, er wollte wieder was für die Nase, aber dann hab ich gesehen, dass er schon total dicht war."

„Was wollte er?"

„Er legte mir wieder 500 auf den Tisch und meinte, das ist, damit ich die Fresse halte. Und dann fragte er, ob ich einen kenne, der jemanden umbringen kann."

„Hat er gesagt, wen er umbringen wollte?"

„Ne, so blöd war er doch nicht."

„Also weiter."

Der Mann überlegte kurz.

„Sag mal, was kriege ich eigentlich dafür, dass ich dir das alles erzähle?"

In den Augen des Mannes sah Dressler plötzlich ein gieriges, aber weiterhin ängstliches Funkeln. Dressler stand ungeduldig auf und beugte sich drohend zu dem Mann hinüber, so dass ihm der Gestank noch widerwärtiger entgegenschlug.

„Hör mal zu, du Penner. Ich bin hier, damit du mir was erzählst. Und ich riskiere meinen Arsch dafür. Wenn du einen Schuss oder so was brauchst, dann musst du ihn dir selbst besorgen. Ich biete dir an, dass du nicht in den Knast musst. Das war es. Hast du das kapiert?"

Der Mann rutschte unruhig auf seiner Matratze hin und her. Er versuchte, sich mit zittrigen Fingern eine Zigarette zu drehen. Dressler war nun mehr als ungeduldig und wollte so schnell wie möglich raus aus diesem Loch. Er zog eine Zigarette aus seiner Packung, die er dem Mann hinüberwarf. Er wollte es unter allen Umständen vermeiden, dass sich der Mann mit seinen dreckigen Fingern selbst von seinen Zigaretten bediente.

„Also weiter jetzt", spornte Dressler den Mann gereizt an.

„O. k., ich hab ihn gefragt, was ich dafür bekomme. Da hat er mir noch mal 500 versprochen. Und noch mal 250, wenn ich ihm innerhalb einer Woche jemanden besorgen könnte."

„Und, hast du einen gefunden?"

„Ja. Ich habe mich ein wenig umgehört. Und da gab es einen Typen irgendwo aus dem Osten. Der hat mit größeren Mengen gedealt und bei dem habe ich auch mal was gekauft. Der macht so was."

„Hast du seinen Namen? Weißt du, wo ich ihn finde?"

„Sag mal, du bist wohl vollkommen bescheuert. Wenn ich dir was sage, dann haben die mich morgen schon am Arsch."

„Entweder die haben dich am Arsch oder wir. Die Scheiße, in die du dich geritten hast, die hast du an den Hacken, nicht ich. Wenn du mir alles erzählst, was du weißt, dann kann ich gucken, was ich machen kann."

Der Mann war jetzt nahe dran zu kollabieren. Dressler sah

förmlich, wie er immer tiefer in seine Matratze sank. Er überlegte wieder.

„Ich will zuerst neue Papiere und irgendwo einen Unterschlupf."

„Hey Mann, was glaubst du denn? Ihr Typen meint immer, wir Bullen gehen in unser Büro, zücken einen neuen Ausweis aus der Schublade und das war's. Bin ich Bond?"

Dressler versuchte es gegen seinen Willen erneut mit Ruhe und Freundlichkeit. „Pass auf, auch wenn ich dir keine neue Existenz bieten kann, ich werde niemandem auch nur ein Wort erzählen, von wem ich meine Infos habe. Niemand wird von dir erfahren. Das kann ich dir versprechen. Aber wenn dir das nicht reicht, dann bin ich in zehn Sekunden hier raus. Ich habe selbst keine andere Möglichkeit. Und du auch nicht."

Der Mann dachte nach. Dressler zündete sich ebenfalls eine Zigarette an und überlegte, ob er den Mann vielleicht zu hart angepackt hatte. Er wollte um jeden Preis an den Auftragskiller ran. Aber ihn beschäftigte auch die Frage, was er mit der Information anfangen wollte. Er hatte nun einen Weg eingeschlagen, auf dem er allein bleiben würde. Abseits der Vorschriften zu ermitteln, war schon riskant genug. Aber wenn es um einen Killer ging, dann riskierte er mehr als nur seinen Job.

Der Mann fragte nach einer weiteren Zigarette. Dressler warf ihm die Packung hin. Nachdem der Mann sich eine neue Zigarette angezündet hatte, entstand eine lange Pause. Irgendwo im Hinterhof schrien sich ein Mann und eine Frau an und ein Kind heulte. Dressler überkam eine leichte Übelkeit. Er zweifelte immer mehr daran, ob seine privaten Ermittlungen zum Ziel führen würden. Doch da sprudelte es aus seinem Gegenüber plötzlich heraus.

„Lass dich ab und zu mal in der Kneipe ,Op dr Eck' zwei Straßen weiter blicken. Da ist der Mann öfter. Er wird Miro genannt. Ein dünner, großer Typ mit hellen, kurzen Haaren. Er hat fast immer eine Lederjacke an. Mehr kann ich dir nicht sagen."

„Das war es?"

„Fast. Als Krieger wieder ging, habe ich ihm vom Fenster aus hinterhergeguckt. Er war nicht mit seinem Ferrari da, sondern stieg in einen kleinen Opel und zwar zur Beifahrertür."

„Aha", Dressler fühlte, dass der Knoten nun geplatzt war und er an einem wichtigen Punkt angekommen war. „Hast du gesehen, wer am Steuer saß?"

„Nee, das war zu weit weg. Außerdem sind die ja weggefahren und haben nicht noch mal gedreht."

„Hast du das Kennzeichen?"

„Nee, auch nicht. Das war zu dunkel."

„O. k.", sagte Dressler. „Wenn du noch irgendetwas hörst, dann melde dich sofort bei Kim, hörst du? Nicht bei mir. Und überhaupt: Das Gespräch hier hat nie stattgefunden. Ich sitze dann genauso in der Klemme wie du im Knast, hörst du?"

„Vielleicht ist es dir ja doch was wert, dass ich die Klappe halte", grinste ihn der Mann plötzlich an und machte dabei mit Finger und Daumen das Zeichen für Geld. Er schien wirklich krankhaft jede sich bietende Gelegenheit wahrzunehmen, an Geld zu kommen. Doch Dressler kannte das Spiel und wusste, dass er sich nicht von einem unzuverlässigen Dealer abhängig machen durfte. Er stand auf und nahm eine drohende Haltung an. „Wenn auch nur ein Wort von hier drinnen nach draußen dringt, dann polier ich dir zuerst die Fresse und dann erst wanderst du in den Knast, O. k.? Hast du das kapiert?"

Der Mann grinste nun zum ersten Mal während des Gesprächs. „Ihr Bullen seid echt keine Schnitte besser als so ein verfickter Mörder aus dem Osten."

„Jedenfalls hast du bei uns die Wahl zwischen polierter Fresse und der Freiheit. Bei dem Mörder hast du die Wahl nicht."

„Was habt ihr Scheißbullen für eine Ahnung von Freiheit?" Der Mann stand plötzlich mit einer ungeahnten Leichtigkeit auf und breitete seine Arme aus, wie um sein Reich zu präsentieren.

„Meinst du die Freiheit hier?" Dabei lachte er ein trauriges Lachen, das Dressler noch hörte, als er Treppe herunterging, an den stinkenden Mülltonnen vorbei und raus auf die Straße. Draußen schritt hastig aus und atmete tief ein. Er hatte das Gefühl, die Luft aus dem dreckigen Zimmer gänzlich aus seinen Lungen heraus rücken zu müssen. Er sprang in seinen Wagen und raste los. Erst zehn Minuten später, auf der Autobahn in Richtung Overath, fühlte er sich sicherer und wurde entspannter.

Zu Hause zog er sich aus, warf seine gesamte Kleidung in die Waschküche und duschte, um den Dreck der letzten Stunden von seinem Leib zu spülen. Danach setzte er sich in einem Bademantel vor die Stereoanlage und zog nacheinander verschiedene LPs aus dem Plattenregal. Die „Mediterranean Tales" von der Kölner Band Triumvirat lachte ihn an. Er zog sie vorsichtig aus der Hülle, legte sie auf den Plattenteller, als hantiere er mit Nitroglycerin, und strich liebevoll mit der Bürste über die schwarze Fläche. Bevor er die Nadel auf die Rille senkte, nahm er noch einen Schluck Whiskey.

Danach lehnte er sich zurück und ließ die Töne auf sich wirken. Da erst erinnerte er sich an den letzten Satz des Mannes. Nein, er hatte wirklich keine Ahnung von dem, was Menschen wie ihm noch an Freiheit blieb. Ihm reichte es vollkommen aus, von Zeit zu Zeit in die dunkle Welt dieser Menschen abzutauchen, um dann zu Hause wieder, wie aus einem bösen Traum, zu erwachen. Vielleicht hätte er doch die gleiche Laufbahn einschlagen sollen wie sein ehemaliger Kollege Schreiner, der nun von seinem sauberen LKA-Schreibtisch aus die Welt in geordneten Aktenstapeln präsentiert bekam. Vielleicht wäre das der richtige Weg gewesen. Vielleicht.

# Kapitel 12

Dressler stand schlecht gelaunt vor dem Spiegel. Für Kriegers Beerdigung – oder besser gesagt für die erwartete Presse – hatte er sich seine beste Krawatte angezogen und dann war ihm Zahnpasta daraufgetropft. Nach einer hektischen Reinigung mit einem nassen Waschlappen blieb ein dunkler Fleck, den er mit dem Föhn bearbeitet hatte. Danach war die Stelle nicht mehr dunkel, sondern hell, und der Stoff hatte sich auffällig nach außen gebeult – eine helle Beule, die sich nun deutlich vom Rest der Krawatte abhob.

Als er sich dann auch noch beim Rasieren schnitt, war die Laune endgültig und hoffnungslos verloren. „Passend zum Anlass und zum Wetter", dachte Dressler, als er vor der Terrassentür stehend hinausschaute. Der Regen platschte auf die Steine und an einer Stelle rechts von der Terrasse bohrte sich ein dicker Wasserstrahl tief in die Erde, wo vor kurzem noch ein Margaritenbusch gestanden hatte. Er musste dringend die Regenrinne reinigen. Aber wann? Am liebsten würde er einen Gärtner beschäftigen, der sich um solche Sachen kümmert. Doch auch dafür glaubte er keine Zeit zu haben. Mit der einen Hand schob er sich den Rest Brötchen in den Mund. Die andere streckte er weit von sich, um auf die Uhr zu schauen. Seine nachlassende Sehkraft machte ihm Sorgen.

Er setzte sich in seinen Wagen und fuhr rasant an, denn es war mittlerweile spät geworden und er wollte möglichst früh vor Ort sein, um die Beerdigungsgäste genau unter die Lupe zu nehmen. Doch schon auf der Aggerbrücke wurde seine Eile durch einen handfesten Stau gebremst. Jeder Overather wusste, dass es wegen der Baustelle am Kreisverkehr zu Verkehrsbehinderungen kommen konnte. Aber diesmal tat sich gar nichts mehr.

Dressler stellte den Motor ab und fluchte. Er stellte das Radio an, lehnte sich zurück, atmete einmal tief durch und ließ seinen Blick über die Umgebung schweifen. Die Agger, der Wald, die sanfte Anhöhe. Ja, hier war er zu Hause. Es gab immer wieder diese Momente, in denen ihm irgendetwas sagte, dass er hier hingehörte. Aber schon seit Jahren fragte er sich, was es eigentlich war. Es war einfacher zu sagen, was er an der Stadt nicht mochte. Das war die Enge, die schlechte Luft, die Hektik und vor allem die ewige Parkplatzsuche. Doch welche Vorteile hatte das Leben hier „draußen" auf dem „Land"? War das hier überhaupt noch „Land"? Genau wie in der Stadt stand er hier im Stau. Der Fahrer vor ihm ließ munter seinen Motor laufen, so dass Dressler die Lüftung nicht benutzen konnte. Und selbst, wenn es sich hier nicht staute, roch es nach Diesel, weil die schweren Loks der Bahn ihren Motor ebenfalls nicht abstellten, wenn sie auf die Weiterfahrt warten mussten.

Und über den Mangel an Parkplätzen ärgerte sich Dressler sowieso ständig. Was war es also, das ihn hier hinzog? War es die Erinnerung an eine glückliche Kindheit? Vielleicht. Aber wie viel war davon geblieben? Vor ihm stand das Schwimmbad, in dem er früher Schulwettkämpfe gewonnen hatte. Heute hieß es nicht mehr Schwimmbad, sondern „Badino". Als ob so ein künstlich aufgepfropfter Name die Kacheln an den Wänden und die Kassen endlich klingeln ließe.

Die Sportstätten von heute tragen immer irgendwelche künstlichen Namen, oft sogar die von Sponsoren. Und jedes Mal, wenn ein Unternehmen pleite ist oder der Vertrag gekündigt wird, gibt es einen neuen Namen. Dabei sind solche Namen doch immer schon Sache des Volkes gewesen. Ein echter Kölner würde seine Köln-Arena auch nicht plötzlich nach einem Chemie-Konzern aus Leverkusen benennen. Er bleibt beim „Henkelmännsche".

Aber Name hin oder her, das Schwimmbad ging wohl auch mit neuem Namen baden, wenn die Overather ihre ablehnende Haltung zum Schwimmen nicht bald änderten. Heute verstand man unter einem Schwimmbad eine Frittenbude mit eingebauter Wasserrutsche und Abhäng-Areal. Aber davon gab es in der Gegend doch genug. Overath brauchte kein Badino, sondern ein Schwimmbad.

Der Wagen hinter ihm hupte und der Fahrer zeigte ihm mit beiden Händen einen Vogel. Dressler war so sehr in Gedanken, dass er den unerwartet in Gang gekommenen Verkehrsfluss übersehen hatte. In der Hektik ließ er den Wagen absaufen. Er verfluchte den Fahrer hinter sich und den Verkehr und das Badino sowieso. Dann gab er Gas.

Vor der Kreuzung an der Kirche fluchte er erneut. Wegen des neuen Kreisels hatte man die Straße zum Ferrenberg komplett gesperrt – ausgerechnet heute. Jetzt wurde er über Heiligenhaus geschickt. Sechs Kilometer Fahrt für einen Friedhof, von dem er hundert Meter entfernt war. Und die Trauerfeier war bereits in vollem Gange. Er blickte sich um. Doch es gab keine Möglichkeit mehr zu wenden und auf dem Steinhofplatz zu parken. Außerdem hatte Dressler keine Lust, bei diesem Regen den Berg hochzulaufen. Also gab er, nachdem er die Baustelle passiert hatte, noch mehr Gas.

Keine fünf Minuten später war er angekommen. Vor dem Friedhof fand er keinen Parkplatz. Er wollte eigentlich darauf verzichten, beim Parken den Polizisten raushängen zu lassen und sein Fahrzeug direkt vor dem Eingang abzustellen. Zu hoch war die Wahrscheinlichkeit, dass die Kamerateams ihn beim Parken im Halteverbot filmten. Also umkreiste er sein Ziel, jedoch vergeblich. Als er den ersten freien Parkplatz gefunden hatte, war der so weit entfernt, dass er doch durch den Regen musste. Seinen Schirm hatte er natürlich zu Hause vergessen. Eigentlich, dachte er, hätte er seinen Wagen auch vor der eigenen Haustür stehen lassen können. Zu Fuß und mit Regenschirm wäre er schneller hier gewesen. Als er endlich das Tor des Friedhofs passierte, lief Dressler das Wasser schon in den Kragen.

Die Trauergemeinde hatte die Kirche bereits verlassen. Ein Meer von bunten Regenschirmen bewegte sich in bedächtigem Tempo, wie eine bunte Raupe, aufwärts. Die Zahl der Fernsehteams war überraschend niedrig. Vielleicht hatte Krieger dieses letzte Event auch exklusiv für seine Produktionsfirma reserviert. Als sich Dressler den Anwesenden näherte, wurde der Sarg gerade auf den Holzbalken über dem Erdloch abgestellt. Dressler schaute sich die Sargträger an. Sie alle waren deutlich jünger als Krieger. Einige erkannte er als ehemalige Mitarbeiter Kriegers, darunter auch Mark Gabrenz. Sein Blick schweifte über die Trauergemeinde. Er begann, die Gesichter förmlich zu scannen und sie mit Gesichtern abzugleichen, die er in seinem Kopf gespeichert hatte. Das größte Problem dabei war, dass viele durch Regenschirme verdeckt wurden.

Neben den Mitarbeitern sah er Janine Kaufmann und Sabine Krieger einmütig nebeneinander stehen. Janine Kaufmann heulte, was das Zeug hielt, und Kriegers Ex-Frau blickte betreten zur Seite. Als sich Ihre Blicke und die Dresslers trafen, lächelte sie kurz herüber, drehte dann aber sofort ihren Kopf auf die linke Seite, als wolle sie ihn auf etwas aufmerksam machen. Dressler folgte ihrem Blick und bemerkte eine Gruppe von drei Männern, die er nicht zuordnen konnte.

Ihrem Alter nach konnten sie zu Krieger passen und auch ihrer Erscheinung nach. Dressler erkannte teure Kleidung, goldene Uhren und eine Gesichtsbräune, die davon zeugte, dass sie es offensichtlich nicht mehr nötig hatten, hinter dem Schreibtisch zu sitzen. Dressler brannte sich die Gesichter in sein Gedächtnis ein und nickte kaum merklich Kriegers Witwe zu, um ihr anzuzeigen, dass er verstanden hatte. Im Anschluss an die Beerdigung würde er sich die PKW-Kennzeichen aufschreiben und sie überprüfen lassen.

So sehr sich Dressler auf die Anwesenden konzentrierte, ein Gesicht entging seinen aufmerksamen Blicken. In etwa dreißig Metern Entfernung bückte sich ein hagerer Mann in grüner Latzhose über ein Grab, um mit dem Dreizack die schlammige Erde aufzulockern, obwohl er keinerlei Beziehung zu dem Menschen hatte, der dort unter ihm beerdigt lag. Vielmehr wanderten seine Augen – ebenso wie die Dresslers – unauffällig über die Trauergemeinde. Auch er suchte Gesichter. Anders als Dressler war er jedoch nicht auf der Suche nach fremden, sondern ihm bekannten Gesichtern. Und nachdem er erfahren hatte, was er wissen wollte, warf er achtlos die Blumen, die er mitgebracht hatte, auf die nasse Erde, ließ den Dreizack teilnahmslos auf das Grab fallen und verließ den Friedhof ohne Eile.

Inzwischen sprach der Priester ein paar Worte über Krieger. Er würdigte ihn als Menschen, der es verstanden hatte, den Finger auf den wunden Punkt zu legen, der sein eigenes Leben in Gefahr gebracht hatte, um auf das Leid anderer hinzuweisen. Dressler kam das alles wie eine unerträgliche Heuchelei vor, vor allem, weil es unter all den Anwesenden – den Priester inklusive – vermutlich niemanden gab, der diesen Worten Glauben schenkte. Dressler war sich sicher, dass alle Umstehenden zurzeit wohl die gleichen Gedanken hatten. Nicht wenige werden froh sein, dass Kriegers menschenverachtende Art nun ein für alle Mal – gemeinsam mit seinem zerstückelten Körper – zu Grabe getragen wurde.

Doch dann geschah etwas, was wie ein von Krieger geplantes skurriles Schauspiel wirkte. Während der Priester seine Worte sprach, endete der Regen plötzlich und durch die schwarzen Wolken schob sich mit grellen, brennenden Strahlen die Sonne hervor. Es war, als ob ein kitschbesessener Maler der Renaissance sich einen Hintergrund für Christus' Himmelfahrt ausgedacht hatte. Dazu sog die warme Sonne die Feuchtigkeit aus dem Boden und der regengetränkten Kleidung. Die Mäntel und Jacken der Anwesenden begannen sofort zu dampfen, nachdem sie ihre Schirme geschlossen hatten.

Und als Kriegers schlichter, geschmackvoller Sarg dann langsam in das Grab hinabgelassen wurde, stiegen weiße Wasserdampfwolken vom Gras auf, das den geöffneten Erdenschlund umgab. Wie sehr erinnerte dieses Bild daran, dass Krieger ein paar Tage zuvor mit seinem Thron aus einem rauchenden Loch zu seinen Zuschauern aufgestiegen war. Diesmal verschwand er in dem Loch. Diesmal waren es keine Scheinwerfer oder Nebelmaschinen, sondern die Sonne und der Wasserdampf, die Kriegers letztem großem Auftritt eine sakrale Bedeutung gaben. Gerade er kam in die Gunst eines solchen Schauspiels. Gerade er.

Der Reihe nach schoben sich die Trauergäste am offenen Grab vorbei. Zuerst trat Janine Kaufmann an das Grab, gestützt von Mark Gabrenz und von einem Mann, der Kaufmanns Vater sein konnte. Die Gesichtszüge ähnelten sich und auch der Altersunterschied passte. Janine Kaufmann stand eine Ewigkeit am Grab Kriegers und schwieg. Sie weinte nicht mehr, sondern starrte kraftlos in das Erdloch, das ihr das genommen hatte, was sie einmal als ihre Zukunft angesehen hatte. Sie hatte Krieger wirklich geliebt. Und zusätzlich war es angenehm, bei Krieger TV unter dem sicheren Schutzschirm des Patrons zu stehen.

Einige der Trauergäste begannen unruhig zu werden und verlagerten das Gewicht von einem Bein auf das andere. Kaum jemand hatte Lust darauf, noch länger hier draußen in der feuchten Wärme zu stehen. Gabrenz schien das Zeichen zu verstehen. Er führte Janine Kaufmann mit bedächtigen Schritten an die Seite und nach und nach traten andere Personen aus Kriegers Leben an sein Grab. Sabine Krieger begann. Sie stand nur ein paar Sekunden dort. Dressler beobachtete ihr Gesicht sehr genau. Ihre Augen verirrten sich im Nichts. Ihre Gedanken schienen sich in der Vergangenheit zu bewegen. Plötzlich huschte ein leises Lächeln über ihr Gesicht. Sie zog etwas aus der Tasche ihres Kostüms – einen Zettel oder ein Foto – und ließ es in das geöffnete Erdloch fallen. Dann trat sie zur Seite und eine ganze Reihe von Mitarbeitern zog schweigend am Grab vorbei. Im Hintergrund hörte man plötzlich eine Akustik-Gitarre spielen. Dressler drehte sich um, konnte aber den Urheber nicht ausmachen. Aber das Lied erkannte er sofort. Es war Nick Drake mit Pink Moon. Wer hatte das Lied ausgesucht? Warum gerade Pink Moon? Das Lied war sentimental, ja sogar melancholisch. Der Text spielte vielleicht indirekt auf den Tod an. Aber mehr noch war es die tragische Geschichte des Musikers, der an einer Überdosis Antidepressiva gestorben war.

Krieger und Depression? Das passte nicht zusammen. Wer hatte das Lied für ihn ausgesucht und warum?

Mittlerweile waren die Mitarbeiter an Kriegers Grab vorbeigegangen. Jetzt kamen die drei Männer an die Reihe, die offenbar zu Kriegers Freundeskreis zählten. Sie standen Seite an Seite und legten einen Kranz an die Seite des Grabes. Ihre Gesichter wirkten für einen kurzen Moment sehr nachdenklich. Vielleicht dachten die Männer, die allesamt in Kriegers Alter waren, darüber nach, dass es sie auch bald schon treffen könnte. Dann nahmen sie sich in den Arm und klopften sich laut auf die Schultern. Auf Dressler wirkte die Szene so, als wenn sie gemeinsam mit Krieger in der Vergangenheit eine Menge Spaß gehabt hätten. Vermutlich Partys, gemeinsame Urlaube, Autotouren, Frauen und vielleicht auch Drogen.

Dressler meinte, diese Sorte Männer zu kennen. Sie knechteten ihre Angestellten und zogen so viel Geld wie möglich aus dem Unternehmen, um leben zu können, als gäbe es kein Morgen mehr, aus Angst, irgendetwas zu verpassen. Und so waren sie doch alt geworden, hatten vermutlich das, was sie ein erfülltes Leben nennen würden, und trotzdem klammerten sie sich wie besessen an das Jetzt und Hier. Sie wechselten alle paar Jahre ihre Frauen gegen ein aktuelles Update aus. Sie mussten sich mit Jugend und Schönheit umgeben, um sich selbst über ihr eigenes Alter hinwegzutäuschen. Jetzt standen sie hier am Grab und Krieger führte ihnen in seiner letzten Regiearbeit vor, wie man mit einem dampfenden Grab den ganzen Schein zunichte machen konnte. Sie alle steuerten auf ein Ende zu, das unweigerlich näherrückte. Irgendwann würden sie auch in einem solchen Loch verschwinden.

Nach den drei Männern trat eine ganze Reihe ihm unbekannter Personen an das Grab. Er wusste nicht, ob es sich hier um Schaulustige, Beerdigungsfans oder Freunde handelte. Aber die meisten von ihnen passten nicht zu Kriegers Dunstkreis. Schließlich stand Dressler selbst vor dem Grab. Auch ihn umflog der Hauch des Todes. Was ließ Krieger zurück? Er war nie müde geworden, sich neue Feinde zu schaffen und zu beweisen, dass er über ihnen stand. Die, die Krieger hier die letzte Ehre erwiesen, das waren Mitarbeiter, die nicht um ihn, sondern um ihren Job trauerten, das war eine Janine Kaufmann, die zumindest zum Teil um das Geld und das pralle Leben trauerte. Und Sabine Krieger? Sie hatte sich von ihm gelöst. Sie war vielleicht die einzige aus Kriegers Leben, die sich nicht hatte unterkriegen lassen – mit Ausnahme des Mörders.

Nachdem der letzte Trauergast am Grab vorbeigeschritten war, verließen die Teilnehmer dieser seltsamen Veranstaltung den Friedhof. Dressler folgte den drei unbekannten Männern in gebührendem Abstand, um sich ihre Kennzeichen aufzuschreiben. Vor einer Luxuskarosse blieben sie stehen und unterhielten sich kurz miteinander. Dressler fotografierte sie heimlich mit seiner Handykamera. Anders als er hatten sich zwei von ihnen ins Halteverbot gestellt. Die Knöllchen warfen sie achtlos auf die Straße. Vermutlich hatten sie genügend Geld und Geltungsdrang, um sich die Plätze in der ersten Reihe sichern zu können. Direkt an Dressler vorbei fuhren ein großer Mercedes und ein Ferrari hinunter Richtung Hauptstraße. Einer von ihnen hupte beim Beschleunigen. Dressler war sich nicht sicher, ob dies Krieger als eine Art Salut galt oder der älteren Dame, die sich anschickte, die Straße zu überqueren. Beides empfand er als höchst unsympathisch.

Noch während er sich die beiden Nummern auf einen Zettel notierte, gesellte sich ein höflicher junger Mann zu ihm, ein Mikrophon unter den Arm geklemmt. Er grüßte Dressler und bat ihn um ein Interview zum Stand der Ermittlungen. Dressler wies ihn ebenso höflich ab und dachte dabei, dass der junge Mann es mit so viel Anstand und Respekt in der Branche wohl nicht weit bringen würde.

Plötzlich berührte ihn jemand vorsichtig am Arm. Dressler konnte schon an der Form der Hand und der Ringe erkennen, dass dies Sabine Krieger war.

„Die Kennzeichen brauchen Sie sich vermutlich gar nicht aufzuschreiben. Fragen Sie einfach mal beim Golfplatz nach ihnen. Ich habe einen von denen mal mit Krieger dort gesehen. Und die anderen gehören zur gleichen Sorte."

„Welche Sorte?", fragte Dressler lächelnd nach.

„Zu der Sorte Mensch, die meinen, genügend Geld zu haben, um sich Freunde kaufen zu können."

Noch bevor Dressler antworten konnte, wechselte sie das Thema und ging gemäßigten Schrittes ein paar Meter bergauf.

„Wie fanden Sie die Beerdigung?"

„Hm, wie kann man eine Beerdigung finden? Ich hasse Beerdigungen und ich bin schon froh, dass ich meine eigene nicht miterleben werde. Aber diese hier kam mir vor wie eine Mischung aus Passionsspielen und Jesus Christ Superstar."

Sie lächelte, schwieg aber dazu.

„Wissen Sie, wer für das Lied von Nick Drake verantwortlich war?"

Sie lächelte erneut und sah ihn prüfend an.

„Ich."

„Sie?" Dressler blieb stehen.

„Ja, ich. Wir sind früher manchmal mit dem Auto rausgefahren und haben uns einen schönen Ort im Wald ausgesucht. Und da hat Krieger immer die Kassette von Nick Drake aufgelegt. Ich weiß, dass er das Lied sehr geliebt hat."

„Was hat Janine Kaufmann dazu gesagt?"

„Nichts. Ich habe sie sogar angerufen, ob sie etwas dagegen hat."

„Und?"

„Sie hat dazu geschwiegen. Und ich habe auch das Gefühl, zu wissen, warum."

„Warum?"

Sie lachte kurz auf.

„Ich glaube, dass Krieger dieses Ritual auch bei ihr beibehalten hat. Vermutlich hat er mit ihr sogar die gleichen Orte aufgesucht. So war er halt."

Dressler schwieg.

„Das gleiche Theaterstück mit neuer Besetzung."

„Meinen Sie, Krieger hätte die Beerdigung gefallen?"

„Na ja, Krieger wollte diese Art Beerdigung eigentlich gar nicht." Sie blieb stehen und sah Dressler an, vielleicht, um seine Reaktion zu sehen. „Er wollte verbrannt und in der Wüste verstreut werden."

„Ach", Dressler runzelte die Stirn „Und wieso ist man diesem Wunsch nicht nachgekommen?"

Sabine Krieger drehte sich ab und schritt weiter bergauf.

„Was weiß ich? Fragen Sie Janine Kaufmann. Vielleicht wollte sie es anders. Oder vielleicht passte es Mark Gabrenz nicht ins Drehbuch oder ins Budget. Aber egal. An diesem Schauspiel hätte sicher auch Uli seinen Spaß gehabt."

Möglichst unauffällig versuchte Dressler einen Seitenblick auf Sabine Krieger zu werfen. Zum ersten Mal hatte sie ihn „Uli" genannt. Erst jetzt fiel ihm auf, dass sie bisher immer nur von „Krieger" gesprochen hatte, eine ausgesprochen distanzierte Namenswahl für einen Mann, mit dem sie immerhin mehrere Jahre verheiratet war. Hatte die Beerdigung bei ihr mehr Emotionen ausgelöst, als er ahnte? War da noch mehr als das, was Sabine Krieger bisher zugegeben hatte? Dressler wusste nicht, ob und wie er sie darauf ansprechen konnte. Er zögerte.

„Darf ich Sie etwas sehr Intimes fragen?"

Sie blieb stehen und sah ihn durchdringend an.

„Was?"

„Sie haben an seinem Grab gestanden und etwas hineingeworfen."

Nun blieb sie stehen und lachte, so dass sie feuchte Augen bekam. Und Dressler hatte das Gefühl, dass dies nicht nur Lachtränen waren.

„Wollen Sie das wirklich wissen?"

„Ist es etwas, was wichtig ist?"

Sie lächelte ihn an.

„Es ist ein Foto, das wir mit dem Selbstauslöser geschossen haben, bei unserem ersten gemeinsamen Auslandseinsatz in Somalia. Wir haben uns damals nachts am Strand geliebt. Reicht Ihnen das?"

Dressler bereute es, die Frage gestellt zu haben. Aber er gab trotzdem nicht auf. Vielleicht konnte er noch irgend etwas aus ihr herausbekommen. Im Moment wusste niemand so viel über Krieger wie sie.

„Ist Ihnen inzwischen noch etwas eingefallen, was mir nutzen kann?"

Dressler versuchte dabei, möglichst unaufdringlich zu wirken, um herauszubekommen, was er wissen wollte. Doch Sabine Krieger schien den Braten zu riechen und blockte plötzlich ab.

„Nein. Ich halte Sie auf dem Laufenden. Machen Sie es gut."

Sie lächelte ihn kurz an, drehte sich rasch um und schritt von dannen, den Weg zurück Richtung Friedhof, so dass Dressler ihr nur ein „Auf Wiedersehen" hinterherrufen konnte. Ob sie ihren Wagen unten geparkt hatte oder ob sie noch einmal in Ruhe auf den Friedhof zurück wollte, darauf hatte Dressler keine Antwort. Aber er wollte ihr nicht folgen, denn ihr Vertrauen war ihm enorm wichtig. Also ging er nachdenklich weiter den Berg hinauf. Irgendetwas wusste sie, was von Bedeutung sein konnte, dachte er bei sich. Und er hoffte, es ihr bald entlocken zu können.

Anstatt zum Präsidium zu fahren, fuhr Dressler den großen Umweg zurück nach Hause, um sich ein zweites Frühstück zu gönnen. Nach Beerdigungen fühlte er sich jedes Mal schlecht – und hungrig. Während er am Tisch saß und gierig in sein Brötchen biss, schaute er aus dem Fenster und dachte über die Bestattung Kriegers nach. Und er dachte über seinen eigenen Tod nach. Würde er mal als betagter Herr langsam und leise dahinsterben oder würde er bei seiner Arbeit sterben, schnell und brutal? Die Zeiten hatten sich geändert. Heute morden Menschen schon für ein paar Hundert Euro. Aber wie würde seine Beerdigung aussehen? Wer würde dann um das Grab herum im Matsch stehen und hoffen, dass die Veranstaltung bald vorbei ist? Er hatte eine Schwester, die seit vielen Jahren glücklich in Bayern verheiratet war und ein vollkommen anderes Leben führte als er. Sie würde vermutlich dabei sein. Seine Eltern lebten schon lange nicht mehr. Eine Tante und einen Onkel hatte er noch. Aber zu denen hatte er schon als Kind keinen Kontakt mehr.

Dressler lehnte sich in seinem Stuhl zurück und schloss die Augen. An seinem Grab würden lediglich seine Schwester und seine engsten Kollegen stehen. Dann natürlich noch seine zwei besten und einzigen Freunde, falls sie rechtzeitig davon erfuhren.

Dazu vielleicht noch sein Nachbar, der früher selbst einmal bei der Polizei gewesen war. Er stritt oft mit ihm, wusste aber, dass man sich insgeheim sympathisch war. Der alte Herr verärgerte Dressler oft damit, dass er von den „alten Zeiten" bei der Polizei sprach, von den Methoden, die angeblich viel wirksamer waren.

Er fühlte sich für einen Moment vollkommen allein gelassen – abgeschlossen von der Welt. Um ihn herum herrschte Stille. Nicht einmal die Vögel hörte man draußen zwitschern. Er ging ans Fenster und öffnete es, als wolle er sichergehen, dass noch Leben um ihn herum existierte.

Er atmete durch und sah sich um. Das Wetter war wieder schön, aber die Luft immer noch schwül vom Regen. Ein schwerer Geruch von Blumen gemischt mit dem Harz von Kiefern lag in der Luft. Alles war wieder gut.

Er hatte sich ein schönes Haus ausgesucht und es ganz nach seinem Geschmack eingerichtet. Was fehlte, war eine Frau oder vielleicht sogar eine Familie. Wie oft sehnte er sich danach, nach Hause zu kommen und hier einen anderen Menschen vorzufinden. Aber welche Frau würde ein Leben an seiner Seite akzeptieren? Welcher Frau konnte er sein unstetes Leben zumuten? Manchmal kam er nur nach Hause, um seine Kleidung in die Waschküche zu werfen, zu duschen und wieder zu fahren. Und alle paar Wochen musste er sich durch Wäscheberge kämpfen, Fenster putzen und den Rasen mähen. Eine Zweizimmerwohnung in Köln wäre sicher vernünftiger. Aber er liebte das Land. Er liebte genau diese Umgebung. Er war hier aufgewachsen und es gab nichts, was ihn hier wegzog. Auch wenn die Vorteile des so genannten Landlebens in mancher Hinsicht dahinschmolzen und sich die Nachteile der Stadt langsam breitmachten, er hatte einen Ort gefunden, der schön genug war, um hier sein Leben in guten wie auch schlechten Zeiten zu verbringen.

Aber vielleicht brauchte er ja nur jemanden, der ihm bei der Hausarbeit half, ihm ein wenig Gesellschaft leistete und für Zerstreuung sorgte. Das würde ihm keine Familie ersetzen, aber es würde sein Leben erleichtern und seinem gemütlichen Heim ein wenig Leben einhauchen. Dann wäre eben doch manchmal jemand da, wenn er nach Hause kam. Er trank den Rest Kaffee, der inzwischen kalt geworden war, und nahm sich vor, am nächsten Tag auf die Suche nach einer Reinigungskraft zu gehen, am besten einer, der man auch das Reinigen der Dachrinne zumuten konnte.

Er schaute auf die Uhr und verspürte nicht die geringste Lust, heute noch einmal ins Präsidium zu fahren. Stattdessen rief er Claudia an und bat sie, ihm den Stand der Ermittlungen in einem kurzen Report per Mail zukommen zu lassen. Außerdem gab er ihr die Kennzeichen durch, die er vor dem Friedhof notiert hatte. Heute wollte er sich ein wenig in Kriegers Heimat umschauen – und in seiner eigenen. Für den Golfplatz packte er sich Gummistiefel ein, denn der Regen hatte wieder zugenommen.

# Kapitel 13

Der Mann stand vor dem Spiegel und betrachtete sein Gesicht. Er war in den letzten Jahren stark gealtert. Aber er hatte auch den Eindruck, dass er gesünder aussah als noch vor zehn Jahren. Bedächtig strich er sich über den Bart, den er sich seit ein paar Monaten wachsen ließ. Dann ging er plötzlich ins Wohnzimmer und drehte den Polizeifunk lauter. Zurück im Badezimmer griff er in die Plastiktüte und holte verschiedene Sprayflaschen heraus. Eigentlich hatte er sich für Grau entschieden. Doch bei einem ersten Versuch hatte er das Gefühl, dass seine Haare und sein Bart wie angeklebt wirkten. Dann kam er in einem Karnevalsartikelladen auf die Idee mit der rotorangen Farbe. Er nahm den Deckel ab und sprühte das farbige Haarspray in eine Kaffeetasse. Er hatte herausgefunden, dass sich die Farbe besser mit einem Pinsel auf die Barthaare auftragen ließ als direkt aus der Spraydose. Vorsichtig tupfte er die Farbe auf den Bart. Nach einer Weile sah er sich das Ergebnis im Spiegel an und war sehr zufrieden. Mit einem feuchten Tuch und einem Wattestäbchen wischte er die Stellen sauber, an denen die Farbe auf die Haut geraten war.

Plötzlich richtete sich seine Aufmerksamkeit auf den Polizeifunk der Neusser Polizei.

„Wagen 17 und Wagen 22. Verkehrsunfall auf der Zehntstraße Ortseinfahrt Wevelinghoven. Drei beteiligte Fahrzeuge. Zwei Verletzte, einer davon schwer. Notarzt und Feuerwehr sind informiert. Bitte Wagen 17 den Verkehr umleiten ab Kreisverkehr K31 / L69. Außerdem liegt die Unfallstelle genau in der Ausfahrt von der L 361 nach Wevelinghoven/Widdeshoven. Auch diese Ausfahrt muss abgesperrt werden. Das macht Wagen 22. Wagen 3 und Wagen 12 sind direkt bei der Unfallstelle im Einsatz."

„Hier Wagen 17. Verstanden. Sind auf dem Weg."

„Wagen 22. Verstanden, sind noch bei dem Einbruch. Aber in fünf Minuten da. Ende."

Er blickte auf die Karte an der Wand, die er aus unzähligen Din-A4-Blättern zusammen geklebt hatte. Eine Massenkarambolage hatte ihm gerade noch gefehlt. Und wenn der Verkehr umgeleitet würde, dann hieße das erhöhtes Verkehrsaufkommen auf der Hauptstraße. Er schaute auf die Uhr. Vielleicht würden sie es rechtzeitig schaffen, den Unfallort zu räumen. Aber wenn schon die Feuerwehr im Einsatz war?

Nachdenklich ging er zurück ins Bad, klebte seinen Haaransatz ab und sprühte nun die Farbe direkt aus der Dose auf sein Haar. Hier klappte diese Methode besser. Nach wenigen Minuten grinste er sich zufrieden im Spiegel an. Das Ergebnis war deutlich besser als bei seinen ersten Versuchen. Er tupfte noch schnell ein paar Stellen auf der Haut sauber und trocknete zuletzt noch kurz seine Haare mit einem Föhn. Vorsichtig zog er die Mütze auf, so dass nur ein paar Strähnen unter ihr hervorblickten. Dann ging er ins Wohnzimmer und zog sich den auf dem Sofa liegenden Blaumann über. Er ging pedantisch seine schon vor langem aufgestellte Checkliste durch und füllte nach und nach einen großen grünen Jagdrucksack mit den Dingen, die er als Requisiten bezeichnete. Darunter waren eine Drahtschlinge, ein Kopflicht, mehrere Paare OP-Handschuhe und Schuhüberzieher, die er sich ebenfalls bei einem Krankenhaus besorgt hatte. Separat in eine Tüte verpackt hatte er eine Haarschneidemaschine, eine Bürste, ein Päckchen mit feuchten Tüchern und eine Rolle Müllbeutel. Daneben verstaute er noch ein kleines Ledermäppchen mit Einbruchswerkzeug und eine kleine Pistole, die er in mehrere Lagen Plastik eingewickelt hatte. Er warf einen letzten Blick auf die Liste, ging auf dem großen Stadtplan noch einmal die Radarfallen durch, schaltete schließlich den Polizeifunk ab und schaute auf die Uhr, bevor er die Wohnungstür hinter sich zuzog. Seinen Rucksack brauchte er jetzt noch nicht.

# Kapitel 14

Dressler bog langsam auf den Parkplatz des Golfplatzes ein. Es knirschte laut unter den Reifen und er fragte sich, ob der Kies nicht für viele Golfer ein Ärgernis war. Die Fahrer von Luxuskarossen müssten bei Kies fürchten, dass die kleinen Steinchen den Lack beschädigen. Und nicht wenige Frauen hätten hier mit Sicherheit Probleme, sich auf ihren Stöckelschühchen fortzubewegen. Er dagegen zog sich seine schweren Gummistiefel über, die noch von der letzten Gartenarbeit voller Schlamm waren.

Als er ausstieg, atmete er tief durch und versuchte, seine Vorurteile gegen Golfer abzuschütteln und zu einer professionellen Einstellung zurückzukommen. Er schlug die Autotür zu und dachte sich, dass dies hier wohl die einzige Autotür weit und breit war, die beim Schließen quietschte.

Bedächtig schritt er mit seinen Gummistiefeln durch das Tor, das von zwei gigantischen Buchsbäumen flankiert wurde. Alles hier hatte diese seltsame klinische Sauberkeit, die ihn so oft verwirrte. Kein abgefallenes Blatt lag auf den Beeten, keine verwelkte Blüte wurde hier offenbar länger als ein paar Minuten an der Pflanze geduldet. Alles wirkte wie gemalt. Und selbst die Decken, die wie beiläufig hingeworfen auf den Sonnenliegen lagen, waren scheinbar mit Bedacht so gelegt worden. Selbst die Unordnung hatte hier System.

Er schritt auf die Terrasse, blickte über den Golfplatz und versuchte sich die Gegend in Erinnerung zu rufen, wie sie früher einmal ausgesehen hatte, als er noch als kleiner Junge mit den anderen durch Wald und Feld gestromt war. Er erinnerte sich an endlose Reihen von Maispflanzen, die hier einmal gestanden hatten, durch die er früher gejagt war. Doch Wehmut ließ er nicht zu. Für ihn hatte jede Zeit ihr Gutes und auch ihr Schlechtes. Außerdem hatte er selbst einmal an einem Schnupperkurs teilgenommen. Und er erinnerte sich an einen der schlimmsten Muskelkater, die er danach hatte. Seitdem hatte er sich geschworen, diese bis dahin ungenutzten Muskelgruppen an Nacken und Schultern wieder ruhen zu lassen.

„Kann ich Ihnen ..." Dressler drehte sich um. Er erkannte die Stimme des Pächters. „Ach, hallo Herr Dressler. Was verschafft uns die Ehre?" Dressler war nicht entgangen, dass in der Stimme des dicken, bärtigen und braungebrannten Mannes Enttäuschung mitschwang. Vermutlich hätte er sich eher einen neuen potenziellen Kunden gewünscht, als einen Polizisten in Gummistiefeln.

„Hallo Herr Höhn. Na ja, ich will gar nicht um den heißen Brei herumreden. Mein Besuch ist dienstlich." Mit einer unscheinbaren, aber ebenso eindeutigen Geste deutete der Mann an, dass Dressler ihm unauffällig folgen solle. Als sein Blick auf die dreckigen Gummistiefel fiel, zögerte er kurz, ging dann aber doch voran. Und Dressler folgte ihm durch das Café, ging vorbei an der Theke, hinter der eine junge Blondine mit tadelloser grüner Schürze freundlich grüßte, und hinterließ eine Lehmspur, die sich wie ein Kunstwerk quer durch das Café zog. Auch der dicke Mann sah die Spur, hob seine Hand in Richtung der Frau und rührte mit dem Zeigefinger nach unten in der Luft herum, was wohl soviel heißen sollte, wie „Machen Sie mir mal zwei Kaffee und zwei Wasser. Aber zackig." Danach warf er einen missbilligenden Blick auf den Boden und auch dies schien die Frau zu verstehen. Er durchquerte in großen Schritten einen langen Flur, dessen Wände zahllose Pokale und Fotos von Golfern zierten, die entweder beliebt oder bekannt waren – oder sogar beides.

Nachdem der Pächter des Golfplatzes die Tür verschlossen hatte, setzte sich Dressler in einen luxuriösen Ledersessel und schlug die Beine übereinander. Ihm gegenüber ließ sich der Mann schwerfällig mit einem Plumps in den Sessel fallen. Er konnte gerade noch sehen, wie sich von Dresslers Gummistiefel ein Lehmbrocken löste und auf den teuren Teppich fiel.

„Möchten Sie was trinken?", fragte er mit einer deutlich missbilligenden Mine.

„Ich danke, nein. Ich möchte Sie auch gar nicht lange aufhalten. Kennen Sie ..." Dressler kramte in seiner Jackentasche nach dem Handy. „Kennen Sie diese drei Herren hier?" Er suchte noch ein paar Sekunden und hielt ihm das gespeicherte Foto hin. Der Mann fingerte eine Lesebrille aus der Hemdtasche, betrachtete das Display mit vorgeschobenem Kinn und gab Dressler das Handy schulternzuckend zurück.

„Ja natürlich, warum fragen Sie?"

„Die drei waren auf der Beerdigung von Krieger."

„Na und? Hätte ich hier nicht zu tun gehabt, wäre ich auch dort gewesen. Wollen Sie mich jetzt verhaften?

„Im Augenblick besteht wirklich überhaupt kein Anlass dazu", gab Dressler seelenruhig, aber mit innerlich steigender Wut zurück.

In diesem Moment kam die hübsche Blondine herein und stellte lächelnd ein Tablett mit zwei Tassen Kaffee, zwei Gläsern Wasser und einer Schale Keksen auf den tiefen Tisch.

Dressler wollte sein Gegenüber durch eine taktische Pause verunsichern, langte dazu seelenruhig nach einer Tasse Kaffee und ließ in Zeitlupe nacheinander drei Tütchen Zucker hineinrieseln, was der Golfpächter mit steigender Aufmerksamkeit verfolgte.

„Was wollen Sie also hier?", fragte der Mann schon etwas unbeherrschter, während sein Blick zwischen Dressler und der Kaffeetasse wechselte.

„Ich möchte lediglich, dass Sie mir etwas über diese drei Herren hier erzählen. Aber Sie können auch mit Krieger starten oder mit sich selbst." Während Dressler dies sagte, schüttete er das vierte Tütchen Zucker in den Kaffee. Der Golfplatzpächter schien ein wenig verwirrt, da er Dresslers Aussage ‚Ich möchte Sie auch gar nicht lange aufhalten' nicht mit den nun von ihm geforderten Informationen in Einklang bringen konnte.

Innerlich schien der Mann zu stöhnen. Äußerlich zeigten sich kleine Schweißperlen auf seiner Stirn, die er sich mit einem großen Stofftaschentuch abwischte.

„O. k., Sie können mir sicher sagen, was genau Sie wissen wollen."

Während Dressler das fünfte Zuckertütchen in den Kaffee rieseln ließ, setzte er eine unentschlossene Miene auf, die seinen Gegenüber vermutlich zur Weißglut brachte. „Na, ja, fangen wir mal an mit: Wer sind diese drei Herren auf dem Foto?"

Jetzt platzte der Mann, der nun ebenfalls ungeduldig geworden war, genervt heraus: „Rüttmann, Wolferts und Hommerich. Rüttmann kennen Sie vermutlich als Bauunternehmer, Wolferts ist Spediteur und Hommerich verleiht Equipment für Film und Konzert."

Anstatt sich die Namen zu notieren, öffnete Dressler seelenruhig das sechste Zuckertütchen, hielt es über die Kaffeetasse, wartete einen Augenblick und schüttete es diesmal mit einem flotten Schwung in den Kaffee, so dass der schwitzende Mann ihm gegenüber kurz aufzuckte. Dressler hatte seinen Notizblock in der Jackentasche gelassen, denn ausnahmsweise vertraute er heute – ob erlaubt oder nicht – der Technik. Er hatte, bevor er sein Handy auf den Tisch zurücklegte, noch schnell und unbemerkt auf den Aufnahme-Knopf gedrückt.

„Gut, und jetzt erzählen Sie einfach mal was aus dem Nähkästchen, damit ich Ihnen nicht alles aus der Nase ziehen muss. Wenn noch Fragen offen bleiben, dann werde ich selbstverständlich nachhaken."

„Also, die drei haben sich alle paar Wochen mit Krieger getroffen und Golf gespielt. Wenn Sie drauf bestehen, dann kann ich Ihnen die Liste mit den Buchungen zukommen lassen. Danach haben sie oft noch hier zusammengesessen und einen getrunken."

Damit hatte der Mann offensichtlich geglaubt, seine Informationspflicht erfüllt zu haben. Anstatt weitere Fragen zu stellen, nahm Dressler sich das siebte Zuckertütchen und schüttelte es vor dem Aufreißen hin und her.

„O.k.". Der Mann schien einzuknicken, wischte sich mit einer großen Geste den Schweiß von der Stirn, setzte sich aufrecht und fuhr fort. „Die vier sind offenbar einige Male zusammen in Urlaub gewesen. Manchmal waren sie auf Mallorca und manchmal sind sie in Holland am Meer gewesen."

Dressler vermied es, aufzublicken und Interesse zu zeigen. Er wollte den Redefluss nicht unterbrechen. Doch als der Mann das Gespräch nicht von selbst wieder aufnahm, sah er sich gezwungen nachzuhelfen.

„Und?", forderte Dressler ihn einsilbig auf, weiter zu machen.

„Dann sind sie auch manchmal nach dem Golfen in einem Wagen weggefahren. Die übrigen Autos standen manchmal bis zum nächsten Tag hier, bevor sie wieder verschwanden."

Dressler warf diesmal nur seine Stirn in Falten, anstatt zu fragen. Der Mann ihm gegenüber wurde von Minute zu Minute nervöser. „Ja, was wollen Sie denn von mir? Meinen Sie, ich spioniere meinen Kunden hinterher? Krieger und auch die anderen haben sich eher selten hier aufgehalten, aber wenn sie da waren, dann haben Sie eine ganze Stange Geld hier gelassen. Da können Sie auch meine Angestellten fragen. Und unsere Weihnachtsfeiern wären ohne ihre großzügigen Spenden überhaupt nicht machbar gewesen."

Er wartete nun auf eine Reaktion Dresslers. Als die nicht kam, fügte er noch eine Anmerkung hinzu „Und noch was: Ohne Krieger könnten wir uns keine solch großartige Jugendförderung leisten."

Der Mann schien zufrieden mit sich und dem Gesagten zu sein.

„Wissen Sie was", entgegnete Dressler seelenruhig „Falls Ihnen wieder einfällt, wohin die zu viert gefahren sein könnten, dann geben Sie mir einfach Bescheid. Bis dahin werde ich ab und an mal einen Kollegen vorbeischicken. Vielleicht findet der ja mehr heraus als ich. Ein Streifenwagen und ein Uniformierter bewirken manchmal Wunder."

Der Golfplatzpächter wischte sich die Stirn mit einem bereits durchnässten Taschentuch. „Vielleicht probieren Sie es mal in der ‚Stadtmitte'. Ich glaube, da haben die vier sich manchmal zum Zocken verabredet, wenn dort offiziell Ruhetag war."

„Das werde ich tun. Danke." Damit stand Dressler auf.

„Äh, wollten Sie nicht noch Ihren Kaffee trinken?", fragte der Mann mit einem Blick, der zwischen Dressler und der Kaffeetasse hin- und herwanderte. Aller Aufregung zum Trotz war er die ganze Zeit gespannt auf den Augenblick, in dem Dressler sich die Zuckerbrühe an die Lippen setzen würde.

„Nein, danke. Ich sagte Ihnen ja bereits, dass ich nichts trinken möchte." Er drehte sich um, öffnete die Tür und ging. Er war sich sicher, dass er von nun an alle Informationen von dem Mann bekommen würde, die er haben wollte. Auf dem Weg durch das Café winkte er der Kellnerin lächelnd zu, wohl wissend, dass sie vermutlich während des Gesprächs mit nichts anderem beschäftigt war, als seinen Matsch aufzuwischen. Glücklicherweise waren seine Gummistiefel nun trocken, so dass Dressler keine Matsch-, sondern nur noch eine trockene Lehmspur hinterließ.

# Kapitel 15

Am Fühlinger See bei Köln hatte er das Geländemotorrad abgeholt und vollgetankt. Dann hatte er es gut im Transporter festgezurrt und war losgefahren Richtung Grevenbroich. Er lenkte den klapprigen Transporter gemütlich über die Dorfstraßen. An der Tanke hatte er noch eine Packung Billig-Zigarillos eingekauft – einfach nur, weil sie so perfekt zu seiner Rolle passten. Zwischen dem Kreisverkehr und der Ortseinfahrt nach Wevelinghoven zündete er sich eine an und schaltete das Radio ein. Ein wenig Schlagermusik – und die perfekte Maskerade konnte beginnen. Von weitem sah er schon den Unfall. Er hätte einen Umweg nehmen können, aber er war sich so sicher, dass er nicht auffallen würde. Außerdem bereitete es ihm mittlerweile einen enormen Spaß, sich gut getarnt in die Höhle des Löwen zu begeben.

Auf dem Acker links von der Straße lag ein Auto auf dem Dach. Ein verbeulter BMW stand rechts von der Straße und wurde gerade auf einen Abschleppwagen gehievt. Ein Feuerwehrfahrzeug stand auf einem Landwirtschaftsweg und zwei Männer fegten Kleinteile von der Straße. Die Verletzten waren offenbar schon abtransportiert worden. Ein Polizist sorgte dafür, dass alle Fahrzeuge die Unfallstelle langsam passierten. Der Fahrer des Transporters hob grüßend seine Hand, nickte dem Polizisten freundlich zu und fuhr langsam weiter in den Ort. Er bog links auf die Hauptstraße und war nach wenigen Minuten auf dem Wanderparkplatz angekommen, an dem er das Motorrad abstellen wollte. Zu seinem Ärger standen dort drei Autos und ihre Besitzer standen samt Hunden davor und lamentierten.

Darum fuhr er ein paar Hundert Meter weiter und hielt auf einem anderen Parkplatz. Nachdem er zehn Minuten gewartet hatte, kehrte er um und stellte missmutig fest, dass die Hundehalter immer noch auf dem Parkplatz verharrten. „Verfickte Scheiße. Die mit ihren Kötern", murmelte er vor sich hin. Er fuhr erneut vorbei und fuhr eine Runde über Allrath und Grevenbroich, um sich eine halbe Stunde später wieder an dem Parkplatz einzufinden. Diesmal war Platz leer. Er stellte den Transporter so ab, dass die Seitentür von der Straße aus nicht einsehbar war. Dann rollte er die Geländemaschine aus dem Wagen und verschloss sie sorgsam mit dem Bügelschloss. Er ging ein paar Meter in den Wald hinein und betrachtete den Fluss. Im Moment führte die Erft wegen der andauernden Hitze nur wenig Wasser. Es würde keine Schwierigkeiten bereiten, sie zu überqueren, um mit dem Motorrad zu fliehen. Doch er erwartete ohnehin nicht, dass er zu dieser Variante greifen müsste. Sie war als reine Sicherheitsmaßnahme geplant.

Nach nicht einmal fünf Minuten rollte der Transporter wieder Richtung Mönchengladbach. Diesmal würde er die Unfallstelle nicht mehr passieren müssen.

Zu Hause verwandelte er sich vom rothaarigen Handwerker wieder zurück in seine wahre Persönlichkeit. Eine Stunde später verließ er erneut seine Wohnung und fuhr im PKW zurück nach Wevelinghoven. Er stellte seinen Wagen im Industriegebiet am Straßenrand ab, nahm den Rucksack vom Beifahrersitz und ging zu Fuß bis zum Getränkehandel, auf dessen Parkplatz der Wagen stand, den er für sein Vorhaben ausgesucht hatte. Er stand auf einem entlegenen Winkel des Hofes, so dass niemand sein Fehlen bemerken würde. Das Auto hatte er schon vor einer Woche ins Auge gefasst – ein älterer Renault, ein unauffälliges Fahrzeug und, was am wichtigsten war, das Fahrzeug war schon seit langem nicht mehr benutzt worden. Auf der Windschutzscheibe lag eine dichte Staubschicht. Der Besitzer hatte seinen Wagen offenbar für längere Zeit hier abgestellt und würde ihn nicht ausgerechnet heute benutzen wollen. Die Tür hatte er schnell geöffnet. Beim Öffnen knackte und quietschte das Scharnier. Der Wagen stand sicher schon seit einem Jahr oder länger hier auf dem Hof. Nach einigem Zögern sprang der Motor an. Eine dichte Rauchwolke erhob sich. Nervös blickte er sich um, aber zurzeit war der Parkplatz frei von Neugierigen. Rasch legte er den ersten Gang ein und fuhr durch das breite Tor hinaus.

Er blickte auf die Uhr. Noch zwei Stunden musste er sich unauffällig in der Gegend aufhalten. Doch er kannte mittlerweile jeden größeren Parkplatz, jedes Industriegebiet und jedes entlegene Waldstück in der Gegend, so dass er die Zeit ohne Schwierigkeiten überbrücken konnte. Er versuchte die Wischwaschanlage zu betätigen, aber die Reinigungsflüssigkeit war offensichtlich ausgetrocknet. Am Bahnhof fuhr er ins Parkhaus und stellte den Wagen auf dem oberen Parkdeck ab. Aus dem Rucksack zog er eine Flasche Wasser, schüttete sie auf die Windschutzscheibe und stellte die Scheibenwischer an. Danach stieg er aus und spazierte durch die Innenstadt, die an diesem Sonntagnachmittag fast menschenleer war. Auch wenn vermutlich niemand das Auto mit seinem Vorhaben in Verbindung bringen würde, wollte er nicht allzu oft zusammen mit dem Fahrzeug gesehen werden. Erst gegen 19 Uhr würde er sich auf den Weg zu seinem Ziel machen. Endlich, endlich war es soweit. Die Tötung Kriegers war eine große Genugtuung für ihn. Aber die Hinrichtung am heutigen Abend würde ihm keinen geringeren Spaß bereiten.

# Kapitel 16

Dressler fuhr durch die engen Gassen von Overath. Wie sehr verfluchte er die Parksituation hier! Er war sich sicher, dass die meisten Autofahrer, die hier unterwegs waren, bei der Suche nach einem Parkplatz etliche Runden drehten und dabei den Verkehr auf ein Vielfaches ansteigen ließen. Auf die Kulanz seiner Kolleginnen und Kollegen konnte er sich auch nicht mehr verlassen und der Aufkleber der Gewerkschaft der Polizei war mittlerweile genauso wirkungslos, da sich viele Autofahrer so ein Ding im Internet kauften, obwohl sie mit der Polizei sonst nichts am Hut hatten. Also stellte er seinen Wagen in einer engen Seitengasse ab, die von den Ordnungshütern seltener angesteuert wurde, wohl wissend, dass sein Auto jegliches Einsatzfahrzeug von Feuerwehr und Rettungsdienst behindern würde.

Er betrat die „Stadtmitte", den liebevoll eingerichteten alten Overather Bahnhof, und wurde direkt von einer freundlichen Mitarbeiterin samt Speisekarte empfangen. Die Tische waren um diese Uhrzeit noch völlig leer. Ein paar Stunden später würde es hier anders aussehen. Er wusste, dass es hier am Ort keine Alternative gab, wenn man in einer gemütlichen und ungezwungenen Atmosphäre einen guten Happen essen wollte.

„Ist Kai da?", fragte er, als er sich auf seinen Stammplatz am Fenster niederließ.

„Der ist hinten im Büro. Möchten Sie ihn sprechen?"

„Das wäre nett. Und können Sie mir schon mal ein Kölsch bringen?"

„Gerne." Die hübsche Frau ging zurück zur Theke und Dressler konnte nicht umhin, ihr gierig hinterherzuschauen. Kai hatte ein Händchen für Kellnerinnen, die nicht nur attraktiv, sondern auch noch freundlich und kompetent waren.

„Hallo, was machst du denn hier um diese Zeit?" Der Wirt kam lächelnd auf Dressler zu und hatte für ihn ein Kölsch in der Hand und für sich einen Milchkaffee.

„Setz dich. Ich muss mal dienstlich mit dir sprechen", antwortete Dressler direkt.

„Brauche ich dafür einen Anwalt?", gab Kai zurück, während er sich setzte und bedächtig einen großen Schluck Kaffee aus einer übergroßen Tasse schlürfte.

„Mach keinen Scheiß. Es geht hier um Mord. Aber ich habe zur Zeit keinen Anlass, dich als Mörder zu verdächtigen."

„Also Krieger, was?"

„Ja, genau."

„Und was habe ich damit zu tun?"

„Er war doch öfter hier, oder?"

„Ja, schon, aber auch nicht öfter als du."

„Sag mir erst mal, was du von ihm weißt."

„Puh, was willst du genau wissen? Seid ihr immer so unkonkret bei der Polizei?"

„Keine Sorge. Ich werde schon konkreter. Aber ich will erst mal wissen, was dir so ad hoc zu ihm einfällt."

„Hm, da muss ich mal nachdenken. Das, was alle aus den Medien wissen, willst du wohl nicht hören. Also zuerst denke ich, dass er ein Riesenarschloch war, auch wenn er sich hier immer korrekt benommen hat. Ich glaube, dass er zu seinen Mitarbeitern nicht gerade freundlich war. Er hat hier schon mal einige abfällige Bemerkungen über den einen oder anderen gemacht."

„Über wen?"

Der Wirt strich sich nachdenklich über den Drei-Tage-Bart. Vor allem über seinen engsten Mitarbeiter, Mark Gabrenz. Er hat sich hier öfter über ihn ausgelassen, weil er ihn für inkompetent hielt. Er hatte ständig an ihm rumzumäkeln. Aber ich bin mir sicher, dass er ihn insgeheim für zu gut hielt, und ehrlich gesagt glaube ich, dass er auch Angst vor ihm hatte."

„Wieso Angst?"

„Na ja, eben weil er gut ist. Ich denke, dass er ihn eingestellt hat, weil er gut ist, aber auf der anderen Seite hat er wohl immer befürchtet, dass er ihm mal den Schneid abkaufen könnte. Außerdem war oder ist Gabrenz bei den Frauen im Team sehr beliebt."

„Aha, bei welchen? Bei Kriegers Schickse?"

„Haha, nein, ich denke, da bist du auf dem falschen Weg. Ich glaube, das waren eher andere Frauen. Und Krieger selbst hat seine Freundin nicht so viel bedeutet, dass er eifersüchtig geworden wäre. Der hatte ja immer was nebenher laufen."

„Weißt du mit wem?"

„Nee, ehrlich nicht. Wenn ich das wüsste, dann würde ich es dir sagen. Krieger war eben ein ganz normaler Mann, der jeder Bedienung auf den Hintern geglotzt hat, wie du eben auch." Kai nahm genüsslich einen Schluck Kaffee.

Dressler drehte verlegen den Kopf in Richtung des Büros, von dem aus Kai offenbar die gesamte Gaststätte überblicken konnte."

„O. k., also bleiben wir mal bei Krieger. Was fällt dir noch ein?" Kai leckte sich den Milchschaum von der Oberlippe und dachte nach.

„Er war sehr selbstverliebt, aber irgendwas hatte ihn auch ständig beunruhigt."

„Was?", fragte Dressler gierig nach. Er hatte das Gefühl, dass er jetzt auf der richtigen Fährte war.

„Mann, das weiß ich wirklich nicht. Weißt du, wenn du so einen Laden hier auf Dauer erfolgreich führen willst, dann musst du wissen, welche Fragen du deinen Gästen stellen darfst und welche nicht."

„Hast du denn überhaupt keine Vorstellung? Man macht sich doch trotzdem Gedanken."

Kai rutschte unruhig auf dem Stuhl herum, trank noch einen Schluck und schien ernsthaft nachzudenken.

„Also, wenn du mich jetzt nicht darauf festnagelst, dann würde ich sagen, dass er entweder ernsthafte Probleme mit seiner Firma hatte, vielleicht stand er kurz vor der Pleite? Oder er hatte Angst vor der Konkurrenz auf den anderen Sendern."

„Glaube ich beides nicht", gab Dressler zurück und leerte sein Glas. „Wir haben den Laden schon überprüft. Es ging ihm finanziell blendend. Krieger war einfach eine Institution im Bereich Talk. Da kam niemand ran."

„Tja, aber vor irgendwem hatte er Angst. Da bin ich mir sicher."

Die freundliche Bedienung brachte Dressler ein neues Glas Bier. Diesmal bemühte er sich, nicht hinzuschauen. Und als er sich bedanken wollte, wurde er zu seinem Ärger rot. Nachdem er die Hitze in seinem Gesicht mit zwei Schlucken zu bekämpfen versucht hatte, blickte er zurück in das Gesicht des Wirtes, der ihn offenbar völlig durchschauend anlächelte. An der Menschenkenntnis von Wirten ist wohl doch nicht zu rütteln, dachte Dressler. Aber gerade darum wollte er sein Gegenüber noch weiter löchern.

„Also, das ist schon mal ganz gut. Streng dein Hirn und deine Fantasie noch ein wenig an. Warum hatte er wohl Angst und vor wem?"

Kai schien nun ein wenig ungeduldig zu werden. Offensichtlich kam er wirklich nicht weiter.

„Katie, machst du mir bitte auch ein Bier und noch eins hier für den Herrn Oberwachtmeister?" Dressler hatte Kai noch nie mit einem Glas Alkohol in der Hand gesehen. Das war für ihn ein Gesetz. Doch jetzt schien er es zu brauchen.

„Jürgen, ich beneide dich wirklich nicht um deine Arbeit. Aber die hast du dir ausgesucht und ich bin Wirt. Ich kann dir nicht weiterhelfen."

„O. k., dann eben jetzt konkreter. Was ist mit der Zockerrunde, die du hier an deinen freien Tagen bewirtet hast?"

Das schien zu wirken. Denn Dresslers Gegenüber lehnte sich zurück und nahm einen großen Schluck. „O. k., ich denke, dann brauche ich jetzt wirklich meinen Anwalt, oder?"

„Ach, red keinen Bullshit. Du weißt genau, dass ich hier in einer konkreten Sache unterwegs bin. Mit allem anderen, ob illegales Glücksspiel oder sonst was, habe ich nichts am Hut. Aber ich bin in dem Mordfall echt in Zugzwang. Du kannst dich darauf verlassen, dass nichts von dem hier deinen Bahnhof verlassen wird. Ich brauche nur ein paar Tipps oder ein paar Denkanstöße. Sieh es einfach als gemütliches Brainstorming mit Bier.

„Möchten Sie was essen?" Die Kellnerin war vielleicht im richtigen Moment an den Tisch getreten, um dem Wirt Zeit zum Überlegen zu geben.

„Ja, ich hätte gerne den Salat von der Tageskarte."

„Mit welchem Dressing?"

„Essig und Öl, bitte."

„Ja, sehr gerne."

Nachdem die Kellnerin in der Küche verschwunden war und beide einen weiteren kräftigen Schluck getan hatten, schaute Dressler dem Wirt tief in die Augen. Dieser lehnte sich vertraulich nach vorn und der Bann schien gebrochen zu sein.

„Also, dann werd mal noch konkreter. Was willst du über die Zockerrunde wissen?"

„Wer war dabei und was sind das für Leute?"

„Die kennst du vermutlich alle. Der eine ist Christian Wolferts von der Spedition Wolferts, dann noch der Bauunternehmer Rüttmann und Werner Hommerich, von PA One direkt neben Kriegers Studio. Hommerich und Krieger hatten beruflich miteinander zu tun. Soweit ich weiß, hat Krieger ständig Technik von Hommerich im Einsatz. Rüttmann wohnt oben am Ferrenberg zwei Straßen von Krieger entfernt und Wolferts kennst du ja wohl."

„Und weiter?"

Kai bestellte noch zwei Biere und wartete, bis Katie den Salat auf den Tisch gestellt und sich wieder entfernt hatte.

„Mensch, ich weiß auch nicht viel mehr, als das, was man sich hier so erzählt. Der eine beschäftigt angeblich Mitarbeiter ohne Sozialversicherung. Der andere ist bekennender Playboy und hat sich mit Krieger das eine oder andere Mal ein paar Frauen für Partys bestellt. Aber ich glaube, das willst du alles nicht wissen."

„Nein, das habe ich alles schon gehört. Aber noch mal zurück zu Kriegers Angst. Kann die was mit einem von denen zu tun gehabt haben? Vielleicht hatte einer von seinen Zockerbrüdern irgendwas in der Hand gegen Krieger?"

„Nein, nein, das ist es alles nicht. Wenn du die hier gesehen hast, dann würdest du mich verstehen. Ich glaube, dass Krieger sich hier und mit seinen Kumpels so wohl wie nirgendwo auf der Welt gefühlt hat. Vielleicht solltest du dich mal mit denen unterhalten. Aber sag bloß nicht, dass du das von mir weißt."

„Keine Sorge. Weißt du, von wem ich die Info habe, dass du hier an Ruhetagen eine Pokerrunde beheimatest?"

„Nein, würde mich aber interessieren."

„Kann ich mir vorstellen. Wenn ich dir das sagen wollte, dann hätte ich es direkt getan. Habe ich aber nicht. Siehst du also, wie verschwiegen ich bin?"

„Verstanden."

„Wenn dir irgendetwas einfällt, was mich weiterbringen kann, und wenn es noch so vage und unwichtig erscheint, dann gib mir bitte Bescheid."

„O.k.." Kai schien mehr als erleichtert zu sein, dass sich das Gespräch zum Ende neigte.


Nachdem Dressler gegessen und bezahlt hatte, schaute er auf die Uhr und beschloss, Feierabend zu machen. Auf dem Heimweg rief er im Büro an und fragte Claudia, ob es Neuigkeiten gebe.

„Du wolltest doch ein paar Kennzeichen überprüfen lassen."

„Ja, genau. Aber ich denke, das hat sich erledigt. Lass mich raten, die Besitzer der Autos heißen Christian Wolferts, Klaus Rüttmann und Werner Hommerich, richtig?"

„Fast. Bei Wolferts und Rüttmann sind die Fahrzeuge auf die Firma zugelassen. Aber im Prinzip hast du Recht."

„O.k., gut, dankeschön. Sonst noch irgendwas?"

„Nein, sonst nichts Neues. Was hast du heute so gemacht?"

Nachdem Dressler ihr in Kürze von seinen Recherchen erzählt hatte, sprach er noch mal die Zockerrunde an.

„Kannst du bitte jemanden beauftragen, sich die drei Herren mal anzuschauen und zu befragen? Immerhin waren das scheinbar die engsten Freunde von Krieger."

„Klar. Darf ich fragen, warum du das nicht selbst machst?"

„Darfst du." Und damit legte Dressler auf. Im selben Moment ärgerte er sich maßlos über sein Verhalten. Die Frage Claudias war durchaus berechtigt. Aber er selbst wollte sich nicht weiter mit der Overather Prominenz beschäftigen. Ein Außenstehender hatte hier sicher bessere Chancen. Was sich Dressler aber selber nicht eingestehen wollte, das war seine Sorge, sich bei den Ermittlungen in Overath unnötig unbeliebt zu machen.

Zu Hause stellte er sich frustriert unter die Dusche. Alle denkbaren Wege schienen Sackgassen zu sein. Nicht zum ersten Mal fragte er sich, ob er wirklich den richtigen Beruf gewählt hatte. Danach legte er sich aufs Sofa und starrte zur Decke. Es war vollkommen ruhig in seinem Haus. Die Ruhe, die er so liebte, hatte auch ihre Schattenseiten. Da erinnerte er sich, dass er nach einer Reinigungskraft suchen wollte. Vielleicht war dies auch nur ein Versuch für ihn, um herauszufinden, ob er überhaupt jemanden an seiner Seite ertragen würde.

Er ging in die Diele und kramte aus einem Papiermüllstapel die Zeitung von heute heraus. Auf dem Sofa wollte er dann die Stellenanzeigen überfliegen. Doch sein Blick glitt immer wieder auf die rechte Seite zur Rubrik „Bekanntschaften". Alle waren hier „gut gebaut", „zärtlich", „liebevoll" oder gar „schmusig". Er war erstaunt darüber, wie oft Frauen hier ihre körperlichen Vorteile beschrieben oder durch die Blume sogar ihre sexuellen Vorzüge aufführten, während Männer dazu neigten, indirekt auf ihren tollen Beruf, auf ihr Haus oder ihr Bankkonto hinzuweisen. Angeekelt legte er die Zeitung weg, ohne noch einmal einen Blick auf die Reinigungskräfte zu werfen. Und schon kurz darauf war er auf dem Sofa eingeschlafen.

# Kapitel 17

Bei jedem Diesel, der sich auf der Poststraße näherte, schaute er vorsichtig über das Lenkrad, um zu sehen, ob es ein Taxi war, das an der Hausnummer 106 hielt. Denn spätestens um Punkt halb acht würde dort ein Wagen halten, eine Frau aufnehmen, sie zu einem Konzert nach Düsseldorf chauffieren und nach frühestens drei Stunden wieder zurückbringen. Jetzt war es 19.20 Uhr. Er lehnte sich zurück, machte ein paar Dehnübungen auf dem unbequemen Fahrersitz und zündete sich eine Zigarette an.

Wie oft hatte er hier gestanden? Wie viele Zigaretten hatte er schon an dieser Stelle geraucht? Wie viele Zigaretten hatte er überhaupt geraucht, um endlich an diesen Mann heranzukommen?

Fast auf die Minute genau um 19.30 Uhr fuhr ein Taxi an ihm vorbei und hielt vor der Nummer 162. Kurz darauf öffnete sich eine in das Haupttor eingelassene Tür, eine etwas aufgetakelte Frau um die 50 kam heraus, schloss die Tür hinter sich ab und fuhr im Taxi fort. Jetzt wurde es ernst. Er schaute sich um. Als er sicher war, dass niemand in der Nähe war, stieg er aus dem Auto. Es widersprach seinem Perfektionismus, die Aktion noch vor Einbruch der Dunkelheit durchzuführen, aber er hatte keine andere Wahl. Das Risiko wurde aufgehoben durch die Sicherheit, die ihm der Konzertbesuch der Frau gab.

Nach etwa 100 Metern kam er an die Stelle, von der aus man das obere Fenster gut beobachten konnte.

In diesem Moment blickte Werner Güldner durch die Glasscheibe auf die Straße. Hatte er da unten an der Hecke etwas gesehen? Einen Moment lang starrte er wie gebannt auf diesen Ort, konnte aber nichts feststellen. Er wischte den Gedanken beiseite, zog den Bademantel aus und setzte sich auf die Hantelbank. Im

Spiegel konnte er seinen Körper beobachten. Er hatte in den letzten Jahren viel Fett angesetzt. Immerhin, die ersten Kilos waren schon wieder runter. Bevor er sich Gedanken darüber machte, wie lange er für die restlichen Kilos noch brauchen würde, legte er sich zurück und schob die Hantel mit einem angestrengten, rhythmischen Stöhnen auf und ab.

Im Garten spitzte der Rottweiler seine Ohren. Er ging zu der Stelle, die auch sein Herrchen vorhin anvisiert hatte, und schnüffelte an der Hecke herum. Schon nach dem dritten Stück Fleisch, das ihm der Mann hingeworfen hatte, verdrehte er die Augen, trottete ein paar Meter zurück und legte sich friedlich vor das Tor. Das erste Hindernis des Plans war überwunden.

Leise öffnete der Mann das Loch im Maschendraht, das er schon vor einer Woche vorbereitet hatte. Er schlüpfte an dem schlafenden Hund vorbei und überquerte den Innenhof, der bis auf den letzten Platz mit Fahrzeugen vollgestellt war. Die Alarmanlage machte ihm weiterhin Sorgen. Er musste darauf hoffen, dass oben ein Fenster geöffnet würde. Dann wäre das System im oberen Stockwerk vorübergehend lahmgelegt und der Weg frei. Doch die Erfahrung lehrte ihm, dass die Chancen gut für ihn standen.

Werner Güldner machte eine Pause. Er wischte sich den Schweiß mit einem weißen Handtuch von Gesicht und Körper. Dann setzte er sich um. Jetzt waren die Beine dran. Zehnmal links und zehnmal rechts, dann eine Pause. Danach waren noch 20 Mal die Arme dran. Nach dem Rückentraining saß er schwer atmend auf der Hantelbank und nahm einen großen Schluck Wasser. Er stellte das Fenster schräg, um etwas frische Luft hinein zu lassen. Danach kehrte er an sein Trainingsgerät zurück, legte aber nach der dritten Wiederholung die Hantel zurück in die Halterung. Er hatte plötzlich Angst. Irgendetwas irritierte ihn.

Am anderen Ende des Flurs klickte das Picking-Tool im Schlüsselloch. Der Mann, der nun leise das Haus betrat, machte kein wahrnehmbares Geräusch. Zu lange hatte er auf diesen Moment gewartet. Er schlich leise durch den Flur, blieb kurz stehen und begutachtete die Gemälde an den Wänden. Werner Güldner schien es gut zu gehen.

Im Fitnessraum war es wieder laut geworden. Werner Güldner saß auf einem Gerät und schob mit beiden Armen schwere Stangen vor und zurück. Er schwitzte heftig und war außer Atem. Draußen im Flur stand der Eindringling vor der Tür. Langsam drehte er den Knauf. Das Schloss gab ein leises Klicken von sich. Er erstarrte in seiner Bewegung. Aber das Geräusch ging unter in dem fortwährenden und gleichmäßigen metallischen Tönen des Fitnessgerätes. Er überblickte den Raum und erschrak einen kurzen Moment lang. Denn die Wand rechts von ihm war komplett mit einem Spiegel versehen. Wäre er an der Wand gegenüber befestigt worden, dann hätte ihn das jetzt verraten. So saß Werner Güldner nur etwa fünf Meter von ihm entfernt und hatte ihm den Rücken zugedreht.

Er war dick geworden. Die Fleischmassen oberhalb der Sporthose bewegten sich synchron mit den Bewegungen seiner Arme. Der Fremde zog langsam einen Draht mit zwei Schlingen aus seiner Hosentasche. Er griff mit jeder Hand in eine der Schlingen und ging langsam auf Werner Güldner zu. Doch nach zwei, drei Schritten stoppte dieser plötzlich seine Übungen. Irgendetwas machte ihn stutzig. Der Eindringling verharrte ebenfalls in seiner Bewegung. Werner Güldner nahm die Hände von den Stangen und legte sie in die Hüften. Erst da empfand er an seinem schweißnassen Rücken und seinen Schultern die kühlende Luft, die seinen Schweiß trocknete. Hatte er, entgegen seiner Gewohnheit, vergessen, die Flurtür zu schließen?

Mit einer ruckartigen Bewegung schnellte er herum und sah dem Mann direkt ins Gesicht. Der zögerte nicht lange und schwang den Draht um den Hals seines Opfers. Er überkreuzte die Arme und zog den Draht zu. Werner Güldner starrte immer noch mit schreckverzerrter Miene in die Augen des Angreifers.

Er verspürte einen brennenden Schmerz am Hals, der sich über das ganze Gesicht erstreckte. Seine Augen schienen aus den Höhlen zu quellen. Das gurgelnde Geräusch, das er von sich gab, steigerte sich in ein ängstliches und hochfrequentes, beinahe kindliches Quietschen. Da erst versuchte er sich zu wehren. Seine dicken Pranken packten die Arme des Angreifers und versuchten, den brutalen Griff zu lockern. Aber die schweißnassen Hände rutschten immer wieder ab.

Da plötzlich wurde der Schmerz an Kehle und Kopf übertroffen durch einen noch stärkeren Schmerz in der Brust. Seine Hände lösten sich von den Armen des Angreifers und krallten sich in seine Brust. Dann, nach wenigen Sekunden, war der Schmerz vorbei. Ein weißes, grelles Licht blendete seine Augen. Leblos sank der massige Körper von dem Fitnessgerät. Der Kopf schlug hart gegen ein Stück Metall. Aber das spürte er schon nicht mehr. Es war 20.23 Uhr, als Werner Güldners Leben ausgelöscht war.

Nicht lange darauf war der Sprengsatz befestigt. Der Mann schritt zur Stereoanlage und drehte sie auf. Danach entfernte sich von seinem Opfer, schloss die Tür, lehnte sich im Flur an die Wand, schloss die Augen und drückte auf den Auslöser. Die Bombe zündete. Auch diesmal ging der Knall im Getöse der Musik fast unter. Als er die Tür öffnete, schlug ihm eine Rauchwolke entgegen. Er nahm den Arm vor den Mund und ging schnell zur Anlage, um sie auszuschalten. Dabei vermied er es sorgsam, auf die Überreste seines Opfers zu treten. Danach verließ er den Raum und schloss leise die Tür. Erst jetzt holte er tief Luft. Er schaute auf die Uhr und stellte zufrieden fest, dass er exakt im Zeitplan lag. Danach überprüfte er, ob er alle Werkzeuge bei sich und nichts am Tatort vergessen hatte. Er schritt durch das Haus und besah sich seelenruhig, wie der Tote gelebt hatte. Gerade, als er sich im Dielenflur die Bilder besah, steckte von außen jemand einen Schlüssel in die Haustür.

# Kapitel 18

Schon seit heute Morgen saß die Gruppe unterhalb der Burg vom Schinderhannes und gab sich dem Rausch hin. Es war heiß. Die Grillen zirpten um die Wette und die Bienen erzeugten ein beachtliches Hintergrundbrummen. Nicht weit von der Burg plätscherte ein Bach. Er gab ein rhythmisches, aber sehr melodiöses Gegurgel von sich, in das Guru nach einiger Zeit mit einstimmte. Er versuchte, den Bach nachzuahmen, und gab ähnlich gurgelnde Geräusche von sich.

„Halt die Schnauze, Metzler", murmelte Dieter zu ihm hinüber, ohne dabei die Augen zu öffnen. Doch Guru saß wie versteinert mit überkreuzten Beinen vor dem Bach und gurgelte. „Lass ihn doch gurgeln", erwiderte Hans. Irgendwie mochte er Guru. Er hatte vergeblich versucht, ihn aus seiner theoretischen Falle herauszuholen und ihm begreifbar zu machen, dass jede Philosophie sich auch in praktisches Handeln verwandeln müsse. Aber Guru brauchte so etwas nicht. Er hatte die Welt und das Leben und überhaupt alles in seinem Kopf. Und das respektierte Hans irgendwann. Zumindest war Siegfried Metzler ein absoluter Freidenker. Wie der Schinderhannes, der genau hier, in diesen Wäldern, lange Zeit für Furcht und Schrecken gesorgt hatte.

Furcht und Schrecken. Das war das Einzige, was sie von ihrem Vorbild, vom großen Räuber aus dem Hunsrück, trennte. Sie feierten und redeten, verdammten die Kapitalistenschweine, bejubelten die Aktion gegen die US-Armee in Heidelberg, bei der Baader und die anderen drei dieser Schweinehunde erwischten. Aber sonst hingen sie hier nur rum und ließen sich das Leben gefallen. In Vietnam hagelte es amerikanische Bomben und hier träumten sie ihr Leben.

Mittlerweile ging sogar Hans das Gegurgel von Siegfried auf den Keks. „Jetzt hör endlich mit dem beschissenen Geblubber auf, Metzler. Der Bach versteht dich eh nicht." Guru hörte auf zu Gurgeln und schaute verdutzt zu ihnen herüber.

„Ich hab die Amis satt", murmelte Dieter plötzlich. „Wir machen's genauso. Wir blasen die Amis hoch. Schinderhannes gegen die Franzosen – wir gegen die beschissenen Amis."

Für Hans waren diese Worte eine Erlösung. Was Dieter sagte, entsprach genau dem Gedanken und dem Wunsch, aber ebenso auch der Befürchtung, die Hans hatte.

Es war einfach eine logische Konsequenz, dass sie in den Untergrund gingen.

Nahezu die ganze Baader-und-Meinhof-Gang war in den letzten drei Wochen eingesammelt worden und saß nun im Knast. Und das sollte es gewesen sein?

Noch am gleichen Abend war das „Kommando Schinderhannes" geboren. Die fünf Männer beschlossen den Akt, indem sie sich gemeinsam auf einen Trip schickten. Sie verteilten feierlich das LSD und schworen einen Eid. Sie schworen, dass sie nicht länger als tatenlose Hippies zusehen wollten, wie die Welt aus den Fugen geriet. Sie liefen den Rest des Tages in der brütenden Hitze herum. Sie irrten durch den Wald, in dem früher der Schinderhannes die braven Bürger verunsichert hatte, die nur auf ihren eigenen Wohlstand bedacht waren und die die Augen verschlossen vor dem Leid der Armen. Als die Gruppe spät am Abend zum Hof zurückkehrte, da schien der Vollmond so hell und deutlich auf die Wände des Hofes, wie ein Zeichen, eine Berufung, wie der Prolog zu einer wirklich großen Oper. Guru holte einen Eimer Farbe aus der Scheune und malte einen riesigen roten Stern auf die Wand neben dem Scheunentor. In die Mitte malte er ein ‚S', das an ein Fallbeil, eine Guillotine erinnerte. Danach stellten sie sich in einem Kreis auf, reichten sich die Hände und Dieter sprach die Beschwörungsformel, in die er sich immer mehr hineinsteigerte:

„Wir werden es nicht zulassen, dass einige Wenige über Gut und Böse urteilen. Wir werden nicht zusehen, wie eine Großmacht sich über ein armes Volk erhebt und es systematisch ausrottet. Wir werden alle unsere Kraft dafür einsetzen, dass aus Recht wieder Gerechtigkeit wird. Wir sind das Kommando Schinderhannes. Wenn einer einen Unschuldigen tötet, dann werden wir ebenso töten und wir werden einer für den anderen da sein bis ans Ende unserer Tage. Bis unsere Mission beendet ist."

Sie umarmten sich, setzten sich zusammen und entzündeten ein Lagerfeuer. Noch lange saßen sie schweigend dort. Die Flammen erhellten flackernd die entschlossenen Gesichter der jungen Menschen. Gemeinsam saßen sie auf dieser Lichtung, bis der Morgen dämmerte und die Sonne sich langsam über die Hügel erhob und den Nebel aus den Tälern auflöste. Die fast heilige Stimmung der Nacht war vorbei, aber sie waren sich alle einig, dass der Schwur Bestand hatte. Sie sahen sich aus verschlafenen Augen an und wussten, dass die letzte Nacht etwas Besonderes in ihnen ausgelöst hatte. Jetzt ging es um die Umsetzung dessen, was sie sich geschworen hatten.

Sie kehrten zurück zu ihrem Quartier und besprachen mit klarem Kopf, wie man weiter vorzugehen hatte. Und schon in den nächsten Wochen folgten einige kleinere Brüche und hartes Training. Jeder brachte Informationen herbei. Es wurde strategisch geplant und mit eiskaltem Kalkül berechnet. Und man besorgte die nötige Ausrüstung.

# Kapitel 19

Er ging mit großen, ruhigen und bedächtigen Schritten zum Auto, setzte sich hinein und zog langsam die Tür zu, um nicht aufzufallen. Er ließ den Motor an und fuhr mit angepasster Geschwindigkeit die Hauptstraße hinunter. Er sah niemanden und hoffte, genauso wenig gesehen zu werden. Mit dem Ärmel wischte er sich Schweißperlen vom Gesicht. Er ärgerte sich, dass die Frau seine Planung so durcheinandergebracht hatte. Doch er versuchte sich damit zu beruhigen, dass er sich verschiedene Optionen offengehalten hatte. Erst da kam ihm das Motorrad in den Sinn. Doch jetzt noch einmal umzukehren, könnte ihn direkt der Polizei in die Hände liefern. Also blieb er bei seinem Plan A und fuhr durch das Gewerbegebiet, vorbei an einem Autohandel und einer Papierfabrik. Er bog langsam auf den Parkplatz des Getränkehandels. Dann trat er plötzlich auf die Bremse. Im Scheinwerferlicht sah er einen Streifenwagen und eine kleine Gruppe von Menschen stehen, genau dort, wo er sich heute das Fahrzeug geholt hatte. Einer der Polizisten kam augenblicklich mit einer Taschenlampe auf ihn zu.

Er griff in den Rucksack auf dem Beifahrersitz und zog seine Waffe hervor. Doch plötzlich entschied er sich anders und legte den Rückwärtsgang ein. Die Reifen quietschten und rauchten. Er wendete den Wagen hastig und raste davon. Vor Wut brüllte er und schlug mit der Faust auf das Lenkrad. Zuerst kam die Frau früher nach Hause und jetzt – ausgerechnet heute und zu dieser Uhrzeit – musste der Besitzer dieser alten Karre auf die Idee kommen, sein Scheißauto als gestohlen zu melden. Er fuhr raus aus dem Gewerbegebiet und bog zweimal rechts ab, so dass er auf die L 361 kam. Dort gab er Gas.

Jetzt galt es nicht mehr, unauffällig zu sein, sondern nur noch schnell. Im Rückspiegel bemerkte er, dass auch das Polizeifahrzeug auf die Schnellstraße bog und ihm folgte. Jetzt musste ihm zugute kommen, dass er sich lange Zeit auf den heutigen Tag vorbereitet und sich mit der Umgebung auseinandergesetzt hatte. An der nächsten Ampel riss er den Lenker herum und bog rechts ab, dann wieder rechts, vorbei an einem Blumenfeld. Im Wohngebiet sah er erneut, dass der Streifenwagen ihm auf den Fersen blieb. Er kannte die beiden Findlinge am Spielplatz, die jetzt in seinem Scheinwerferlicht auftauchten. Er umfuhr sie und schoss ein Stück weit über die Rasenfläche. Die Reifen des Wagens drehten durch und er streifte ein Spielhaus. Glücklicherweise wurde der Kotflügel nicht so verformt, dass er das Hinterrad aufschlitzte. Danach bog er in die Straße links ein und fuhr an der Holzhandlung vorbei. An der Hauptstraße angekommen überlegte er für Sekundenbruchteile. Sollte er rechts fahren und versuchen, zum Motorrad zu kommen, oder links abbiegen? Das Scheinwerferlicht des Polizeiwagens im Rückspiegel nahm ihm die Entscheidung ab. Er hätte keine Zeit, sich auf die Crossmaschine zu schwingen. Also fuhr er links und gab Gas. Ein alter Mann mit Hund versuchte gerade die Straße zu überqueren, sprang zurück und riss seinen Hund ebenfalls zurück.

Der Wagen raste über die Oberstraße, dann über die Grevenbroicher Straße. Am Kreisverkehr streifte er mit voller Wucht einen Kleinwagen, dessen Fahrer sich vergeblich auf die Einhaltung der Vorfahrtsregelung berufen hatte. Das Fahrzeug schleuderte und stellte sich quer. Mit einem Blick zurück sah er, dass der Mann ausstieg und der Streifenwagen ebenfalls mit dem Auto kollidierte. Dies konnten entscheidende Sekunden sein. Mit beinahe 120 Stundenkilometern raste er über die Nordstraße und bog an der Ampel mit quietschenden Reifen auf die Lindenstraße, wohl wissend, dass er jetzt gleich an der Polizei vorbeikommen müsse. Im Augenwinkel nahm er wahr, dass gerade ein Streifenwagen mit Blaulicht aus dem Tor heraus fuhr, doch das Fahrzeug folgte nicht ihm, sondern nahm Fahrt auf Richtung Wevelinghoven. Von dem ersten Polizeiwagen war nichts mehr zu sehen.

Er wähnte sich in Sicherheit, als er plötzlich im Rückspiegel sah, dass der Polizeiwagen auf der Straße drehte. Offenbar hatten die Polizisten des ersten Fahrzeugs die Fahndungsmeldung jetzt rausgegeben. Bald bog er links ab und fuhr an der Coens Gallerie vorbei, dann wieder rechts. Danach schaltete er das Licht aus. Nach etwa 100 Metern bog er links ab. Diesen Weg hatte er per Zufall entdeckt. Er führt ihn zum so genannten Schneckenhaus. Beim Abbiegen schaltete er hastig herunter, damit die Bremsleuchten ihn nicht verraten konnten. Beim Einbiegen in den Bend streifte er einen parkenden Wagen. Danach verlangsamte er die Fahrt. Im Rückspiegel sah er, wie der Streifenwagen auf der Hauptstraße vorbeischoss. Offenbar hatte man von seinem Abbiegemanöver noch nichts mitbekommen.

Er fuhr langsam weiter, vorbei an einem Altenheim, dann hatte er einen kleinen Parkplatz vor sich, auf dem er bei einer seiner Ortsbegehungen einmal pausiert hatte. Im Scheinwerferlicht sah er ein kleines Waldstück, von dem er wusste, dass dahinter die Erft lag. Er stiegt aus. Aus der Motorhaube quollen dichte Rauchwolken und der Wagen roch nach glühendem Metall. Ein paar Schritte ging er zu Fuß, um den Wald zu erkunden. Danach schaute er sich um. Er konnte keine Fußgänger entdecken. Also stieg er wieder ein, gab langsam Gas und durchbrach mit dem Auto den Wald. Kurz vor der Erft blieb er stehen. Ein Stück fuhr er noch, bis das Ufer nachgab. Dann griff er sich seinen Rucksack, setzte sich den Hut auf und kaum mehr als eine Sekunde, nachdem er ausgestiegen war, glitt der Wagen dampfend in die Erft. Ein kurzes Stück wurde der Wagen von der Strömung mitgerissen, dann verhakte er sich irgendwo.

Er holte tief Luft, drehte sich um und ging stetig, aber ohne Hast über die Brücke. Links lag der Fußballplatz, auf dem ein Training stattfand. Von der Versenkung des Autos hatte man nichts mitbekommen. Nach etwa 100 Metern kam ihm eine Frau mit zwei Hunden entgegen. Er grüßte höflich, ohne stehen zu bleiben. Dann schaute er auf die Uhr. Seitdem er mit der Frau des Autohändlers zusammengestoßen war, waren gerade einmal

15 Minuten vergangen. Jetzt musste er nur noch den Weg zurück zum Motorrad laufen, ohne entdeckt zu werden. Er ging durch die Fußgängerzone, in der er sich nicht gut genug auskannte, bog mal links, mal rechts ab und fand sich auf einmal am Rathaus wieder. Von hier aus wusste er einen Weg, der ihn zurück zum Motorrad führen würde. Gerade, als er die Straße überqueren wollte, sah er links einen Linienbus auf sich zukommen, der Richtung Kapellen fuhr. Er blieb stehen und schaute kurz an sich herunter. Seine Kleidung sah, bis auf ein paar Flecken von seiner Aktion im Wald, ordentlich aus und die würden zu seiner Rolle perfekt passen. Der Gedanke gefiel ihm. Also kramte er ein paar Euro aus der Tasche, grüßte den Busfahrer höflich und zahlte seinen Fahrschein zum Hemmerdener Weg.

Nachdem er sich gesetzt hatte, begann ihm der Plan immer mehr zu gefallen. Wer würde schon auf die Idee kommen, dass sich der Täter direkt nach der Tat in einem Linienbus auf den Weg zum Tatort macht?

Er schaute belustigt aus dem Fenster. Der Bus wurde von einem Streifenwagen überholt. Als ein Krankenwagen sich von hinten näherte, fuhr der Busfahrer rechts ran. Dies wiederholte sich eine Minute später, als der Notarzt in einem Volvo folgte. Während sich das ältere Ehepaar in der Sitzreihe vor ihm fragte, was denn da los sei, musste er in sich hineingrinsen. Er wusste, was los war, und er wusste auch, dass der Notarzt sich durchaus Zeit lassen konnte.

Keine zehn Minuten später saß er auf dem Motorrad und fuhr gemütlich nach Hause. Seinen eigenen PKW, den er unweit des Getränkehandels geparkt hatte, würde er in ein paar Tagen abholen, wenn ein wenig Gras über die Sache gewachsen war.

So nervenaufreibend die Aktion war, so sehr bestätigte ihn der Ausgang, dass er nicht nur auf dem richtigen Weg war, sondern dass er sein Denken und sein Handeln in den letzten Jahren so sehr geschärft hatte, dass er jeder Situation gewachsen war.

# Kapitel 20

Dressler lag im Bademantel zu Hause auf seinem Sofa und war gerade eingeschlafen. Auf seiner Anlage drehte sich eine alte LP von Popol Vuh. Er träumte von der afrikanischen Maske in Kriegers Haus. Es war bereits halb zwölf Uhr nachts, als sein Handy klingelte. Es dauert lange, bis er das Klingeln von der Musik unterscheiden konnte. Er rieb sich die Augen und griff nach dem Telefon. Aus Versehen drückte er auf die falsche Taste und der Anrufer wurde abgelehnt.

„Mist", dachte er. Er versuchte herauszufinden, wer der Anrufer war, aber die Rufnummer war unterdrückt. Zum Glück klingelte es sofort noch einmal. Er nahm den Hörer ab und hörte die Stimme von Oliver Weiler. Er klang aufgeregt und Dressler wusste, dass etwas Schlimmes passiert sein musste. Er berichtete ihm von einem weiteren Bombenattentat.

Dressler hatte das Telefon noch am Ohr, als er die Zündung seines Autos startete.

„Los, erzähl!"

Am anderen Ende der Leitung berichtete Weiler den Stand der Dinge.

„Mit hoher Wahrscheinlichkeit der gleiche Täter wie bei Krieger. Wieder eine Bombe. Aber diesmal ein Autohändler vom Niederrhein."

„Wo genau?"

„In Grevenbroich."

„Wieso kommst du da drauf, dass es der gleiche Täter ist?"

„Die Bombe hat nur den Kopf getroffen."

Dressler zögerte zwei, drei Sekunden. Oliver Weiler wusste, was Dressler nun durch den Kopf ging. Dasselbe hatte er empfunden, als er selbst von dem zweiten Attentat informiert wurde.

Jetzt handelte es sich um einen Serienmörder, der eine ganz andere Dringlichkeit erforderte.

„O. k., ich bin in etwa einer Stunde bei euch."

„Wo bist Du?"

„Zu Hause, wieso?"

„Mir kam gerade der Gedanke, dass du auch über Hangelar kommen könntest."

„Wieso Hangelar?"

„Ich habe gerade mit einem Kollegen vom LKA gesprochen. Wir bekommen ein wenig Unterstützung bei der Analyse der Bombe und die beiden Spezialisten sind gerade mit dem Hubschrauber in Hangelar. Wenn du dich beeilst, dann kannst du mit denen fliegen und dich ein wenig umhören."

„Aha. Das LKA mischt jetzt mit? Und dann haben die auch noch in Hangelar zu tun, wo die BuPo sitzt."

„Ich hab keine Ahnung, ob das was mit dem Fall zu tun hat. Die beiden haben ja offenbar sogar den Heli von der Bundespolizei bekommen. In den alten LKA-Mühlen sind ja bloß zwei Sitze."

„Egal, aber hat das eigentlich nicht Zeit, bis wir uns in Grevenbroich treffen?"

„Ja, eigentlich schon. Aber hier sind alle möglichen Leute vor Ort und vielleicht kannst du die beiden in Hangelar mit mehr Ruhe ausquetschen."

„Ah, ich verstehe. Du hast vollkommen Recht. Das sollte ich nutzen. Danke dir. Was weißt du sonst noch? Gibt es eigentlich Zeugen?"

„Die Frau des Opfers ist beim Betreten des Hauses von einem Mann umgerannt worden. Aber es war zu dunkel und er war zu schnell. Außerdem steht die Frau unter Schock. Claudia hat kurz mit ihr gesprochen."

„Sonst irgendwelche Zeugen oder Spuren?"

„Noch nichts. Aber wir befragen gerade die Nachbarschaft."

Dressler holte sich auf dem Weg an der Tanke einen Kaffee und eine Schachtel Zigaretten.

Kurz vor dem Abflug setzte er sich zu den beiden LKA-Leuten in einen Warteraum des Hangars.

„Jürgen Dressler", stellte sich Dressler vor und schüttelte den beiden die Hände.

„Martin Bachetzki", antwortete der kleinere von beiden. Der andere, ein Hüne mit Bierbauch, der in seinem Fliegeroverall wie eine Presswurst aussah, nickte leicht. „Bernhard Winkelmann." Er presste Dresslers Hand zusammen. Danach herrschte wieder Stille, bis auf das Kaffeeschlürfen, das ab und an durch den Raum hallte.

Dressler sah sich um. Der Raum war leer, bis auf einen Tisch, ein paar Stühle, eine Reihe Metallspinde und einen Kühlschrank, der mit nackten Frauen beklebt war und von Zeit zu Zeit brummte. Die Hubschrauberstaffel schien immer noch eine klare Männerdomäne zu sein. Dressler sog den Rest seines inzwischen kalten Kaffees ein.

Er wollte nicht mit der Tür ins Haus fallen, obwohl es ihn brennend interessierte, wie man beim LKA über die Angelegenheit dachte. Immerhin wollte er den Fall unter allen Umständen behalten.

„Ihr habt die Bombe von Krieger zusammen mit dem KRD untersucht?"

„Martin hat den Jungs vom Kampfmittelräumdienst über die Schulter geschaut", erwiderte der Mann mit dem Bierbauch grinsend. „Ich bin erst grad aus dem Urlaub zurück. Aber ich habe den Bericht gelesen, der auch an deinen Kollegen Jens Meister rausging."

„O. k., Jens hat mir zwar schon Bericht erstattet. Aber ich würde gerne aus erster Hand hören, was ihr von so einer Mini-Bombe haltet. Habt ihr so was schon mal gesehen?"

Der Riese rieb sich über seinen 3-Tage-Bart, so dass es knisterte.

„Na ja. Jede Bombe ist irgendwie anders. Aber unüblich ist die Art und Weise in diesem Fall schon."

„Was ist daran unüblich?", fragte Dressler.

„Es gibt kleine Bomben und große Bomben. Und es gibt verschiedene Arten, sie zu zünden. Alles je nach Anlass", gab der LKA-Mann zurück. „Aber ich hab noch keine Bombe mit so einem Doppelzünder gesehen, bei dem zuerst ein Weckerklingeln ausgelöst wird und danach die Bombe."

„Was würdet ihr sagen, wer für eine solche Konstruktion in Frage kommt? Ihr braucht euch ja nicht festzulegen. Einfach so aus dem Bauch heraus."

Dabei schaute Dressler verlegen auf den Bauch seines Gegenübers, sich im gleichen Moment darüber ärgernd, dass die Doppeldeutigkeit durch seinen Blick noch deutlicher wurde. Doch der rieb sich behaglich den Bauch und überging die Bemerkung.

„Also ich kann dir nichts Brauchbares dazu sagen. Mir fällt dabei sofort die Mafia ein oder irgendein Ritual aus dem organisierten Verbrechen. Aber das ist alles nur so ins Blaue hinein gesagt. Mir ist in meiner Laufbahn noch nichts dergleichen untergekommen, und das will was heißen, bei all dem Zeug, was ich schon zwischen den Fingern hatte."

Dressler nickte und blickte hoffnungsvoll zu dem anderen LKA-Beamten. Doch auch der zuckte mit den Schultern und schüttelte bedächtig den Kopf.

„Nein, ich hab so was auch noch nie gesehen. Bei der Mafia ist es doch eher so, dass die ihre Opfer entweder erschießen oder aber so viel Sprengstoff nehmen, dass von denen wortwörtlich nichts mehr übrig bleibt. Aber dass jemand eine Bombe baut, die nur den Kopf trifft und davor auch noch ein Wecker klingeln lässt, das habe ich noch nie gehört."

„O.k.", Dressler lehnte sich enttäuscht zurück. Aber er wollte noch nicht aufgeben und das Gespräch in Gang halten. „Und ihr seid euch sicher, dass Wecker und Bombe durch eine Funkzündung erfolgte?"

„Ja, ganz klar." Martin Bachetzki und Bernhard Winkelmann nickten sich einvernehmlich zu. „Wir haben an der Bombe Reste einer Antenne und eine 9-Volt-Batterie gefunden. Das war eindeutig ein Funkempfänger."

„Macht man das immer so?"

„Das kommt halt immer darauf an, was man will. Du kannst eine Bombe sogar per Handy vom anderen Ende der Welt zünden. Aber, abgesehen davon, dass wir einen Funkempfänger eindeutig identifiziert haben, würde so eine Konstruktion in einem Studio überhaupt nicht funktionieren. Denn da unten hast du keinen Empfang."

„O. k., also ein Funkempfänger. Und wie sieht es mit der Reichweite aus?"

Der Dicke kratzte sich nachdenklich hinter dem Ohr. „Tja, ich kenne die Bedingungen vor Ort nicht richtig. Das kommt halt darauf an, wie dick die Mauern sind, wie viel Metall da unten ist, zum Beispiel Scheinwerfer und so, und außerdem kommt es auch darauf an, ob es irgendwelche Störfrequenzen gibt."

„Was meinst du damit?"

„Na ja, in einem Studio haben die ja meistens Taschensender, über die die Mikrofonsignale übertragen werden. Ich weiß nicht, was da unten noch alles an Signalen herumschwirrt."

„Also, was würdest du schätzen?"

„Bei der Bauart und je nach Mauerdicke dürften vielleicht 50 bis 100 Meter zwischen dem Zündungsempfänger und dem Sender gelegen haben."

Auf den fragenden Blick zu seinem Kollegen Bachetzki nickte der zustimmend.

„Also hat sich der Mörder definitiv zum Zeitpunkt der Explosion in der Nähe aufgehalten."

Der King-Kong mit Plauze nickte. „Da kannst du einen drauf lassen und zwar ganz egal, wie dick die Mauern waren. Wenn der die Zündung zum Beispiel draußen von einem Auto aus gedrückt hätte, dann wäre im Keller unten rein gar nichts passiert.

„Danke euch. Jetzt wissen wir auf jeden Fall, dass der Mörder sich im Studio aufgehalten haben muss."

Jetzt musste Dressler die Biege bekommen und ein anderes, ebenso wichtiges Thema in den Fokus rücken. Er wusste nicht, ob er es direkt oder indirekt ansprechen sollte und entschied sich für Ersteres.

„Wisst ihr, ob noch weitere Kollegen von euch im Spiel sind?"
Die beiden grinsten sich an. Doch bevor Dressler eine Antwort bekam, winkte der Hubschrauberpilot den dreien zum Start. Seine Frage sollte unbeantwortet bleiben.

Kurz darauf hob sich der Helikopter in den dunklen Himmel.

Auf dem Flug zum Niederrhein kam sich Dressler ziemlich verloren vor. Trotz Kaffee spürte er die ersten Anzeichen einer drückenden Müdigkeit. Und immer wenn er drohte einzuschlafen, schreckte ihn der Gedanke auf, wer ihn alles am Tatort erwarten würde. Das LKA aus Köln, das ihm den Fall entzog? Ihm gegenüber saßen bereits zwei Spezialisten aus deren Reihen. Oder wartete die Presse schon auf ihn, die ihm Fragen stellen würde, auf die er keine Antwort hätte? Die Nacht war noch lange nicht zu Ende. Jetzt ging es richtig los. Einmal konnte jeder Mörder töten, ohne allzu großes Aufregen. Aber wenn er das zweite Mal zuschlug, dann lag der Fall anders. Ein Serienmörder erschreckt die Menschen viel mehr. Und die Presse suhlte sich dann im Misserfolg der Polizei. Am schlimmsten aber waren die Fragen, auf die er keine Antworten hatte.

Immerhin, nun wusste er, dass der Mörder im Studio gewesen sein musste. Er hatte das Weckerklingeln gehört und einen Moment später die Bombe gezündet, die Krieger tötete. Damit erhöhte sich zwangsläufig die Zahl derer, die ihn gesehen haben mussten. Vielleicht lag der Schlüssel im Studio. Oder aber im zweiten Mord. Irgendwann musste der erste Knoten in diesem Fall platzen.

Oder die nächste Bombe.

# Kapitel 21

Kurz vor der Landung war Dressler trotz des Motorlärms doch noch eingeschlafen. Der Hubschrauber landete auf einem Fußballfeld und die drei Männer wurden von einem Streifenwagen abgeholt. Am Tatort angekommen, waren keine weiteren Kollegen vom LKA und auch keine Presseleute zu sehen. Der Fall war direkt von der örtlichen Polizei an das BKA in Meckenheim und an die Dienststelle in Gladbach weitergereicht worden. Der Zusammenhang zum Krieger-Mord schien zu offensichtlich zu sein.

Der Tatort war ein gewöhnliches Autohaus. Als er über den Hof ging, lag an der Rückseite des Ausstellungsraumes ein angebautes Wohnhaus. Alles war durch die Strahler des Autohauses in grelles Licht getaucht. Die Kollegen hätten ihre Scheinwerfer im Auto lassen können.

Das Haus selbst machte einen ordentlichen Eindruck. Alles wirkte ein wenig geschmacklos, aber solide, bodenständig und liebevoll gepflegt. Was konnte dieser Mann mit Krieger zu tun haben? War das Bindeglied vielleicht doch die organisierte Kriminalität?

Dressler ließ sich von einem Beamten der Grevenbroicher Polizei in das Dachgeschoss führen. In einem großen Raum mit Dachschrägen standen mehrere Fitnessgeräte herum. Neben einem Gerät war ein Körper mit Tüchern bedeckt, der an der Bank zu sitzen schien. Auch durch die Tücher konnte Dressler erkennen, dass der Mensch darunter ohne Kopf zu sein schien. Auf dem Fußboden um ihn herum sah Dressler ähnlich grausige Spuren, wie er sie schon bei Krieger gesehen hatte. Der Mörder schien ein grausamer Psychopath zu sein oder ein skrupelloser und kalkulierender Mensch. Oder beides. Was trieb ihn an?

„Wieder Plastiksprengstoff", erklärte Jens Meister, der an der Tür stand und auf ihn zu warten schien. „Das können wir jetzt schon sagen."

Dressler hob das Tuch leicht an und schaute auf die Überreste eines massigen Körpers, der furchtbar entstellt war. Neben ihm packten die beiden Beamten vom LKA aus einem Koffer verschiedene Utensilien aus, um Proben zu entnehmen und um die Überreste der Bombe einzupacken.

„Habt ihr alles fotografiert?", fragte Dressler. Claudia Hoppenstedt trat zu ihm und nickte. Dahinter blickte ein Arzt fragend auf Dressler.

„Geben Sie unseren Kollegen aus Meckenheim noch genügend Zeit, damit sie ihre Spurensicherung vornehmen können. Dann können Sie den Mann herausbringen. Claudia? Wo ist die Frau von dem Opfer?"

„Sie sitzt unten in der Küche. Sie wird von einem Arzt behandelt. Sie ist zur Zeit nicht vernehmungsfähig. Steht wohl unter Schock."

„Kann ich verstehen." Dressler ließ das Tuch sinken, nachdem er sich den Körper noch einmal eingehend angeschaut hatte.

„Gibt es sonst irgendwelche Zeugen?"

„Ich habe Oliver und einen Kollegen der örtlichen Polizei gebeten, die Nachbarschaft zu befragen, ob irgendetwas Verdächtiges beobachtet wurde. Ich denke, mehr können wir zurzeit nicht machen."

Während Dressler aus dem Hintergrund beobachtete, wie die Kollegen vom LKA ihre Arbeit aufnahmen, klingelte das Telefon. Auf dem Display erschien der Name „Klaus Schreiner".

„Also doch", dachte Dressler. Klaus Schreiner war ein alter Kollege, mit dem Dressler als junger Polizist die Ausbildung gemacht hatte. Die beiden verstanden sich glänzend. Sie hatten sich ein Zimmer geteilt und beinahe ihre gesamte Freizeit miteinander verbracht und auch das eine oder andere Glas gehoben. Doch Schreiner hatte im Gegensatz zu Dressler Karriere gemacht und war schon bald beim Landeskriminalamt in Wiesbaden gelandet. Seitdem war aus der Männerfreundschaft eine mehr und mehr dienstliche Beziehung geworden. Aber im Stillen hoffte Dressler immer noch, dass sie beide irgendwann wieder an alte Zeiten anknüpfen könnten.

Dressler nahm das Gespräch an.

„Klaus?"

„Hallo Jürgen. Wie sieht es aus?"

„Nicht gut. Das scheint eine harte Nuss zu sein."

„Du hast wenigstens den Humor nicht verloren", gab Schreiner zurück.

„O. k. Klaus, dann komm direkt zur Sache. Kann ich jetzt nach Hause fahren?"

Am anderen Ende zögerte der Anrufer.

„Gut, dann ohne lang zu fackeln: Du hast hier in Wiesbaden nicht besonders viele Freunde. Man will dir den Fall entziehen. Du weißt selbst, dass die Zuständigkeit bei Serienmördern schnell an höhere Stelle landet."

„Wer ist ‚man'?", fragte Dressler entnervt.

„Das tut nichts zur Sache. Du weißt genau, was ich von dir halte. Ich bin hier dein größter Befürworter. Doch ich brauche Argumente.

Jeder hier weiß, dass wir befreundet sind. Aber in solchen Angelegenheiten scheißt man auf Freundschaft. Ich muss sachlich bleiben und den Leuten hier klarmachen, dass du unser Mann bist. Warte mal einen Augenblick."

Klaus Schreiner hatte offenbar die Sprechmuschel mit der Hand zugehalten und sprach mit einer Mitarbeiterin. Während Dressler wartete, bemerkte er einen Seitenblick seiner Kollegin Hoppenstedt, die offenbar genau wusste, worum es in dem Gespräch ging. Dressler fummelte mit der linken Hand eine Zigarette aus der Hemdtasche und ging die Treppe hinunter in den Garten. Währenddessen hörte er undeutlich, wie Schreiner am anderen Ende seine Mitarbeiterin zusammenfaltete. In Wiesbaden wehte ein anderer Wind als auf Dresslers Dienststelle.

Draußen im Garten zündete er sich die Zigarette an und wartete auf den Fortgang des Gesprächs. Er war wütend über Klaus Schreiner, obwohl er genau wusste, dass es nicht er war, der die Initiative ergriffen hatte, ihm den Fall zu entziehen.

„Jürgen?"

„Ja, ich bin da."

„Was kann ich denen sagen?"

„Hör zu Klaus, wenn die den Fall haben wollen, dann sollen sie ihn sich nehmen. Ich bin nicht scharf drauf. Ich fahre gerne wieder nach Overath zurück und geh pennen. Ich hab keine Lust, mir um alles in der Welt diesen Fall aufs Brot zu schmieren."

„Jürgen, jetzt red keinen Blödsinn. Ich weiß genau, dass du weitermachen willst, und ich weiß auch, dass du dafür der Richtige bist. Aber ich muss andere davon überzeugen. Jetzt sei doch nicht so starrsinnig.

„O.k., dann sag den ‚anderen', wer auch immer das ist, dass ich Krieger schon vor Jahren kennen gelernt habe. Ich war in seiner Sendung. Ich weiß, in welchen Kreisen er sich bewegt. Ich wohne zufällig dort, wo er sein Haus und sein Studio hat. Krieger ist der Schlüssel zu der ganzen Sache. Wenn einer Serienmorde begeht, dann hat er ein Schema. Er sucht sich seine Opfer aus und auch die Reihenfolge, in der er mordet. Krieger war der Erste und es werden vermutlich weitere folgen. Mir reichen die beiden Spezialisten, die sich um die Bomben kümmern. Ich brauche keine weitere Hilfe aus Wiesbaden. Ich bin nah genug dran, um den Fall zum Ende zu bringen. Außerdem habe ich Erfahrungen mit solchen brisanten Fällen. Gib mir noch ein paar Wochen Zeit und ich werde mehr zutage bringen als ihr Schreibtischfutzies. Wenn dir das nicht reicht, dann setzt euch halt selber in die Scheiße und ich mach mich wieder auf die Suche nach Falschparkern."

Wütend drückte Dressler auf eine Taste und beendete das Gespräch. Er trat die Zigarette aus, drehte sich um, betrat das Haus, besann sich und sammelte die Zigarette wieder ein, damit er die Spurensicherung nicht auf eine falsche Fährte führte.

Kaum war Dressler oben im Fitnessraum angekommen, klingelte das Telefon erneut. Dressler hob ab.

„Jürgen? Sei kein stures Rindvieh. Ich werde es versuchen, dass du den Fall behältst, aber ich kann es dir nicht versprechen. In der Zwischenzeit drücke ich dir die Daumen. Halt mich auf dem Laufenden."

„O. k.."

Dressler legte auf und bemerkte, dass seine Kollegen ihn fragend anschauten. Offenbar hatte man während seiner Abwesenheit spekuliert, ob der Fall nach Wiesbaden wandern würde oder nicht. In diesen Momenten machte es Dressler wütend, so vollkommen ohne Einfluss zu sein. Meistens war er mit seinem Job zufrieden, aber wenn es um die wesentlichen Entscheidungen ging, dann bereute er es, nicht den Weg seines alten Kollegen Schreiner eingeschlagen zu haben.

Mit Claudia Hoppenstedt ging Dressler hinunter in die Küche. Dort saßen neben Güldners Frau ein Arzt und eine Polizistin, die Dressler nicht kannte. Güldners Witwe war kreideweiß und Tränen liefen ihr über das Gesicht. Ihr Körper bebte, wie bei einem Schüttelfrost.

Dressler musste nach dem vorangegangenen Telefonat immer noch seine Wut zügeln, um den angemessenen Ton zu treffen. Er atmete tief durch.

„Frau Güldner? Ich weiß, es ist schwer, aber kann ich Ihnen ein paar Fragen stellen?"

„Ich hab doch schon alles gesagt. Ich kann ... ich kann nicht mehr."

Sie hielt sich die Hände vor das Gesicht und schluchzte. Dressler schaute den Arzt und die Polizistin an. Der Arzt schüttelte den Kopf und die Polizistin winkte Dressler zu, er solle mit vor die Tür kommen. Dressler stand mit ihr auf und die beiden gingen hinaus in den Vorhof.

„Hallo, ich bin Carola Koop. Dienststelle Grevenbroich. Ich bin mit meinem Kollegen die Erste hier im Haus gewesen. Ich hab auch die Witwe befragt."

„Jürgen Dressler." Er gab ihr die Hand. Erzähl mal, was habt ihr hier vorgefunden?"

„Ich hab um 21.08 Uhr einen Anruf bekommen. Die Frau war vollkommen aufgedreht und hat hysterisch ins Telefon geschrien. Sie sei von einem Mann im Haus überfallen worden und ihr Mann sei tot. Später hat sie erzählt, dass sie die Oper besucht hatte und früherzurück gekehrt sei, weil sie unter starker Migräne litt. Sie habe das Taxi gegen 21.00 Uhr verlassen und hätte die Haustür aufgeschlossen. Im Hauseingang sei ihr ein Mann entgegengekommen, der sie über den Haufen gerannt habe. Sie konnte wohl nur eine große, schwarze Gestalt erkennen, weil der Hausflur dunkel war. Nach dem Sturz hatte sie nach ihrem Mann geschrien und ist hochgerannt, weil er um diese Zeit immer Krafttraining macht. Da hat sie dann alles gesehen und ist rausgerannt zu ihrem Nachbarn, von wo aus sie mich angerufen hat."

„Habt ihr den Taxifahrer ausfindig gemacht?"

Die Polizistin gab ihm einen Zettel mit Namen und Telefonnummer des Taxifahrers.

„Der Mann ist wichtig. Vielleicht hat er ein Auto gesehen, das hier geparkt hat."

Sie schüttelte den Kopf.

„Wir haben schon mit ihm gesprochen. Er hat nicht auf ein Auto geachtet und ist sofort wieder Richtung Düsseldorf gefahren."

„O.k., aber die Nachbarn brauchen wir. Irgendjemand muss doch die Explosion gehört haben. Könnt ihr uns vielleicht unterstützen und die Vernehmungen von hier aus vornehmen?"

Die Polizistin nickte.

„Super. Dann mach schnell. Ich werde mal die beiden LKA-Leute befragen, ob die was rausgekriegt haben."

„Noch was", die Frau blieb im Türrahmen stehen. „Etwa eine halbe Stunde vor dem Anruf wurde hier ein Auto als gestohlen gemeldet."

„Ist das hier etwas Besonderes?"

„Ab und zu passiert so was schon. Aber hier war es doch was Besonderes, denn ein paar Minuten nach dem Anruf wegen des

Mordes, kam der Autodieb dahin zurück, wo er das Auto geklaut hat. Und weil meine Kollegen gerade vor Ort waren, hat er sich verdünnisiert. Er hatte es so eilig, dass er dabei mehrere andere Autos demoliert hat. Unter anderem ist auch ein Einsatzwagen zu Schrott gefahren worden und ich habe vor ein paar Minuten gehört, dass er den gestohlenen Wagen wohl in der Erft versenkt hat."

„Also ganz schön viel los heute."

„Das kannst du wohl sagen."

„Es kann also einen Zusammenhang geben, muss aber nicht."

„Ja, genau. Das wollte ich dir nur sagen."

„Vielen Dank. Das kann sehr wichtig sein. Ihr gebt mir also Bescheid, wenn ihr mehr über den Wagen wisst, ja?"

„Geht klar." Damit ging Dresslers Kollegin aus Grevenbroich.

Er ging wieder hoch. Oben waren die Kollegen offenbar fertig. Sie räumten ihre Geräte ein und Jens machte sich ans Werk, um den Tatort genau zu vermessen und zu fotografieren. Das Tuch war dafür wieder entfernt worden. Dressler versuchte in solchen Fällen meistens, nicht in die Richtung der Leiche zu sehen. Das überließ er lieber den Kollegen von der Spurensicherung. Trotzdem streifte sein Blick nun immer wieder den Toten, bis er haften blieb und den Anblick aushielt.

Der Kopf war scheinbar von vorne nach hinten gesprengt worden. Denn der Kiefer war abgerissen, das Gesicht fehlte und der Oberteil des Schädels fehlte. Die Nackenwirbel ragten aus dem Körper heraus und ein Teil des Hinterkopfes samt Haaren waren noch vorhanden. Der Rest war ein einziger Brei.

Jens Meister hatte Dressler offenbar von der Seite aus beobachtet.

„Ich hoffe, du hast heute schon gegessen." Während er das sagte, machte er weiter Aufnahmen vom Tatort.

Dressler reagierte nicht darauf. Er kannte Jens' Art, mit solchen Erfahrungen umzugehen. Er ertränkte sie in Ironie und Sarkasmus.

„Sein Auge liegt drüben am Fenster."

„Du hast doch noch die Situation im Filmstudio vor Augen", warf Dressler ein „Hast du irgendeinen Unterschied bemerkt?"

„Siehst du seinen Hals?"

„Was ist mit dem?"

Meister trat dazu und zeigte mit einem Kugelschreiber auf eine klar erkennbare blaue Druckstelle, die sich über die Reste des Nackens zogen.

„Das sind Würgespuren. Vermutlich ein Draht oder so. Also hat es diesmal einen Kampf gegeben."

„Kannst du schon mutmaßen, woran er gestorben ist?"

„Keine Ahnung. Aus dem Bauch heraus würde ich sagen, dass der Täter ihn vermutlich getötet hat, um in Ruhe seine Bombe anzubringen. Bei so einem Knall ist man ja ungern dabei. Aber nimm das nicht zu ernst. Für alles Weitere brauche ich ein paar Tage."

Dressler nickte. Claudia Hoppenstedt betrat den Raum.

„Ich hab die Frau des Opfers mit dem Arzt ins Krankenhaus geschickt zur Beobachtung. Heute bekommen wir aus der eh nichts mehr raus. Morgen werde ich hinfahren und mich mit ihr unterhalten."

Gut. Dann lass uns fahren. Nimmst du mich mit?"

Die beiden verabschiedeten sich von Jens Meister, für den die Nacht noch länger werden würde. Als Dressler und Hoppenstedt den Ort verließen, war es fast 7 Uhr in der Früh. Im Auto blätterte Dressler eine Zeitung durch. Er wollte sich auf irgendeine Art und Weise ablenken, obwohl er eigentlich Dringenderes zu tun hatte. Er überflog die Überschriften: Mord, Betrug, Vergewaltigung, Autounfälle – Begriffe, die den heutigen Alltag beschrieben. Nicht zum ersten Mal fragte er sich, warum es überhaupt Zeitungen gab, wenn sowieso immer das Gleiche darin zu lesen war und die Stimmung nach der letzten Seite jedes Mal auf dem Nullpunkt war.

Beim Stellenmarkt angekommen, erinnerte er sich daran, dass er sich um eine Putzfrau kümmern wollte. Er las sich die Anzeigen durch. Das Angebot war groß. Da gab es Reinigungskräfte, die damit warben, dass sie einen deutschen Ausweis hatten. Andere hielten es für wichtig, auf ihr jugendliches Alter hinzuweisen. Hätte sich jemand angeboten als gewissenhaft, gemütlich und gesprächig, hätte Dressler direkt zugegriffen. Er kreuzte sich ein paar Anzeigen an und nahm sich vor, sein Vorhaben so bald wie möglich umzusetzen. Danach legte er die Zeitung zusammen und gähnte. Nachdem er auf dem Beifahrersitz eingeschlafen war, träumte er von der afrikanischen Teufelsmaske, die sich mit dem schrecklichen Anblick des gesprengten Kopfes von Werner Güldner vermengte.

# Kapitel 22

Eines Morgens stand Dieter plötzlich mit einer Kiste da. Acht Pistolen, ein alter Karabiner mit Zielfernrohr, genug Munition für eine Belagerung, zwei Übungshandgranaten und ein Eimer Sprengstoff. Das Zeug sah ein wenig aus wie Zement. Keiner fragte, woher es stammte. Aber jeder wusste, dass Dieter noch Verbindungen zur Bundeswehr hatte. Alle waren stolz, endlich eine Wumme in der Hose zu haben. Jeder trug sie mit sich herum. Wie selbstverständlich. Obwohl eine Polizeiaktion zurzeit mehr als unwahrscheinlich war.

Dieter hatte schon bald dieses Belmondo-Gesicht drauf, wenn er die Pistole putzte. Wenn er grinste, und das tat er oft, dann öffnete er die Lippen und hielt die Zigarette zwischen den Zähnen.

Eines Morgens kam Walter mit einem alten Opel Kadett angefahren. Er sollte der Gruppe Einsatzfahrzeuge beschaffen. Dieter fiel fast aus allen Wolken, als er die Karre sah. Doch der Kadett war nur dazu gedacht, zwei weitere Fahrzeuge abzuholen, die Walter im Frankfurter Raum ausgesucht hatte. Am nächsten Morgen kamen er, Dieter und Bernhard mit einem BMW 2600 und einem Porsche 911 angefahren. Der BMW war schon fast zehn Jahre alt, fuhr aber immerhin 160. Und der Porsche war eine richtige Rakete. Dieter strahlte wie ein Honigkuchenpferd, als er die Einfahrt damit hochkam. Doch beim letzten steilen Stück hatte er den Motor absaufen lassen.

Jeder außer Dieter dachte bei sich, dass es Schwachsinn sei, mit einem Porsche durch die Gegend zu gurken. Viel zu auffällig. Aber was Dieter sich in den Kopf gesetzt hatte, das setzte er auch durch.

Später sollte noch ein alter VW-Bus hinzukommen. Immerhin

sollte die Gruppe auch damit rechnen, einmal größere Mengen Material transportieren zu müssen. Und dafür war der Bully ideal.

Bernhard hatte mittlerweile Anleitungen zum Bau von Bomben aufgetrieben. Es war eigentlich vollkommen einfach. Die Aufgabe übernahm Walter. Alles was knallt und stinkt war von da an Walters Job.

In den nächsten Tagen und Wochen gingen sie dann ballern. Walter hatte bei einer seiner zahlreichen Autotouren durch die Gegend einen entlegenen Bauernhof entdeckt, der schon lange nicht mehr bewohnt war. Jeder von ihnen verschoss zig Magazine. Das Ganze sah eigentlich furchtbar peinlich aus. Überall auf dem Hof sprangen erwachsene Männer herum und schossen auf alles, was sich bewegte oder auch nicht bewegte. Guru schien bei all dem der Glücklichste zu sein. Man hatte den Eindruck, dass er überhaupt nicht verstand, dass man mit dem Ding auch Menschen töten konnte. Hans war offenschichtlich der Einzige, der die Sache sehr ernst nahm. Er übte vor allem mit dem Mauser-Karabiner. Faustfeuerwaffen waren für ihn reine Spielerei. Richtige Attentate wurden seiner Meinung nach mit dem Gewehr verübt.

Am 7. Juli 1972 wurde Conny von Baader-Meinhof verhaftet. Und er lieferte zwei seiner Kollegen ans Messer. Das war Verrat. Noch am gleichen Abend meldete sich Hans mit ernster Miene zu Wort. „Ich finde, wir sollten uns entscheiden, wer den Weg weitergeht und wer nicht. Baader ist faktisch außer Gefecht gesetzt. Die Polizei wird sich jetzt mehr mit anderen Gruppen beschäftigen. Und die sind jetzt eingespielt. Wir müssen bald handeln. Und wir brauchen mehr Geld, um unsere politischen Aktionen umzusetzen." Jeder wusste, dass Hans damit den Anschlag meinte, den sie ausführen wollten. Jeder bekam eine leichte Gänsehaut bei der Vorstellung, einen Mord zu planen und auszuführen, auf der Flucht zu sein und für seine politischen Ideale das Leben zu riskieren. Doch jeder von ihnen hatte auch genügend Hass auf die Amerikaner, so dass alle der Reihe nach einen Schritt nach vorne machten und sich instinktiv die Hand gaben. Sie waren jetzt eine Bande, eine ernst zu nehmende Guerilla-Bande mit einem Ziel, einem enormen Durchsetzungswillen und vor allem: mit einer verschworenen Einigkeit. Das Kommando Schinderhannes begann Form anzunehmen.

# Kapitel 23

Jürgen Dressler hatte wenig und schlecht geschlafen. Der Mord an Werner Güldner, das Treffen mit dem Dealer und die Information über den Killer, der von Ulrich Krieger beauftragt worden war, bereiteten ihm Kopfschmerzen. Er fühlte sich einem enormen Erfolgsdruck ausgesetzt. Die Zeit rannte ihm davon. Wollte er vermeiden, dass ihm der Fall entzogen wurde, musste er bald eine erste Spur vorweisen können. Aber die hatte er nicht.

Als er morgens den Besprechungsraum betrat, fühlte er sich einsam unter seinen Kollegen. Seine Mitarbeiter sahen ihn aus ebenso ratlosen wie verschlafenen Augen an.

„O. k., wir haben jetzt den zweiten Mord. Ich will ehrlich sein. Die Luft wird langsam dünn für uns. Wir müssen uns echt zusammenreißen. Was haben wir? Wir haben den Mord an Krieger. Ich würde sagen, die Spur Landgraf sollten wir vergessen. Mark Gabrenz können wir, na ja, noch nichts nachweisen. Aber jetzt beim zweiten Mord haben wir ohnehin eine neue Qualität. Wäre Gabrenz dringend tatverdächtig, dann sollten wir die Verbindung zum Mord an dem Autohändler suchen. Aber ich denke, ab sofort ist es sowieso das Wichtigste, eine Verbindung herzustellen.

Wieder sah Claudia ihn mit einem viel versprechenden Blick an. Vielleicht wusste sie diesmal etwas. Und schließlich räusperte sie sich.

„Ich würde morgen Abend gerne noch mal ins Studio. Da wird Gabrenz eine neue Sendung ausprobieren. Eine Pilot-Sendung. Der Sender will möglichst schnell eine vergleichbare Show auf die Beine stellen, damit die Zuschauer am Ball bleiben. Und Mark Gabrenz soll der Moderator sein. Ich will mal sehen, wie er sich schlägt und ihn natürlich zu Güldner befragen, ob er da einen Zusammenhang sieht."

Dressler rieb sich die Augen. Er hielt nichts davon, sich abends mit einer Show herumzuschlagen. Aber er wusste auch nichts einzuwenden.

„Gut. Wir wissen, dass Krieger einen holländischen Privatdetektiv engagiert hat. Der müsste wissen, wer Krieger die Drohbriefe geschickt hat."

Auch hier meldete sich Claudia Hoppenstedt zu Wort.

„Ich habe unseren Kollegen aus den Niederlanden gebeten, uns dabei zu helfen. Herr Hendrix hat zwei seiner Kollegen nur für uns abgestellt. Er hat mir außerdem versprochen, sich um das Ferienhaus zu kümmern."

„Haben wir eigentlich mittlerweile das Radarfoto?" warf Dressler ein.

Claudia Hoppenstedt hielt triumphierend ein Foto hoch. Alle, auch Dressler, besahen sich das Foto. Es war undeutlich, aber man erkannte das Gesicht Kriegers in seinem Ferrari.

„Was besonders interessant ist: der Mann auf dem Beifahrersitz."

In diesem Moment klopfte es, gleichzeitig öffnete sich die Tür, und ein großer Mann in einem grauen Anzug trat mit einem jüngeren Begleiter und einer stark geschminkten Frau im Kostüm ein.

„Hallo, ich grüße Sie."

„Hallo Herr Dr. Markworth. Nehmen Sie Platz."

„Danke, danke. Das sind Frau Dreieich und Herr Menge. Wir wollten Sie nicht stören. Machen Sie ruhig weiter."

Die drei setzten sich. Und es dauert ein paar Minuten, bis sich die Stimmung im Team wieder normalisiert hatte, die durch den unerwarteten Besuch ein wenig ins Wanken gekommen war.

„Gut". Dressler wollte den Polizeipräsidenten zunächst auf den neuesten Stand bringen. „Wir haben ja jetzt den zweiten Mord, und da ist natürlich unsere erste Aufgabe, die Verbindung zu finden. Dabei hilft uns vermutlich ein Radarfoto aus den Niederlanden, das Krieger und Güldner zusammen im Fahrzeug zeigt. Wir haben also das erste Mal einen echten Zusammenhang."

Claudia reichte das Radarfoto an ihre Kollegen weiter und auch an die drei Besucher der Besprechung. Das Foto hatte das Gesicht halb abgeschnitten. Aber als Claudia Hoppenstedt dazu ein Foto des kürzlich ermordeten Werner Güldner hochhielt, erntete sie Erstaunen. Mit ein wenig Fantasie konnte man darin das aufgedunsene Gesicht des Autohändlers vom Niederrhein erkennen.

Dressler konnte nicht umhin, ein deutlich hörbares Geräusch der Erleichterung von sich zu geben.

„Also! Eine erste Spur. Ein erster Zusammenhang. Die beiden kannten sich. Was ist mit der Ehefrau von Güldner? Sie muss sofort befragt werden, ob sie etwas weiß über die Beziehung Krieger-Güldner. Und die Kaufmann und die Ex-Frau von Krieger müssen auch sofort ein Foto von dem Güldner bekommen. Wer erledigt das?"

Claudia Hoppenstedt meldete sich. „Ich besuche heute noch die Witwe Güldner im Krankenhaus. Ich werde sie fragen."

„Und die beiden anderen?", fragte Dressler.

Oliver Weiler meldete sich.

„O.k., ich werde den Exen, also die Witwe und die Freundin Kriegers besuchen, ihnen das Foto Güldners zeigen und sie befragen."

„Gut", antwortete Dressler. „Haben wir inzwischen irgendwelche Erkenntnisse vom Tatort in Wevelinghoven?

Jetzt erst bemerkte Dressler den in sich zusammengesunkenen Jens Meister. Er hatte wohl bis vor kurzem am Tatort zugebracht.

„Ich kann nichts mit Sicherheit sagen. Die Leiche wurde zur Obduktion freigegeben und ich rechne mit den ersten Ergebnissen ab morgen Nachmittag. Aber ich weiß, dass wir es eilig haben. Darum jetzt meine Einschätzung, die du nicht in meinem Bericht finden wirst. Also: Der Mörder hat die Alarmanlage ausgeschaltet und den Hund mit Schlafmitteln betäubt. Wir wissen alle, dass die Frau zur Tatzeit in der Oper war. Das heißt, dass der Mörder genau über die Lebensumstände Werner Güldners Bescheid wusste. Soweit ich weiß, hat aber kein Nachbar etwas Verdächtiges bemerkt. Kein Auto und erstaunlicherweise keinen Knall. Aber die Fenster von dem Fitnessraum sind ziemlich dick. Wenn der Mörder die alle geschlossen hat, dann ist es durchaus denkbar, dass der Knall unbemerkt geblieben ist. Vielleicht hat er während der Explosion die Stereoanlage angestellt. Ich habe ehrlich gesagt keine Ahnung. Auf jeden Fall habe ich keine Fingerabdrücke gefunden. Auch wenn die Obduktionsergebnisse noch nicht vorliegen, vermute ich, dass Werner Güldner schon vor der Explosion tot war. Die Würgemale deuten darauf hin, dass er eher daran gestorben ist. Er scheint mit einem Draht oder einer Schlinge gewürgt worden zu sein. Außerdem lässt sich ja niemand freiwillig eine Ladung Sprengstoff an seinem Kopf befestigen. Und im Vergleich zu Krieger ist auffällig, dass der Sprengstoff diesmal vorne angebracht worden ist. Bei Krieger war die Ladung in die Kopfstütze seines Throns eingebaut. Das ist alles, was ich zur Zeit mutmaßen kann."

Dressler atmete erneut laut auf.

„Das ist immerhin eine gute Einschätzung. Halte mich bitte auf dem Laufenden. Haben wir noch irgendwas in Güldners Haus gefunden, was von Belang ist?"

Oliver Weiler ordnete seine Unterlagen und begann seine Ausführungen.

„Ich habe gerade mit einer Kollegin aus Grevenbroich telefoniert."

„Carola Koop?"

„Ja, richtig. Es hat also tatsächlich niemand etwas bemerkt. Die Leute haben wohl alle vor dem Fernseher gesessen und sich das Spiel der Nationalmannschaft angeschaut."

„Ach, Fußball war gestern auch?" Dressler war zwar kein ausgesprochener Bundesliga-Fan, aber die Ergebnisse der Nationalmannschaft interessierten ihn.

„Zwei zu eins für die Niederlande."

„Auch das noch. Also weiter." Dressler schaute ein wenig verlegen zum Polzeipräsidenten. Doch der grinste. Offenbar hatte er für solche Randbemerkungen durchaus etwas übrig.

„Was im Moment die vielleicht interessanteste Spur ist", fuhr Oliver fort, „das ist der Autodieb."

„Also doch."

„Ja, der Zusammenhang ist sogar ziemlich wahrscheinlich, weil der Autodieb sehr professionell vorgegangen ist. Er war ein sehr guter Fahrer, er hat keine Fingerabdrücke hinterlassen und er hat den Wagen in der Erft versenkt."

„Aha", Dressler wurde hellhörig. „Ich habe außerdem gehört, dass er einen Unfall provoziert hat und beinahe einen Fußgänger umgefahren hätte. Sind die denn schon verhört worden?"

„Ja, die Polizei in Grevenbroich hat uns schon die Ermittlungsergebnisse geschickt. Der Fußgänger ist ein Hundehalter, der auf der Hauptstraße unterwegs war, als das Fluchtauto angerast kam. Aber der Wagen hatte die Beleuchtung auf Fernlicht gestellt, so dass er geblendet wurde. Er konnte sich nicht einmal an den Fahrzeugtyp erinnern."

„Und der Unfall?"

„Der hat im Kreisverkehr stattgefunden. Ein Ford Ka wollte Richtung Zuckerfabrik fahren, als aus Richtung Wevelinghoven der Renault angeschossen kam und ihm die Vorfahrt nahm. Auch der Fordfahrer hatte keine Zeit, auf den Fluchtfahrer zu achten. Der Renault muss mit einem irren Tempo in den Kreisverkehr eingebogen sein. Der Mann im Ford ist unverletzt, weil die beiden Autos sich erst nur gestreift haben. Aber der Ford ist durch die Wucht fast zweimal gedreht worden. Der Streifenwagen kam kurz hinter dem Renault angefahren und die Kollegen wollten eigentlich in Gegenrichtung durch den Kreisverkehr fahren, weil der Ford die reguläre Zufahrt zugestellt hatte. Aber der Fordfahrer stieg aus und schwankte Richtung Fußweg. Also mussten die Kollegen ausweichen und dabei sind sie mit einem Schild und dem verunfallten Ford zusammengestoßen."

„Und andere Zeugen?"

In diesem Moment stand Landrat Markworth auf und die beiden Begleiter folgten. Das Gespräch verstummte.

„Ich will die Besprechung nicht unterbrechen. Ich wollte mich nur kurz verabschieden und Ihnen sagen, dass ich volles Vertrauen zu Ihrer Arbeit habe. Ich weiß es sehr zu schätzen, dass wir hier ein so engagiertes, junges Team haben unter einer so erfahrenen Leitung. Also, Herr Dressler und Ihnen allen wünsche ich viel Erfolg. Ich weiß, dass Sie alles tun, was in Ihrer Möglichkeit steht. Ich muss allerdings auch darauf hinweisen, dass wir dringend einen ersten Ermittlungserfolg benötigen. Und sobald wir hier von einem terroristischen Motiv ausgehen können, dann haben Sie keine Scheu, die ganze Angelegenheit an das BKA zu übergeben."

„Ich weiß, Herr Dr. Markworth. Aber der Fall ist wirklich ein sehr besonderer. Und bisher gibt es kein einziges Indiz für einen Terror-Hintergrund."

„Brauchen Sie vielleicht trotzdem noch Unterstützung?"

Dressler schüttelte den Kopf. „Wir haben hier alles, was wir brauchen. Wenn wir Spezialisten benötigen, wie etwa Bombenexperten, dann bekommen wir die Hilfe des LKA und auch vom Kampfmittelräumdienst. Und in diesem Stadium der Ermittlungen noch weitere Kollegen an den Tisch zu setzen, würde vor allem erst einmal Zeit kosten, um sie auf den neuesten Stand zu bringen."

„Verstehe. Also, dann viel Erfolg und bitte lassen Sie es mich wissen, wenn es Neuigkeiten gibt, auch wenn es schlechte sind."

Nachdem reichlich Hände gedrückt wurden, verließen die drei den Besprechungsraum wieder und es entstand eine Pause, in der offenbar alle aufatmeten.

„Gut", versuchte Dressler die Konzentration wieder auf die Ermittlung zu lenken. „Oliver, wir waren bei den Zeugen stehen geblieben."

„Richtig. Also, in der Nähe der Stelle, an der der Renault in der Erft versenkt wurde, da hat eine Fußgängerin gegen 21 Uhr 30 einen Mann mit Rucksack gesehen. Der Mann war hager und wohl schon etwas älter. Er hat sie zwar gegrüßt, trug aber einen Hut, so dass sie keine brauchbare Beschreibung abgeben konnte. Aber ehrlich gesagt: Wenn der grüßt, dann scheint mir das eher ein Penner zu sein als jemand, der gerade einen Menschen in die Luft gesprengt hat."

„Egal, auch wenn es nur – wie du sagst – ein Penner ist. Vielleicht hat er was gesehen. Bitte hake da noch mal nach und sei bitte freundlich zu denen. Das ist nicht üblich, dass man so schnell die volle Breitseite an Unterstützung bekommt.

„Aber kommen wir zur Ausgangsfrage zurück. Egal, ob Mörder und Autodieb eine Person sind: Warum ist er dahin zurückgekehrt, wo er den Wagen gestohlen hat?"

„Das verstehe ich auch nicht", gab Weiler zu.

„Kann es nicht einfach ein blöder Zufall sein?" Claudia schien skeptisch, ob der Autodiebstahl im Zusammenhang mit dem Mord stand.

„Was spricht denn gegen einen Zusammenhang?"

Sie dachte nach. „Fangen wir doch damit an, was dafür spricht. Dafür spricht 1. die Uhrzeit. Da hast du recht. Das ist sicher das stärkste Argument für einen Zusammenhang, 2. dass der Autodieb ein guter Fahrer sein muss. Das Argument zieht für mich nicht. Denn Autodiebe sind vermutlich meistens gute Fahrer."

„Claudia, jetzt redest du Blödsinn. Das ist kein gewöhnlicher Autodieb. Oder würdest du einen 20 Jahre alten Renault klauen?"

„Ich nicht. Aber du weißt selbst, wie viele Autos von irgendwelchen Jugendlichen gestohlen und dann irgendwo mit leerem Tank abgestellt oder versenkt werden."

„O. k., dann mach weiter."

„Punkt 3 habe ich gerade schon genannt. Dass der Dieb den Wagen in die Erft gesetzt hat, muss nicht heißen, dass er ein Profi ist."

„Aber im ganzen Auto ist kein einziger Fingerabdruck zu finden, der nicht den Besitzern zugeordnet werden kann."

„Meinst du, junge Autodiebe gucken sich keine Krimis an? OP-Handschuhe kriegst du in jeder Drogerie."

Oliver rieb sich durch das Gesicht. Er hatte versucht, mit einem Zusammenhang aufzutrumpfen und Claudia hatte seine Argumente niedergeredet. Dressler versuchte, die Situation zu entschärfen.

„Gut, schön, dass ihr jeden Stein mehrfach umdreht und jedes Für und Wider abwägt. Aber bleiben wir doch einfach mal dabei, dass es einen Zusammenhang geben könnte. Warum sollte er vor der Tat ein Auto stehlen, um es für den Mord einzusetzen?"

Nach einer kurzen Denkpause meldete sich Mahlberg zu Wort. Und immer, wenn er etwas zum Thema beitrug, wurde Dressler besonders hellhörig, weil er die Meinung seines Kollegen aus dem Norden sehr schätzte.

„Angenommen, er hat den Autohändler vorher öfter observiert, dann sollte er für den Mord ein anderes Fahrzeug benutzen, damit keine Verbindung zwischen Mord und Observation gesehen wird. Oder angenommen, er kommt aus einer anderen Gegend. Ein GL-Kennzeichen zum Beispiel würde hier eher auffallen. Vielleicht hatte er auch noch anderes mit dem Fahrzeug vor und hat den Wagen nur zurückgebracht, weil ihm die Frau Güldners in den Weg gelaufen ist."

„Hm", Dressler zeigte sich ein wenig enttäuscht. „Ich denke, wir sollten uns stärker auf die Verbindung von Krieger und Güldner konzentrieren. Mich interessieren vor allem die Frauen der Opfer und ob sie einen Zusammenhang sehen. Wenn ihr etwas Entscheidendes habt, dann gebt bitte sofort Bescheid."

Eine halbe Stunde später verließen sie den Besprechungsraum. Dressler ließ sich von einem Kollegen zu seinem Auto bringen, das er gestern stehen gelassen hatte. Danach fuhr er nach Grevenbroich, um sich den Tatort noch einmal in Ruhe anzuschauen.

Gegen Mittag kam er dort an. Ein Kollege von der örtlichen Polizei, den er nicht kannte, öffnete die Tür. Ein anderer saß am Wohnzimmertisch und tippte etwas in einen Laptop. Aber die Spurensicherung war offenbar schon vollkommen abgeschlossen.

Dressler ging langsam und bedächtig von Raum zu Raum. Er begann, Güldners Haus zu studieren und aus der Einrichtung, den Gegenständen, die den Alltag des Autohändlers bestimmt hatten, das Leben des Toten abzulesen. Er kannte diese Art von Haus. Hier wohnte ein Mensch, der mehr Geld als Stil besaß. Dressler betrachtete im Wohnzimmer die riesige Schrankwand, die gefüllt war mit allem möglichen Krimskrams: lächerliche Souvenirs von verschiedenen Reisen, gerahmte Fotos, die Güldner mit seiner Frau und einigen anderen Personen an irgendwelchen Stränden zeigten. Ein Bild zeigte den Autohändler an einer Strandbar, vermutlich irgendwo in der Karibik. Der dicke Mann hielt ein Cocktailglas in der Hand und prostete dem Fotografen zu. Das Grinsen in seinem fleischigen Gesicht wirkte unsympathisch auf Dressler. Er hätte diesen Menschen nicht gemocht. Er schritt weiter an der Schrankwand entlang, zog ab und an ein Buch heraus. Die gesammelten Werke von Goethe fand er dort. Der Ledereinband passte zum Sofabezug. Beim Aufschlagen knackten die Seiten. Gelesen hatte es wohl niemand. Der gute alte Goethe diente wohl nur dazu, dem Besucher anzuzeigen, dass er sich in einem Haus von gebildeten Menschen befand.

Die Schallplattensammlung enthielt größtenteils Schlagermusik. Gerade als Dressler weitergehen wollte, entdeckte er dann einige LPs, die ganz am Rande standen. Die Platten waren deutlich abgegriffener als der Rest. Dressler fand eine LP von den Grateful Dead, dann eine Scheibe, die er selbst in seinem Plattenschrank stehen hatte: In-A-Gadda-Da-Vida von Iron Butterfly. Dressler wunderte sich ein wenig über diese geschmacklichen Ausrutscher neben James Last, den Flippers und Ernst Mosch.

Dressler wählte die Nummer von Claudia Hoppenstedt. Die hatte ihr Handy ausgeschaltet. Während ihr Anrufbeantworter erklang, fiel ihm ein, dass sie ja bei der Witwe Güldner im Krankenhaus war und allem Anschein nach ihr Handy ordnungsgemäß ausgeschaltet hatte. Er sprach auf ihren AB.

„Hallo Claudia. Wenn du den AB noch abhörst, dann frage die Witwe auf jeden Fall auch nach Güldners Vergangenheit. Wo ist er aufgewachsen? Hat er Freunde von früher? Wir müssen irgendwie die Brücke zu Krieger schlagen. Lass seine Geburtsurkunde und am besten auch die von Krieger mal genauer überprüfen. Wir dürfen nicht vergessen, dass das Alter der beiden Opfer neben der Todesart die vielleicht wichtigste Gemeinsamkeit ist."

Danach setzte Dressler seine Hausbesichtigung fort. Er betrat das Badezimmer, untersuchte den Medizinschrank, fand aber nichts, was ihm merkwürdig erschien. Er öffnete im Schlafzimmer einen großen Schrank und besah sich die Kleidung. Danach ging er in den Keller. Im Partykeller stand eine altmodische Hausbar aus schwerem Eichenholz. An den Wänden hingen Plakate von leicht bekleideten Frauen, ein großes Foto von New York bei Nacht, einige Plakate mit Szenen aus Stierkämpfen.

Nicht ohne private Neugierde schnüffelte Dressler an einigen der gut sortierten Whiskey-Flaschen. Immerhin in diesem Punkt hatte Güldner offensichtlich Geschmack. Schließlich ging Dressler noch einmal an den Tatort, das Fitnesszimmer. Er schritt durch den langen Flur, der mit einer Reihe von Ölgemälden zugehängt war. In dem Raum, in dem Güldner vermutlich seinen Tod gefunden hatte, stand Dressler lange Zeit auf einer Stelle. Er wollte sich einen Gesamteindruck verschaffen. Viele Polizisten machten den Fehler und verstrickten sich im Detail, in den Inhalten von Schubladen, Notizzetteln in Büchern oder sie durchsuchten Taschen, ohne sich vorher die Zeit genommen zu haben, den Überblick auf sich wirken zu lassen. Die neue Generation von Polizisten, die jetzt an Dresslers Seite arbeitete, stand oft so unter Druck, dass die jungen Leute keine Zeit mehr hatten, innezuhalten und den Blick auf das Gesamtbild eines Verbrechens zu legen.

Dressler ließ seinen Blick von links nach rechts durch den Raum gleiten. Er sah die Wände, das mächtige Dachfenster, das sich nur elektrisch öffnen ließ. Seine Augen glitten über die schweren Fitnessgeräte, die wie martialische Maschinen aussahen, in denen meistens viel zu dicke Menschen eingeklemmt waren und sich die Seele aus dem Leibe schwitzten.

Hinten an der Wand hing ein Plakat von Rocky. Sylvester Stallone rannte mit einem Kapuzenpulli über einen Strand – alleine in einem Kampf gegen einen scheinbar übermächtigen Gegner. Direkt darunter stand die Maschine, auf oder neben der Güldner ermordet worden war.

Die Spurensicherung hatte das Gerät mit Flatterband abgesperrt. Die dunklen Flecken zeugten noch davon, dass hier ein Leben unwiderruflich ausgelöscht worden war.

Wie aus einem Traum erwachte Dressler und merkte, dass er dringend frische Luft brauchte. Er verließ das Haus und setzte sich in seinen Wagen. Irgendwo hier hatte vermutlich auch das Fahrzeug gestanden, aus dem der Mörder Güldners Haus beobachtet hat. Denn irgendwie musste er sich Informationen über den Alltag seines Opfer eingeholt haben.

Bevor er abfuhr, stieg er noch einmal aus dem Auto und sammelte – mehr aus einem Bauchgefühl heraus – ein paar Zigarettenkippen auf, die neben dem Gehsteig unter einem Baum lagen. Er steckte sie in eine Tüte und fuhr dann zurück zum Präsidium.

Er schaute auf die Uhr. Es war bereits halb drei und er hatte noch nichts gegessen. Er befragte seinen Magen, ob er es noch geräuschlos bis nach Hause schaffen würde, und entschloss sich dann, vor Ort nach einer geeigneten Garküche zu suchen. Nicht weit von dem Autohandel entfernt fand er, was er suchte. Er parkte seinen Wagen direkt vor dem Imbiss und empfand es als außerordentlich wohltuend, dass man hier noch parken konnte, ohne einen Parkautomaten aufsuchen zu müssen.

Der Geruch, der ihm beim Öffnen der Tür entgegenschlug, entlockte ihm ein Grinsen. Hier war er richtig. Als er es sich an einem der Stehtische gemütlich gemacht hatte, schlug er die lokale Zeitung auf und las den Artikel über den Mord. Die Polizei hier arbeitete offenbar besser mit der Presse zusammen, als er selbst in Gladbach. Alles, was man an Informationen herausgeben sollte, fand sich in dem Leitartikel wieder. Alles, was die Untersuchung unterstützen konnte, fand sich ebenfalls, wie zum Besipiel der Aufruf, sich als Zeugen zu melden. Und alles, was die Öffentlichkeit noch nichts anging, wurde auch nicht plattgetreten. Er nahm sich vor, die Zusammenarbeit von Polizei und Presse als Vorbild zu nehmen.

Mit Genuss biss er in die frische Bratwurst. Da sprach ihn der Imbissbudenbesitzer an.

„Ganz schön brutal, was?"

„Ja", antwortete Dressler, ohne den Blick von der Zeitung zu nehmen. „Früher hat man so was nur über Italien gelesen. Jetzt sind solche Morde schon hier auf dem Dorf zu finden."

„Na ja, Dorf sind wir hier auch nicht."

Da wurde Dresslers Aufmerksamkeit doch so weit abgelenkt, dass er zu dem Mann hinter der Theke aufsah. „Nicht?"

„Nein, wir sind hier schon seit Hunderten von Jahren Stadt."

„Ach so", antwortete Dressler, während er sich die Sauce mit einer Papierserviette abwischte. „Wie haben Sie das denn hingekriegt? Ich denke, als Stadt muss man Schwimmbäder und Kinos und so was vorweisen."

„Haben wir hier alles. Aber das Stadtrecht gibt es schon seit dem frühen Mittelalter."

„Was munkelt man denn hier über den Mord?"

Dressler wollte die Gelegenheit nutzen und den Mann ein wenig über Güldner ausfragen.

„Ach, gemunkelt wird viel."

Der Mann wurde plötzlich einsilbig und begann damit, die Theke zu säubern.

„Mir können Sie es ja ruhig erzählen. Ich komme nicht von hier."

„Schon klar. Bei Ihnen sieht man nicht nur, dass Sie nicht von hier sind, sondern auch, dass Sie von der Polizei sind."

Dressler stockte. Ihm war unbegreiflich, wie oft man seinen Beruf richtig erkannte, obwohl er in Zivil war.

„Volltreffer. Aber jetzt sagen Sie mir doch mal, woher Sie das wissen."

Der Mann lachte plötzlich. Sie von der Polizei denken wohl, dass Sie die Einzigen sind, die eins und eins zusammen zählen können. Er beugte sich über die Theke zu Dressler herüber. „Was meinen Sie, wie oft ich seit gestern Autos mit GL-Kennzeichen hier gesehen habe. Und in den Zeitungen steht, dass der Mord an Güldner vermutlich in Zusammenhang steht mit dem Mord in Overath. Eins und eins sind?"

„Zwei. Gut gemacht."

„Darüber hinaus war heute Morgen noch ein Kollege von Ihnen hier, der die gleiche Wurst bestellte und die gleichen Fragen stellte."

„Etwas kleiner mit dunklen Haaren?" Dressler fiel sofort Jens Meister ein.

„Genau." Der Wirt lachte wieder.

„Also, was wollen Sie denn wissen?"

„Kannten Sie Güldner?"

„Hier kennt jeder jeden."

„Und seit wann kennen Sie ihn?"

„Seitdem ich hier bin. Ich habe 1998 hier angefangen und da war Güldner schon ein alter Hase."

„Haben Sie sich ab und an mal mit ihm unterhalten?"

„Hier redet auch jeder mit jedem."

„Hat er denn mal was über seine Kindheit erzählt?"

„Hm, also, soweit ich weiß nicht."

„Aber er ist doch kein geborener Wevelinghovener, oder?"

„Also, die Frage habe ich mir eigentlich nie gestellt. Ich denke schon, dass er von hier kommt. Aber, wenn ich ehrlich bin, weiß ich das gar nicht."

Es entstand eine Pause. Der Mann schien darüber nachzudenken, dass er sich noch nie Gedanken über Güldners Herkunft gemacht hatte.

„Wollen Sie sonst noch was wissen?"

„Plaudern Sie ruhig einfach mal drauf los. Es ist ja niemand sonst hier und ich kann – entgegen dem Ruf meines Berufsstandes – völlig verschwiegen sein."

„Puh, sind Sie immer so unkonkret? Ich vermute, Sie wollen wissen, welchen Ruf Güldner hat oder so was, richtig? Also, Güldner war seit Jahren im Schützenverein, viele Jahre war er sogar der Präsident. Es gab keine Veranstaltung, bei der er nicht als Sponsor auftrat. Er spielte Tennis, wenn auch eher schlecht. Und er war nicht nur beleibt, sondern auch beliebt."

„Bei zumindest einem war er aber nicht beliebt", antwortete Dressler, noch auf seinem letzten Stückchen Wurst kauend."

„Das stimmt. Leider. Güldner war auch oft hier und hat in der Mittagspause seine Lehrlinge zum Essen eingeladen. Und ich habe die ganzen Jahre über auch gut an ihm verdient. Aber das ist es nicht."

„Wie, das ist es nicht?", fragte Dressler zurück, nachdem er sich den Mund abgewischt und den letzten Schluck Cola getrunken hatte.

„Irgendwie hat jeder hier in Wevelinghoven von Güldner profitiert. Klar, er hatte auch was davon. Schauen Sie mal raus, da steht ein Opel, mein Opel. Das ist hier einfach ein Geben und Nehmen. Aber vor allem war er einfach ein richtig netter Typ, ein Kumpel. Wenn Sie wüssten, wie kameradschaftlich er mit seinen Lehrlingen umgegangen ist, dann wüssten Sie auch, was ich meine. Er hat den Jungs nicht nur eine gute Ausbildung und ab und an mal eine Fritten spendiert. Er war wie ein Vater. Wenn einer der Jungs mal zu viel gesoffen hat, dann hat er sich mit dem zusammengesetzt und ihn wieder auf den richtigen Weg geholt. Er hat die Jungs in Sportvereinen untergebracht und im Schützenverein. Wissen Sie, er hat denen einfach gezeigt, was Heimat ist, was ein guter Mensch ist."

„Ich verstehe. Haben Sie denn überhaupt keine Vorstellung davon, wieso Güldner einen Feind haben konnte, der ihn so sehr hasste, dass er ihn auf diese Weise umbringen wollte?"

Der Wirt dachte nach.

„Wissen Sie, ich habe mir natürlich auch meine Gedanken gemacht. Wir alle hier machen uns unsere Gedanken. Aber ich würde den Mörder auf keinen Fall hier in Wevelinghoven suchen. Güldner war sauber."

„Vielleicht zu sauber. Vielleicht wollte er etwas vertuschen?"

„Ja, aber was?"

„Tja", Dressler sah auf die Uhr. „Das ist leider genau das, was jetzt meine Aufgabe ist. Wann findet übrigens die Beerdigung statt?"

„Am Freitag, wenn ihre Kollegen die Leiche rechtzeitig rausgeben."

„Das werden sie schon."

„Da können Sie übrigens sicher sein, dass sich Wevelinghoven dann komplett auf dem Friedhof einfinden wird."

„Ich danke Ihnen für Ihre Einschätzung. Und natürlich auch für die wirklich gute Bratwurst."

„Keine Ursache. Gute Fahrt."

Dressler verließ den Imbiss, atmete tief die frische Luft ein und überlegte, was jetzt zu tun war. Er blickte auf die Uhr und entschied, die weitere Ermittlung telefonisch durchzuführen, solange nichts Dringendes vorlag. Er fuhr raus aus dem Ort und hielt auf einem landwirtschaftlichen Weg. Dort stieg er aus, zündete sich eine Zigarette an, ließ sich den kräftigen Wind durch das Hemd blasen und blickte dabei auf die beiden Türme des Kraftwerks.

Nach einer Weile rief er Claudia noch einmal an.

„Claudia?"

„Ja, Jürgen."

„Bist du raus aus dem Krankenhaus?"

„Nein, der Arzt ist gerade drin. Darum bin ich kurz raus aus dem Zimmer."

„Hast du was erfahren?"

„Nicht viel. Aber können wir das heute Abend besprechen? Der Arzt kommt grad raus."

„Lieber morgen früh." Doch da hatte Claudia schon aufgelegt.

Dressler suchte in seinem Verzeichnis den Namen von Weiler raus und wählte ihn an.

„Weiler?"

„Hallo Oliver. Warst du bei der Kaufmann und bei Kriegers Witwe?"

„Ja, ich komme grad von der Kaufmann."

„Und?"

„Negativ. Ich habe beiden das Foto von Güldner gezeigt. Aber beide sind sich absolut sicher, dass sie das Gesicht noch nie gesehen haben. Ich habe auch gefragt, ob irgendwann schon mal der Name Grevenbroich gefallen sein. Aber auch das verneinten beide. Ich habe außerdem bei der halben Krieger-Produktion mit dem Foto von Güldner hausiert. Aber der wurde dort noch nie gesehen. Irgendwie scheint es, als wenn die beiden doch nichts miteinander zu tun hatten."

„Ja, scheint so. Aber es ist ja mehr als deutlich, dass sie sich kannten."

„Ja, aber mit der Befragung kommen wir so nicht weiter."

„O. k.. Was machst du heute noch?"

„Ich setze mich noch mal an die Befragung der Nachbarn. Und ich versuche halt noch mehr über die Vergangenheit der beiden rauszubekommen."

„Gut, wenn du was findest, dann gib mir Bescheid. Ich fahre jetzt nach Hause, bin aber sofort da, wenn was ist."

„Alles klar."

Dressler war etwas mulmig, wenn er die Arbeit delegierte. Aber er sah seine Zeit zu Hause ebenso als Arbeitszeit an. Er wollte dort, wie er es immer nannte, Informationen sacken lassen. Also stieg er ein und fuhr los.

Auf dem Rückweg überkam ihn das Gefühl, dass er etwas Wichtiges übersehen hatte. Irgendetwas war in Güldners Haus, was seine Aufmerksamkeit erregt hatte, ohne dass es ihm bewusst geworden war, ohne dass er es zuordnen konnte.

# Kapitel 24

Ihr größter Vorteil war, dass niemand mit ihnen rechnete. Sie gehörten nicht zu den führenden Köpfen der APO, der außerparlamentarischen Opposition. Sie hatten keine Kontakte zu den polizeibekannten linken Kreisen. Nicht einmal die Leute, die quasi auf ihrer Seite bereits den Kampf gegen die staatlichen und wirtschaftlichen Institutionen aufgenommen hatten, kannten sie. Sie waren das Kommando Schinderhannes. Niemand außer ihnen selbst wusste von ihrer Identität und ihren Vorhaben. Sie konnten zuschlagen und niemand würde ahnen, wer sich hinter den Taten verbarg.

Der Rest lief wie von selbst. Berni wusste von einer großen Bank in der Nähe von Frankfurt, in der er sich auskannte. Ab sofort waren Berni und Hans damit beauftragt, die Gegend um die Bank auszuspionieren. Nach zwei Wochen hatten sie einen Plan entworfen. Und es war alles so einfach. Die Bank wurde gestürmt, das Geld eingesackt und man war innerhalb von wenigen Stunden wieder zu Hause. Dieter entwickelte sich immer stärker zum organisatorischen Kopf des Kommando Schinderhannes. Sogar Guru war von seinem Trip herunter und lieferte Ideen für Feldzüge.

Es folgten weitere kleine Banken. In wenigen Wochen hatten sie schon 1,1 Millionen Mark beisammen. Am Morgen nach dem letzten Überfall kam Dieter mit dem Porsche angefahren und wedelte grinsend mit einer Zeitung. Er setzte sich an den alten Küchentisch und las laut vor. Die Polizei hatte offenbar nicht die geringste Spur in ihre Richtung. Sie schob das Ganze auf eine Unterstützergruppe der Baader-Meinhof und suchte im vollkommen falschen Umfeld.

Das Kommando Schinderhannes war inzwischen generalstabsmäßig organisiert. Es wurden Wohnungen angemietet, in die man zur Not flüchten konnte. Hans besorgte irgendwo falsche Pässe, die einen guten Eindruck machten. Zu Walters Bedauern wurden schließlich zwei Autos ganz legal gekauft. Ein Opel Admiral und ein Mercedes 190. Die wurden in der angrenzenden Ortschaft abgestellt, falls die Gruppe plötzlich flüchten musste. Man musste jetzt vorsichtig sein. In den Zeitungen, aber auch im Radio und im Fernsehen wurde zunehmend über ihre Überfälle berichtet. Sogar bei Eduard Zimmermanns „Aktenzeichen XY ungelöst ..." wurde der Überfall auf die Bank bei Frankfurt angesprochen.

Glücklicherweise gab es keine Phantombilder, nur Größe, Körperbau und geschätztes Alter wurden genannt. Allerdings wurden Anwohner der Bank aufgerufen, sich zu melden, wenn Sie etwas Auffälliges beobachtet hatten. Und Berni und Hans waren im Vorfeld des Überfalls oft bei der Bank, um Informationen zu sammeln. Innerhalb von nur wenigen Wochen änderte sich die Stimmung in der Gruppe. Endlich hatte man das erreicht, was man erreichen wollte: Man wurde ernst genommen und war mit großen Schritten auf dem Weg zum Ziel, das man sich gemeinsam gesetzt hatte. Doch niemand hatte damit gerechnet, dass die Rolle des Freibeuters auch etwas mit Angst zu tun haben könnte. Noch wurden die Sorgen nicht offen angesprochen und die Planung lief, als wenn niemand auch nur ein Fünkchen Zweifel hätte.

Mittlerweile stand das Opfer ihres geplanten Anschlags fest. In der Morgenausgabe der lokalen Zeitung fand sich ein kleiner Artikel: Jack Owens, der amerikanische Offizier, der maßgeblich an der Bombardierung Nord-Vietnams beteiligt war, besuchte einige GI, die in Militärkrankenhäusern lagen. Wenn es jemand verdient hatte, dann er. Er sollte Ende September auf der Airbase in Bitburg landen. Bis dahin war Zeit, um mehr Geld aufzutreiben und das Attentat zu planen.

Und in Sachen Geld sollte bald etwas in Bewegung kommen. Dieter war tagelang mit Berni unterwegs. Mal im Mercedes, mal im Admiral, und hin- und wieder sah man sie auch mit dem Porsche davonrauschen. Nach einer Weile spuckten sie aus. Es sollte diesmal keine Bank, sondern ein Geldtransporter sein. Die Idee machte Sinn. Bei den letzten Überfällen hatte die Polizei die Stadt immer schneller abgeriegelt. Dieter und Bernhard wollten das Fahrzeug auf einer unbelebten Straße abfangen und weg sein, bevor die Polizei eine Chance hatte zuzuschlagen. Außerdem hatte ein Geldtransporter oft die Erträge von mehreren Banken bei sich.

Walter besorgte drei geländegängige Motorräder, damit sie sich auch abseits der Straßen gut bewegen konnten. Als Zugriffsort wurde eine wenig befahrene Landstraße bei Offenbach ausgesucht. Hier kam häufiger ein Geldtransporter vorbei, der Geld aus den umliegenden Dorfbanken nach Offenbach brachte.

# Kapitel 25

Dressler betrat den Besprechungsraum mit schnellen Schritten. Alle Augen ruhten gespannt auf ihm, denn seine Mitarbeiter wussten mittlerweile anhand seines Gangs abzuschätzen, wie seine Stimmung war. Heute war sein Gang schnell und seine Stimmung demnach gut. Die Fakten trieben ihn mittlerweile zeitlich in die Enge, aber er wusste aus Erfahrung, dass es durch die Verbindung der beiden Fälle nun leichter sein würde, das Puzzlespiel zusammenzufügen. Und genau aus diesem Grund hatte er die anderen geschlossen zusammengerufen.

„Gut, ich will mal das zusammen fassen, was uns heute vorliegt: Wir haben zwei Morde, die mit Gewissheit zusammengehören. Die Verbindung ist uns noch nicht klar. Aber es gibt sie. Jetzt, nachdem der Fall Güldner hinzugekommen ist, müssen wir alles, was wir über die Sache mit Krieger wissen, neu beleuchten. Was die Sache so seltsam macht, ist die Tatsache, dass beide Opfer von Grund aus so verschieden sind. Güldner, ein eher biederer Autohändler aus Grevenbroich und Krieger, ein extrovertierter Medien-Freak. Beide lebten in vollkommen verschiedenen Welten und gesellschaftlichen Kreisen. Trotzdem kannten sie sich. Und beide verschwiegen ihren Kontakt vor engsten Familienangehörigen. Stefan, das bringt mich noch mal auf die Frage nach der Bandenkriminalität zurück. Hast du da irgendwas erfahren?"

„Wie schon gesagt, das dauert. Ich habe im Moment zwei Ansätze: Der eine ist ein Kollege aus Hamburg, der sowohl mit den Namen als auch mit den Gesichtern nichts anfangen konnte. Außerdem wurde mir auch aus Hamburg bestätigt, dass man zum einen überall Plastiksprengstoff bekommen könne und zum anderen, dass die Morde der russischen Organisationen eher mit Maschinenpistolen oder Handgranaten verübt werden.

Dann habe ich noch einen Kontakt, über den ich hier nichts erzählen möchte. Der Kontakt sagte mir das Gleiche. Aber er will sich mal umhören. Vielleicht kommt aus dieser Richtung noch etwas, vielleicht nicht."

Gut, Claudia, was hat denn die Witwe Güldner über seine Kindheit zum Besten gegeben?"

Claudia Hoppenstedt sortierte ihre Aufzeichnungen.

„Ich habe hier noch was anderes."

„Lass uns aber erstmal bei der Kindheit bleiben. Ich bin gespannt, was du sonst noch hast. Aber wir kommen sonst durcheinander."

„Also, besonders viel weiß sie ehrlich gesagt nicht über den Mann, mit dem sie immerhin schon seit mehr als zwanzig Jahren verheiratet ist. Sie haben sich Anfang der 8oer-Jahre im Urlaub kennen gelernt. Er hat ihr erzählt, dass seine Eltern Aussiedler waren. Sein Vater sei nach dem Krieg nach Sibirien deportiert worden. Dort habe er eine russische Frau geheiratet und sich in einem kleinen Dorf niedergelassen, von wo aus er Anfang der 6oer-Jahre mit seiner Familie nach Deutschland ausgewandert sei. Seine Eltern sollen schon bald bei einem Autounfall ums Leben gekommen sein und er hat sie beide in Russland bestatten lassen, weil es immer der Wunsch seiner Mutter gewesen sei. Sie wusste noch den Namen des Ortes: Schadrinsk. Güldner hatte ab und an davon gesprochen, dass er ihr das Grab mal zeigen wolle. Aber dabei ist es auch geblieben."

Sie blätterte in ihren Unterlagen. „Dann habe ich das mit der Geburtsurkunde verglichen. Und da steht tatsächlich Schadrinskaja drauf. Im Zweiten Weltkrieg gab es da auch mal ein Kriegsgefangenenlager.

Dann zu seiner Person: Güldner ist wohl ein einfacher, aber liebevoller Mensch gewesen. Er hatte nicht besonders viele Freunde, aber das lag wohl auch daran, dass er sehr viel gearbeitet hat. Außerdem hat er sich in Vereinen engagiert und war zum Beispiel mal Schützenkönig."

Dressler nickte ihr zu.

„Dann auf die Frage, ob Güldner und Krieger sich gekannt haben konnten, reagierte sie mehr als verwundert. Sie kannte Kriegers TV-Shows zwar gut und war regelrecht ein Fan von ihm, aber einen Kontakt zwischen Krieger und ihrem Mann verneinte sie energisch. Als ich ihr das Radarfoto zeigte, war sie vollkommen aufgeregt. Sie konnte Güldner absolut zweifelsfrei identifizieren, aber trotzdem hält sie diese Verbindung eigentlich für vollkommen unmöglich.

Ich habe übrigens auch mit seinem längsten Mitarbeiter gesprochen, einem Mechaniker, der von Anfang an in Güldners Firma gearbeitet hat. Über die Frage nach der Verbindung zu Krieger war er übrigens genauso erstaunt wie Güldners Frau. Noch kurz zu ihm: Die beiden haben sich in einer Kneipe kennen gelernt und Güldner hat ihm wohl erzählt, dass er einen Autohandel aufmachen will und gefragt, ob er bei ihm anfangen möchte. Er meinte, Güldner sei ein korrekter Chef gewesen und er hat seine Mitarbeiter wohl ziemlich gut und fair behandelt."

„Noch etwas, was ihn von Krieger unterscheidet", murmelte Oliver Weiler vor sich hin, bevor Dressler sich an Claudia Hoppenstedt wandte.

„Danke dir. Ich war gestern ja auch noch mal vor Ort und habe mit einem Imbissbudenbesitzer gesprochen."

Jens Meister grinste Dressler an. „Harte Vor-Ort-Recherche".

„Ja, richtig. Also, ich habe da dasselbe erfahren: Mitglied im Schützenverein, Tennis, er war gut zu seinen Lehrlingen und überhaupt sehr spendabel und beliebt in Wevelinghoven. Aber als das Gespräch darauf kam, wo Güldner eigentlich herkommt, war plötzlich tote Hose. Nichts."

Alle sahen betreten zu Dressler herüber.

„Hat denn nicht irgendjemand etwas über die Vergangenheit der beiden erfahren können? Die müssen doch Schulfreunde haben oder eine Jugendfreundin, eine Tante oder einen Cousin oder sonst irgendwas."

„Leider nein", gab Hoppenstedt zurück. Und auch in diesem Sinne hat Güldner etwas mit Krieger gemeinsam. Die beiden haben eine Vergangenheit, die völlig im Dunkeln liegt. Ich habe die

Geburtsurkunden der beiden überprüfen lassen. Und zumindest Kriegers Geburtsurkunde scheint mit ziemlicher Sicherheit gefälscht zu sein."

Dressler stützte seinen Ellenbogen auf den Tisch und rieb sich kräftig die Schläfen.

„Moderator, Autohändler, Kopf gesprengt. Vergangenheit im Dunkeln, Radarfoto in Holland. Da muss es doch irgendwas geben."

Da meldete sich Claudia noch einmal: „Zu dem Radarfoto noch etwas."

„Moment Claudia, bevor ich es vergesse: Timo und Lukas!" Die beiden blickten auf. „Wie sieht es mit der Telekommunikation aus?"

Die beiden sahen sich an, bis sich der meldete, den Dressler mittlerweile als „Wurst" abgespeichert hatte.

„Wir haben immer noch eine Menge vor uns. Aber bisher haben wir rein gar nichts gefunden, was in irgendeiner Art und Weise verdächtig ist. Fast alles an Telefonaten, aber auch Mails und Internetseiten, die Krieger aufgerufen hat, ist rein dienstlich. Manchmal lässt sich das auch nicht so genau sagen. Mal ein Beispiel, was zum Thema Bandenkriminalität passt: Vor etwa einem Jahr hat Krieger im Internet alles Mögliche zur Mafia recherchiert. Und er hat sogar ausgiebig mit Aussteigern der Mafia telefoniert. Aber dann fand Timo einen Ordner auf Kriegers Rechner, in dem er die Infos gesammelt hat. Und der gleiche Ordner wurde dann von Gabrenz benutzt. Und zuletzt gab es dann im Herbst 2011 eine Sendung zu diesem Thema, in dem Krieger einen Aussteiger, einen Mafiakiller, eingeladen hat."

Dressler notierte sich auf seinem Blatt oben links ein weiteres Mal die Namen „Timo – Brille" und „Lukas – Wurstfinger".

„Oder er hatte das Thema ‚Partydrogen'. Da hat er auch alles Mögliche im Netz gesucht und mit Leuten aus der Szene telefoniert. Aber immer endete das dann mit einer Sendung über das Thema. Es kann also sein, dass Krieger da auch ein privates Interesse hatte. Aber dann muss er es so geschickt verknüpft haben, dass er es als dienstliches Interesse tarnen konnte und – wenn du meine Einschätzung hören willst – ich glaube nicht, dass Krieger wirklich alles, was ihn privat interessierte, in eine Sendung eingebaut hat, zumal er seine Informationen dann auch sehr schnell an andere weitergeleitet hat."

„Gut. Dann würde ich sagen, dass ihr, Timo und Lukas, eure Zeit jetzt weniger in Kriegers Kommunikation investiert, sondern in die von Güldner. Holt euch die Rechner und besorgt euch die Telefonlisten von ihm. Und dann macht ihr das Gleiche, was ihr bei Krieger auch gemacht habt. Vielleicht war Güldner nicht so vorsichtig wie Krieger."

Claudia rutschte unruhig auf ihrem Sitz herum. Sie wollte offenbar etwas loswerden, zwang sich aber nun dazu stillzuhalten.

„Oliver, hast du eigentlich irgendwas über Kriegers Drogenzweig erfahren? Und wie sieht es mit Güldner aus? Er wäre nicht der erste Biedermann, der sich öfter mal ein Näschen gönnt."

Diese Frage stellte Dressler auch wegen seiner privaten Ermittlungen. Ihn interessierte brennend, ob seine Kollegen etwas über den Dealer in der Taunusstraße wissen könnten.

„Über Kriegers Verbindung zur Drogenszene haben wir nichts weiter erfahren. Aber die Szene ist halt auch sehr abgeschottet. Und bei Güldners Obduktion wird natürlich auch darauf geachtet."

Dressler lehnte sich ein wenig beruhigt in seinem Sessel zurück und nickte nun endlich Claudia Hoppenstedt zu, mit ihrem Bericht fortzufahren. Er hatte alles abgefragt, was ihm einfiel. Nun war er gespannt, was Claudia noch herausbekommen hatte.

„Gut", sie hatte so lange warten müssen, dass sie die anderen jetzt vollends auf die Folter spannen wollte. „Dann also das Beste zum Schluss: Ich habe Güldners Witwe nach dem Haus in Holland gefragt."

Alle Anwesenden richteten ihre Blicke gespannt auf Hoppenstedt. Sie grinste in die Runde.

„Bingo! Das Haus steht in Domburg. Das Haus gehört sogar

Güldner und er war angeblich öfter dort, um beim Angeln zu entspannen. Hier ist die Adresse."

Dressler griff sich eilig den Zettel.

„Unglaublich. Das ist doch mal eine Ansage. O. k., ich werde gleich mal bei unserem Kollegen Hendrix anrufen und ihn fragen."

Er steckte sich den Zettel erleichtert ein und wusste, dass er schon bald wieder am Meer sein würde.

„Ach, noch eines", er blickte zu Jens hinüber. „Gibt es Neuigkeiten in Sachen Güldners Bombe?"

„Nein", erwiderte er. „Die Kollegen vom LKA haben sich noch nicht gemeldet. Aber wie es aussieht, sind beide Bomben baugleich. Das größte Rätsel gibt immer noch der Wecker auf, der in beiden Fällen unter den Bombenresten gefunden wurde."

„Ja, das ist wirklich seltsam. Aber ich denke, im Moment kommen wir da nicht weiter. Bleiben wir vorerst dabei, dass der Mörder hier eine Symbolik mit eingebaut hat. Stefan, kannst du dir noch mal die Leute aus dem Dunstkreis von Krieger vornehmen und sie nach Güldner befragen? Mich würde auch interessieren, wenn beide Geburtsurkunden gefälscht sind, wann oder am besten von wem sie gefälscht wurden. Vielleicht könnt ihr da mal nachhaken. Und was ist mit Kriegers Privatdetektiv und den Drohbriefen? Ist man da eigentlich weitergekommen?"

Stefan Mahlberg, der eigens auf den Detektiv angesetzt worden war, schüttelte den Kopf.

„Nichts Neues. Ich habe mich mit Timo und Lukas zusammengeschlossen. Aber es gibt weder ein einziges Telefonat noch Mails, die einen Kontakt zu einem Privatdetektiv nahelegen. Und es weiß auch niemand etwas über die Sache, bis auf Janine Kaufmann. Die Info kennen wir ja alle. Aber mal ehrlich: Das ist doch mehr als dürftig. Kurz: Auch der Privatdetektiv scheint ein Phantom zu sein."

„Gut", gab Dressler zurück. „Dann werde ich beides noch mal bei Hendrix ansprechen. Stefan, ich denke, du lässt die Sache mit dem Privatdetektiv und auch mit der Russenmafia jetzt erstmal ruhen und unterstützt die anderen im Fall Güldner."

Mahlberg nickte und Dressler zog aus seiner Jackentasche eine kleine Plastiktüte und reichte sie Jens Meister.

„Hier habe ich übrigens noch ein paar Zigarettenkippen."

Er holte eine heraus und besah sie.

„Gauloises. Keine Ahnung, ob es die roten oder die blauen sind. Und ich weiß auch nicht, ob sie etwas bedeuten, aber ich habe sie in der Nähe von Güldners Haus gefunden. Kann sein, dass ein Kettenraucher ständig da vorbei kommt, aber kann auch sein, dass jemand von dort aus Güldners Haus beobachtet hat und dabei fröhlich gequarzt hat. Die Kippen scheinen noch nicht lange da gelegen zu haben."

Jens nickte und besah sich die Zigarettenreste in der Tüte.

„Claudia, kannst du evtual noch mal bei der Witwe nachhaken, ob sich Güldner nach dem Tod von Krieger irgendwie anders verhalten hat? Der Mord wird ihm ja nicht entgangen sein und er muss einen Mordsschiss gehabt haben, nachdem Krieger in seiner Sendung gesprengt worden ist.

Ich werde mich jetzt auf den Weg nach Holland machen und mir mit Hendrix das Haus anschauen." Damit war die Besprechung beendet. Dressler packte hastig seine Papiere zusammen und wehte aus dem Raum.

„Pffff." Oliver Weiler pfiff durch die Zähne. „Halli-Hallo. Hat sich Scheffe da eventuell gerade eine nette Auszeit am Meer gegönnt?"

„Die könntest du sicher auch gut brauchen, was?", warf Claudia Hoppenstedt zurück, während sie ihre nagelneue Ledertasche mit Mappen und Ordnern füllt.

„Na klar. Links und rechts noch ein Surfhäschen und ab geht die Sause." Einen Moment lang grinste er zu seiner Kollegin hinüber. Die aber ignorierte ihn, drehte sich um, verschloss die Schnalle an ihrer Tasche und verschwand mindestens ebenso schnell aus dem Raum wie Dressler kurz zuvor.

# Kapitel 26

Dressler stieg in seinen Wagen und gab Gas. Aber er war noch nicht ganz auf der Autobahn, als er mitten in einem Stau steckte. Da fiel ihm die Zeitung ein, die er tags zuvor nach Reinigungskräften durchsucht hatte. Er nutzte den Stopp-And-Go-Verkehr und rief die markierten Rufnummern an.

Aber schon nach dem vierten Telefonat ahnte er, dass die Suche nicht so einfach war. Bei seinem ersten Anruf setzte die Frau am anderen Ende der Leitung voraus, dass man sie jedes Mal für die Reinigung abholte. Beim zweiten Telefonat wurde Dressler einfach weggedrückt. Die dritte Frau eröffnete ihm einen Stundensatz, der vergleichbar war mit dem eines Oberkommissars, und die vierte Frau stellte klar, dass ohne Kondom „nix läuft".

Drei Kilometer weiter hatte Dressler sich schon zur letzten Telefonnummer durchgekämpft.

„Oriste?", hörte er laut und deutlich über die Freisprechanlage.

„Äh, guten Tag Frau Oriste. Mein Name ist Dressler. Ich rufe wegen der Anzeige an."

„Nicht Oriste. Soula Chazikotsomitopoulos", gab die energische Stimme am anderen Ende zurück.

„Nicht Oriste?", fragte Dressler verwirrt.

„Nein Oriste, bitteschön'", korrigierte die Frau.

„Äh, wie bitte?" Dressler war nun vollkommen verwirrt.

„Ja, bitteschön."

Dressler errötete am Telefon. Er versuchte es erneut.

„Mein Name ist Dressler. Ich rufe an wegen der Anzeige."

„Ja, ich weiß. Du hast schon gesagt."

„Wie ist denn Ihr Name?"

„Soula Chazikotsomitopoulos."

„Und wer ist Oriste?"

„Das cheißt nur ‚bitteschön'."

Dressler atmete durch.

„Können Sie bei mir saubermachen?"

„Natirlich. Darum chabe ich ja Anzeige in Zeitung."

„Natürlich Frau äh ... Razi ..."

„Chere mal, du sagst Soula und ich sage Daressula."

„Daressula?" Dressler zog seine Stirn in Falten. Dann trat er mit voller Wucht auf die Bremse. Fast wäre er dem Auto vor ihm hinten draufgefahren „Äh, dann doch lieber Jürgen. Ich glaube, das ist einfacher für Sie."

„O.k., du sagst Soula, ich sage Jurrgen."

„Jürgen", korrigierte Dressler.

„Ja genau, Jurrgen. Dann sage einfach wann komme ich putzen deine Chaus und wo ist dein Chaus."

„Wann können Sie denn?"

„Du."

„Ja?", gab Dressler verwirrt zurück.

„Ich bin ‚du'."

„Äh. Wer bist du?"

„Du. Du sagt immer ‚Sie'. Aber ich bin ‚du'."

„Ach so, ja. Du also. Wann kannst du denn?"

„Freitag. So zehn Uhr. Chast du Frau?"

„Ich?"

„Ja, natirlich."

„Äh, nein, ich habe keine Frau. Wieso?"

„Dann ich bringe Essen mit."

„Ja, aber ich bin ..."

„Macht nix. Bringe ich mit. Chast du keine Problem."

Dressler gab auf und gab ihr die Anschrift. Danach beendete er das Telefonat. Er hatte keine Ahnung, welche Nationalität die Frau hatte, wie alt sie war und ob sie ein gewissenhafter Mensch war. Aber gemütlich und gesprächig war sie.

Kurz vor der holländischen Grenze fiel ihm ein, dass er seinen niederländischen Kollegen Hendrix gar nicht auf den Besuch vorbereitet hatte. Er wählte die Nummer, erreichte aber nur einen Kollegen von Hendrix, der kaum Deutsch und schon gar kein Englisch sprach. Dressler verstand nur so viel, dass Hendrix offenbar in einer Besprechung war. Also probierte er es alle zehn Minuten. Immerhin musste Hendrix auch noch eine ganze Weile fahren bis an die Küste von Klein-Walcheren. Etwa eine halbe Stunde später bekam er ihn an die Strippe.

Hendrix sagte sofort zu, nach Domburg zu kommen. Allerdings machte er auch keinen Hehl daraus, dass sich Dressler beim nächsten Mal etwas früher melden solle, bevor er sich dienstlich auf das Hoheitsgebiet der Niederlande begab.

Schon das zweite Mal während dieser Fahrt errötete Dressler am Apparat. Er entschuldigte sich sofort und legte ärgerlich auf. Er selbst regte sich immer darüber auf, wenn Deutsche in niederländischen Geschäften munter auf Deutsch drauflosplapperten, so als wenn es selbstverständlich wäre, dass man dort deutsch versteht. Und jetzt erwischte er sich selbst dabei, dass er seinen holländischen Kollegen wie einen deutschen Mitarbeiter behandelte, der auf Zuruf zur Verfügung stehen muss.

Nach fast fünf Stunden Fahrtzeit fuhr er über die Zugbrücke auf die Halbinsel. Anders als in Deutschland schien hier die Sonne. Seinen Kollegen erwartete er erst viel später. Also fuhr Dressler gemütlich über die zahlreichen Alleen, vorbei an Dörfern, die aus einem alten Kinderbuch zu stammen schienen. Er mochte die Art und Weise, wie man hier Tradition und Moderne miteinander verband. Alles wirkte hell und freundlich, detailverliebt und trotzdem authentisch.

In Domburg angekommen, parkte er seinen Wagen in einer Seitenstraße unweit der Adresse, die er von seiner Kollegin bekommen hatte, und ging zu Fuß hoch auf den Deich. Es war jedes Mal von Neuem ein Erlebnis für ihn, plötzlich, wenn er die oberste Stufe erreicht hatte, den salzigen Wind im Gesicht zu spüren und die Sicht auf das weite Meer zu haben. So war es auch heute.

Er ging hinunter ans Meer, zog seine Schuhe aus und ließ die Wellen seine Füße umspülen. Er beneidete die Niederländer um ihre Nähe zum Meer. Nach einigen Metern drehte er sich um und betrachtete die Häuser im Kolonialstil, die oben auf dem Deich standen. Das alles hatte so viel Stil und Anmut.

Dann wurde seine Begeisterung jäh unterbrochen durch eine unerwartet große Welle, die ihm von hinten bis hoch an das Hemd schwappte. Laut fluchend ging er an den Strand und versuchte, sich von hinten zu betrachten. Doch auch so wusste er, dass seine Jeans klatschnass war. Er schaute auf die Uhr und musste zu alledem feststellen, dass er längst beim Ferienhaus von Güldner hätte sein müssen. Mit klatschenden Schritten rannte er die Stufen zum Deich hinauf, auf der anderen Seite wieder hinunter und sah aus der Ferne noch gerade, wie ein Polizist einen Zettel hinter seinen Scheibenwischer schob. Von einer Sekunde auf die andere verfluchte er das Meer und die Niederlande und überhaupt alles, was mit seinem Job zu tun hatte.

Vor dem Auto versuchte er, so unauffällig wie möglich seine Jeans herunterzulassen, damit er den Autositz nicht durchnässte. Doch nach wenigen Metern merkte er, dass auch seine Unterhose nass war. Kurz später bog er in die besagte Straße ein und sah zu allem Übel seinen Kollegen Hendrix, der bereits vor einem Gartentor wartete.

Dressler blieb nichts anderes übrig, als vor Hendrix anzuhalten und das Fenster herunter zu kurbeln.

„Hallo Pieter", stammelte Dressler. Pieter Hendrix grüßte zurück.

„Hallo Jürgen", erwiderte Hendrix. Danach entstand eine unangenehme Pause. Hendrix wartete vergeblich darauf, dass Dressler aussteigen würde. Unweigerlich musterte er seinen deutschen Kollegen von oben bis unten, immer noch darauf wartend, dass dieser ausstieg. Es konnte ihm auch nicht entgangen sein, dass Dressler in Unterhose am Steuer saß. Dann wanderte sein Blick auf die Frontscheibe. Mit einem geübten Griff zog er die Knolle hinter dem Scheibenwischer hervor, steckte sie ein und wies Dressler an, seinen Wagen doch ein paar Meter weiter in der Parkzone abzustellen. Erleichtert fuhr dieser ein paar

Meter vor, stellte den Motor ab und blickte in den Rückspiegel. Er sah, dass Hendrix sich am Gartentor zu schaffen machte und ihm den Rücken zudrehte. So viel Feingefühl wünschte sich Dressler manchmal bei seinen Kollegen in Deutschland und noch viel öfter bei sich selbst. Er nahm sich vor, daraus seine Lehren zu ziehen. Doch jetzt musste er erst einmal unauffällig seine Beinkleider überziehen.

Als er sich mit schmatzenden Schritten seinem Kollegen näherte, grinste ihn dieser an. „Ich", begann Dressler. Aber Hendrix schnitt ihm das Wort ab. „Na, warst du schon unten am Meer?"

Dressler blickte verlegen an sich herunter.

„Ich hab noch eine trockene Hose im Kofferraum. Willst du?"

Dankend nahm Dressler das Angebot an. Es war eine regendichte Hose, die zu einer holländischen Dienstuniform gehörte und ihm viel zu kurz war. Aber das spielte keine Rolle. Er kleidete sich rasch um und beide vergaßen den Vorfall. „Die kannst du mir in den nächsten Tagen per Post schicken", sagte Hendrix, während er mit einem Werkzeug die Tür des Wochenendhauses öffnete. „Aber nicht vergessen!"

Dressler nickte und zog es vor zu schweigen. Er hatte keine Lust, das Thema weiter in die Länge zu ziehen.

Im Haus schlug ihnen ein muffiger Geruch entgegen. Vermutlich war es längere Zeit unbewohnt gewesen. Hendrix öffnete die Fenster und schlug die Läden zurück. Dressler drehte sich langsam um und begutachtete das Innere des kleinen, aber gemütlich eingerichteten Hauses. Mit einem Schlag wurde ihm klar, was ihm in Güldners Haus aufgefallen war: die Bilder. Die Wände waten voll von Ölgemälden. Sie waren alle im gleichen Stil gemalt. Jetzt fiel ihm ein, was ihm beim Besuch in Güldners Haus entgangen war: Denn ähnliche Bilder hingen auch dort oben im Flur vor Güldners Fitness-Studio. Und dann fielen ihm auch die Gemälde ein, die Kriegers Witwe hatte. Aufgeregt betrachtete er die Bilder. Es war der gleiche Stil, die gleiche Art und mehrere zeigten diese typischen schreckensverzerrten Gesichter.

Sofort trat Dressler an eines der Bilder heran, um die Initialen des Künstlers zu erkennen. Er las „SGM, 81". Unter allen anderen Bildern fand er das Kürzel. Die Jahreszahlen umfassten einen Zeitraum von 1977 bis 2008.

Er zog sein Handy aus der Tasche und wählte die Nummer von Claudia, obwohl er wusste, dass sie selbst genug zu tun hatte. Dabei fiel ihm auf, dass er dringende Fragen mittlerweile fast nur noch an Claudia weitergab.

Sie war schon nach dem ersten Klingeln am Apparat. Sie saß offenbar im Auto und wahr vermutlich auf der Fahrt nach Hause.

„Claudia?"

„Ja."

Dressler räusperte sich. „Bist du heute noch mal irgendwann in der Nähe eines Computers mit Internet?"

Sie lachte.

„Jürgen, ich habe einen in der Hand, auch wenn ich ihn jetzt grad zum Telefonieren benutzt. Worum geht es denn?"

Dressler ärgerte sich über sich selbst. Er war zwar schon seit längerem stolzer Besitzer eines Handys, doch ihm wurde meistens gar nicht klar, dass ihn jüngere Menschen gerade deswegen als altmodisch empfanden.

„Kannst du denn mal nach einem Künstler recherchieren mit dem Kürzel ‚SGM'?"

„Klar, kannst du mir noch ein paar Hintergründe nennen?"

„Die Gemälde. Im Haus von Krieger, bei Kriegers Witwe, bei Güldner und auch hier in Domburg hängt alles voll mit Bildern."

„Ja, und?"

„Vor allem bei Krieger und Güldner hängen Bilder mit dem gleichen Stil, der gleichen Machart. Ich bin kein Kunstexperte, aber jetzt hier in den Niederlanden wird das ganz deutlich. Und die Bilder hier stammen alle von einem Künstler mit dem Kürzel ‚SGM'. Die Jahreszahlen dahinter reichen so in etwa von Mitte der 70er-Jahre bis 2008."

„Kannst du mir noch mehr zu den Bildern sagen?"

„Ja, Mensch, was denn? Sie sind bunt, sie zeigen oft verzerrte Fratzen, wie aus einem afrikanischen Horrortripp."

„Also eher abstrakt."

„Claudia, weißt du was? Am besten fährst du mal bei Sabine Krieger vorbei und schaust dir die Bilder in der Eingangshalle an. Dann weißt du, was ich meine. Und frag die Krieger und auch die Güldner mal, ob die was über die Bilder wissen. Und dann kannst du direkt nach dem Kürzel fragen, SGM."

„Jürgen, ich bin grad auf dem Heimweg."

„Wie weit bist du denn?"

„Ich bin zwar erst gerade auf der Autobahn ..."

„Dann brauchst du doch nur ..."

„Jürgen. Ich habe heute eine Verabredung. Und ich hab die ganzen letzten Nächte fast durchgearbeitet."

Dressler atmete langsam aus.

„Entschuldigung. Darüber habe ich gar nicht nachgedacht."

„Aber ich kann, wenn ich zu Hause bin, mal das Kürzel recherchieren."

„Ach, quatsch, vergiss es. Nein, ehrlich. Tut mir leid, dass ich einfach so davon ausgehe, dass ihr kein Privatleben mehr habt."

„Jürgen. Pass auf, ich melde mich gleich noch mal, ja? Ich hab keine Lust, mich hier von der Bullerei mit dem Telefon am Ohr erwischen zu lassen."

„Alles klar."

Dann legte sie auf. Dressler steckte das Telefon in die Hemdtasche und blickte nachdenklich hinaus auf den Deich. Vielmehr als über das Kürzel dachte er über Claudias Verabredung nach. Dabei vergaß er ganz, dass er nicht alleine war.

„Was ist das mit den Bildern?"

Dressler zuckte und drehte sich ruckartig um. Da entschied er sich, dass es an der Zeit sei, seinen Kollegen ein wenig auf den aktuellen Stand der Ermittlungen zu bringen. Auf der Terrasse des Hauses schilderte Dressler die gesamte Geschichte. Hier und da machte sich Hendrix Notizen oder er nickte nachdenklich, ohne aber seinen deutschen Kollegen zu unterbrechen.

Danach zündete Dressler sich eine Zigarette an und rief selbst bei Sabine Krieger an. Auch sie ging sofort an den Apparat. Scheinbar hatte jeder heute das Telefon sofort griffbereit.

„Brauche ich einen Anwalt?"

„Äh, wie ..." Dressler schaute nach, ob er die Nummer richtig gewählt hatte.

„Nur ein kleiner Scherz. Was kann ich für Sie tun, Herr Dressler?"

Dressler wurde bewusst, dass Sabine Krieger seine Mobilnummer offenbar schon gespeichert hatte, denn sonst hätte sie sich den Spaß verkniffen.

„Hallo Frau Krieger. Eine Frage: Sagt Ihnen ‚SGM' etwas?"

„‚SGM'? Sie machen mich neugierig."

„Denken Sie nach. Können Sie mit dem Kürzel etwas anfangen?"

Er hörte, wie sie sich offensichtlich in einem Korbsessel gerade aufrichtete, denn er hörte ein deutliches Knacken des Korbgeflechts.

„‚SGM'. Das hört sich an wie eine neue Spielerei in der Erotik-Szene. Aber Sie müssen schon konkreter werden, glaube ich."

„Ihre Bilder."

„Meine Bilder?"

„Die Bilder in Ihrer Eingangshalle. Sind Sie gerade in ihrem Haus."

„Ja." Am Knacken hörte er, dass sie nun aufstand. Er hörte ihre Absätze auf dem Marmorboden klicken, was durch die hohen Decken zurück hallte."

„Ich stehe direkt vor meinen Bildern. Ah. Ich weiß, was Sie meinen. ‚SGM 1978', ‚SGM 1976'. ‚SGM' ist die Signatur eines Malers."

„Davon gehe ich aus. Aber nach Ihrer Reaktion gehe ich auch davon aus, dass Sie den Namen noch nicht gehört haben."

„Nein, nicht dass ich wüsste."

„Überlegen Sie bitte. Ist Ihnen das Kürzel oder ein Name, zu dem die Abkürzung passt, schon mal im Zusammenhang mit den

Bildern über den Weg gelaufen? Hat Ihr Mann nicht irgendwann mal über den Maler gesprochen oder woher er die Bilder hat?"

Jetzt hörte er wieder das Klicken ihrer Absätze, doch diesmal langsamer. Sie setzte sich wieder in den Korbsessel.

„Nein. Woher er die Bilder hat, weiß ich nicht. Vermutlich eine Kunstauktion oder so was. Und das Kürzel? ‚Sebastian-Günter Maier' oder irgend so etwas muss es ja heißen."

„Engen Sie Ihre Gedanken nicht zu sehr ein. Vielleicht ist das ‚GM' auch die Abkürzung für einen Doppelnamen."

Es entstand eine Pause.

„Oder vielleicht können Sie mit der Jahreszahl was anfangen. Ich stehe hier in den Niederlanden im Wochenendhaus, in dem Krieger sich scheinbar öfter aufgehalten hat. Da ist alles voll mit diesen Bildern. Jahreszahlen von 1977 bis 2008. Ihre Bilder sind zum Teil noch älter. Und auch im Haus des zweiten Toten hängen solche Bilder."

Sabine Krieger trank entweder gerade ein Glas Mineralwasser oder Champagner, denn er hörte kurz das typische Prickeln am Telefon und darauf das Abstellen eines Glases auf einen Untersetzer oder Tisch.

„Wissen Sie was, das alles beunruhigt mich jetzt ein wenig. Aber ich kann Ihnen im Moment beim besten Willen nicht weiterhelfen."

„Was beunruhigt Sie?"

„Na ja, Sie stehen gerade in dem Haus, von dem ich nie dachte, dass es überhaupt existiert. Dann sagen Sie, dass eine der Verbindungen zwischen den beiden Morden darin besteht, dass die Opfer die gleichen Bilder im Haus hängen haben. Und dann stelle ich fest, dass auch ich diese Bilder hier hängen habe."

„Sabine, ich meine Frau Krieger, Sie sollten sich nicht solche Gedanken machen. Ich bin mir absolut sicher, dass die beiden nicht wegen der Bilder gestorben sind. Aber irgendetwas hatten die beiden mit den Bildern zu tun. Ich lasse gerade überprüfen, wer SGM ist, und dann melde ich mich noch mal bei Ihnen. Und Sie können mich auch jederzeit anrufen."

„Ja. Ich danke Ihnen. Auf Wiederhören."

„Auf Wiederhören."

Dressler steckte das Telefon ein.

Die Telefonate hatten ihn aufgewühlt. Er konnte selbst nicht genau feststellen, ob es an den Gesprächsteilnehmerinnen lag oder daran, dass er das Gefühl hatte, ein wichtiger Stein sei nun ins Rollen geraten.

Er atmete tief ein und ging dann zurück zu seinem Kollegen, der mittlerweile zurück ins Haus gegangen war.

Wieder im Haus angekommen, betrachteten beide erneut die Bilder. Die älteren Gemälde zeigten überwiegend das, was Dressler mit Schreckensfratzen assoziierte. Die Bilder, die aus den letzten Jahren stammten, waren ruhiger und zeigten Szenen aus Wäldern, Wiesen und Feldern. Eigentlich waren es idyllische Inhalte, aber die Farben und die Art der Darstellung hatten etwas sehr Bedrohliches. Die späteren Werke schließlich wurden wieder abstrakter und dunkler. Fast hatten sie wieder so etwas wie entsetzte Fratzen. Dressler war kein Kunstkenner, aber schließlich sprach Hendrix das aus, was Dressler im Stillen empfand:

„Da scheint aber einer unter enormem Drogeneinfluss gestanden zu haben."

„Immer wieder Drogen. Aber in diesem Punkt kommen wir bei beiden Toten nicht weiter."

„Egal", sagte Hendrix. „Das wird sich schon noch aufklären."

Dressler machte mit dem Handy ein paar Aufnahmen. In dem Moment klingelte das Telefon. Diesmal war er schon nach Sekundenbruchteilen am Apparat.

„Hallo."

Im Hintergrund hörte er leise, entspannte Musik.

„Ich bin's. Aber bevor ich zu dem Kürzel komme, noch etwas anderes. Ich habe ja noch einmal mit der Witwe Güldner gesprochen. Wie es scheint, hat Güldner tatsächlich sehr nervös auf den Tod Kriegers reagiert. Er muss vollkommen entsetzt gewesen sein, obwohl er sonst immer über Kriegers Show hergezogen hatte. Sie hielt das zuerst für eine normale Reaktion. Aber rückblickend ist ihr aufgefallen, dass Güldner sehr aufgeregt war. Und nur wenige Tage nach Kriegers Tod musste Güldner plötzlich auf eine Schulung. Auch das kam seiner Witwe im Nachhinein ungewöhnlich vor, weil er in den letzten 15 Jahren nicht auf Schulungen gewesen ist und weil solche Schulungen meistens nicht kurzfristig angesetzt wurden."

„O. k., es deutet also immer mehr darauf hin, dass sich die beiden nicht nur gut gekannt haben, sondern dass sie auch vor dem gleichen Menschen Angst hatten. Und was ist mit dem Kürzel?"

„Nichts. Ich habe hier rein gar nichts gefunden. Ich habe das Internet mehr oder weniger auf den Kopf gestellt. Kunstauktionen, Künstlerverzeichnisse, alles Mögliche. Aber es gibt keinen, zumindest keinen bekannten Künstler, der die Signatur SGM verwendet."

„Also dann eher ein Freizeit-Maler."

„Bei so vielen Bildern?"

„Keine Ahnung. Es gibt Menschen, die bauen in ihrer Freizeit riesige Schiffsmodelle. Warum also nicht Duzende von Bildern malen? Aber wenn es ein Freizeit-Maler ist, dann ist es meiner Ansicht nach eher der Maler, der Krieger und Güldner verbindet, und nicht die Bilder."

„Wie kommst du darauf?"

„Na ja, Krieger hat Gemälde wohl als Kapitalanlage eingekauft. Einen ‚SGM' hättest du dann sicher bei einer Auktion gefunden. Und wenn nicht, dann hat vielleicht einer extra für die beiden gemalt."

„Oder Krieger hat von einem Unbekannten, aber sehr hoffnungsvollen jungen Maler alles aufgekauft und die Bilder bei Güldner und in den Niederlanden untergebracht, weil er bei sich keinen Platz mehr hatte. Oder, wenn du sagst, dass die Bilder so schrecklich sind, dann sind sie ihm vielleicht auch nur auf das Gemüt geschlagen."

„Du hast recht. Du hast vollkommen recht."

Jetzt rief jemand im Hintergrund den Namen Claudia.

„Ich komme", hörte Dressler sie dumpf rufen. Sie hatte kurz die Sprechmuschel zugehalten.

„Jürgen, morgen kann ich die Abkürzung noch mal durch ein paar Maschinen jagen, die etwas klüger sind als das Internet. Vielleicht finden wir da etwas. Bis dahin müssen wir vermutlich offen lassen, ob die Bilder oder der Maler die Verbindung ausmachen."

„Du hast recht", sagte Dressler zum wiederholten Mal. „Dann dir noch einen schönen Abend. Bis morgen im Büro."

„Ja, bis morgen."

Dressler war es unangenehm, dass er Hendrix zu sich gerufen hatte und nun die ganze Zeit telefonierte. Aber der nahm dies seelenruhig hin. Entweder, er durchsuchte die Räume oder er stand auch ab und an am Fenster und schaute den Menschen zu, die zum Strand gingen oder bereits auf dem Rückweg waren.

Dressler löste sich von seinen Gedanken und setzte die Durchsuchung fort. Erst jetzt wurde ihm klar, wie spartanisch das Haus eingerichtet war. Es bestand aus einem Vorraum mit Garderobe, zwei Schlafzimmern mit jeweils zwei Betten, aber ohne Schrank, einem Wohnzimmer mit luxuriösen Ledersesseln, einer Couch und einer Stereoanlage. Darüber hinaus gab es ein Bad und eine Küche, die ebenso einfach ausgestattet waren. Die beiden Polizisten zogen sich Handschuhe an und öffneten nacheinander alle Schubladen. Doch außer einer Grundausstattung gab es wirklich nichts, was sie in ihrer Ermittlung weiterbrachte. Danach legte sich Dressler vor die Schlafzimmerschränke und tastete vorsichtig den Boden ab. Gleiches tat er im Wohnzimmer, wobei er zuerst dort nachsah, wo man in Kriegers Wohnung das Kokain gefunden hatte: im Sofa.

Und richtig: Auch hier fand sich ein Päckchen mit verdächtigem Inhalt. Nicht so viel wie in Kriegers Haus in Deutschland, aber immerhin ein kleiner Erfolg. Von der anderen Seite des Wohnzimmers meldete Hendrix ebenfalls einen Erfolg. Vorsichtig zog er unter dem zweiten Sofa eine Pistole hervor, die offenbar mit Klebeband an die Unterseite geklebt war. Dressler legte das Drogenpäckchen auf den Tisch und ging hinüber zu seinem Kollegen.

Gemeinsam hoben sie das Sofa an und legten es auf die Rückseite. Direkt neben der Stelle, an der offenbar die Pistole befestigt war, klebte eine Schachtel, die allem Anschein nach Patronen enthielt. Nachdem sie dort nichts weiter fanden, stellten sie das Sofa wieder auf die Beine und wiederholten das Prozedere mit allen Sesseln und dem Wohnzimmertisch. Aber es fand sich nichts mehr. Vom Erfolg beflügelt, schoben sie im Schlafzimmer den Schrank von der Wand ab und durchsuchten ihn ausgiebig. Doch weder dort noch in der Küche fand man weitere Gegenstände.

Schließlich begannen beide damit, die Bilder umzudrehen, um sie nach Briefen oder ähnlichen Hinweisen abzusuchen. Vergeblich.

Danach gingen sie hinaus auf die Terrasse und suchten systematisch den Garten ab. Dressler bemerkte, dass auch hier jemand vor nicht allzu langer Zeit seine Zigaretten ausgedrückt und liegen gelassen hatte. Er sah sich die Kippen an und stellte fest, dass es auch diesmal Gauloises waren, wie die, die er vor Güldners Haus gefunden hatte. Er steckte sie in eine Tüte und betrat mit Hendrix erneut das Haus. Gerade als Dressler die Tür schließen wollte, bemerkte er, dass offensichtlich jemand die Terrassentür von außen zu öffnen versucht hatte. Am Holz waren deutliche Einbruchsspuren zu erkennen, die noch relativ frisch zu sein schienen. Auch davon machte er ein Foto.

Sorgsam verschlossen die beiden die Haustür. Draußen an den Autos versprach Hendrix, sofort am nächsten Tag zwei Mitarbeiter von der Spurensicherung ins Haus zu schicken. Und obwohl Hendrix eigentlich ein Anrecht auf die Funde hatte, übergab er sie Dressler.

„Aber lass dich nicht von meinen Kollegen erwischen", grinste er.

„Keine Sorge", gab Dressler zurück. Dann werde ich ihnen meine niederländischen Uniform-Beinkleider zeigen und alles wird gut."

Dressler quittierte die Fundstücke und verstaute die Tüten mit

Pistole, Patronen, Kokain und Zigarettenkippen im Handschuhfach. Die Hose hängte er hinten an das geöffnete Fenster, damit sie in der Zugluft trocken konnte. Danach verabschiedeten sich die beiden herzlich und er gab Gas.

Auf dem Rückweg wählte er wieder die Rufnummer von Claudia, doch kurz vor dem Läuten drückte er den „Auflegen"-Knopf. Er dachte einen Moment nach, dann rief er seinen Kollegen Jens Meister an und erzählte ihm von seinen Entdeckungen.

„Habt ihr denn inzwischen was Neues?", fragte er nach.

„Ja, das haben wir. Die Obduktion ist abgeschlossen. Güldner ist weder an der Explosion noch am Würgegriff gestorben. Es war ein Herzinfarkt, aber natürlich als Folge des Kampfes. Auch seine Geburtsurkunde ist gefälscht und zwar mit ziemlicher Sicherheit vom gleichen Urheber."

„Gut."

„Wo bist du unterwegs?"

„In den Niederlanden. Da haben sie sich wohl getroffen und Kriegsrat gehalten."

„Wer? Krieger und Güldner?", fragte Jens.

„Ich weiß es nicht. Vermutlich beide. Oder mehr als die. Ja, ich bin mir irgendwie sicher, wir haben es hier mit mehr als nur den beiden zu tun. Wir haben Krieger und Güldner. Und wir haben einen Mörder, der mit ihnen zu tun hat. Und außerdem gibt es da noch einen Maler mit dem Kürzel „SGM", der in einer Verbindung zu beiden steht. Zumindest haben wir jetzt in vier Häusern Bilder von dem Maler gefunden, Krieger, Güldner, Kriegers Witwe und das Haus in Holland.

Es würde mich nicht wundern, wenn da noch mehr Leute langsam nervös werden. Und das aus gutem Grund. Denn der Mörder wird, wenn er in dem Tempo weitermacht, bald wieder zuschlagen."

„Hat Vor- und Nachteile", gab Jens trocken zurück.

Ja, das hatte es. Das war ihnen allen bewusst. Jeder weitere Mord würde die Opfer mehr aufschrecken und zum Handeln bewegen. Aber jeder Mord würde sowohl den Mörder als auch die Fahnder immer weiter in die Enge treiben. Und nicht selten trieb es sie in dieselbe Enge, in der beide schließlich aufeinander trafen.

Dressler beendete das Telefonat. Ihm wurde nun auch immer klarer, dass er handeln musste, wollte er den Fall behalten. Denn die Kollegen vom LKA wussten zwar auch, dass mit jedem Mord die Wahrscheinlichkeit stieg, den Mörder zu fassen. Aber mit jedem weiteren Mord wurde auch die Kompetenz Dresslers immer stärker angezweifelt.

Er rieb sich über die Augen. Für ihn führte offenbar kein Weg mehr vorbei an Miro, dem Killer, den Krieger auf jemanden hetzen wollte. Vielleicht war er es, der die Schlüsselfigur in diesem makaberen Spiel spielte.

Er schaute auf die Uhr. Es war kurz nach acht Uhr abends. Bevor er nach Hause fuhr, wollte er noch kurz in der Kneipe vorbeifahren, in der der Berufskiller meist verkehrte.

# Kapitel 27

Den Rückweg hatte er in weniger als drei Stunden geschafft.
Er stellte den Wagen abseits des Getümmels ab und zog sich
seine eigene Hose an, die nun fast trocken war. Seine Schuhe
schmatzten immer noch leise vor sich hin, als er sich auf den
Weg zum Gasthaus „Op d'r Eck'" machte.

Dort angekommen setzte er sich auf einen Platz an der Theke, von wo aus er alles beobachten konnte. Aber die Kneipe war
fast leer. Er bestellte ein Kölsch und trank es hastig leer. Er bestellte noch eines und zündete sich eine Zigarette an. Sein Blick
wanderte über den leeren Gastraum. Die Kneipe sah aus wie die
meisten anderen Kneipen in Köln. Fotos vom 1. FC, aber auch
von mehreren Hobby-Clubs hingen an den Wänden. Darüber,
auf einem Regalbrett, das sich an der kompletten Wand entlang
zog, standen zahlreiche Pokale.

In der Ecke vor den Toiletten stand ein Flipper, an dem ein
Mann spielte, der Dressler den Rücken zudrehte. Aber er passte
nicht zur Beschreibung. Außerdem waren noch zwei Tische
mit eher älteren Leuten besetzt und ein dicker Mann mit einer
orangefarbenen Straßenarbeiter-Kluft saß an der Theke und
rauchte.

Der Wirt selbst war ein bärtiger Mann um die 60. Er wischte
über die Schankanlage und beobachte, ähnlich wie Dressler, sehr
genau, was vor sich ging.

Dressler nahm sich eine Zeitschrift vom Stapel, die schon
mehr als drei Monate alt war, und blätterte lustlos darin herum. Er bekam langsam Zweifel, ob sein Vorhaben wirklich Sinn
machte. Nach etwas mehr als einer Stunde bezahlte er und verließ schlecht gelaunt die Kneipe.

Er schlenderte noch durch die Straßen und machte einen or-

dentlichen Umweg zu seinem Auto. Es war langsam dunkel geworden und er hatte weniger Sorge, von einem Kollegen erkannt
zu werden. Er kaufte sich auf dem Weg noch ein Eis und ging
dann zu seinem Fahrzeug. Dabei kam er noch einmal an der besagten Kneipe vorbei. Er warf einen kurzen Blick hinein und erstarrte. Genau dort, wo er vor einiger Zeit gestanden hatte, stand
nun ein Mann, der den Platz strategisch ebenso gut gewählt hatte wie Dressler und exakt auf die Beschreibung passte. Dressler
hatte offenbar nur die falsche Uhrzeit gewählt.

Er ging weiter und überlegte, von wo aus er die Wirtschaft am
besten beobachten konnte. Aber auf der anderen Straßenseite
war nur die Rückseite eines alten Fabrikgebäudes. Es schien keine Möglichkeit zu geben, die Kneipe über längere Zeit beobachten zu können, ohne selber aufzufallen.

Also ging Dressler im gemäßigten Tempo weiter und drehte
nach etwa 100 Metern wieder um. Er konnte gerade noch sehen,
wie der Mann, der sich Miro nannte, in einer Seitenstraße verschwand. Hastig schritt er auf die Straßenecke zu und konnte
wieder nur knapp erkennen, dass der Mann in eine weitere Straße einbog. Jetzt rannte Dressler. An der nächsten Straßenecke
sah er den Mann nur etwa 30 Meter vor sich.

Miro hatte einen seltsam tänzelnden Schritt und er zog alle
paar Meter seine linke Schulter hoch, als wenn er vermeiden
wollte, dass seine Jacke rutschte. Der Mann hielt an einem Kiosk
an und kaufte etwas. Nun war Dressler nah genug, um das Gesicht erkennen zu können. Miro war etwa 45 Jahre alt und – wie
von dem Fixer beschrieben – groß und schlank. Er hatte einen
kleinen, eher kantigen Kopf und einen Blick, der sehr konzentriert und vollkommen ohne Emotionen zu sein schien.

Dann drehte sich Miro um und kam plötzlich auf Dressler zu.
Dem Polizisten blieb nichts anderes übrig, als weiterzugehen
und den Mann an sich vorbei ziehen zu lassen. Er vermied es,
den Killer anzuschauen. Doch aus den Augenwinkel konnte er
wahrnehmen, das Miro ihn seinerseits kurz taxierte. Dressler
stand der Schweiß auf der Stirn. Am Kiosk hielt er an und bestell-

te eine Cola. Dabei drehte er sich vorsichtig um und sah, dass der Mann in einen Hauseingang bog. Er zahlte und ging vorsichtig auf das Haus zu. Auch hier vermied er es, in die Richtung des Hauses zu schauen. An der nächsten Ecke blieb er stehen und sah vorsichtig hoch zum Haus. Das Treppenhaus war beleuchtet und er konnte beobachten, wie der Mann im zweiten Stock eine Wohnung betrat. Er vermied es aber offenbar Licht zu machen. Also merkte sich Dressler das Haus und die Lage der Wohnung und ging zurück zu seinem Auto. Er wusste nun genug, um sich auf den Heimweg zu machen. Bald wollte er zurückkehren, um sich in Ruhe die Wohnung von innen vorzunehmen.

# Kapitel 28

Dieter und Berni hatten herausgefunden, dass der Geldtransporter insgesamt drei alternative Strecken für den Rückweg nach Offenbach hatte. Auf der einen erzeugten sie mit einer ordentlichen
Ölspur einen über zehn Kilometer langen Stau. Der zweitkürzes-
te Weg sollte binnen kürzester Zeit auch überfüllt sein, so dass
der Transporter eigentlich nur die längere, aber weniger befahrene Strecke nehmen konnte, auf der sie den Zugriff planten.

Soweit die Planung von Berni. Dieter stimmte ihm sofort zu.
Walter gefiel die Sache nicht. Dieter hatte die blödsinnige Idee,
den Transporter mit einer geklauten Straßenraupe von der Straße zu schieben. Sie zu klauen war ja noch machbar, aber sie unbemerkt am Straßenrand zu platzieren und den Zusammenstoß
sekundengenau hinzubekommen, das erschien ihm zu riskant.
Ein paar Tage später kam Dieter mit einer Panzerfaust an. Über
den Plan mit der Straßenraupe wurde nie wieder gesprochen.
Und weil Dieter als einziger bei der Bundeswehr schon mal mit
einer Panzerfaust geschossen hatte, sollte er auch das rollende
Sparschwein öffnen.

Vier Tage später war es so weit. Der Geldtransporter sammelte
am heutigen Freitag die gesamten Wocheneinnahmen ein und
der Fang sollte ein dementsprechend großer sein. Das Kommando Schinderhannes lag im Unterholz auf beiden Seiten der
Straße. Jeder war nervös. Banken waren inzwischen fast Routi-
ne. Aber mit einem gepanzerten Transporter, der mit hoher Geschwindigkeit unterwegs war, hatten Sie noch keine Erfahrung.
Alles lag jetzt an Dieter. Wenn er daneben schoss, dann konnten
die Sicherheitsleute Verstärkung rufen und der Stress ging los.
Traf er, würde der Wagen von der Straße abkommen und die
Insassen hätten keine Chance, Hilfe zu rufen.

Hans ließ ein Radio laufen. Um kurz vor 17 Uhr kamen die Verkehrsmeldungen. Tatsächlich. Stau auf der Obertshäuser Straße, auf der sie die Öllache hinterlassen hatten. Und auch für die Tempelhofer Straße wurde erhöhtes Verkehrsaufkommen gemeldet.

Jetzt musste der Transporter nur noch die dritte Alternative, den Offenbacher Weg durch den Wald, wählen und in die Falle gehen. Die Gruppe hatte nur diese eine Chance. Ein weiteres Mal klappte die Idee mit der Ölspur nicht.

Der Geldtransporter glich einer rollenden Sauna. Glücklicherweise neigte sich die Tour dem Ende zu. Mike nahm sich seine Brote vom Armaturenbrett, die trotz Klimaanlage von der Sonne auf Ofentemperatur gebracht worden waren.

„Wird auch Zeit, dass du die Stullen endlich wegfutterst", stichelte der Fahrer neben Mike. „Die Leberwurst lebt doch schon und der ganze Wagen stinkt nach Furz." Mike ließ sich davon nicht beeindrucken und biss mit Genuss ein großes Stück ab. Albert, der Fahrer, war ein Miesepeter aller erster Güte. Damit hatte er schon vor Jahren gelernt auszukommen. Außerdem ging Albert bald in Rente und dann war er selbst der Chef hier auf dem Transporter.

„Zentrale an Wagen vier, Zentrale an Wagen vier. Wo seid ihr gerade?" Der Lautsprecher des Funkgerätes dröhnte und trotz der quäkenden Stimme hörte man die Ungeduld deutlich heraus. Albert schaute zu Mike rüber und verdrehte die Augen. Dann drückte er auf den Sprechschalter.

„Wagen vier an Zentrale. Wir sind auf dem Rückweg. Was gibt's denn?"

„Wir haben hier eine Staumeldung. Die Obertshäuser Straße ist zurzeit gesperrt, weil die Feuerwehr da eine Ölspur wegwischt. Ihr fahrt die Tempelhofer Straße. Verstanden?"

„Verstanden." Albert schüttelte den Kopf und schaltete zurück auf Empfang. „Bin ja nicht taub. Arschloch."

„Sind ja nur noch ein paar Tage. Dann bist du das Arschloch

los", wandte sich Mike mit vollem Mund an seinen Fahrer. „Ich wäre froh, wenn ich auch schon so weit wäre. Was machst du denn eigentlich, wenn du hier fertig bist? Urlaub?"

„Urlaub?" Albert stieß ein heiseres Lachen aus. „Nee, dann geht es erst richtig los. Ich muss im Kleingartenverein erst klar Schiff machen. Bei uns steht das Unkraut bis ans Dach. Die Idioten haben mir schon die zweite Abmahnung geschickt. Und dann wird umgebaut. Das Haus wird komplett renoviert. Die alte Dachpappe runter und Ziegel drauf, 'ne ordentliche Dachrinne und ein Regenfass. Vorne kommt 'ne Front aus Natursteinen hin. Und dann bau ich mir 'ne riesen überdachte Terrasse davor, mit Grill und allem. Und da pack ich mir dann den Kühlschrank voll Fleisch und Bier und dann schick ich meine Alte zu ihrer Schwester an die Nordsee. Und dann, dann is' Urlaub."

Albert zog sich eine Zigarette aus der Schachtel, zündete sie an und drehte das Fenster runter, obwohl das absolut verboten war. Aber auch daran hatte sich Mike gewöhnt. Meckern half nichts. Und in den ganzen letzten Jahren hatte niemand aus der Chefetage den Rauchgeruch bemerkt. Also ließ er Albert gewähren.

„Und was ist mit Angeln? Du hast doch gesagt, du willst mit deinem Schwager Hochseefischen machen."

„Tja, das mache ich, sobald meine Alte wieder da ist. Dann fahre ich hoch und – das kann ich dir sagen – dann wird gesoffen bis zum Abwinken. Mein Schwager ist da genau der Richtige für." Er schnippte die Asche aus dem Fenster.

„Auf hoher See?", fragte Mike mit sichtlichem Erstaunen.

Albert nahm einen tiefen Zug. „Na sicher, gerade da. Meinst du, du kannst den Wellengang nüchtern aushalten? Seeleute saufen alle.

„Ich glaube, ich müsste da schon ohne Schnaps kotzen."

„Das glaube ich auch", brummte Albert zurück. „Aber immer schön mit dem Wind kotzen. Sonst wirft dir der Wind alles zurück, was du ausgeworfen hast." Darauf brach er in ein röchelndes Gelächter aus, das in ein ungesund klingendes Husten mündete.

„Zentrale an Wagen vier. Zentrale an Wagen vier."

Weil Albert sich immer noch seinem Hustenanfall widmete, ging Mike diesmal ran. „Wagen vier an Zentrale, ich höre."

„Wir haben gerade die Meldung bekommen, dass die Tempelhofer Straße jetzt auch schon zu ist. Wie weit seid ihr?"

„Wir sind jetzt gerade auf der Hausener Straße."

„O.k., dann dreht sofort um und fahrt in nördlicher Richtung über den Offenbacher Weg. Verstanden?"

„Ja, verstanden. Bis später."

Albert nahm noch einen Zug, drehte das Fenster noch ein Stück weiter herunter, warf die Kippe hinaus und spuckte das Ergebnis seines Hustenanfalls ebenfalls nach draußen. An einer Haltebucht wendete er den Wagen, so dass die Reifen quietschten, und fuhr nun wieder in nördliche Richtung. Da öffnete sich von hinten das kleine Fenster aus dem Tresorraum.

„Hey Jungs, sag mal, habt ihr euch einen hinter die Binde geschüttet oder was ist los."

„Schnauze, Jojo. Verzieh dich in dein Loch", brummte Albert zurück, während er in der Nase bohrte.

„Die Zentrale schickt uns hin und her, weil hier alle Straßen dicht sind", warf Mike ein. Mit Jochen – oder Jojo, wie er hier in der Firma meist genannt wurde – musste er noch länger auskommen. Und die Art, in der Albert mit ihm umsprang, missfiel ihm. Er war noch sehr jung. Aber er hatte einiges auf dem Kasten. Auf einer Weihnachtsfeier hatte er ihm mal gesteckt, dass er eigentlich Ingenieur werden wollte, aber sein Studium abgebrochen hatte, weil seine Frau schwanger wurde.

Albert schnippte seinen Popel hinaus und kurbelte das Fenster wieder zu.

Mike lehnte sich zurück. Er kannte niemanden in diesem Unternehmen, der seinen Job wirklich gern machte. Das galt auch für ihn selbst. Bei der Polizei war er nicht angenommen worden. Er war durch den Sehtest gefallen und beim Reaktionstest hatte er auch keine gute Figur gemacht. Dabei hatte er sich schon als Kind gewünscht, einmal in Uniform seiner Arbeit nachgehen zu können. Dort hätte er wenigstens gewusst, dass er auf der richtigen Seite stand. Hier war ihm das nach wenigen Wochen schon nicht mehr klar. Sein Chef war ein Choleriker. Er forderte immer mehr von seinen Angestellten. Überstunden waren zum Normalfall geworden und dabei sollte die Besatzung von Geldtransportern eigentlich immer ausgeruht und ausgeglichen sein. Das war bei dem Stress einfach nicht möglich. Er beneidete Albert. In nur wenigen Tagen würde er auf all das scheißen. Er würde sich mit einem Fläschchen Bier in den Schrebergarten setzen und das Leben endlich genießen können.

Guru gab per Funk ein Zeichen. Es näherte sich ein Transporter. Zwei Minuten später hörten auch die anderen das Fahrzeuggeräusch. Dieter hatte die Panzerfaust schon im Anschlag, da machte Berni von der anderen Straßenseite ein hektisches Abbruchzeichen. Es war der falsche Transporter. „Fleischerei Menzel" stand auf der Seite. Es hätte nicht viel gefehlt und sie hätten einen völlig harmlosen Fleischer von der Straße geblasen. Und der saß mit seinen Schweinehälften nicht in einem gepanzerten Fahrzeug.

Dann kam lange Zeit überhaupt nichts mehr von Guru. Dieter wurde mittlerweile nervös. Er fragte mehrfach bei Guru an. Aber die Antwort war jedes Mal negativ.

Um viertel vor sechs, alle hatten die Aktion eigentlich schon aufgegeben, da gab Guru plötzlich das vereinbarte Zeichen. Alles ging in Deckung. Zwei Minuten später näherte sich ein weißer Mercedes-Kleintransporter mit hoher Geschwindigkeit, der, genau wie der Fleischerwagen, eine Belüftungsöffnung auf dem Dach hatte.

Dieter atmete noch einmal tief durch. Dann sprang er plötzlich auf. Drei, vier Schritte und er stand direkt an der Straße. Der Transporter näherte sich. In dem Moment, als der Fahrer Dieter bemerkte und die Bremsen quietschten, drückte er ab. Wie in Zeitlupe flog der kleine Flugkörper auf den Transporter zu. Ein Blitz, ein heftiger Knall und der Wagen überschlug sich auf dem Grünstreifen. Bestimmt 100 Meter weiter rutschte er mit voller

Wucht ins Unterholz. Die Straße war wieder leer und ruhig. Nur ein paar Wrackteile lagen verstreut herum.

Alle rannten auf die Stelle zu, wo der Transporter liegen musste. Fünf Meter unterhalb der Straße stand er, wie säuberlich eingeparkt, zwischen zwei Bäumen eingeklemmt. Walter, der zuerst da war, richtete seine Pistole auf das Führerhaus. Auf dem Lenkrad hing der Fahrer, ein schon älterer Mann, leblos und blutüberströmt. Dieter mahnte zur Eile. „Schnell den Sprengstoff", rief er Walter zu. Doch der konnte sich nicht von dem zerschmetterten Körper loslösen. „Mensch, bist du noch bei Sinnen. Die können in wenigen Minuten hier sein."

Walter nahm den Mann bei den Schultern und legte ihn vorsichtig zurück. Dabei öffnete der Mann seine Augen und sah Walter an. Über den Augen hatte er eine riesige Platzwunde, aus der das Blut in Strömen sickerte. So wie es aussah, war er trotz Anschnallgut mit der Stirn auf das Lenkrad aufgeschlagen. Die obere Kopfhälfte war vollkommen deformiert. Der Mann sah nicht mehr aus wie ein Mensch. Überhaupt fühlte sich Walter wie ein unbeteiligter Zuschauer in einem Film. Alles war unecht und übertrieben. Wie in einem Hollywood-Actionfilm. Doch der Mann blickte ihm fest in die Augen, bevor ihm seine Sinne schließlich schwanden und er zur Seite kippte, nur noch gehalten vom Anschnallgurt.

„Mann, du blöder Arsch, jetzt komm."

Dieter riss ihn von dem Verletzten los und schleuderte ihn zur Seite. In diesem Moment bewegte sich etwas in einem Gebüsch, wenige Meter hinter dem Wagen. Die Männer erstarrten. Der Beifahrer war entweder hinausgeschleudert worden oder er hatte sich selbst aus dem Wrack befreien können. Guru ging langsam auf den Mann zu. Als sich dieser auf die Seite drehte und seine Augen auf Guru richtete, hielt Guru augenblicklich die Waffe auf ihn und feuerte dreimal. Der Mann zuckte und sackte in sich zusammen. Danach war es für einen Moment lang wieder ruhig. Man hörte sogar die Vögel im Wald fröhlich zwitschern. „Mann, bist Du bescheuert, Mann?", brüllte Berni herüber. Doch Dieter winkte ab und machte weiter seine Arbeit. Für ihn war so ein Sicherheitsbeamter auch bloß ein Soldat der Reichen und Satten. Guru starrte noch einige Zeit in die Richtung, wo der Mann liegen musste. Dann begann er den anderen zu helfen.

Jojo lag im Tresorraum des Fahrzeugs. Er hatte nur Prellungen und einen Riss am Oberarm erlitten, als er bei dem Aufprall an der scharfen Kante eines Metallschrankes hängengeblieben war. Langsam richtete er sich auf. Er hatte die Schüsse gehört. Er war noch nicht lange bei dem Unternehmen beschäftigt, aber er hatte sich schon so oft vorgestellt, wie ein Überfall ablaufen könnte, ja er hatte es sogar geträumt. Im Schlaf hatte er alle Varianten durchgespielt und immer wieder endete der Traum damit, dass er mit der Explosion der Tür aus dem Schlaf gerissen wurde. Dies war der einzige Weg zu ihm hinein. Seine Frau hatte ihn dann jedes Mal in die Realität zurückgeholt. Seine Frau. Sie hatten eine Tochter im Alter von drei Jahren und seit vier Monaten war sie wieder schwanger. Schweiß stand ihm auf der Stirn. Was würde jetzt passieren? Würden sie wirklich die Tür sprengen? Hektisch riss er seine Pistole aus dem Halfter. Er wollte sich nicht ungeschlagen dem Schicksal überlassen. Er hatte sein Leben noch vor sich. Mit aller Kraft schob er die Geldkisten zusammen, die bei dem Überschlag durcheinandergewirbelt worden waren. Er baute sich eine kleine Barrikade, um die Detonation abzudämpfen. Dann würde er aus allen Rohren feuern. Er drückte hastig zwei weitere Patronen in das Magazin. Dabei liefen ihm die Tränen über die heißen Wangen. Was würde jetzt kommen? Noch ehe er diesen Gedanken zu Ende denken konnte, blitzte es auf. Die zentimeterdicke Tür schleuderte ihm entgegen und brach ihm das Schultergelenk oberhalb seiner Verletzung. Die Waffe wurde ihm dabei aus der Hand gerissen. Der Wagen war von Rauch erfüllt, so dass er panisch nach Atem ringen musste. Die Augen brannten entsetzlich und er legte sich so flach wie möglich auf den Boden. Dabei tastete er panisch um sich, um die Pistole zu finden. Endlich, endlich, fühlte er ihren Griff, den er fest mit der linken Hand umschloss. Seine rechte konnte er nicht mehr gebrauchen. Der Arm hing schlaff an seiner Seite und die Schulter brannte so stark, dass er sich zwingen musste, nicht laut aufzuschreien.

Draußen gab Hans, der oben an der Straße postiert war, ein Zeichen. Ein Auto näherte sich. Dieter, Berni und die anderen sprangen weg von der Tür und warteten ab. Ihre Blicke wanderten zwischen der rauchenden Öffnung und der Straße hin und her. Niemand wusste, ob der Mann im Inneren des Wagens noch lebte und ihnen gefährlich werden konnte.

Ein silberfarbener Mercedes, am Steuer ein grauhaariger Mann mit Hut, umkurvte seelenruhig die Wrackteile und fuhr weiter, als wenn es das Natürlichste auf der Welt wäre, wenn auf der Straße ein Kotflügel, eine Auspuffanlage und eine halbe Stoßstange lagen.

Jojo lag auf der Seite. Die Schmerzen in seiner Schulter waren so stark, dass er nahe daran war, die Besinnung zu verlieren. Wie viele waren es da draußen? Warum zögerten sie? Da nahm er ebenfalls das Auto wahr. War das die Rettung? Hielt der Wagen an? Nein, er fuhr weiter. Da wippte der Wagen ein wenig auf und ab. Einer von ihnen musste eingestiegen sein. Er umgriff die Waffe fest mit der linken Hand, nahm allen Mut und alle Kraft zusammen und richtete die Waffe auf die Türöffnung. Er schoss dreimal schnell hintereinander. Doch er konnte vor lauter Schmerz die Waffe nicht gerade halten. Seine Schüsse gingen in die Seitenwand, und bevor er einen vierten Schuss abfeuern konnte, durchschlugen zwei Kugeln seinen Kopf. Sein Körper sank nach einem letzten Aufbäumen zusammen und sein Leben war ausgelöscht.

# Kapitel 29

Jetzt war Eile geboten. Dieter stemmte sich gegen die Seitenwand und schob den Toten mit seinen Füßen auf die Seite, damit er und Walter die Geldsäcke ungehindert hinauswerfen konnten. Die anderen verstauten alles in den Packtaschen und wenig später düsten sie auf drei Motorrädern durch den Wald, erst durch das Unterholz, dann vorbei an einem Trimm-Dich-Pfad und schließlich auf einem breiten Waldweg. Sie bogen immer abwechselnd links und dann wieder rechts ab. In einem halsbrecherischen Tempo rasten sie vorbei an ein paar Häusern, fuhren über eine Brücke und dann wieder in den Wald. Dieter fuhr – alleine auf seinem Crossmotorrad – voraus und bestimmte damit das Mordstempo. Die anderen hatten Mühe hinterher zu kommen, vor allem, weil sie zu zweit fahren mussten. Walter fuhr die zweite Maschine, mit Guru als Sozius, und Berni fuhr hinterher, mit Hans, der sich krampfhaft am Fahrer festkrallte.

Nach nicht einmal einer Viertelstunde näherte sich ein Hubschrauber. Die Gruppe hatte gerade noch Zeit, sich samt der Maschinen hinter einem Holzstapel zu verstecken. Nachdem der Helikopter etwa zehn Minuten über der Gegend gekreist war, entfernte er sich wieder. Dieter mahnte die anderen liegen zu bleiben, und er hatte Recht. Nach wenigen Minuten kam der Hubschrauber erneut und blieb wieder mehrere Minuten nahezu unbewegt auf einer Stelle stehen, nicht weit von ihrem Versteck entfernt. Als er schließlich ganz weg war, sprangen die fünf wieder auf ihre Motorräder und knatterten weiter.

Als sie an einer größeren Straße angekommen waren, gab Dieter das Zeichen zum Halten. Mit Walter und Berni hatte er vereinbart, dass man sich trennen wollte, sobald sie den Wald verlassen würden. Und das war jetzt der Fall. Jeder Fahrer sollte von nun an auf eigene Faust durchkommen. Das vereinbarte Ziel war Büdingen, etwa 40 Kilometer weit entfernt. Sie waren einen Bogen gefahren, der scheinbar groß genug war, um den Straßensperrungen der Polizei zu entgehen. Die Überquerung des Main war ein riskanter Schritt gewesen. Denn es gab nur wenige Brücken, die sich eigentlich leicht kontrollieren ließen. Aber Dieter war der Ansicht, dass die Polizei aus genau diesem Grund damit rechnete, dass die Täter einen anderen Weg wählen würden. Seiner Ansicht nach würden sie zunächst das näher liegende Gelände absuchen und sich dann auf die Zufahrtswege in südlicher Richtung konzentrieren. Und zunächst behielt er Recht. Denn vor allem hatte niemand mit einer Flucht auf Motorrädern gerechnet.

Er gab Gas und entschwand um die nächste Kurve. Berni winkte Walter zu und fuhr in die entgegengesetzte Richtung weiter. Walter drehte die Maschine auf und fuhr auf der gegenüberliegenden Seite in den Wald hinein. Jetzt, nachdem Dieter das Tempo nicht mehr bestimmte, ging alles etwas ruhiger zu. Nachdem er eine Weile gefahren war, klopfte ihm Guru auf die Schulter.

„Halt mal eben an." Walter fuhr noch bis zu einer Schutzhütte weiter und hielt dahinter an. Guru rutschte unbeholfen von der Sitzbank und schwankte mit zittrigen Knien in Richtung Hütte.

„Was ist los? Wir müssen weiter", schnauzte Walter ihn an, während er hektisch am Gashahn drehte.

„Ich muss ...", weiter kam Guru nicht. Er übergab sich. Seine Stirn war heiß, seine Hand, mit der er sich an der Hüttenwand festkrallte, zitterte. Nachdem er sich mit seinem Ärmel den Mund abgewischt hatte, sank er wenige Meter weiter an einem Baumstamm nieder.

Als Walter sah, wie kreideweiß Guru aussah, stellte er die Maschine ab und ging entnervt auf Guru zu.

„Mensch, komm jetzt. Hier zählt jede Sekunde. Meinetwegen kotz vom Bock runter. Aber wir können jetzt nicht hier bleiben."

„Gib mir eine Zigarette."

„Eine Zigarette? Was hältst du von Kaffee und Sahnetorte? Sag mal, hast du den Arsch auf? Mann, wir sind auf der Flucht!"

Es entstand eine Pause. Nachdem Walter eingesehen hatte, dass Guru nicht zu bewegen war, ließ er sich neben ihm nieder und zündete zwei Zigaretten an, eine für Guru und eine für sich selbst.

„Sag mal", sprach ihn Guru leise an. „Hast du schon mal einen Toten gesehen?"

Walter nahm einen tiefen Zug. „Ja." Er nahm noch einen Zug. „Vor ein paar Jahren beim Bund, da ist mal einer von einem Panzer zerquetscht worden. Wie ein Stück rohes Fleisch, mit einem Gesicht oben drauf."

„Und hast du schon mal einen umgebracht?"

Walter zuckte mit den Schultern und verdrehte die Augen. „Hör mal, was soll das Psycho-Gequatsche. Mann, wir sitzen hier nicht beim Therapeuten. Wenn du ein Problem damit hast, dann lass uns heute Abend mal bei einem Bier drüber quatschen. Aber jetzt sind wir mittendrin in dieser Scheiße und solange die Scheiße noch warm ist und raucht, will ich hier raus, damit nicht noch mehr Leichen unseren Weg pflastern, o. k.? O. k., Guru?"

Er legte seinen Arm um Gurus Schultern, aber mehr, um ihn danach hochzuziehen. Dabei sah er in seine Augen, die starr nach vorne gerichtet waren. Sein Gesicht war immer noch aschfahl. Offensichtlich stand Guru unter Schock. Walter half ihm zum Motorrad, setzte ihn zuerst auf die Sitzbank, schwang sich ebenfalls auf den Sitz und warf die Maschine wieder an. Die Angst davor, dass seine Kollege während der Fahrt hinunterfallen könnte, führte dazu, dass Walter weniger Gas gab. Außerdem hielt er es mittlerweile für angemessen, sich unauffälliger zu verhalten, denn nun näherte er sich dem entscheidenden Flaschenhals, der Mainbrücke, die er überqueren musste, wenn er nach Büdingen wollte.

Aufmerksam beobachtete er die Autos und die Passanten um ihn herum. Er hatte das Gefühl, dass ihn jeder anschaute. Er drehte sich nach Guru um, ob er sich voll gekotzt hatte. Aber der schien sich ein wenig beruhigt zu haben. Er fühlte seinen eigenen Puls. Seine Halsschlagader pumpte wie wahnsinnig.

Die Brücke lag bereits in Sichtweite, doch der Verkehr stockte. Er schlängelte sich durch die stehenden Autos durch und bog auf die Brücke. Erst da sah er, dass sich bewaffnete Polizeibeamte dort postiert hatten und die Fahrzeuge kontrollierten. Der Atem stockte ihm. Denn würde er jetzt umkehren, würde er den Verdacht mit Gewissheit auf sich ziehen. Also musste er durch. Noch drei Autos standen vor ihm. Sie hatten natürlich keine Ausweise dabei. In den Packtaschen befand sich eine Unsumme Geld und in ihren Gürteln steckten Waffen. Fieberhaft suchte er nach einer Lösung. Am liebsten würde er einfach alles hier stehen und liegen lassen und im Gewirr der Fußgänger untertauchen. Er drehte sich zu Guru um, der immer noch mit leerem Blick nach vorne starrte. Die Polizei schien er nicht wahrzunehmen oder sie schien ihn nicht zu interessieren.

Walter schwitzte unter dem Helm. Wie würde Guru reagieren, wenn sie kontrolliert würden? Da kam ihm eine Idee. Er gab leicht Gas und rollte vor zu einem Polizeibeamten, der ein wenig abseits stand. Als er auf gleicher Höhe war, rief er ihn laut an.

„Entschuldigung. Mein Freund hier hatte gerade einen Kreislaufzusammenbruch und ich muss ihn dringend zum Arzt bringen."

Der Polizist zögerte und sah sich Guru intensiv an. Der verharrte glücklicherweise in seiner Rolle. Da bekam der Polizist einen Funkspruch, der das Gespräch vorzeitig beendete.

„Alles klar. Sehen Sie zu, dass Sie ihn hier wegbringen." Danach drehte er sich zur Seite und widmete sich ausschließlich seinem Funkgerät. Walter fuhr besonders langsam und schonend an. Jetzt galt es nur noch, äußerste Ruhe zu behalten. Als er die Brücke hinter sich hatte, fuhr er ebenso bedächtig um die Kurve und gab, als er hinter dem nächsten Häuserblock verschwunden war, Vollgas. Was, wenn der Funkspruch ihnen gegolten hatte?

Nicht lange danach hatte er den Stadtbereich verlassen und

war wieder auf der Landstraße unterwegs. Trotzdem drehte er sich ständig um, zum einen, weil er befürchtete, dass er verfolgt würde, und zum anderen, weil er sich nach dem Zustand Gurus erkundigen wollte. Der wirkte immer noch teilnahmslos. Seine Rolle würde er wohl auch bei einer weiteren Kontrolle noch spielen.

Die Fahrtluft fühlte sich gut an. Der Schweiß trocknete schnell auf seinem Gesicht. Es sah so aus, dass er es geschafft hatte. Bald darauf wusste er, dass auch seine Kollegen sich erfolgreich durchkämpfen konnten, denn endlich hatten sie den Treffpunkt erreicht. Den anderen gegenüber verschwieg Walter sein kurzes Gespräch mit der Polizei. Er war selbst mit den Nerven fertig und hatte keine Lust, sich von Dieter eine Standpauke anzuhören.

In Büdingen stießen sie die Motorräder unbemerkt in einen Dorfweiher, wechselten in den Admiral und fuhren Richtung Fulda. Auf dem Rücksitz packten Berni, Hans und Walter das Geld von den Geldsäcken in unauffälligere Einkaufstüten. Die Geldsäcke wurden mit Steinen beschwert und ebenfalls in einem Teich versenkt. Die Einkaufstüten kamen in den Kofferraum. Während der Fahrt wurde kein Wort gewechselt. Dieter stellte das Radio an, um die Verkehrsnachrichten zu hören. Die Nachrichten selbst schien er nicht hören zu wollen. Bei allen schien der Vorfall deutliche Spuren hinterlassen zu haben. Am meisten hatte es Guru erwischt, der immer noch im Dämmerzustand auf dem Rücksitz saß.

Sie machten einen riesigen Bogen durch den Westerwald und fuhren schließlich wieder Richtung Hunsrück. Dann konnte es Dieter doch nicht mehr aushalten und schaltete die Nachrichten an.

Direkt in der ersten Meldung wurde vom Überfall auf den Geldtransporter berichtet. Dabei seien zwei Sicherheitsbeamte erschossen worden. Der Fahrer hatte das Ganze wohl schwerverletzt überlebt. Eine Großfahndung sei bereits in vollem Gange. Der gesamte Bereich sei großräumig abgesperrt worden. Infolgedessen sei auf den umliegenden Straßen mit Verkehrsbehin-

derungen zu rechnen. Davon hatte die Gruppe fast nichts mitbekommen. Die Idee mit den Motorrädern war genial einfach.

Auch ein Statement des Polizeisprechers lag bereits vor. Es
klang hart und erbarmungslos. Jetzt, wo Andreas Baader und
Ulrike Meinhof von der Bildfläche verschwunden waren, wollte
man den restlichen Bandenmitgliedern und Nachahmern un-
verständlich klarmachen, dass es keine Zukunft für sie gab. Ein
leichtes Lächeln huschte über Dieters Gesicht, als der Sprecher
hinzufügte, dass man die Täter vor allem im weiteren Umfeld
der Baader-Meinhof-Bande suchte.

Während der ganzen Fahrt sagte kaum jemand ein Wort. Es
war das erste Mal, dass es Tote gab. Und selbst wenn Dieter und
Berni betonten, dass die Leute vom Sicherheitsdienst auch bloß
Vertreter des Schweinesystems gewesen seien, so lag trotzdem
eine eisige Atmosphäre in der Luft. Guru starrte die ganze Zeit
aus dem Fenster. Und auch Dieter schien nicht so ganz an das
zu glauben, was er selbst erzählte. Auf einem Wanderparkplatz
wechselten sie ein weiteres Mal das Auto.

„Willst du den Admiral hier einfach stehen lassen?", gab Hans
zu bedenken.

„Was willst du sonst mit ihm machen?" gab Dieter genervt zurück. „Willst du ihn zurückbringen und dich für den Diebstahl
entschuldigen?"

„Idiot. Ich würde wenigstens die Nummernschilder abschrau-
ben, damit man nicht so schnell …"

„O. k., dann schraub!", brüllte ihn Dieter an. Er beugte sich
vor, nahm einen Schraubenzieher aus dem Handschuhfach und
warf ihn Hans in den Schoß. „Ich habe jedenfalls keine Lust,
hier noch Zeit zu vergeuden."

Hans gab nach. Aber die Stimmung war nun endlich dahin.
Wie bei jeder erfolgreichen Bande irgendwann schien auch hier
der Zusammenhalt plötzlich empfindlich gestört zu sein. Auch
Guru war mittlerweile wieder so weit zu sich gekommen, dass
er die Spannungen wahrnahm. Woran lag es? Waren sie einfach
nur nervös oder hatten sie sich übernommen?

Als sie zu Hause waren, begannen Berni und Dieter unverzüglich mit dem Zählen. Guru war draußen in seinem Stall und betrank sich. Das war selten. Er konnte manchmal alle illegalen Drogen auf einmal nehmen, ohne dass man ihm groß etwas anmerkte. Aber Alkohol vertrug er überhaupt nicht. Auch Walter und Hans war nicht nach Geldzählen zumute. In den Frühnachrichten um 5.00 Uhr hieß es, der dritte Sicherheitsbeamte sei mittlerweile an seinen inneren Verletzungen gestorben. Kurz nachdem die Meldung kam, rief Dieter zu den andern hinüber: „Leute, werdet mal kurz alle wach und aufnahmebereit." Berni war beim Zählen eingeschlafen. Er erwachte mit einem Ruck und schien schlecht geträumt zu haben. Walter und Hans kamen rüber zu Dieter. Und Dieter sah so aus, als ob er nicht wusste, ob er lachen oder heulen sollte.

„Wisst Ihr, wie viel das hier zusammen ist?", fragte er in die Runde. Die anderen ließen ihre Blicke über das ganze Geld wandern. Es war halt ein riesiger Haufen Geld und schwer zu sagen, ob es sich dabei 500.000 oder eine ganze Millionen handelte. „Hier auf diesem Tisch", begann Dieter theatralisch „liegen fast genau 3,2 Millionen Mark." Mit der Beute aus den früheren Überfälle hatten sie über vier Millionen Mark beisammen.

Den Rest des Tages verbrachte jeder auf seine Weise. So viel Geld auf einem Haufen löste bei jedem unterschiedliche Gefühle aus. Außer Berni war bisher niemand mit Reichtum in Verbindung gekommen.

Guru verschwand wieder in seiner Scheune. Hans lief den ganzen Tag ziellos im Wald umher und Dieter, Berni und Walter spielten stundenlang auf der Terrasse Tischfußball.

# Kapitel 29

Jürgen Dressler betrat in aller Frühe das Polizeipräsidium, schnappte sich einen Stapel Unterlagen und gab einer Kollegin an, er wolle sich heute mit den bisherigen Ermittlungsergebnissen zu Hause einschließen, um alles noch einmal in Ruhe durchzugehen.

Tatsächlich fuhr er auf direktem Weg nach Köln, um das Haus des Profikillers zu observieren. Er parkte wieder in einer Seitenstraße hinter dem Imbiss und ging zu Fuß zum Haus des Mannes, der der Schlüssel zu allem sein könnte.

Schräg gegenüber fand er eine Bäckerei mit Stehtischen. An einem Stehtisch ließ er sich nieder, frühstückte und beobachtete das Haus, in dem der Killer wohnte. Diesmal hatte er mehr Glück. Schon nach einer halben Stunde verließ Miro das Haus und steuerte auf direktem Weg auf die Bäckerei zu. Dressler vergrub sein Gesicht in der Morgenzeitung, als der Mann die Bäckerei betrat.

„Hallo Miro", begrüßte ihn die Verkäuferin. „Das Übliche?"

Der Mann nickte und legte das Geld auf die Schale. Er nahm eine Tüte mit mehreren Teilchen und drehte sich, ohne ein Wort zu sagen, um. Im Hinausgehen trafen sich die Blicke von ihm und Dressler. Der Polizist hatte das Gefühl, ein kurzes Funkeln in den Augen des Killers gesehen zu haben. Hatte er ihn wiedererkannt?

Danach ging Miro raus auf die Straße und stieg in einen alten Mercedes, der direkt vor seinem Haus parkte. Er gab Gas und fuhr in hohem Tempo davon, während Dressler das Kennzeichen auf seine Serviette notierte. Er wollte die Nummer zwar nicht bei seinen Kollegen überprüfen lassen, damit er mit Miro nicht in Verbindung geriet. Aber vielleicht konnte ihm das Kennzeichen doch noch irgendwann nützlich sein.

Beim Zahlen versuchte er die Verkäuferin ein wenig nach Miro auszufragen. „Na, der hat es aber eilig. Fährt der immer so schnell?"

Die Verkäuferin reagierte überhaupt nicht und schob ihm mit ablehnender Mine das Wechselgeld rüber. Dressler hatte das Gefühl, dass hier in diesem Viertel Schweigen tatsächlich noch Gold ist. Und offensichtlich musste selbst eine einfache Brotverkäuferin die goldenen Regeln lernen, um hier überleben zu können. Vielleicht hatte sie sogar den Bullenblick, mit dem sie auf 100 Meter einen Zivilpolizisten mit Rang und Namen identifizieren konnte.

Dressler zuckte mit den Schultern, ließ das Wechselgeld liegen und verließ die Bäckerei. Er ging zunächst zum Kiosk, der ein paar Meter entfernt lag. Danach ging er langsam schlendernd auf Miros Haus zu. Er schaute herüber zur Bäckerei, um zu sehen, ob er nun von dort ins Visier genommen wurde. Aber die Verkäuferin war gerade damit beschäftigt, neue Brötchen in den Backautomaten zu schieben. Also verschwand er schnell im Hauseingang und stieg hastig die Treppenstufen hoch. Im zweiten Stock fand er die Tür, durch die Miro zuvor in seiner Wohnung verschwunden war. Es gab kein Namensschild, aber auch das war hier wohl üblich.

Dressler sah sich kurz um und zog dann eine Kreditkarte aus dem Portemonnaie. Das Schloss war in Sekunden offen. Doch dann stutzte er. Die Kette war von innen vorgeschoben. War der Mann noch in seiner Wohnung oder jemand anderes?

Er wartete einen Moment, aber im Inneren der Wohnung rührte sich nichts. Also griff er hinein und betastete die Kette. Sie ließ sich ohne Weiteres öffnen, so dass er in die Wohnung hinein konnte. Vermutlich hatte der Mann die Kette als zusätzliche Vorsichtsmaßnahme benutzt. Er ließ die Tür leise ins Schloss fallen und verschaffte sich einen ersten Überblick.

Der Flur war nahezu leer. An einer Garderobe hingen einige Jacken und Mäntel, die er schnell durchsuchte. In den Taschen fand er kaum Bemerkenswertes. Eine Packung Zigaretten, ein wenig Kleingeld und einige Zettel. Er überflog die Zettel, die aber scheinbar nicht von Belang waren. Auf einem Zettel standen mehrere Handynummern. Er notierte sich die Rufnummern, steckte die Zettel zurück in die Tasche, aus der er sie genommen hatte, und öffnete einen Lamellenschrank am Ende des Flurs. Im Inneren muffelte es unangenehm nach alten Schuhen. Vor ihm hingen weitere Kleidungsstücke.

Aber auch hier fand er nichts, was seine Aufmerksamkeit erregte. Oben auf der Hutablage lag eine russische Fellmütze mit dem Logo der russischen Armee. Solche Mützen gab es zwar mittlerweile überall zu kaufen, aber er dachte sofort an die russische Mafia. Trotzdem: Selbst wenn Miro ein Ex-Soldat war oder auch Mitglied der Tambowskaja, im Moment half das Dressler wenig. Es machte ihm nur deutlich, wie riskant seine Aktion war.

Im nächsten Zimmer standen eine alte, gammelige Couchgarnitur und ein Fernseher, auf dem ein Heiligenbild und einige gerahmte Fotos zu sehen waren. Er erkannte Miro auf einem Foto, das ihn offenbar als Jugendlichen zeigte. Er stand mit einigen Gleichaltrigen an einem Strand und sie prosteten der Kamera zu. Außerdem fand er ein Foto, das Miro zusammen mit einer alten Dame, vermutlich seiner Oma, zeigte. Auf einem weiteren Bild im Goldrahmen sah er einen Mann um die 30, im Hippielook mit langen Haaren. Vielleicht war das Miros Vater.

Dressler machte schnell ein paar Fotos mit dem Handy. Zurück im Flur wollte er gerade ins Badezimmer gehen, als er Schritte vor der Tür hörte. Eher instinktiv öffnete er den Lamellenschrank und schaffte es gerade noch, die Tür zu schließen, als der Killer bereits die Wohnungstür geöffnet hatte. Und in diesem Moment durchzuckte Dressler ein furchtbarer Gedanke. Er hätte von innen die Kette wieder schließen sollen, wie er sie von außen vorgefunden hatte.

Er aber hatte sie nur hinter sich zugezogen. Ein Profi wie Miro, musste nun sicher sein, dass ein Fremder die Wohnung betreten hatte und vielleicht sogar noch anwesend war. Durch die schmalen Schlitze der Schranktür konnte er nun erkennen, dass Miro witternd an der geöffneten Wohnungstür stand. Gott sei dank war Dressler an diesem Tag nicht dazu gekommen, sein After Shave zu benutzen. Da stand er nun, schwitzend vor Angst, im stinkenden Wandschrank eines Killers und sah seinem Schicksal entgegen.

Miro zog aus seiner Jacke eine Waffe hervor und schraubte einen Schalldämpfer auf. Er ging langsam auf den Schrank zu, machte eine schnelle Drehung nach rechts und trat die halboffene Badezimmertür auf. Er verschwand hinter der Tür und Dressler konnte hören, wie Miro offenbar den Duschvorhang aufriss. Danach herrschte Stille. Miro tauchte erneut im Flur auf und Dressler stockte der Atem. Erst da kam ihm die Idee, seine Dienstwaffe zu ziehen und sie auf Miro zu richten. Der Killer schritt auf den Wandschrank zu und sog dabei Luft ein wie ein Wolf, der Witterung aufgenommen hatte. Kurz vor dem Wandschrank blieb er stehen. Einige Sekunden lang geschah nichts. Dressler spürte, wie ihm der Schweiß von der Nase tropfte. Da atmete Miro tief ein und trat mit einem heftigen Ruck die Wohnzimmertür auf. Er sprang in das Zimmer und Dressler hörte, wie Miro langsam durch das Zimmer schritt.

Dressler pochte das Herz. Er spürte, dass er nun handeln musste. Er konnte sich nicht mit einem Killer in eine Schießerei verwickeln lassen. Einerseits würde ihn das seinen Job kosten und andererseits das Leben.

Er wartete noch einen Augenblick, bis der Killer eine weitere Tür, die vom Wohnzimmer abging, aufgerissen hatte. Dann sprengte Dressler los. Er trat die Schranktür auf und rannte auf die geschlossene Wohnungstür zu. In dem Augenblick durchschoss ihn ein Gedanke: Hatte Miro die Tür ebenfalls nur zugezogen oder aber abgeschlossen? In diesem Falle musste er sich umdrehen und ohne zu warten schießen. Noch drei, noch zwei, noch ein Meter. Er riss an der Klinke und die Tür sprang auf. Im selben Moment hörte er das ihm so bekannte Geräusch einer schallgedämpften Faustfeuerwaffe. Direkt neben seinem

Kopf flogen Splitter vom Türrahmen durch die Luft. Ein weiterer Schuss landete offenbar im Treppenhaus, denn während Dressler die Stufen hinunterstürzte, hagelte es Putz von den Wänden auf ihn nieder. Er hielt sich beim Rennen immer am äußersten Rand der Treppe.

Unten angekommen wartete er im Hauseingang. Was nun? Würde Miro so unverfroren sein, und ihn vom Fenster aus beschießen? Wohl kaum. Die Gegend hier war so durchsetzt von Zivilpolizei, dass er das sicher nicht riskieren würde. Da hörte er oben eine Tür zuschlagen und hastige Schritte die Treppe herunter kommen. Also rannte Dressler. Er sprang raus auf die Straße und rannte um sein Leben. Er sprintete bis zur nächsten Straßenecke, bog rechts ab und rannte einen Gemüsestand um.

Dabei wagte er einen Blick nach hinten. Tatsächlich folgte ihm Miro, allerdings wirkte dieser seelenruhig. Dressler bog noch einmal rechts ab und bemerkte, dass er in einem Hinterhof stand, der vollkommen überwuchert war. Erst hier fiel ihm auf, wo er war. Immerhin war er in diesem Viertel einmal auf Streife gegangen. Er besann sich kurz. Das hier war ein Hof, den viele benutzen, um sich einen Druck zu setzen. Geradeaus war eine hohe Mauer, aber links gab es einen Trampelpfad, der ihn zur nächsten Straße brachte. Er schlug sich durch die dichte Bewachsung und sprang über eine kleine Mauer. Fast wäre er auf einen schlafenden Mann gesprungen, der auf einer Matratze lag. Er rannte weiter geradeaus, bog rechts in einen Hauseingang, hastete ein paar Treppenstufen hinauf und kletterte von dort aus durch ein Fenster.

Gerade, als er springen wollte, schlug erneut eine Kugel dicht neben ihm ein. Miro war offenbar näher, als er dachte. Dressler sprang, vertrat sich den linken Fuß und humpelte nun an der Hauswand entlang bis zur nächsten Toreinfahrt.

Dahinter mischte er sich unter die Passanten und hastete weiter in die Richtung, in der sein Auto stand. Noch einmal versuchte er einen Trick. Er betrat ein Café, rannte durch den Raum und sprengte raus auf die Terrasse. Von dort aus gab es früher einen Weg, der ihn zur Imbissbude führte, hinter der er seinen Wagen abgestellt hatte.

Doch die neuen Pächter hatten die niedrige Mauer gegen eine höhere eingetauscht, an der Kletterrosen wuchsen. Ohne nachzudenken sprang Dressler an dem Gitter empor, zerriss sich seine Hose und machte einen Satz ins Ungewisse. Auf der anderen Seite landete er auf einem leeren Grundstück. Er rannte weiter und fummelte im Laufen den Autoschlüssel aus seiner Hosentasche hervor. Er drückte die Entriegelung. Sein Auto blinkte. Nur Sekunden später saß er im Auto und gab Gas. Er wusste noch nicht einmal, ob der Killer ihm seit dem Fenstersprung überhaupt noch gefolgt war. Er wollte einfach nur weg. Dressler fuhr so schnell, dass er einen Kilometer später geblitzt wurde. Er musste die beginnende Panik möglichst bald bekämpfen, bevor ihm noch weitere Ungeschicke passierten.

Er atmete tief durch und stellte fest, dass er sich unbeabsichtigt auf den Weg zu Kim machte. Wenn so richtig Not am Mann war, dann war das ehemalige Strichmädchen immer die erste Anlaufstelle.

Wie immer rief er kurz vorher an, damit man ihn durch den Hintereingang hineinließ. Er hatte keine Lust, von irgendwelchen Politikern, Journalisten oder gar Kollegen gesehen zu werden.

Als er die Treppe hinaufschritt, öffnete sich bereits die Tür. Eine leicht bekleidete und sogar hübsche Mitarbeiterin Kims grinste ihn an und winkte ihn herein. Als Dressler die Treppe herauflief, überlegte er kurz, wie lange er schon nicht mehr mit einer Frau geschlafen hatte. Aber das mit den Frauen war eben eine komplizierte Sache. Oben im Flur sah er im Vorübergehen in einen Spiegel. Er sah aus, als wenn er von Wölfen durch das Unterholz gehetzt worden war. Und im gewissen Sinne stimmte das ja auch.

Kims Gesichtsausdruck lag zwischen Mitleid und Verwunderung. Trotzdem konnte sie sich ein Lachen nicht verkneifen.

„Sag mal, wer war denn diesmal hinter dir her, Bulle?"

„Dreimal darfst du raten. Ich hab Bekanntschaft mit dem Bekannten deines Bekannten gemacht."

„Hauptsache, du schiebst nicht mir die Schuld in die Schuhe."

„Doch klar, darum bin ich ja hier."

Jetzt musste auch Dressler grinsen.

„Nee, um ehrlich zu sein, hab ich mal wieder so richtig Schiss."

Kim kam rüber zu Dressler, setzte sich zu ihm und drehte einen Joint.

„Willst du heute hier bleiben?"

Dressler nickte erleichtert.

„O. k., du weißt, wo die Dusche ist. Ich frag gleich mal eines der Mädchen. Wir haben für den Fall der Fälle immer Wechselkleidung hier. Aber jetzt erzähl mal."

In dem Moment klingelte das Telefon.

Dressler kannte die Nummer nicht. Er nahm das Gespräch entgegen. „Hallo? Ah, hallo Soula, können Sie, äh, kannst du ..."

Dressler warf Kim einen Blick zu, errötete wieder und machte einen zweiten Anlauf.

„Soula, einen Moment. Ich bin gerade ..."

Kim lächelte und zwinkerte ihm zu. Dressler kam sich in der Situation vollkommen lächerlich vor.

„Nein, Fisch ist O. k.. Aber ich wollte ja schon beim letzten Mal sagen, dass ich am Freitag erst spät wieder zu Hause bin."

Kim schlug ein Bein über das andere, zündete sich den Joint an und verfolgte das Telefonat mit sichtlichem Vergnügen.

„Ja, aber ich muss ..."

„Aber können wir das nicht ..."

„Ja, also gut. Dann bis Freitag."

Erschöpft beendete er das Gespräch. Kim warf ihm einen verständnisvollen Blick zu.

„Soula. Hübscher Name." Sie grinste über beide Ohren.

„Was?" Dressler sah sich gezwungen, da einiges zurechtzurücken. Das ist meine neue ..."

„Hier." Kim steckte ihm den Joint zwischen die Lippen. „Ist

doch egal. Ich sag jetzt dem Mädchen Bescheid, dass sie dir neue Klamotten holt."

Dressler zog ein paar Mal an dem Glimmstengel. Dann drückte er ihn aus und rutschte tief in den Sessel. Er hatte die Putzfrau noch nicht einmal gesehen. Aber sie schien sich mit energischen Schritten den Weg in sein Leben zu bahnen.

Kim kam zurück ins Zimmer und schenkte ihm einen Whiskey ein.

„Jetzt erzähl mal", forderte sie Dressler auf und er erzählte ihr die komplette Geschichte von seiner Jagd. Danach trank er einen zweiten Whiskey in einem Zug leer und lehnte sich wieder zurück.

„Was willst du jetzt machen? Du kannst doch unmöglich mit ihm alleine fertig werden."

„Ich hab keine Ahnung. Vielleicht frage ich doch mal einen ehemaligen Kollegen, der noch in dem Viertel arbeitet. Aber das ist immer so eine Sache. Unter Bullen sitzt du immer im selben Boot, aber trotzdem gibt es immer welche, die gleichzeitig Löcher bohren, durch die Wasser eindringt oder Informationen raus."

„Tja, den Job hast du dir selbst ausgesucht."

„Ja", gab Dressler gequält zu. „Brauchst du noch einen stark gealterten Türsteher?"

Kim lachte laut auf, nahm ihn in den Arm und drückte ihm einen Kuss auf die Wange. „Ja, aber nicht in den Klamotten."

Kurz darauf erschien wieder die gut aussehende Frau, die ihm schon die Tür geöffnet hatte. Sie hatte einen Stapel Kleidung dabei und ein Handtuch. Dabei fiel Dressler ein, dass er dringend noch die Hose an seinen Kollegen Hendrix schicken musste. Irgendwie schien es sein Los zu sein, ständig von anderen Menschen mit Kleidung versorgt zu werden.

Doch Dressler nahm das Angebot dankend an, verabschiedete sich von Kim und ging ins Nebenzimmer. Unter der Dusche ging er die Lage noch einmal im Einzelnen durch. Die Sache mit Miro wurde ihm tatsächlich zu brenzlig. Der Killer war eine Nummer zu groß für ihn. Außerdem wusste er nicht, wie er aus dem Mann herausbekommen wollte, wer hinter den Morden an Krieger und Güldner steckte und wer als Nächstes auf der Abschussliste stand.

Vielleicht halfen ihm die Bilder weiter, die er in den Häusern der Opfer gesehen hatte. „SGM". Was mochten die Kürzel bedeuten? Es war erst mittags, als Dressler sich in Kims Gästebett legte. Er schrieb Claudia eine SMS, die er schreiben musste, obwohl ihn das Thema schwer im Magen lag: „Organisiere bitte für morgen Vormittag eine PK. Gruß, Jürgen."

Die Pressekonferenz war dringend überfällig. Dann schaltete er sein Handy aus und wollte einfach nur Ruhe haben. In seinen Gedanken geisterte wieder das Bild von der Teufelsfratze in Kriegers Haus durch seinen Kopf. Dann schlief er ein.

# Kapitel 30

Der Mann auf dem Sofa trug nichts außer seiner weißen Leinenhose. Er wirkte hager und dürr, dabei aber ungewöhnlich sehnig. Das Zimmer war dunkel, denn die Fensterläden öffnete er nur morgens ganz kurz, um nach dem Wetter zu schauen. Einzig der Fernseher blitzte hektisches blaues Licht in den Raum. Er hasste die Helligkeit, seitdem er davon überzeugt war, dass die Dunkelheit ihm bedeutend mehr Schutz gab als das Licht. Viel zu sehen gab es hier auch nicht. Außer dem Fernseher standen in diesem Raum nur ein Tisch, ein Stuhl und das alte Sofa, auf dem der Mann im Schneidersitz saß. Er war es gewohnt, sich auf das Wesentliche zu konzentrieren. Wozu brauchte man einen Schrank, wenn man einen Koffer hatte? Was will man mit Bildern, wenn der Kopf von ihnen überquillt? Wieso können sich Menschen an Blumen erfreuen, die gewaltsam ihrer natürlichen Umgebung entrissen wurden, die gezüchtet, dann in gläsernen Gefängnissen mit Gift besprüht, geschnitten und schon bald danach weggeworfen wurden?

Er gähnte, trank einen Schluck Tee und schaute auf seine Armbanduhr. Es war kurz nach 9.00 Uhr morgens. Die Sendung müsste eigentlich schon laufen. Aber seit fast zehn Minuten lief nur Werbung. Er hasste Werbung. Sie war grell, laut und die nach außen getragene Unbekümmertheit erzeugte Brechreiz bei ihm. Aber wenn der Ton ausgeschaltet war, dann empfand er Werbung als unterhaltsam und in vielen Fällen sogar als selbsttarnend. Diese ewig maskenhaft grinsenden Menschen wirkten wie die Hauptdarsteller eines absurden Theaterstücks. Die meisten Fernsehbilder, denen man ihren Ton entzog, fielen auf diese Weise in sich zusammen wie Luftmatratzen, aus denen man den Stöpsel zieht.

In einer fast rituellen Ruhe schälte er mit seinem Taschenmesser ein Stück Ingwer und steckte es sich in den Mund. Als er wieder aufblickte, lachte er laut auf und spuckte dabei fast das Ingwerstück wieder aus. Auf dem Bildschirm steckte ein selbstverständlich gut aussehender Mann einer ebenso selbstverständlich gut aussehenden Frau in Zeitlupe ein Stück Konfekt in den Mund. Langsam näherte er seine Finger ihrem Gesicht. Ihre Lippen waren voll und rot. Das Konfekt war weiß und rund. Die Blicke wechselten hin und her. Die Kameraeinstellungen zeigten die Menschen im Detail, wie unter einem Mikroskop. Würde man diesem Spot nicht nur die vermutlich schwülstige Musik, sondern auch noch das Produkt entziehen, diesen kleinen Klumpen Fett, Zucker und Salz, dann würde sich der Werbespot durch nichts von einem stinknormalen Porno unterscheiden.

„Jetzt steck ihr das Ding endlich in die Fresse." Die kahlen Wände warfen seine gesprochenen Worte zurück, so dass er selbst kurz zusammenzuckte. Ungeduldig sah er auf seine Uhr. Doch da begann der Vorspann zur Sendung, in der Kriegers Tod ein weiteres Mal unter die Lupe genommen würde. Genau wie eben noch diese beiden Menschen mit der Fett- und Zuckerkugel würde man Krieger auf den Fernsehseziertisch legen, ihn in nahen, eindrucksvollen Bilder und von allen Seiten zeigen, vorwärts und rückwärst. Dazu würden selbst ernannte Experten mit selbst ernannten Promis diskutieren, die sich entweder auf dem Weg nach oben wähnten und die Bühne benutzen wollten, um ihr neues Buch vorzustellen, oder die sich schon wieder auf dem Weg nach unten befanden und das Publikum flehentlich daran erinnern wollten, dass es sie noch gab.

Er fummelte die Fernbedienung hervor und stellte den Ton laut. Das Thema der Sendung lautete „Kriegers Tod – Gehen die Medien zu weit?" Und richtig: Als Gäste wurden ein Medienwissenschaftler vorgestellt und ein Fernsehprediger. Daneben saß eine Frau, die trotz ihrer Körperfülle so aussah, als wenn sie jeden Moment in sich zusammensacken würde. Sie wurde vorgestellt als Zeugin des Attentats. Vermutlich saß sie bei der

Explosion zufällig im Publikum und sollte uns nun unter Tränen die schrecklichen Momente noch ein weiteres Mal vorkauen. Daneben saß tatsächlich ein alternder Schlagersänger, der sich als Freund Kriegers präsentierte. Die letzten Gäste waren ein ebenfalls stark gealterter Showmaster und zwei Politiker, denen man ansah, dass sie sich schon bis an die Zähne mit fadenscheinigen Argumenten bewaffnet hatten, um im Verlaufe der Sendung ein Rededuell loszutreten, bei dem es nicht um das eigentliche Thema ging, sondern nur um Eitelkeit und Wählerstimmen.

Der Mann auf dem Sofa stöhnte laut auf. Insgeheim hatte er gehofft, noch ein paar andere Personen unter den Gästen zu finden. Aber das hier war ihm doch zu platt. Da kündigte die Moderatorin einen kurzen Zusammenschnitt der Ereignisse an. „Sag ichs doch. Jetzt werden sie deinen stinkenden Körper noch mal rauchen lassen." Er setzte sich aufrecht und drehte den Ton noch etwas lauter, so dass der leere Raum völlig vom Ton des Fernsehers eingenommen war.

Es tauchten Bilder aus Kriegers Vergangenheit auf. Man sah ihn auf verschiedenen Aufnahmen aus aller Welt. Er posierte vor Rauchsäulen und noch brennenden Autowracks. Er duckte sich während eines Interviews und die Kamera kippte um, als offenbar ein Geschoss in der Nähe einschlug. Dann sah man Fotos von Krieger mit seiner Frau. Er nahm wohl auch gerne an Galas oder Wohltätigkeitsveranstaltungen teil. Er riss jubelnd einen Fernsehpreis in die Luft. Dann stand er mit seiner wirklich gut aussehenden Frau auf einem roten Teppich und hob die Hand in Präsidentenpose zum jubelnden Volk. Seine Frau wirkte auf allen Bildern etwas verunsichert, distanziert. Sie stand als schöne Garnitur an seiner Seite, aber irgendwie gehörte sie nicht dazu. Nie sah man sie herzlich oder wie Krieger selbst überlegen und siegessicher lachen. Ihr Lächeln wirkte gezwungen. Selten blickte sie in Richtung der Kamera. Meistens zeigte sie sich in ihrem schönen Profil. Sie blickte mit einem kritischen Lächeln auf Krieger, der sich auf den meisten Aufnahmen offensichtlich mit ein paar lässigen Worten die Aufmerksamkeit des niederen Volkes sichern wollte.

Und dann kamen Aufnahmen aus seinen Shows. Einen Gast hatte er wohl derart provoziert, dass der aufsprang und versuchte, ihm die Fäuste ins Gesicht zu schlagen. Aber blitzschnell waren Sicherheitsleute da, die den rasenden Gast festhielten. Ein anderer Talkgast war offenbar von ihm in die Mangel genommen worden. Jetzt saß er da, wie ein Häufchen Elend und schlug die Hände vor die Augen.

Zuletzt zeigte man Bilder aus seiner letzten Show. Der Mann vor dem Fernseher wurde plötzlich achtsam. Denn er sah Aufnahmen, die er noch nicht gesehen hatte. Da hatte vermutlich jemand die entscheidenden Momente mit einer Amateurkamera festgehalten. Sie schwenkte ins Publikum und zeigte eine Jugendliche, die in die Kamera winkte und Kusshände in die Linse warf. Dann schwenkte sie auf die Bühne, die Musik hämmerte blechern im Hintergrund. Danach gab es den Knall. Die Kamera zuckte kurz. Der Filmer hatte sich offenbar erschreckt. Doch er filmte weiter und zoomte auf das Loch in der Bühne, aus dem sich gleich der Thron erheben sollte. Die Nebelmaschinen machten es unmöglich, zu unterscheiden, was Nebel und was Rauch von der Bombenexplosion war.

Dann erschien er auf seinem lächerlichen Thron. Die Bombe hatte ihm tatsächlich nur den Kopf zerrissen. Wieder musste der Mann auf dem Sofa lachen. Obwohl der Thron einen frisch getöteten Menschen auf die Bühne hob, klatschten die Menschen noch für etwa zwei Sekunden. Das Bild wurde wiederholt. Diesmal hatte man eine andere Einstellung gewählt, eine Studiokamera. Auch hier sah man deutlich den kopflosen Menschen und auch hier klatschten die Menschen. Danach wurde die Aufnahme ein weiteres Mal gezeigt. Diesmal hatte man das Bild vergrößert, so dass man Pixel sehen konnte. Und die Stelle des fehlenden Kopfes hatte man mit einem roten Kreis markiert, als müsste explizit darauf hingewiesen werden, wo sich der Kopf ursprünglich befunden hatte.

Damit endete die Einspielung und eine Kamera flog langsam und majestätisch auf die Moderatorin zu. „Gehen die Medien zu weit? Herr Brettschneider, Sie sind Medienwissenschaftler an der Essener Filmhochschule ..."

Ruckartig schaltete der Mann auf dem Sofa den Fernseher wieder stumm. „Ihr verdammten Heuchler. ‚Gehen die Medien zu weit?'. So ein Schwachsinn. Erst zeigt ihr die Brutalität und dann richtet ihr über sie.

Er stand auf, trat ans Fenster und stieß einen Fensterladen auf, um kurz hinaus zu sehen. Die Straße war leer. Nur eine alte dicke Frau wackelte mit ihrem Hündchen den Gehsteig entlang. Danach schloss er das Fenster und ging zu seinem Rucksack, der neben dem Sofa lag. Er überprüfte die Pistole, die schwer in seiner Hand lag, legte vier gefüllte Magazine daneben und ging seine weiteren Requisiten durch, die er einzeln auf der Liste abhakte. Es war alles vorhanden. Für seinen heutigen Auftrag musste er fit sein. Also setzte er sich in die Mitte des Raumes, um noch kurz seine Kraft- und Yogaübungen zu absolvieren.

# Kapitel 31

Miro war tatsächlich, nachdem Dressler durch das Treppenhausfenster gesprungen war, zurück zu seiner Wohnung gegangen. Er hatte keine Ahnung, wer der Mann war, der seine Wohnung durchsucht hatte. Er wusste nur, dass er nun nicht mehr hier bleiben konnte. Immerhin war er sich sicher, dass der Mann nichts gefunden haben konnte, was von Belang war.

Er holte einen Koffer aus dem Lamellenschrank und legte ihn auf den Wohnzimmertisch. Er warf hastig einige persönliche Dinge hinein, die Fotos, das Bildnis des heiligen Christopherus, seine Kleidung, seine Ersatzwaffe, einige Päckchen Munition, und verschloss den Koffer wieder. Als er sich umdrehen wollte, durchblitzte ein furchtbarer Schmerz sein Gesicht. Er fiel vornüber und landete unsanft zwischen Tisch und Sofa. Vor ihm stand der Mann, den er so lange gesucht hatte. Miros Blick wanderte nach rechts, wo sein Revolver lag. Doch der Mann, der ihm den brutalen Schlag versetzt hatte, erkannte seine Absicht und griff zuerst nach der Waffe. Da sah Miro, dass der Mann dünne OP-Handschuhe trug.

„Wo wohnt dein Auftraggeber?"

Miro sah den Mann entsetzt an. „Der ist tot."

Der Mann trat heftig gegen den Tisch, so dass Miro nun zwischen Tisch und Sofa eingeklemmt war. Er wollte brüllen vor Schmerz, aber seine Lungen waren so zusammengedrückt, dass er kaum einen Ton herausbrachte.

„Wo?"

„Was willst du?", quetschte er zwischen den Zähnen hervor. „Krieger und der andere sind tot."

Der Mann trat nun gegen den Koffer, der gegen Miros Gesicht schlug. Miro überlegte hastig, wie er sich aus der Situation retten konnte. Aber seine Waffe lag in der Hand seines Gegners und seine Ersatzwaffe war bereits im Koffer.

„Du weißt genau, wovon ich spreche. Ich will die Adresse."

„O. k., ich gebe sie dir."

„Nein, du sagt mir, wo sie ist."

„Im Koffer." In Miros Hirn ratterte es unaufhörlich. Vielleicht war dies seine letzte Chance.

Der Mann öffnete vorsichtig den Koffer. Einen Moment lang versperrte der Kofferdeckel seine Sicht auf Miro. Diesen Moment wollte er nutzen. Er ließ sich rasch heruntergleiten und trat mit aller Kraft gegen die Beine seines Gegenübers, um ihn zu Fall zu bringen. Im selben Moment wollte er sich auf die Seite rollen. Doch bevor er dazu kam, durchschlug die Kugel seinen Kopf.

Unberührt schloss der Mann den Kofferdeckel. Er hatte bereits gefunden, wonach er suchte. Der Killer hatte ein altes Foto von ihm in einen Goldrahmen gefasst. Auf der Rückseite fand er eine Handynummer. Das musste die Nummer seines Auftraggebers sein.

Jetzt musste er nur noch herausfinden, wo der Mann wohnte. Aber das hatte er bisher auch immer geschafft. Leise schloss er die Wohnungstür. Ein paar Straßen weiter warf er die Handschuhe in eine Mülltonne. Der Killer war ihm nur ein Steinchen auf seinem Weg. Das Steinchen war jetzt aus dem Weg geräumt. Es konnte weitergehen.

# Kapitel 32

Am nächsten Morgen saßen Dressler und seine Kollegen im Besprechungsraum. Claudia machte eine ironische Bemerkung über Dresslers neues Outfit. Schließlich hatte Kim ihn in eine moderne Designer-Jeans und ein Lacoste-Polohemd gekleidet, obwohl allseits bekannt war, dass Dressler sich normalerweise eher bodenständig kleidete und Polohemden über alles hasste.

Als die gesamte Mannschaft versammelt war, eröffnete er die Besprechung.

„Also, wir haben immer noch keinen entscheidenden Hinweis auf den Mörder. Ich will ehrlich sein: Die Luft wird immer dünner. Und um noch ehrlicher zu sein: Im Moment können wir fast nur darauf hoffen, dass der Mörder wieder zuschlägt und diesmal mehr Spuren hinterlässt, als er es bisher getan hat. Das ist leider im Moment alles, was mir dazu einfällt. Claudia, hast du noch was über das Kürzel herausgefunden?"

„Nein. Ich habe unsere Datenbanken überprüft und auch noch mal bei einem Kunsthändler angerufen, der jeden zeitgenössischen Künstler beim Vornamen kennt, aber der konnte mir auch nicht weiterhelfen. Der Künstler kann seiner Ansicht nach nur ein Amateur sein, der seine Bilder nicht verkauft, oder er kommt aus dem Ausland."

„Ausland.", Dressler rieb sich das Kinn. „Vielleicht hat Krieger bei seinen Auslandsreisen auch im großen Stil Bilder eingekauft."

Es trat eine Stille ein. Dressler schüttelte den Kopf, als wenn er einen unangenehmen Gedanken abschütteln wollte.

„Stefan, hast du etwas?"

Kollege Mahlberg schüttelte den Kopf.

„Oliver?"

Oliver Weiler hielt eine CD oder eine DVD hoch und drehte sie zwischen den Fingern. „Die Aufnahmen, die wir von der Show haben, sind nicht die einzigen. Es gibt noch eine Aufnahme von einem Amateurfilmer, der im Zuschauerraum saß – mit dem Handy gefilmt."

Alle Augen richteten sich auf ihn.

„Und?", fragte Dressler ungeduldig.

„Leider nichts. Die Aufnahme ist insgesamt nur knappe zwei Minuten lang. Sie zeigt vor allem die Freundin des Filmers im Publikum und dann aber auch die Szene, in der der Thron mit dem kopflosen Krieger hochgefahren wird."

„Hast du die Bilder mit den Aufnahmen der Krieger-Produktion abgeglichen?" Claudia war offensichtlich erstaunt darüber, dass Weiler Amateurmaterial aufgetrieben hatte.

„Ja, sicher. Du siehst auch nur vier, fünf Nasen um die Frau herum. Und weil die beiden in der vierten Reihe gesessen haben, sind die Leute auf dem Material auch auf den uns bekannten DVDs zu sehen."

„Sieht man denn vielleicht Gabrenz im Hintergrund?"

„Nein, Claudia. Meinst du, sonst hätte ich bis heute mit der Info gewartet?"

„Wurde vielleicht auch draußen gefilmt oder gab es vielleicht Fotos?" Auch Dressler wollte noch nicht sofort aufgeben.

„Nein. Auch nicht."

„Wo hast du das Material eigentlich her?" Claudia war augenscheinlich ein wenig verwundert über Olivers Fund, obwohl dieser sich als nicht brauchbar erwies. Ihm schien die Frage nicht besonders angenehm zu sein. Denn er zögerte ein wenig.

„Ich habe gestern per Zufall eine Sendung gesehen, in der das Material auftauchte. Und dann habe ich die Redaktion angerufen und sie gebeten, mir das Material zu schicken.

„Bist du denn sicher, dass du alles bekommen hast? Wieso hast du dir nicht direkt den Namen des Filmers geben lassen?"

„Mensch, Claudia, jetzt gib doch einfach mal zu, dass ich hier gute Arbeit geleistet habe. Hätte ja sein können, dass da was drauf ist."

„Ist ja schön, dass du dir morgens Talksendungen reinziehst. Aber dann solltest du auch den zweiten Schritt machen."

„Stopp, stopp, stopp, Leute. Alles gut, alles gut. Wir können froh sein, dass wir die Aufnahmen von Oliver haben. Auch wenn darauf nichts direkt Verwertbares zu sehen ist, haben uns die Aufnahmen ja auf die Idee gebracht, mal nach weiteren Zuschauern zu suchen, die vielleicht etwas gefilmt haben. „Vielleicht sollten wir doch bei der Pressekonferenz einen Aufruf machen, dass sich alle melden sollen, die vor, während und nach der Show fotografiert oder gefilmt haben? Auch wenn ich – ehrlich gesagt – lieber ohne einen „Hilferuf" auskommen möchte."

„Vielleicht sollten wir es etwas unauffälliger verpacken?", warf Claudia ein.

„Vielleicht. Na ja, erstmal sacken lassen. Ich muss noch mal drüber nachdenken, wie wir es machen." Dressler wendete sich zu seinen beiden jungen Kollegen und betrachtete die Wurstfinger, die der rechts sitzende wie zum Gebet gefaltet hielt, ohne dass ihm sein Name in den Sinn kam. „„Und ihr? Habt ihr etwas in Güldners Anruflisten oder auf dem PC gefunden?"

Der mit der Brille antwortete schulterzuckend: „Wir haben gestern noch bis in die Nacht an Güldners Rechner gesessen. Der PC in seinem Autohaus wurde überhaupt nicht von ihm benutzt und der private Rechner nur sporadisch. Güldner scheint ein Internetmuffel zu sein. Auf dem privaten Rechner hat er ab und an ein paar Pornoseiten aufgerufen und bei einem Account hat er wohl auch Pornofilme gegen Gebühr heruntergeladen. Aber er hat keine einzige Internetseite aufgerufen, die etwas mit unserem Fall zu tun haben könnte. Er hat sich noch nicht einmal die Internetseite von Kriegers Produktionsfirma angeschaut.

Manchmal hat er im Online-Telefonbuch etwas nachgeschlagen. Da sind wir noch dran. Aber bisher waren das alles Rufnummern, die eher mit Sportvereinen oder auch mit dem Schützenverein zu tun haben."

„Und sein Telefon, sein Handy?"

„Er hat im Durchschnitt vielleicht fünf Anrufe am Tag geführt.

Aber das ist auch alles harmlos. Und sein Handy hat er so gut wie gar nicht benutzt."

„Ich habe seine Frau auch mal darauf angesprochen und die sagte, dass er das Handy oft sogar zu Hause liegen gelassen hat. Güldner gehört einfach einer anderen Generation an", ergänzte Claudia.

„Das gibt es doch nicht. Wie können zwei Menschen, die durch ein brutales Verbrechen in Verbindung stehen, so offensichtlich nichts miteinander zu tun gehabt haben. Wir haben das Radarfoto, wir wissen, dass sie sich in den Niederlanden getroffen haben, beide haben sich von dem gleichen Fälscher die Geburtsurkunde fälschen lassen und wir wissen sogar, dass sie den gleichen Mörder haben. Und die sollen niemals miteinander telefoniert haben, keine Mails, nichts? Krieger hätte ja auch niemals bei Güldner einfach reinschneien können, weil seine Frau sonst im Dreieck getitscht wäre. Wie also konnten die sich verabreden? Durch Rauchzeichen?"

Timo Felser rückte seine Brille zurecht und sah sich gezwungen, seine Arbeit und die seines Kollegen zu rechtfertigen.

„Wir haben wirklich alles probiert. Wenn die beiden über die uns bekannten Kanäle kommuniziert hätten, dann wüssten wir es."

„Schon klar. Ich mache euch auch keine Vorwürfe – nicht falsch verstehen. Aber mir ist so etwas noch nicht vorgekommen."

„Meiner Ansicht nach ist dieser Umstand aber auch eine Aussage."

„Was meinst du damit, Claudia?"

„Ich bin mir sicher, dass die beiden durch etwas absolut Schwerwiegendes in Verbindung stehen und dass beide nicht das sind, was wir von ihnen glauben. Die beiden sind Profis. Niemand sonst würde so viel Arbeit darauf verwenden, dass eine Verbindung unerkannt bleibt."

„Ja, aber Profis für was? Die beiden hatten ihren Job und beide haben gearbeitet wie die Tiere."

„Die Vergangenheit." Stefan rutschte auf seinem Stuhl herum, als wenn ihm seine Aussage peinlich sei.

„Ja, das stimmt", wandte sich Dressler an ihn. „Der Schlüssel liegt in der Vergangenheit."

Claudia tippte auf ihre Uhr, was Dresslers Körpertemperatur in die Höhe schnellen ließ.

„Ja, Claudia, ich weiß, die Pressekonferenz. Also gut, noch mal alles von vorne. Ich denke, wir müssen uns jetzt wirklich von dem distanzieren, was wir bisher gesehen haben. Stefan hat Recht mit seinem Schlüssel in der Vergangenheit."

Dressler rückte seinen Stuhl an den Tisch und faltete die Hände. „Wir müssen also versuchen, die Sache mit mehr Abstand zu betrachten. Haben wir es hier mit einem Psychopathen zu tun? Nein. Denn die Opfer sind offensichtlich nach einem anderen Muster ausgesucht. Die Männer hatten eindeutig in der Vergangenheit Kontakt miteinander. Und sie haben alles versucht, dass dieser Kontakt im Dunkeln bleibt. Warum? Warum hat Güldner seiner Frau verheimlicht, dass er Krieger kannte? Sie war scheinbar ein Fan der Sendung. Da hätte es Güldner doch gefallen müssen, Krieger mal zum Grillen oder auf ein Bierchen einzuladen. Aber er hat das Gegenteil getan. Er hat über viele Jahre beharrlich geschwiegen. Warum tut man so etwas? Eigentlich nur, wenn man Dreck am Stecken hat. Ich glaube, dass die beiden in der Vergangenheit etwas verbrochen haben, was sie decken wollten. Die Tatsache, dass beide Geburtsurkunden gefälscht waren, unterstreicht das nicht nur, sie spricht auch dafür, dass sie etwas sehr Gefährliches getan haben, was sie um Kopf und Kragen hätte bringen können. Und es muss außerhalb ihres eigentlichen Dunstkreises gelegen haben. Ich bin mittlerweile sicher, dass es nichts mit der Medienszene, mit Drogenhandel oder mit sonst etwas zu tun hat, was auf der Hand liegt. Es muss etwas ganz Fernliegendes sein. Darum brauchen wir die Distanz."

Es herrschte Schweigen im Raum. Die Anwesenden schauten auf den Tisch, auf ihre Hände oder sie schauten auf Dressler. Aber niemand schien eine Idee zu haben.

In diesem Moment öffnete sich eine Tür. Eine junge Assistentin trat herein.

„Herr Dressler?"

„Ja, was ist?"

„Das hier ist heute Morgen für sie abgegeben worden."

Sie übergab Dressler einen Briefumschlag, den er sofort öffnete.

Die Frau drehte sich um und wollte den Raum wieder verlassen.

„Nein, warten Sie", bat sie Dressler schnell. „Wer hat den Brief denn abgegeben?"

„Keine Ahnung. Der Portier sagt mir nur, dass eine gutaussehende Frau heute morgen in der Frühe da war und ihm den Brief gegeben hat."

Ein Grinsen ging durch den Raum, das Dressler aber nicht wahrnahm. Denn er las mit Erstaunen, was in dem Brief stand. Er schob den Zettel schnell wieder in das Kuvert. Aber da hatte er bereits die Aufmerksamkeit der anderen geweckt.

Er warf schnell noch einen Blick auf den Umschlag, auf dem weder Absender noch Empfänger verzeichnet war, schob den Brief von sich fort und versuchte, einen möglichst desinteressierten Gesichtsausdruck zu machen. Trotzdem fiel sein Blick immer wieder auf den Umschlag, der vor ihm lag.

„Was haben wir sonst noch?", versuchte er die Situation zu überspielen.

„Wir können ja noch mal in die Archive abtauchen und versuchen, irgendetwas über die Vergangenheit der beiden in Erfahrung zu bringen", warf Oliver Weiler ein. „Vielleicht finden wir doch noch etwas über Krieger im Pressearchiv.

„Oder wir könnten die Fotos von Krieger und Güldner an die Presse weitergeben", schlug Stefan Mahlberg vor. „Sozusagen als Aufruf, wer etwas über die Verbindung der beiden weiß. Vielleicht wurden beide irgendwo zusammen gesehen ..."

„Auch wenn das an sich keine schlechte Idee ist, möchte ich davon absehen, die Öffentlichkeit um Hilfe zu bitten. Einerseits würde das unsere Hilflosigkeit kundtun. Und andererseits verspreche ich mir davon auch nichts Großartiges. Die Fotos der beiden waren ja eh in allen Zeitungen zu sehen. Und wenn jemand etwas wüsste und es uns mitteilen wollte, dann hätte er es getan. Aber das mit den Archiven sollten wir noch mal angehen. Denn die Lösung liegt, wie gesagt, in der Vergangenheit. Mich würde zum Beispiel interessieren, ab wann die Geschichte der beiden anfängt. Und ab wann die Biographie im Dunkeln verschwindet. Und bitte lasst doch die Zigarettenkippen untersuchen, die ich vor dem Haus von Güldner und in Holland eingesammelt habe. Gauloises-Raucher gibt es zwar viele, aber ich habe irgendwie das Gefühl, dass sie vom Täter stammen."

„Ist alles schon in der Mache. Die Pistole und alles andere, was du aus Holland mitgebracht hast, habe ich auf Fingerabdrücke kontrolliert. Aber auch da ist nichts. Ich weiß, das klingt alles wie in einem schlechten Traum. Aber es ist so. Die Zigarettenkippen habe ich ans LKA Köln geschickt, damit wir einen genetischen Fingerabdruck bekommen. Das Ergebnis steht noch bis heute Abend oder spätestens morgen Früh aus."

„O.k., ansonsten, so leid es mir tut, müssen wir auf ein Zeichen des Himmels oder auf eines des Mörders warten. Claudia, würdest du bitte gleich mit auf die PK kommen?"

„Ja klar. Soll ich irgendwas Besonderes vorbereiten?"

„Nein, was denn? Haben wir vielleicht die Pistole und die Munition noch hier?"

Jens Meister nickte.

„Dann bring bitte beides in Tüten mit für die PK. Sowas sehen die Presseleute immer gern. Ihr zwei", dabei zeigte er auf Timo und Lukas „stellt bitte einen Rechner von Güldner und ein Laptop von Krieger auf. Außerdem noch irgenwelche Telefone. Ist mir eigentlich scheißegal welche. Und seht zu, dass die Teile alle bewacht werden und niemand daran rumgriffelt. So, das war's."

Damit stand Dressler auf, nahm sich das Kuvert und verließ den Raum vor den erstaunten Augen seiner Mitarbeiter.

„Was ist denn mit dem los?" Stefan Mahlberg schüttelte den Kopf und drückte damit das aus, was sich viele fragten.

„Kannst du dir das nicht vorstellen?" Oliver Weiler zählte eins und eins zusammen und half damit unbewusst seinem Vorgesetzten Dressler, alle anderen von der Wahrheit abzulenken.

„Ist dir nicht aufgefallen, dass sich Dressler neu eingekleidet hat? Außerdem dann dieser Brief. Mann, der hat irgendwo eine Frau aufgetan."

„Na, da hat er sich aber den richtigen Zeitpunkt ausgesucht", warf sein Kollege Mahlberg ein.

„Ich weiß nicht", gab Claudia Hoppenstedt zu bedenken. „Ich glaube nicht, dass es eine Frau ist."

„Ein Mann?" Oliver Weiler lachte und klopfte sich auf die Schenkel.

„Mal ehrlich, wieso bist du denn so überzeugt, dass er keine Frau am Start hat? Das sieht man doch auf den ersten Blick."

„Ja, Mann'", stichelte Claudia Hoppenstedt zurück. „Darum siehst du auch nur die Hälfte. Das hat mit einer Frau nichts zu tun, aber dass er anders drauf ist, das sehe ich auch. Wir werden sehen."

Daraufhin stand sie auf, nahm ihre Unterlagen und verließ ebenfalls den Raum.

Zwei Zimmer weiter saß Dressler bereits allein in seinem Büro und öffnete den Brief.

„Miro, der Killer, den Krieger engagiert hat, ist tot."

Obwohl kein Absender darunter stand, wusste Dressler natürlich, dass nur eine den Brief verfasst haben konnte: Kim. Aber woher kannte sie den Namen Miro? Den konnte sie nur erfahren haben über den Dealer, den sie ihm vermittelt hatte.

Zuerst wollte er sie anrufen. Dann aber suchte er in einem Stapel die heutige Express-Zeitung heraus. Er erstarrte. Der Aufmacher des Tages lautete. „Hinrichtung im Drogenmillieu – Dealer durch Kopfschuss getötet."

Unter der Headline war ein Foto abgelichtet. Auch wenn das Gesicht verpixelt worden war, sah Dressler eindeutig, dass es sich um Miro handelte, der auf dem Boden lag. Neben ihm auf dem Teppich erkannte Dressler sogar das gerahmte Foto, das Miro vermutlich zusammen mit seiner Oma zeigte. Hastig begann er, den Artikel zu lesen. Ihn interessierte vor allem, ob seine gestrige Flucht vor Miro an einer Stelle erwähnt wurde.

In diesem Moment öffnete Claudia die Tür, mit einem Aktenordner und einem Laptop in der Hand.

„Es ist so weit." Sie hatte offensichtlich bemerkt, dass Dressler aufgewühlt war. Dann blickte sie auf den Tisch.

„Alles klar?"

Dressler hatte Brief und Zeitung vor sich liegen.

„Ja, alles in Ordnung."

Draußen sah er Jens Meister an der Tür stehen, mit einem Aktenordner unter dem Arm.

„Soll ich das Radarfoto zeigen?" Sie deutete dabei auf ihr Notebook.

„Ja, mach nur", gab er lapidar zurück.

Dressler atmete durch, ging zum Spiegel neben der Tür, ordnete seine Sachen und ging hinunter in den Konferenzraum, der für die Presse vorbereitet war. Während er ging, ratterte sein Gehirn. Der Mord an Miro konnte ihn in Teufels Küche bringen. Dabei sollte er sich gerade jetzt eigentlich innerlich auf die Pressevertreter vorbereiten.

Es war 11.00 Uhr. Als er die Tür zum Konferenzraum öffnete, ließ er Claudia und Jens aus Höflichkeit vorgehen, aber am liebsten hätte er die Tür direkt, nachdem sie eingetreten waren, wieder zugeknallt. Der Raum war bis auf den letzten Platz gefüllt. Und an der hinteren Wand drängten sich weitere Presseleute. Alleine fünf bis zehn Kameras sah er aus dem Augenwinkel. Dazu waren mindestens 20 Fotografen dort und da der Raum 120 Stühle hatte, konnte er sich ausrechnen, dass sicher mehr als 200 Personen ihr Interesse an dem Fall durch ihre Anwesenheit bekundeten.

Dressler schob Claudia den Stuhl zurecht.

„Guten Morgen. Ich begrüße Sie zu unserer ersten Pressekonferenz im Fall Krieger und Güldner. Meine Kollegin Frau Hoppenstedt und mein Kollege Jens Meister von der Spurensicherung werden Ihnen ebenfalls Rede und Antwort stehen. Zunächst gebe ich Ihnen eine kurze Zusammenfassung der bisherigen Ermittlungen."

Dann begann Dressler nach und nach die Karten auf den Tisch zu legen. Er hatte eine spontane Eingebung, seine Strategie auf Offenheit auszurichten. Er schilderte die Fälle von Krieger und Güldner im Detail und kam dann auch auf die Zusammenhänge zu sprechen. Dabei nahm er kein Blatt vor den Mund, dass die Fahndung immer wieder an eine Grenze stieß: die Vergangenheit der beiden Opfer.

Claudia hatte eine vollkommen andere Strategie von Dressler erwartet. Sie war davon ausgegangen, dass Dressler auf Zeit spielen würde, damit ihnen der Fall nicht von einer Sonderkommission abgezogen wurde. Doch sie ahnte schon, dass Dressler mit der Ehrlichkeit kokettieren wollte, weil er nicht mit Fakten, sondern einzig und allein mit Sympathie überzeugen konnte.

Er erzählte auch von dem Wochenendhaus in Domburg. Er wies auf die Computer und Telefone hin, die alle keine brauchbaren Hinweise enthielten. In diesem Moment warf Claudia mit ihrem Notebook das Radarfoto an die Wand und kommentierte es.

„Hier sehen Sie das Radarfoto der Kollegen aus den Niederlanden. Das Foto wurde im Juni auf einer Straße bei Breda aufgenommen und zeigt eindeutig Krieger und Güldner. Hier ein Foto von Werner Güldner zum Vergleich. Beide Personen wurden darüber hinaus von nahen Angehörigen eindeutig identifiziert."

Dann berichtete Jens von seinen Erkenntnissen. Er zeigte auf einem Overheadprojektor eine Zeichnung, die die Konstruktion der Bombe verdeutlichte. Irgendwann musste er also auch dazu noch Zeit gefunden haben. Danach schilderte er, dass die Tatorte immer frei von Fingerabdrücken waren, die sich eventuell dem Mörder zuordnen ließen.

Dressler freute sich innerlich, weil er das Gefühl hatte, dass sein Team hier doch ein für ihn unerwartet professionelles Bild ablieferte, obwohl er sich mit den beiden vor der PK nicht einmal über ihre Strategie unterhalten hatte.

Die Suche nach einem Maler mit dem Kürzel „SGM" wurde aus ermittlungstechnischen Gründen nicht angesprochen. Auch darüber war Dressler froh, denn er hätte sich bei Claudias Übereifer durchaus vorstellen können, dass sie hier Bilder des Malers präsentieren wollte.

Nachdem ein Fotograf damit begonnen hatte, die Beweisstücke zu fotografieren und ihm immer mehr seiner Kollegen folgten, forderte Dressler sie auf, damit zu warten, bis die Pressekonferenz beendet sei. Danach wandte er sich an die Anwesenden und bat sie, der Reihe nach ihre Fragen zu stellen und sich auf ein „vernünftiges Maß" zu beschränken, damit alle Redaktionen ihre Chance hätten und damit die Ermittlungen zügig weitergehen konnten.

„Gippert, vom Stadtanzeiger", meldete sich ein erfahrener Kollege aus Köln. „Die beiden Vorfälle sehen ja doch eindeutig aus, als wenn wir es hier mit dem organisierten Verbrechen zu tun haben. Wieso wird die ganze Angelegenheit immer noch hier im – sagen wir mal – kleinen Rahmen in Overath bearbeitet?"

Dressler wollte gerade etwas darauf antworten, als er sah, dass Claudia sich ihr Mikro zurechtbog und ihn fragend anblickte. Er machte ein Handzeichen und gab das Wort an sie weiter.

„Die Serie hat hier Ihren Anfang genommen. Ein Serienmörder wählt sich in den meisten Fällen sein erstes Opfer sehr bewusst aus. Darum liegt immer noch ein besonderes Augenmerk auf Krieger. Für den Fall Güldner hatten wir hier in Overath ein deutliches Vorwissen gegenüber unseren Kollegen in Grevenbroich."

Der Reporter unterbrach Claudia.

„Ich meine damit auch nicht, dass man die Ermittlungen aus dem kleinen Rahmen Overath in den kleinen Rahmen Grevenbroich verlagern sollte."

Es gab Gelächter im Saal.

„Ich spreche von Spezialisten vom Landeskriminalamt."

Bevor Dressler sich äußern konnte, reagierte Claudia.

„Wir könnten Sie ja auch fragen, warum Sie hier sind und nicht die BBC."

Auch hier gab es ein wenig Gelächter im Saal. Dressler vermied ein Schmunzeln, freute sich aber über Claudias Gangart.

„Nein, mal in Ernst. Natürlich stehen wir in ständigem Kontakt mit dem LKA. Wir arbeiten nicht nur auf landesweiter und bundesweiter Ebene, wir stehen ebenso in Kontakt mit der Polizei in den Niederlanden, mit der es übrigens eine hervorragende Zusammenarbeit gibt. Es besteht also keinen Grund, das engere Team hier zu erweitern. Unser Team vereint Spezialisten aus allen Bereichen und es würde uns nicht weiterhelfen, wenn wir Besprechungen mit 20 oder mehr Personen hätten. Übrigens ist das bei Ihnen ja genauso. Sie arbeiten deutschlandweit mit Redaktionen zusammen. Aber wenn Sie eine Redaktionssitzung haben, dann sitzen auch nicht alle Korrespondenten an Ihrem Tisch.

Sie gab von sich aus das Wort an den nächsten Reporter, der aufzeigte.

„Jensen, von der Rheinischen Post. Wie kann es denn sein, dass wir hier zwei Opfer haben, die an keiner Stelle in öffentlichen Verzeichnissen aufgeführt sind, keine echte Geburtsurkunde, keine Einträge in Kirchenarchiven?"

Dressler warf Claudia einen kurzen Blick zu. Woher hatte der Mann die Informationen? Gab es in seinem Team eine undichte Stelle?

„Ich meine", fuhr der Mann fort „Ich muss doch heute sogar am Zigarettenautomaten meinen Ausweis vorzeigen."

Wieder gab es Gelächter.

„Die Opfer hatten tatsächlich beide gefälschte Geburtsurkunden und sind angeblich nicht in Westdeutschland aufgewachsen. Sie dürfen nicht vergessen, dass durch die Kriegswirren, durch die vielen Kriegsflüchtlinge, durch Heimkehrer und Aussiedler die Situation in den Jahrzehnten nach dem Krieg kaum zu durchschauen war. Und die Archivierung erfolgte ohne vernetzte Computer und all dem, was wir heute zur Verfügung haben."

„Bitte." Dressler zeigte auf den nächsten Pressevertreter, bevor der Mann von der RP noch einmal nachhaken konnte.

„Keaton van der Brugge von Sat 1 – Punkt zwölf. Sie waren doch selbst schon bei der Krieger-Show zu Gast und Sie wohnen im selben Ort. Was empfinden Sie, wenn Sie die erschütternden Bilder im Fernsehen sehen?"

„Um ehrlich zu sein, bin ich in den letzten Tagen nicht dazu gekommen, fernzusehen. Außerdem geht es hier nicht um Empfindungen, sondern um Ermittlungen. Die Empfindungen überlasse ich lieber Ihnen."

„Aber Sie sind doch bei Ihrem Auftritt in Ulrich Kriegers Sendung persönlich angegriffen worden."

Da griff Claudia erneut ein. „Bitte bleiben Sie mit Ihren Fragen im Rahmen der aktuellen Ermittlungen. Wir alle waren über den Tod Ulrich Kriegers nicht mehr und nicht weniger erschüttert als über jeden anderen Mord, den wir zu bearbeiten haben. Aber unsere Aufgabe ist es nicht, uns von einem Mord erschüttern zu lassen, sondern ihn aufzuklären. Die nächste Wortmeldung, bitte."

Dressler sah stur geradeaus, als wenn er nichts anderes von Claudia erwartet hätte. Doch er fühlte sich in diesem Moment unsagbar glücklich, sie als Kollegin neben sich sitzen zu haben.

„Marco Waldorf von der BILD-Zeitung, Köln. Wann müssen wir mit dem nächsten Mord rechnen?"

Diesmal wollte Dressler schneller sein, damit er nicht ganz ins Hintertreffen geriet. „Eine gute Frage. Ganz ehrlich: Wenn wir das wüssten, dann würden wir ihn verhindern. Aber ich denke, wir kommen auch ohne hellseherische Fähigkeiten voran. Doch ich weiß schon, worauf Sie hinaus wollen. Wir würden uns in der Tat wünschen, mit den Ermittlungen deutlich weiter zu sein. Aber einerseits können wir Ihnen hier nicht alle aktuellen Einzelheiten und Ermittlungsergebnisse auf den Tisch legen, um die Fahndung nicht zu gefährden. Und andererseits haben wir es hier mit einem sehr außergewöhnlichen Fall zu tun. Denn nicht nur der Mörder hält sich mit großer Professionalität im

Dunkeln, sondern auch die Opfer taten es. Dadurch haben wir es mit mehreren Unbekannten gleichzeitig zu tun."

„Beylenschmiedt, vom WDR, Köln. Nach allem, was Sie sagen, muss der Mörder doch im Publikum gesessen haben. Gibt es denn keine Gästelisten oder Videoaufzeichnungen, auf denen der Mörder zu sehen ist? Frage zwei: Gestern geisterten Bilder von einer Amateurkamera durch die Medien. Wieso wurde das Material dem Privatfernsehen zur Verfügung gestellt, uns aber nicht?"

Auch diesmal wollte Dressler seine Kollegin entlasten. „Zu Ihrer ersten Frage: Wir haben – genauso wie Sie – erwartet, dass es eine solche Gästeliste gibt. Aber die gibt es nicht. Es gibt im Wesentlichen drei Wege, an Karten zur Show zu kommen. Weg eins ist das Internet. Hier lassen sich die Zuschauer natürlich identifizieren. Und wir haben selbstverständlich bereits alle Mailanfragen überprüft."

Claudia und Jens wagten einen kurzen Seitenblick, da beide wussten, dass dies nicht der Fall war.

„Außerdem konnte man die Karten schon Wochen vorher persönlich abholen. Und es gab Weg Nummer drei: Man ging einfach hin und besorgte sich die Karte kurz vor der Sendung. Sie können übrigens davon ausgehen, dass ein Mörder, der offenbar extrem geschickt vorgeht, seine Karte nicht per Mail zu sich nach Hause bestellt hat. Und da wir die Zuschauer bis auf die hintersten sechs Reihen überprüft haben, müssen wir davon ausgehen, dass der Mörder dort saß. Auch das spricht dafür, dass er seine Karte erst am Abend der Veranstaltung geholt hat. Denn wer zuletzt kommt, sitzt gewöhnlich hinten.

Zu Ihrer zweiten Frage: Das Amateurmaterial hat der Privatsender nicht von uns erhalten, sondern von einem Zuschauer der Kriegersendung. Wir hätten die Aufnahmen auch nicht freigegeben, weil sich ja tatsächlich der Mörder darauf befunden haben könnte."

„Haben Sie das Material denn mittlerweile gesichtet?"

„Ja selbstverständlich, direkt im Anschluss an die Ausstrahlung wurden die Aufnahmen von unseren Spezialisten ausgewertet. In dem Zusammenhang: Vielleicht nutzen Sie ja Ihre Position und fragen Ihre Leser, Zuhörer oder Zuschauer, ob irgendjemand noch Aufnahmen gemacht hat, egal ob Video oder Foto. Es kann alles nützlich sein. Der Mörder hat mit großer Sicherheit in einer der letzten sechs Reihen gesessen. Da geht es also um einen Personenkreis von etwa 180 Menschen. Vielleicht hat irgendjemand etwas Auffälliges bemerkt? Es kann alles nützlich sein. Nur bitte überlassen Sie zuerst uns die Aufnahmen und machen Sie keine eigenen Mutmaßungen. Denn zum einen möchten wir den Mörder nicht mehr als nötig über unseren Ermittlungsstand informieren und zum anderen dürfen wir nicht vergessen, dass unter 180 Zuschauern vermutlich 179 saßen, die wir vor falschen Verdächtigungen schützen müssen.

Zu den Aufnahmen, die gestern veröffentlicht wurden auch noch eine Anmerkung: Ich empfinde es als absolut pietätlos, wenn nun Videoaufnahmen von Ulrich Kriegers Leiche durch die Medien geistern. Das dient weder der Berichterstattung noch den Ermittlungen."

Ein weiterer Medienvertreter stand auf und wollte gerade seine Frage stellen. Da wendete sich Claudia erneut an die Anwesenden.

„Im Übrigen muss ich Sie darauf aufmerksam machen, dass wir uns nun wieder den Ermittlungen widmen müssen. Ich bedanke mich herzlich für Ihre Aufmerksamkeit."

Damit standen Claudia, Dressler und auch Jens auf, um den Sitzungssaal zu verlassen. Timo und Lukas blieben bei den Beweisstücken und beaufsichtigten die Arbeit der Fotografen und Kameramänner.

Auf dem Flur gingen die drei nebeneinander her, ohne ein Gesicht zu verziehen. Dann bogen Sie ein in das Besprechungszimmer und Jens zog die Tür hinter sich zu. In dem Moment nahm Dressler in einer spontanen Reaktion Claudia in den Arm und drückte sie.

„Das hast du fabelhaft gemacht. Und du auch." Er schüttelte Jens die Hand. „Claudia, ich hatte manchmal das Gefühl, dass du das auch ganz allein hättest erledigen können."

„Jürgen, ich weiß, dass die Presse vor allem dich im Fokus hatte. Ich hab da einfach weniger zu verlieren. Und ich bin echt froh, dass du den Aufruf an die Zuschauer rausgegeben hast. Vielleicht hilft uns das ja doch weiter."

In diesem Moment kam eine Assistentin der Kripo in den Raum und reichte Dressler einen Telefonapparat.

„Landrat Dr. Markworth für Sie."

Dressler nahm den Apparat entgegen.

„Dressler?"

„Hallo Herr Dressler. Das haben Sie gut gemacht."

„Danke, Herr Dr. Markworth. Aber woher wissen Sie das schon?"

„Der Lokalsender hat die PK übertragen. Ich weiß, dass Sie alle in einer schwierigen Lage sind. Und ich weiß auch, dass Sie im Moment auf der Stelle treten. Trotzdem zählt für uns alle auch die Außenwirkung und da haben Sie gerade gepunktet. Dessen ungeachtet muss ich Sie auffordern, sich jetzt noch mehr reinzuhängen. Ich habe selbst in den letzten Tagen mehrere Presseanfragen gehabt und wir brauchen Ergebnisse – und zwar bald. Der Druck steigt, Dressler."

Dressler schaute in die Runde. „Wir werden Ihnen die Ergebnisse liefern. Aber", er zögerte „Ich kann Ihnen da einfach nichts versprechen. Ich könnte Ihnen auch was vormachen. Aber ich weiß, dass uns das alles nichts nützen würde. Wir brauchen hier eine qualifizierte Arbeit. Nur die wird uns die gewünschten Ergebnisse liefern."

„Das weiß ich. Und Sie alle haben mein Vertrauen. Glückwunsch übrigens auch an Ihre junge Kollegin. Das hat sie wirklich gut gemacht."

„Werde ich so weitergeben."

Damit war das Gespräch beendet. Dressler blickte zu den anderen auf, die das Gespräch mitgehört hatten. Es entstand für einen Augenblick eine allgemeine Erleichterung.

„Tja, so sieht es aus." Dressler ließ sich in den Stuhl sinken und genoss für einen Augenblick den Erfolg, auch wenn er sich noch nicht auf die Ermittlungen selbst ausgeweitet hatte.

# Kapitel 33

Walter saß mit Hans am Küchentisch. Vor ihnen lag eine Metallröhre, aus der mehrere Drähte herausschauten. Walter war gerade dabei, einen Wecker aufzuschrauben, der als Zünder dienen sollte. Daneben lagen noch zwei weitere Wecker, die sie zur Sicherheit gekauft hatten und weil sie einen davon im Steinbruch mit einer wirklichen Sprengladung ausprobieren wollten.

Hans beugte sich tief über ein mehrseitiges Papier, das erklärte, wie man Zeitbomben baute. Auch wenn beide sehr konzentriert bei der Sache waren, wirkte das Ganze so, als ob sie nur an einem Modellflugzeug schrauben würden.

Hans schaute zu Walter hinüber und warf seine Stirn in Falten. „Wie willst du eigentlich testen, ob das alles so funktioniert, wie du dir das denkst?"

„Ganz einfach", gab Walter zurück. Er zog aus der Hosentasche eine Glühbirne. „Damit."

Kurz darauf hatte er mehrere Drähte miteinander verbunden und den Wecker gestellt.

„Das Blöde ist nur, dass die Weckzeit noch sehr ungenau ist. Du stellst den Scheißzeiger auf genau acht und dann geht die Kiste doch schon um halb los."

„Hast du die Zündung denn mit dem richtigen Zeiger verbunden?"

Walter starrte ihn an.

„Wie, Zeiger? Wenn der Wecker tutet, dann wird ein elektrischer Impuls ausgelöst und der zündet schließlich die Bombe.

„Und der Wecker klingelt immer eine halbe Stunde vor der angezeigten Zeit?"

„Richtig."

„Dann würde ich es mal damit probieren, den Zeiger von der Weckanzeige ein wenig umzubiegen."

Walter glotzte ihn nun vollkommen verständnislos an. Doch plötzlich erhellte sich die Mine. „Eigentlich hast du Recht."

Er nahm den Zeiger, bog ihn ein kleines Stückchen um, stellte den Wecker und verband die Glühbirne mit der Konstruktion. Danach schob er beides von sich fort, lehnte sich zurück und drehte sich eine Zigarette. Im Hintergrund lief das Radio. Ein britischer Sender lieferte psychedelische Rockmusik, in die Guru vollkommen versunken schien. Dann betrat Dieter den Raum. Er schritt geradewegs auf das Radio zu und verstellte den Sender.

„Hey, Mann. Was soll das?" Guru schaute Dieter verständnislos an.

„Mann, kapierst du nicht, dass wir jetzt keine Wochenend-Freaks mehr sind? Wir haben jetzt ein paar dicke Dinger gedreht und ich will wissen, was die Nachrichten sagen.

Kurz darauf kam auch Berni rein und machte es sich in einem abgewetzten Sessel bequem. Gerade als der Jingle zur Nachrichtensendung kam, klingelte der Wecker und alles schreckte auf. Walter verstellte kurz etwas an der Zeitschaltuhr und alle lauschten stumm auf das, was aus dem Radio kam.

„Offenbach", begann der Radiosprecher die Nachrichten. Dieter drehte die Lautstärke hoch.

„Nach dem Überfall auf den Geldtransporter und dem brutalen Mord an den Angestellten des Sicherheitsunternehmens ist die Polizei offenbar auf einer ersten heißen Spur. Die Täter haben als Fluchtfahrzeuge dem Vernehmen eines Polizeisprechers nach Motorräder benutzt. Die Ermittler gehen mittlerweile von vier bis fünf Tätern aus. Außerdem wurde in einem Waldstück im Hunsrück ein Fahrzeug sichergestellt, das den Mördern ebenfalls als Fluchtfahrzeug gedient haben soll. Der Sprecher der Polizei bittet die Bevölkerung, die Ermittlungen zu unterstützen. Sachdienliche Hinweise können auch anonym bei jeder Polizeidienststelle abgegeben werden. Bonn. Bundeskanzler Brandt erwartet heute ..."

Dieter schaltete das Radio aus. Gerade als er etwas sagen wollte, klingelte der Wecker erneut, so dass Guru vor Schreck den Aschenbecher vom Tisch fegte. „Mensch, jetzt stell das verdammte Teil aus", brüllte Dieter. Walter schaltete schnell an dem Gerät herum, so dass der Wecker verstummte und die Glühbirne verlosch. Immerhin: Der Wecker funktionierte einwandfrei als Zünder.

„Scheiße!" Dieter ließ sich auf das Sofa fallen. „Jetzt haben wir es in den Nachrichten also noch vor Kanzler Brandt gebracht.

„Welcher Idiot hat denn die Karre einfach im Wald abgestellt?", stichelte Hans.

„Wo hätte ich sie denn sonst abstellen sollen, du hirnloses Arschloch?"

„Auf jeden Fall hätten wir ihn nicht zehn Kilometer von hier abstellen sollen, du Schwachkopf. Jetzt wissen die doch genau, wo sie suchen sollen."

„Dann mach es das nächste Mal besser, du Wichser."

„Keine Sorge", Hans schlug Dieters Hand zur Seite. „Das werde ich."

Hans setzte sich und widmete sich wieder der Bombe auf dem Küchentisch. „Los, weiter. Wir haben nicht mehr so viel Zeit."

Dieter verließ den Raum. Berni folgte ihm. Guru stellte sich wieder den Musiksender ein und am Tisch baute Walter mit Hans weiter an der Bombe.

Draußen steckte sich Dieter eine Zigarette an.

„Ich hab keinen Bock mehr."

„Was meinst du?", fragte ihn Berni

„Das macht doch alles keinen Sinn."

„Nächste Woche ist Owens hier in Deutschland. Die beiden sitzen immer noch am Küchentisch und spielen mit ihrem Wecker rum. Und die Bullen sind uns dicht auf den Fersen."

„Tja", Berni setzte sich auf einen alten Küchenstuhl, der neben der Tür stand. „Ich habe irgendwie das Gefühl, dass die ganze Aktion ein großer Fehler ist. Wir sind nicht Baader. Und selbst der sitzt."

Dieter betrachtete Berni genau von der Seite. Er wollte unbedingt wissen, wie er zu der Sache stand. Dann versuchte er es zaghaft, ohne zuviel von seiner Einstellung preiszugeben.

„Gestern habe ich schon mal gewünscht, wir würden uns aufteilen und uns aus dem Staub machen." Er spuckte aus.

„So etwas habe ich auch schon überlegt. Aber was meinst du, wie die anderen darauf reagieren würden, vor allem Hans?"

„Tja, Hans."

Es entstand eine lange Pause, während vom Inneren des Hauses immer wieder das Tüten des Weckers zu hören war.

„Wie ist denn deine Einstellung? Ich muss einfach wissen, wie du darüber denkst. Vielleicht können wir ja mit den anderen sprechen."

Berni dachte nach. Doch bei Dieter war er sich ganz sicher, dass er nun seine Meinung aussprechen konnte.

„Ganz ehrlich? Ich würde das alles hier abbrechen und die Biege machen."

„Gut, dann ganz ehrlich meine Meinung: Ich bin sicher, dass wir jetzt nur noch die eine Wahl haben, wenn wir uns nicht erschießen lassen wollen oder für den Rest unseres Lebens in den Knast abwandern wollen. Wir müssen die Aktion abbrechen. Und ich bin mir irgendwie sicher, dass Walter ganz schnell dabei ist. Für den ist das doch nur ein Jux. Guru ist eh formbar."

„Ja, aber Hans. Wie willst du den überzeugen?"

„Tja, Hans. Der Idiot."

Dieter blickte erneut auf Berni, um seinen Gesichtausdruck zu mustern. „Entweder er lässt sich überzeugen oder er kann mir gestohlen bleiben."

„Du vergisst, dass wir alle Mitwisser sind."

„Nein", erwiderte Dieter energisch „Das vergesse ich bestimmt nicht. Wir sind immer noch eine Gruppe und wir entscheiden demokratisch, wie wir weiter vorgehen."

Doch irgendwie kamen selbst ihm diese Worte verlogen vor. Berni wurde eindringlicher. „Noch mal: Was ist, wenn Hans sich nicht überzeugen lässt?"

Die beiden schauten sich taxierend an.

„Dann werden wir ihn aus dem Weg räumen", antwortete Dieter langsam und überzeugt. Berni ließ erleichtert die Schultern sinken. Das langsame Abtasten war für beide erfolgreich verlaufen. Sie hatten festgestellt, dass sie auf einer Linie waren.

„Das wollte ich hören", grinste er Dieter an. Er schaute kurz durch das Fenster, um sicherzugehen, dass niemand ihn hören konnte, doch die beiden saßen immer noch in ihre „Bombe" vertieft am Küchentisch, während Guru am Radio herumfummelte.

„Ich bin dabei. Mir geht er seit langem auf die Nerven. Und ich finde, wir müssen uns bald entscheiden. Ich habe keine Lust, hier von einer Spezialeinheit zusammengeschossen zu werden."

„O. k., lass uns reingehen und mit den anderen sprechen."

Die beiden gingen in die Küche. Hans sprang von seinem Stuhl auf und schaute die beiden mit glänzenden Augen an. Er lachte.

„Es klappt. Walter hat es hinbekommen."

„Ja, es klappt", bestätigte Walter.

Hans stellte den Wecker ein und eine halbe Minute später klingelte er und die kleine Birne begann zu leuchten.

„Wir müssen nur noch den Sprengstoff einfüllen und es kann losgehen. Morgen gehen wir zum Steinbruch und probieren es mit einer kleinen Ladung. Das macht nur ‚peng' und dann wissen wir, dass wir loslegen können." Hans wirkte überglücklich. Aber Walter sah am Gesicht der anderen, dass Dieter und Berni etwas Wichtiges besprochen hatten.

Berni schaute zu Dieter herüber. Er forderte ihn mit einem Blick auf, die Karten auf den Tisch zu legen.

„Hans", fing Dieter an. „Die Bullen haben den Wagen zehn Kilometer von hier gefunden. Es ist aus. Wenn du jetzt noch im Steinbruch rumdonnerst, dann haben wir morgen Mittag alle eine Kugel im Kopf.

Hans sah ihn völlig verständnislos an und schwieg. Selbst Guru verstand, dass es jetzt um etwas Entscheidendes ging, und stellte das Radio ab.

„Hans", Dieter probierte es weiter auf die sanfte Tour. „Wir können nicht weiter." Hans blickte mit großen Augen in die Runde. „Das kann nicht dein Ernst sein. Was willst du denn jetzt machen?"

Dieter sammelte sich, setzte seinen Fuß auf einen Stuhl und stützte seinen Ellbogen verschwörerisch auf die Rückenlehne. „Hans, es gibt keine andere Möglichkeit mehr. Es ist aus. Wir sollten das Geld aufteilen, uns trennen und uns schleunigst aus dem Staub machen."

Es war in der Küche so still, dass man eine Nadel hätte fallen hören können. Da zerriss plötzlich der Wecker die Stille. Alle zuckten sie zusammen. Dieter hatte sogar plötzlich seine Pistole in der Hand. Er machte einen raschen Schritt zum Tisch und schlug mit dem Griff der Pistole auf den Wecker, der sofort verstummte. Als sich der Schreck bei allen wieder gelegt hatte und Dieter seine Wumme zurück in die Hose gesteckt hatte, begann er auf ein Neues.

„Hans, das mit den Toten war ein beschissenes Missgeschick. Aber jetzt ist uns die ganze Republik auf den Fersen. Verstehst du das nicht? Die Aktion gegen Owens wäre jetzt purer Selbstmord." Er blickte fragend und um Zustimmung heischend in die Runde. „Mensch Leute, lasst uns einen Schlussstrich ziehen."

Hans blickte mit großen Augen in die Runde. „Das kann nicht dein Ernst sein."

„Doch." Dieter blickte Hans prüfend an. „Das ist mir sogar sehr ernst. Hans, das alles macht keinen Sinn mehr. Ich finde, wir sollten alle mal in uns gehen und uns in ein paar Stunden noch mal zusammensetzen. Die Zeit rennt uns davon. Wir müssen uns entscheiden."

So löste sich die Gruppe aus ihrer Verkrampfung. Berni blickte Dieter zustimmend an. Sie gingen raus auf den Hof. Walter zuckte mit den Schultern und verließ kurz hinter den beiden die Küche. Guru schaltete das Radio wieder an und der Raum wurde von Countrymusik durchflutet. Hans blieb allein am Küchentisch sitzen und blickte verloren auf die Überreste des Weckers.

Gegen vier Uhr nachmittags holte er die anderen zu einer Besprechung zusammen. Im Kaminraum spürte man, dass sich die Stimmung bei jedem von ihnen unterschiedlich entwickelt hatte. Dieter hatte ein unschuldiges Lächeln aufgelegt. Man merkte ihm an, dass seine Entscheidung bereits felsenfest war. Offenbar hatte er draußen noch mit anderen gesprochen und sie auf seine Seite gezogen. Auch Walter schien gelöster, Berni schaute gelangweilt aus dem Fenster. Nur Guru machte einen erbärmlichen Eindruck. Als Hans zu ihnen herüberkam, wirkte er äußerst aufgebracht und nervös.

„Und?", fragte Dieter. Hans ließ sich schwerfällig in einen alten Sessel fallen und schüttelte verzweifelt den Kopf „Ich kann das nicht, Dieter. Nein, anders: Wir können das nicht".

Dieter grinste und wollte gerade einen Kommentar abgeben. Doch Hans stoppte ihn mit einem Blick. „Ich weiß, was Du sagen willst. Und ich bin ehrlich: Auch ich habe schon mal daran gedacht, das Geld zu behalten. Aber ihr habt vergessen, wofür wir die Kohle besorgt haben."

Dieter merkte, dass es Hans sehr ernst war, und versuchte, ihn zu beruhigen. „Hans, ich weiß genau, wofür wir das Geld besorgt haben. Ich habe meine politische Meinung auch nicht geändert. Irgendwann werden wir zugreifen, aber der letzte Coup war einfach zu groß. Die werden uns jetzt überall suchen. Was nutzt uns eine überhastete Aktion, wenn wir vorher in den Bau wandern? Wir können nicht mal hier noch länger bleiben. Hans, wir müssen weg." Die letzten Worte betonte Dieter einzeln.

Hans starrte auf den Boden und rieb sich verzweifelt die Stirn. Die anderen schauten sich an. Es schien ein wenig, als wenn Dieter ihn überreden könne. Doch plötzlich hob Hans seinen Kopf und blickte die anderen der Reihe nach an. Er schien in ihren Gesichtern lesen zu wollen. Doch was las er da?

Aus einer Gruppe rebellischer und visionärer junger Leute war plötzlich ein Haufen von Raubmördern geworden. Alle Ziele waren verkauft, alle Träume geplatzt.

„Nein!", schrie Hans. Er trat mit voller Wucht den Tisch um.

„Du hast mich nicht verstanden", erwiderte er, während er sich vor Dieter aufbaute. „Wir sind keine Schweine, die drei Leute umbringen und uns mit der Kohle ein nettes Leben machen."

„Was heißt drei Leute? Wen haben wir denn umgebracht? Drei verfickte Bullen aus einem Geldtransporter. Die gehören doch auch zu diesem Schweinesystem", warf Dieter ruhig, aber mit betont genervtem Tonfall ein.

„Falsch! Wir sind die Vertreter des Schweinesystems", antwortete Hans hartnäckig. „Wir. Die hatten Familie, Dieter. Wir sind es denen verdammt noch mal schuldig, dass wir die Sache jetzt auch durchziehen und die Leute killen, die für die ganze Scheiße verantwortlich sind."

„So", Dieter stand auf, stellte sich direkt vor Hans auf und nahm eine bedrohliche Haltung an. „Du meinst also, dass wir denen helfen können, wenn wir Owens killen? Dann geht Owens hopps und wir wandern wie die Bader-Meinhof-Leute in den Bau. Willst Du das?"

Bevor Hans antworten konnte, packte Dieter Hans am Kragen und stieß ihn zurück in den Sessel. „Meinst Du, dass die da was von haben? Meinst du, wenn wir versuchen, den Ami umzublasen, meinst du, dass davon einer der Geldtransporterleute wieder anfängt zu leben? Hans, die haben nichts mehr davon. Aber ich habe was davon, wenn ich mir die Kohle nehme und mich aus dem Staub mache. Und ihr alle auch."

Jetzt sprang auch Hans wieder auf. Die beiden packten sich gegenseitig am Kragen und standen in bedrohlicher Haltung, Nase an Nase.

„Wenn du nur einen einzigen Schein für dein Vergnügen ausgibst ...", drohte Hans.

Doch Dieter legte seine Hand an die Waffe, die in seiner Hose steckte.

„Was dann?", fragte er provozierend. Doch für alle überraschend und schneller als Dieter hatte Hans plötzlich seine Pistole in der Hand und drückte sie Dieter an die Stirn. „Dann bist du erledigt. Und das meine ich vollkommen ernst."

„Du bist doch vollkommen durchgeknallt", brachte Dieter hervor. So eine Reaktion hätte er nicht erwartet. Er drehte sich langsam zu den anderen um und erwartete ihre Unterstützung. Doch Guru und auch Walter stand der Schreck ins Gesicht geschrieben. Berni schien das Ganze vollkommen gleichgültig, fast mit einer gewissen Schadenfreude zu beobachten.

Walter machte schließlich einen zaghaften Versuch, die Situation zu entschärfen. „Hans, wir würden in der gespannten Lage ohnehin nicht an den Owens rankommen. Lass uns doch mal in Ruhe darüber nachdenken."

„Wir haben lange genug darüber nachgedacht", sagte Hans, „Jetzt werden wir handeln. Es ist alles vorbereitet. Jeder von uns hätte aussteigen können, bevor es zur Sache ging. Jetzt liegen die ersten Leichen auf unserem Weg. Es gibt kein Zurück mehr. Owens wird für seine Schweinerei gerichtet."

Hans stieß Dieter, so dass er über einen Beistelltisch stürzte und auf dem Boden landete. Danach riss Hans die Tür auf, ging hinaus und knallte sie wütend zu, so dass der Türrahmen krachte und Putz von der Wand rieselte.

Dieter schaute fragend in die Runde. Zuletzt sah er zu Berni herüber. Der schaute Dieter einen kurzen Moment an. Dann schloss und öffnete er langsam seine Augen. Damit war das Todesurteil über Hans gefällt.

# Kapitel 34

„Claudia, kommst du bitte mal schnell vorbei?"

Dressler legte das Telefon auf den Tisch. In seinem Kopf ratterte es. Hatte er auch wirklich nichts vergessen? Es war eigentlich eine Dummheit, wegen eines Versprechens gegenüber einem Dealer auf eigene Faust zu ermitteln und dabei Kopf und Kragen zu riskieren. Was, wenn ihn jemand identifizieren würde? Wenn etwa die Brotverkäuferin zum Besten gab, dass sie ihn am Tag der Ermordung Miros am Tatort gesehen hatte? Einmal mehr wünschte er sich, einen anderen beruflichen Weg eingeschlagen zu haben. Er hätte es beim LKA mittlerweile weit bringen können. Er hätte geregelte Dienstzeiten, einen besseren Verdienst und vielleicht, vielleicht hätte er sich sogar für ein geregeltes Leben an der Seite einer Familie gewöhnen können.

Dann aber wieder schüttelte er sämtliche Zweifel ab. Er wollte kein Schreibtischtäter sein. Mitten in seinen Überlegungen platzte Claudia Hoppenstedt in sein Büro. Sie war die Einzige, die ab und an auch ohne anzuklopfen in sein Zimmer trat. Und sie war auch die Einzige, bei der es ihm nichts ausmachte.

„Es kommt Bewegung in die Dinge. Setz dich."

Er schob ihr den vermeintlich anonymen Brief hin und wartete ihre Reaktion ab. Sie las laut: „Miro, der Killer, den Krieger engagiert hat, ist tot."

„Wer ist Miro?", fragte sie verwundert.

„Das ist, vielmehr, das war Miro", sagte er und schob ihr die „Express" hin. Sie überflog den Artikel und pfiff durch die Zähne.

„Das sieht wirklich nach so etwas wie Bewegung aus. Ist das der Brief, den die Kollegin während der Besprechung reingebracht hat?"

Dressler nickte.

„Und was machen wir jetzt?"

Dressler stand auf und nahm sich seine Jacke.

„Jetzt fahren wir nach Köln. Von unterwegs aus rufen wir einen ehemaligen Kollegen an, der sicher in der Sache ermittelt. Ich will mir den Tatort ansehen. Ich bin mir sicher, dass der Mörder von Krieger und Güldner identisch ist mit dem Mörder von Miro."

„Wieso?"

„Na, hör mal. Das liegt doch auf der Hand. Krieger hat Drohbriefe bekommen. Gehen wir mal davon aus, dass die vom Mörder kamen. Also hat Krieger sich einen Killer engagiert, um den Mann zur Strecke zu bringen, der ihm ans Leder wollte."

Bei Claudia hellte sich die Mine auf.

„Und dann hat sich Kriegers Mörder auch den Killer geschnappt?"

„Genau."

Im Auto bemerkte er, dass seine junge Kollegin immer noch Zweifel an seinen Deutungen hatte.

„Claudia, Krieger hatte einen Privatdetektiv engagiert. Vielleicht haben die Drohbriefe ja auch überhaupt nichts mit unserem Mörder zu tun. Aber Krieger hatte definitiv Angst. Und ich möchte mein rechtes Bein darauf verwetten, dass Krieger einen Schritt weiter gegangen ist und einen Killer beauftragt hat, den Mann zu töten, der es auf ihn abgesehen hat."

„Sollten wir nicht lieber mal nachforschen, wer den Brief abgegeben hat? Wer von der Sache mit Miro weiß, der weiß doch sicher noch mehr."

„Ach, das ist mir jetzt erst mal egal. Wir haben dafür im Moment keine Zeit. Der Mord an Miro ist noch frisch und der Täter ist vielleicht noch nicht weit gekommen. Das ist der Punkt, an dem wir weitermachen müssen."

Damit wollte Dressler das Gespräch endgültig beenden. Ihre Fragen brachten ihn in Bedrängnis. Um sie von ihren Gedanken abzulenken, zog er sein Telefon aus der Tasche und telefonierte mit seinem früheren Kollegen, bei dem sich herausstellte, dass er tatsächlich die Ermittlungen im Mordfall Miro leitete. Und der kurze Dienstweg funktionierte gut. Er hatte keine Einwände, Dressler und sein Team in die Angelegenheit einzubinden.

Danach rief Jens an.

„Jürgen?"

„Ja."

„Wir haben erste Erkenntnisse aus dem genetischen Fingerabdruck."

„Warte mal kurz."

Dressler stellte das Telefon laut.

„Schieß los."

„Also erst einmal handelt es sich eindeutig um Zigarettenstummel von ein und derselben Person. Und wir suchen einen Mann, der aus Mitteleuropa kommt, vermutlich sogar aus Deutschland."

„Wie sicher ist die Information?"

„Tausendprozentig."

„Wie lässt sich das denn anhand der Zigarettenkippe feststellen?"

„Willst du das wirklich wissen?"

„Sonst würde ich nicht fragen."

„O.k., es gibt schon zahlreiche genetische Daten und Profile über die Menschen, die hier in Deutschland leben. Und da kann man anhand so genannter Single Nucleotid Polymorphismen herausfinden, ob ein Mensch seine Wurzeln eher in der einen oder in der anderen Region der Welt hat."

„Das heißt, wir suchen weder einen Asiaten noch einen Schwarzafrikaner, sondern jemanden, der aussieht wie du und ich."

„Exakt."

„Na ja, dann kommt natürlich immer noch eine ganze Menge von Menschen in Betracht."

„Das schon. Aber es ist eine erste Eingrenzung. Wir kennen das Geschlecht und die Herkunft. Vielleicht können wir die Suche in ein paar Tagen aber noch weiter eingrenzen."

„Wie denn?"

„Es gibt mittlerweile schon die Möglichkeit, das Alter heraus-zufinden, und zwar ziemlich genau."

„Ich dachte, die Gene hat man einmal und sie verändern sich nicht."

„Na ja, sie können sich schon verändern. Aber es gibt da ein paar Parameter, die die Veränderungen über die Anzahl soge-nannter TCR-Exisions-Zirkel darstellen können und die verän-dern sich so gleichmäßig, dass man das Alter eines Menschen bis aufs Jahr genau bestimmen kann."

„Puh, na ja. Also danke für die Lehrstunde. Ich habe auf jeden Fall behalten, dass wir jetzt einen Mann suchen, der eher hell-häutig und hellhaarig ist, stimmt's?"

„Richtig."

„Gut, also, dann halte mich bitte auf dem Laufenden, wenn du noch mehr weißt."

Dressler legte auf und steckte das Telefon wieder ein.

„TCR-Exkursionszirkel. Womit man sich heute als Bulle alles beschäftigen muss."

„Ich finde das interessant."

„Ja, interessant ist es. Aber bevor mein Dienstalltag so aus-sieht, dass ich mir den ganzen Tag DNA durch ein Mikroskop anglotzen muss, dann renne ich lieber vor einem bewaffneten Killer davon." Den Rest der Fahrt schwiegen die beiden.

Am Tatort angekommen stellte Dressler seiner Mitarbeiterin sei-nen früheren Kollegen vor.

„Hallo Michael, das ist Claudia Hoppenstedt, eine meiner engsten Mitarbeiterinnen." Er bemerkte, dass sie sich dadurch geehrt fühlte.

„Claudia, das ist Michael Zalokar. Mit ihm habe ich früher das Viertel hier bearbeitet."

Die beiden gaben sich die Hand. Als sie das Haus in der Tau-nusstraße betraten, schaute Dressler kurz hinüber zur Bäckerei, in der er tags zuvor das Haus observiert hatte. Immer noch hat-te er die Befürchtung, dass die Brotverkäuferin plötzlich auf die

Straße rennen könnte, um ihn als Tatverdächtigen zu beschuldigen.

Im Treppenhaus warf er unbemerkt einen Blick auf das Einschussloch in der Wand. Oben angekommen öffnete Michael Zalokar die Tür und zu dritt betraten sie die Wohnung.

Es war alles so, wie Dressler es in Erinnerung hatte. Den Wandschrank wagte Dressler kaum anzusehen. Das Erlebnis hatte sich ihm tief genug eingebrannt.

Im Wohnzimmer sah Dressler die Veränderungen. Der Fernseher war leer geräumt. Der Wohnzimmertisch war zur Seite gerückt. Die Leiche hatte man bereits abtransportiert. Aber der Fundort war mit weißer Farbe gekennzeichnet.

Neben dem Wohnzimmertisch lag ein Koffer, den Dressler bei seinem ersten Besuch nicht bemerkt hatte. Im Kofferdeckel war ein Einschussloch. Dressler machte ein paar Aufnahmen vom Tatort. Er sah im Koffer einige Kleidungsstücke und die gerahmten Bilder, die zuvor auf dem Fernseher standen. Das Bild von Miro im Jugendalter, das Bild mit der alten Dame und das Bild vom heiligen Christopherus.

Plötzlich erstarrte er. Seine Reaktion war auch von Claudia Hoppenstedt nicht unbemerkt geblieben. Er zog sich ein paar Handschuhe an und hob einen leeren Bilderrahmen hoch.

„Habt ihr hier etwas verändert?"

„Nein, wieso?", gab Michael Zalokar zurück.

„Der Bilderrahmen hier ist leer. Das ist doch eigentlich ungewöhnlich."

„Wir haben die Leiche zur Gerichtsmedizin geschafft. Sonst ist hier alles so, wie wir es vorgefunden haben."

„Habt ihr schon eine Aussage, wann der Mann getötet worden ist?", fragte Dressler mit einer gutem Portion eigenem Interesse.

„Da müssen wir das Gutachten der Fachleute abwarten. Aber wir gehen davon aus, dass es irgendwann gestern zwischen 20 Uhr und den frühen Morgenstunden passiert sein muss."

„Hat denn niemand etwas gehört?"

„Nein, wir haben die Nachbarn schon befragt. Aber einmal ist man hier nicht besonders redselig in solchen Dingen und zum anderen hat der Täter vermutlich eine Waffe mit Schalldämpfer benutzt."

Dressler betrachtete den leeren Bilderrahmen von allen Seiten. Er versuchte, sich das Bild in Erinnerung zu rufen, dass bei seinem ersten Besuch noch in dem Rahmen steckte. Am liebsten hätte er sofort in seinem Handy nachgeschaut, denn er wusste, dass er die Bilder alle abfotografiert hatte. Dann legte er das Bild zurück auf den Boden, wo es vorher gelegen hatte.

„Ist der Mann denn früher schon mal in Erscheinung getreten?"

„Nicht bei uns. Aber wir haben uns hier ein wenig umgehört. Der Tote soll angeblich mit Drogen gehandelt haben und das nicht im geringen Maße. Aber uns war er bisher noch nie aufgefallen."

„Könntet ihr uns denn auf dem Laufenden halten? Mich würde vor allem interessieren, ob es Fingerabdrücke gibt, ob es vielleicht doch Zeugen gibt, die den Täter gesehen haben könnten, und ob hier etwas abhanden gekommen ist."

„Rechnest du denn damit, dass es hier um einen Raubmord geht?", fragte Dresslers ehemaliger Kollege.

„Nun ja, vielleicht hatte der Mann größere Mengen Drogen hier, die jemand brauchen konnte. Aber vielleicht suchte der Mörder auch etwas anderes. Wir haben nämlich einen anonymen Hinweis bekommen."

Dressler zeigte dem Mann den Brief, den er am Morgen erhalten hatte. Michael Zalokar betrachtete den Brief eingehend und gab ihn an Dressler zurück.

„Habt ihr eine Ahnung, wer hinter dem Brief stecken könnte? Vielleicht weiß die Person mehr, als hier in dem Brief steht."

Dressler warf einen Seitenblick auf Claudia Hoppenstedt.

„Nein", gab Dressler zurück. „Aber um ehrlich zu sein, interessiert mich das im Moment auch nicht besonders. Ich nehme den Hinweis ernst und die Spur ist noch heiß. Wir haben eigentlich ein anderes Opfer erwartet. Darum bin ich froh, dass es ,nur' ein Killer ist. Es ist absolut nachvollziehbar, dass Krieger jemanden engagiert hat, der den Mann töten sollte, der ihn bedrohte.

„Aber jetzt ist Krieger tot. Warum sollte der Killer für den Mann, den ihr sucht, noch eine Gefahr darstellen?", fragte Zalokar zurecht.

„Weil wir davon ausgehen können, dass es noch andere Leute gibt, die auf der Abschussliste des Mörders stehen. Und vielleicht wollte Kriegers Mörder über Miro herausbekommen, wo er die anderen finden kann. Wir müssen sogar davon ausgehen, dass Miro ihm die Auskunft gegeben hat."

Damit war die Tatortbesichtigung beendet. Dressler beeilte sich, das Viertel wieder zu verlassen. Immerhin war er tags zuvor noch voller Panik durch die Straßen gerannt und er wollte auf keinen Fall von jemandem erkannt und mit dem Fall in Verbindung gebracht werden.

Auf der Fahrt zurück zum Präsidium herrschte Schweigen. Bis Claudia Hoppenstedt eine Frage stellte, die ihr offenbar schon länger auf der Seele lag.

„Warum sperrst du dich so sehr dagegen, die Person ausfindig zu machen, die den Brief abgegeben hat?"

Dressler hatte diese Frage befürchtet.

„Weil ich zum einen glaube, dass die Person selbst ein Interesse hat, dass wir die Mörder schnappen. Und wenn die Person mehr wüsste, dann würde sie es uns wissen lassen. Außerdem bin ich mir ziemlich sicher, dass der Mörder bald wieder zuschlagen wird. Denn er hat jetzt seinen einzigen Widersacher aus dem Weg geräumt. Wir müssen uns jetzt voll und ganz auf die Aussagen der Gerichtsmedizin und der Spurensicherung konzentrieren."

Insgeheim glaubte er selbst nicht daran, dass die Untersuchungsergebnisse sie weiterbringen würden. Nur in einer Hinsicht war er von dem überzeugt, was er seiner Kollegin gerade gesagt hatte: Der Täter würde wieder zuschlagen und zwar sehr, sehr bald.

Nachdem er Claudia abgesetzt hatte, fuhr er ein Stück in Richtung Overath, hielt den Wagen aber nach kurzer Zeit auf einem Waldweg an und zog sein Telefon aus der Jackentasche. Aufgeregt suchte er in der Galerie nach dem Foto, das er von dem Bild bei Miro aufgenommen hatte. Dann fand er es. Es zeigte einen Mann im Alter von etwa 30 Jahren, vielleicht war er auch jünger. Er hatte lange, wellige Haare und trug eine Pilotenbrille. Das Hemd stand offen und entblößte seine Brust, wo man ein Medaillon erkennen konnte, das an einer Kette um seinen Hals hing. Der Mann grinste breit in die Kamera. Im Hintergrund sah man einen Felsen oder einen Steinbruch. Mehr war auf dem Foto nicht zu erkennen. Er zoomte heran, um zu erkennen, was das Medaillon darstellte. Aber dadurch wurde das Bild zu unscharf.

Das Hemd, die Haare, aber auch die Fotoqualität mit den leicht verwaschenen Farben legten nahe, dass die Aufnahme aus den späten 60er oder frühen 70er-Jahren stammte.

Dressler lehnte sich zurück und öffnete das Fenster, um ein wenig frische Luft einzuatmen. Wer war dieser Mann? Warum hatte Miros Mörder offenbar ein Interesse an dem Foto? Oder hatte Miro das Foto bereits entfernt, bevor der Mörder ihn heimsuchte? Aber wenn das der Fall war, warum hatte er das Foto entfernt? Auf jeden Fall spielte dieser Mann eine besondere Rolle in dem Rätsel, um dessen Aufklärung Dressler bemüht war. Er konnte zu dieser Zeit nicht ahnen, dass er diesem Mann einmal Auge in Auge gegenüberstehen würde.

# Kapitel 35

IM HUNSRÜCK
19. AUGUST 1972

Es war früh am Nachmittag. Hans saß als Einziger am Küchentisch und aß zu Mittag. Vor ihm auf dem Regal lag die Rohrbombe. Er hatte sein Ziel vor Augen und war fest entschlossen, den eingeschlagenen Weg zu gehen. Nun wusste er, dass er den Weg alleine gehen würde.

Nach und nach kamen die anderen dazu. Es herrschte eine fast heilige Stille. Dieter, Berni und Walter, die sich gemeinsam gegen Hans verschworen hatten, waren offenbar mehr beunruhigt als Hans.

„Hans, willst du dir das nicht noch mal überlegen?", versuchte es Walter ein letztes Mal.

„Nein. Mein Entschluss steht fest. Es ist schade, dass ihr jetzt den Arsch zusammenkneift. Aber das war in der Geschichte immer schon so, dass, wenn es wirklich ernst wurde, nur noch Einzelgänger weiterkamen."

„Hans", probierte es sogar Dieter noch einmal.

„Nein, Dieter", unterbrach in Hans. „Mach dir keine Gedanken. Eure Rolle habt ihr gespielt. Und das, was ihr gemacht habt, war auch nicht umsonst. Ich habe mit euch zusammen das Kapital aufgetrieben, das wir brauchen werden, wenn die Sache erledigt ist. Wenn ich wieder da bin, müssen wir erstmal für eine Weile untertauchen. Und auch dafür brauchen wir Geld."

Hans suchte einige Sachen zusammen und verstaute sie. Dabei wandte er sich an Dieter, ohne sich jedoch umzudrehen.

„Erinnerst du dich an den Herrn der Ringe?"

Dieter wusste, was Hans damit meinte. „Ich weiß, wir sind die Gefährten und du musst den Weg allein zu Ende gehen."

„Genau. Jetzt ist der Moment gekommen, an dem sich unsere Wege trennen müssen. Wir werden sehen, wie es weitergeht, wenn Owens pulversiert ist. Ihr solltet in den nächsten Tagen einen Plan erstellen, wo wir unterkommen können, bis wieder Gras über die Sache gewachsen ist. Denn ich bin überzeugt, dass es nach Owens weitergehen muss. Baader Meinhof ist ausgeschaltet. Wer soll die Opposition aufrecht halten wenn nicht wir?"

Es herrschte weiterhin Schweigen. Die Verschwörer vermieden es, Hans in die Augen zu sehen. Alleine Dieter brachte es fertig, so zu tun, als wenn nichts wäre. Auch Guru schien langsam zu verstehen, dass die Gruppe hier an einem Scheideweg stand.

Was war in den letzten Wochen nur aus der eingeschworenen Gemeinschaft geworden? Mehr als ein Jahr hatte man gemeinsam hier draußen abgehangen, man hatte wundervolle Zeiten gemeinsam verbracht. Sie hatten zusammen LSD genommen, sie hatten sich ewige Treue geschworen. Sie waren Seite an Seite durch die Wälder gezogen und hatten großartige Pläne geschmiedet. Sie wollten etwas verändern und sie waren auf einem guten Weg, dies zu tun. Doch es schien, als wenn ihnen erst jetzt mit einem Schlag klar geworden war, wie weit sie den Weg bereits gegangen waren. Jetzt waren sie Mörder und Terroristen. Sie hatten Familienväter ausgeschaltet. Sie hatten eine große Menge Geld erbeutet. Doch kurz vor der Ziellinie mussten sie feststellen, dass das, was sie gemeinsam auf die Beine gestellt hatte, sich zu einer unerträglichen Last entwickelt hatte. Nun trennte sich die Spreu vom Weizen. Nun zeigte sich, wer es wirklich ernst gemeint hatte.

Hans schlug die Morgenzeitung auf.

„Es bleibt also dabei: Owens wird morgen Nachmittag in Bitburg eintreffen. Ich werde jetzt meine Sachen packen und mich auf den Weg machen. Denn bevor ich zuschlage, muss ich mich noch mit den Örtlichkeiten vertraut machen. Die Nacht werde ich irgendwo in einem Wald verbringen. Sobald ich die Sache erledigt habe, mache ich mich auf den Heimweg, O.k.? Dann solltet ihr hier alle Spuren beseitigt und eure Sachen gepackt haben. Jeweils zwei von uns müssen vorerst in einer Wohnung unterkommen, bis wir neue angemietet haben."

Er blickte in die Runde.

„So, das wär's."

Seine Freunde schwiegen. Dieter sah ihm in die Augen, als wenn er darin lesen wollte. Berni stellte schon seit längerem an seiner Armbanduhr herum. Walter saß am Fenster und popelte, und Guru reinigte mit dem Daumennagel die Fingernägel seiner anderen Hand.

„Walter?" Walter blickte hektisch auf, „kannst du unser Geschenk für Owens so im Kofferraum des VW-Busses unterbringen, dass es mir nicht während der Fahrt um die Ohren fliegt?"

Walter starrte Hans an, als wenn er plötzlich einen Außerirdischen vor sich hätte. „Am besten packst du es unter das Reserverad, falls ich dort gefilzt werde. Und leg mir bitte auch den Karabiner dazu mit einer Schachtel Munition. Ich will einfach auf Nummer sicher gehen. Ich hab gestern auch eine ganze Menge Gerümpel in den Bus gepackt, damit die ihre Nase nicht so tief reinstecken."

Walter schaute kurz zu Dieter, als wenn er von ihm das „Go" erwarten würde. Doch Dieter blickte auf den Boden. „O. k., Hans. Du kannst dich auf mich verlassen", gab Walter zurück.

Innerlich erschauderte er selbst über die Worte, die da über seine Lippen gekommen waren.

Hans verließ den Raum. Die Verschwörer blickten sich kurz an. Dieter nickte Walter zu und Walter nahm wie fremdgesteuert die Bombe aus dem Regal und verstaute sie im Kofferraum.

Schon bald danach saß Hans im Auto und machte sich auf den Weg nach Bitburg. Was er nicht wusste, war, dass der Zeitzünder der Bombe bereits tickte. Exakt eine Stunde nach seiner Abfahrt sollte sie explodieren, um Hans in den Tod zu reißen.

# Kapitel 36

Jürgen Dressler hatte seine Unterlagen am Tag zuvor mit nach Hause genommen. Heute Nachmittag würde er zu Güldners Beerdigung gehen. Bis dahin wollte er in aller Ruhe noch einmal Revue passieren lassen, was in den letzten Tagen passiert war. Er hatte sich vorgenommen, alle Puzzleteile ein weiteres Mal zu mischen und neu zusammenzusetzen. Er hatte die Schriftstücke und Fotos auf seinem Küchentisch ausgebreitet und kaute mühsam auf einem nicht mehr ganz so frischen Brötchen, das er noch im Brotschrank gefunden hatte. Sein Blick wanderte nach draußen. Er sah auf seinen Vorgarten und die Blumen, die sich mittlerweile nicht mehr vom Unkraut unterscheiden ließen. Es gab so viel zu tun, aber er hatte weder Zeit noch Muße, sich darum zu kümmern. In diesem Moment vernahm er ein lautes Motorgeräusch, das beständig lauter wurde und seine Konzentration störte. Da rollte plötzlich ein alter Mercedes in sein Blickfeld, von dem das Dröhnen stammte. Er sprang auf, denn das Fahrzeug war offensichtlich führerlos und es fuhr in gleichmäßiger Geschwindigkeit auf den Wagen zu, den er vor seinem Haus abgestellt hatte. Kurz vor dem Zusammenstoß, der unweigerlich folgen musste, bremste der Mercedes abrupt ab und kam nur wenige Zentimeter vor der Stoßstange seines eigenen Autos zum Stehen.

Dressler trank hastig einen großen Schluck Kaffee, um das gummiartige Brötchen herunterzuspülen. Da öffnete sich die Fahrertür und er sah eine schwarz gekleidete Frau mit grauen Haaren, die so klein war, dass sie trotz eines großen Kissens, auf dem sie saß, kaum über das Lenkrad schauen konnte. Dressler starrte erstaunt auf die Szene, die sich da vor seinem Haus abspielte. Die Frau fummelte an der Handbremse herum und der Wagen machte einen weiteren Satz nach vorne. Dabei fuhr sie mit einem hörbaren Geräusch auf seinen eigenen Wagen auf, der sich durch den Zusammenstoß ein kleines Stück nach vorne bewegte.

Dressler blieb der Rest seines Brötchens im Halse stecken. Er schüttete den Rest Kaffee in sich hinein und rannte wütend nach draußen. Er wollte die Fahrerin zur Rede stellen. Doch statt einer wütenden Standpauke bekam er einen Hustenanfall, der ihm die Tränen in die Augen trieb. Die Frau stieg aus, mit zahlreichen Einkaufstüten beladen, und schaute mitleidig zu ihm hinüber. Da standen sie, Auge in Auge, eine Frau, die kaum mehr als anderthalb Meter groß war, und ein großgewachsener Polizist, dem beim Husten die Reste eines Brötchen aus dem Mund flogen.

Die Frau warf sich einen gehäkelten schwarzen Umhang um den Hals, ging zielstrebig auf Dressler zu, setzte die Einkaufstüten ab, klopfte ihm auf den Rücken und sagte „Nounos", während sie nach oben auf den strahlend blauen Himmel deutete. Dressler schaute hoch und der Hustenanfall verebbte.

„Nunos?", fragte er.

„Ja, das ist deine Onkel. Der Pate."

„Mein Onkel, der Pate?"

„Chere Jurrgen. Bei uns, wenn du chustest, wir sagen Nounos, das ist Pate. Weil der meistens tott, guckst du in Chimmel choch. Und guckst du choch, dann ist Chusten weg."

Nachdem sich Dressler einigermaßen erholt hatte, schüttelte sie heftig seine Hand.

„Geiasou Jurrgen. Soula Chazikotsomitopoulos. Nimmst du Titen und bringe die Fis in Kihlsrank, chole ich Reinemachsachen."

Dressler errötete.

„Soula, ich soll was holen?"

Er wusste nicht, ob er lachen sollte oder ob er sich vor der Frau fürchten musste.

„Plastiktiten und Fis."

„Oh, da bin ich aber beruhigt. Du meinst die Plastiktüten und den Fisch."

„Ja, chabe ich doch gesagt."

Dressler begann langsam zu begreifen, wie er Soulas Sprache für sich synchron zu übersetzen hatte, aber bevor er etwas erwidern konnte, drehte sich die Frau auf dem Absatz um und ging zum Kofferraum ihres Wagens. Er blickte ihr wortlos hinterher und starrte auf ihre unglaublichen O-Beine, die einen nicht unerheblichen Anteil an ihrer geringen Körpergröße hatten. Auch wenn sich seine Vorstellungen von einer idealen Reinigungsfachkraft deutlich von dem unterschieden, was seine Augen da verfolgten, ahnte er, dass er kaum die Kraft haben würde, sich von dieser Frau jemals wieder zu trennen.

Im Haus nahm er ihr den Umhang ab, verstaute die Tüten in der Küche und zeigte ihr danach alle Räume. Es war ihm unangenehm, dass er die Verabredung vergessen hatte. Denn eigentlich hatte er sich vorgenommen, für Soula aufzuräumen und eine Art Grundreinigung zu machen. Dann wischte er sich den Gedanken aus dem Kopf. Seine Aufgabe war es schließlich, Mörder zu jagen oder auch mal von ihnen gejagt zu werden. Ihre Aufgabe war das Reinigen. Die kleine Frau schaute sich alle Räume mit wachem Blick an. Im Wohnzimmer angekommen betrachtete sie mit Interesse das große gerahmte Pop-Art-Gemälde über dem Sofa.

„Das ist aber chesslich Bild. Hast du keine Geld für scheene Bild? Ist so eine große Rahmen, kannst du scheene Bild rein tun."

Dressler wollte ihr erst eine passende Antwort geben und die Sache richtigstellen. Dann aber überlegte er sich, dass eine Diskussion über Kunst vermutlich ihren intellektuellen und seinen zeitlichen Rahmen sprengen würde.

„So, jetzt geh und ich mache alles blitzesauber und mache leckere Fis in Offen. Chast du Offen?"

Dressler blickte sie wortlos an.

„Hast du Offen?"

„Ja, der „Ooooofen" ist in der Küche. Und ich muss jetzt noch zu Hause arbeiten. Ich bleibe also bis mittags hier und dann muss ich noch auf eine Beerdigung. Darum weiß ich auch nicht, ob ich es schaffe, wieder hier zu sein, wenn der Fisch fertig ist."

„Machte nix. Stelle ich in Offen. Kannst du auch kalte Fis essen. Aber Haus is so viel dreckig", wobei sie ein angewidertes Gesicht machte und mit dem Arm eine ausholende Bewegung machte. „Ich bleibe bestimmt bis Abend. Kannst du also ganz ruhig beerdige und cheute Abend kalte Fis essen. Ist sehr lecker." Dabei machte sie mit Zeigefinger und Daumen eine genussvolle Bewegung zum Mund.

Dressler schnaufte kurz, zuckte mit den Schultern und verzog sich an den Küchentisch, um sich seiner Arbeit zu widmen. Er merkte, dass auch hier eine Diskussion nicht viel nützen würde.

Er ordnete seine Unterlagen und Fotos in drei große Bereiche. Die Hauptakteure waren der Mörder, den er kennzeichnete durch eine Papierserviette, auf die er ein großes „M" malte. Daneben gab es Krieger und Güldner, die er mit einem Kreuz als „tot" markierte. Zwischen die beiden legte er das Radarfoto und eine weitere Serviette, auf die er „Holland" schrieb, obwohl er sehr genau wusste, dass Domburg zwar in den Niederlanden, nicht aber in Holland lag. Zuletzt legte er ein Foto von Miro hinzu, das er aus der Zeitung ausgeschnitten hatte. Auch das Foto markierte er mit einem Kreuz.

Jetzt ordnete er den Hauptakteuren weitere Servietten zu, auf die er verschiedene Begriffe schrieb, wie etwa „Telefon", „Mail" aber auch „Drogen", „Privatdetektiv" oder „Gemälde". Diese einzelnen Bereiche brachte er in Verbindungen, indem er sich passende Stücke von einem Wollknäuel abschnitt. Die Drogen hatten, neben den Gemälden, die meisten Querverbindungen. Was ihm immer noch unbegreiflich war, das waren die fehlenden Kommunikationsverbindungen. Einer plötzlichen Eingebung folgend rief er seinen Kollegen in Köln an und bat ihn, ihm die Rufnummern von Miro durchzugeben.

„Der is' aber schon im Funkloch", antwortete der lachend. „Nee, mal ehrlich, wofür brauchst du die?"

„Ich will einfach mal nachschauen lassen, ob eines unserer Opfer mit Miro Kontakt hatte."

Nachdem Zalokar die Nummern durchgegeben hatte, rief Dressler auf der Dienststelle an und verlangte den jüngeren Kollegen mit der Brille. Als Timo an den Apparat ging, fragte er zunächst, ob es etwas Neues gab.

„Nein, hier ist alles ruhig."

In diesem Moment ging im Wohnzimmer ein Höllenlärm los. Dressler ging mit dem Telefon hinaus auf die Terrasse vor der Küche. Der Durchzug schlug die Küchentür zu. Während er telefonierte, spähte Dressler vorsichtig durch das Fenster ins Wohnzimmer, wo Soula mit einem uralten Staubsauger herumhantierte, den sie offenbar aus ihrem eigenen Fundus mitgebracht hatte.

„Na schön, dass bei euch alles so ruhig ist. Sag mal, ähm ...",
Er konnte sich die Namen einfach nicht merken.

„Timo", unterbrach der Brillenkollege Dressler.

„Ja, Timo, kannst du mal oder könnt ihr beide ...",

„Mit Lukas zusammen", ergänzte Timo.

„Ja, Timo, ob du – mit Lukas zusammen – vielleicht noch mal die Telefonliste von Krieger und Güldner überprüfen kannst. Ich gebe dir gleich zwei Rufnummern durch. Und ich will wissen, ob einer der beiden mal diese Nummern gewählt hat. Geht das?"

„Ja klar, das kann ich dir sogar am Telefon sagen, wenn du einen Moment dran bleibst."

Nachdem Dressler ihm die Rufnummern genannt hatte, hörte er, wie Timo am anderen Ende der Leitung mit Maus und Tastatur arbeitete. Während er wartete, schaute er noch einmal ins Wohnzimmer, wo er gerade noch erkennen konnte, dass Soula mit dem langen Staubsaugerrohr aus Metall seine Stereoanlage absaugte. Er klopfte hektisch an die Scheibe, doch Soula reagierte nicht. Der Sauger war selbst hier draußen noch unangenehm laut zu hören. Dressler klopfte nun mit der flachen Hand gegen die Scheibe. Da begann die Reinigungskraft damit, mit dem Saugrohr über seine Ledereinbände im Bücherregal zu fahren.

Dressler riss die Augen auf. Unter den Büchern waren einige, die bereits aufwändig restauriert waren. Das älteste Buch stammte aus der Anfangszeit des Buchdrucks.

Er rannte zur Terrassentür an der Küche, doch die hatte der Durchzug zugeworfen. Also sprang er über eine niedrige Hecke, durchquerte den Vorgarten und drückte hastig auf den Klingelknopf. Als auch darauf das Staubsaugergedröhne nicht verstummte, ging er an das zweite Wohnzimmerfenster rechts von der Haustür und hämmerte voller Wut gegen die Scheibe. Keine Fensterscheibe dieser Welt war so wertvoll wie nur eines seiner antiquarischen Bücher. In diesem Moment verschwand Soula in der Küche und zog dabei den Stecker des Staubsaugers. Jetzt sah er seine Chance, rannte auf die rechte Seite seines Hauses, stolperte über das Rasenmäherkabel und stürzte, so dass ihm das Telefon aus der Hand fiel.

Nachdem er es wieder gegriffen hatte, machte sich der Brillenmensch am anderen Ende der Leitung wieder bemerkbar.

„Jürgen?"

Dressler sah nun durch das Küchenfenster, dass Soula jetzt am Herd herumwerkelte und seine Büchersammlung damit vorerst in Sicherheit war.

„Ja?"

„Alles klar bei dir?"

„Ja, hier ist auch alles ruhig. Alles gut."

„Also: Weder Güldner noch Krieger haben die Nummer gewählt."

„Mist, na ja, dann wissen wir wenigstens das. Gut, danke. Dann also weiterhin ruhiges Schaffen."

Nachdem Dressler aufgelegt hatte, klopfte er an die Scheibe des Küchenfensters. Soula kam mit einem breiten Grinsen an die Tür und öffnete.

„Jurrgen. Was ist mit deine Chose. Du siehst aus wie kleine Junge, was spiele in Dreck. Iberall Dreck."

Dressler sah an sich herunter. Er wischte ein paar Grashalme vom Hemd und klopfte seine Hose aus.

„Soula", die Angesprochene schaute mit engelsgleichen Augen von unten zu ihm herauf. „Soula, bitte, bitte, benutze bei Entstauben meiner Anlage und meiner Bücher nie wieder den Staubsauger. Und bitte auch nicht bei meinen Bildern oder sonst irgendwas. Warum hast du eigentlich deinen eigenen mitgebracht? Ich habe hier einen richtig guten, Testsieger mit Allergikerfilter, Flüstermodus und Stromsparfunktion."

„Aber was ich soll sparen mit Sauger? Sauger soll saugen. Und ist wie mit Auto. Leise Auto nicht gutt. Laute Auto snell, ist gutt."

Dressler überlegte, ob er der Frau 50 Euro in die Hand drücken und sie nach Hause schicken sollte. Aber das wäre wohl zu unhöflich gewesen. Außerdem schaute sie ihn so besänftigend an, dass er es einfach nicht über das Herz brachte, sie wegzuschicken.

„Also, O.k.. Saug du mit deinem Sauger, aber bleib mit deinem Sauger bitte auf dem Teppich und überlass alles, was oberhalb des Bodens ist deinem Staubtuch, oder, wenn es nicht anders geht, mir."

Sie nickte grinsend. „Ist alles gut, Jurrgen. Alles gut. Musst du nicht bese sein."

Dressler besah sich seine Anlage und seine Bücher, wobei er darauf achtete, dass Soula ihn nicht von der Küche aus sehen konnte. Er wollte nicht den Eindruck erwecken, dass er misstrauisch ihr gegenüber war. Glücklicherweise hatten Anlage und Antiquariat die griechische Saugerattacke wie durch ein Wunder völlig unbeschadet überlebt. Er atmete auf und ging zurück in die Küche, wo er sich erneut seinen Ermittlungen widmen wollte.

„Was arbeitest du? Legst du Karte?"

„Ha, nein", lachte Dressler. „Ich arbeite bei der Polizei. Ich versuche, einen Mörder zu finden."

Da wurde Soulas Gesicht plötzlich ernst. „Eine Merder suchst du?"

„Ja."

„Jurrgen, musst du aufpasse. Morgen ich bringe Skortho."

„Morgen?", dachte Dresser erstaunt.

„Skortho kannst du an deine Tire mache, kommt keine Merder und keine bese Auge."

Eigentlich wollte Dressler das Gespräch gerne auf nette Weise abwürgen. Doch diesmal drehte er sich um.

„Was ist Skortho und was ist das böse Auge? Außerdem: Ich habe gar keine Tiere."

Soula verdrehte die Augen und wandte sich um zur Tür, so dass Dressler verstand, was sie mit ‚Tir' meinte. Dann folgte eine Erklärung, als ob sie eine altgriechische Tragödie aufführen wollte.

„Skortho ist diss." Dabei zeigte sie auf einen Bund Knoblauch, den Dressler neben dem Kühlschrank liegen hatte."

„Ah, Knoblauch."

„Ja, Knobelaug. Knobelaug ist gut gegen alles Bese und sutze gegen Merder."

Dann streckte sie sich, ging auf ihre Zehenspitzen, um mit dem sitzenden Dressler halbwegs auf Augenhöhe zu kommen, und machte links und rechts eine Spuckbewegung.

„Ftu, ftu."

Dressler drehte sich um, nur um sicherzugehen, dass sie nichts Wertvolles angespuckt hatte. Aber da lagen nur die Fotos und Servietten auf dem Küchentisch.

„Und was war das jetzt?"

„Iste wie Knobelaug. Sutze auch vor bese Auge."

„Und was ist jetzt das böse Auge?"

Sie dachte einen Moment nach. „Iste wie Teufel, guckt dich an." Dabei machte sie ein wahrhaft dämonisches Gesicht und stach mit Zeige- und Mittlfinger beinahe in Dresslers Auge. „Und dann bist du tott."

„O. k., Soula. Das ist wirklich interessant. Darüber sollten wir uns mal bei einem leckeren Glas Retsina unterhalten. Vielleicht verstehe ich dann auch etwas besser."

„Retsina iste nicht lecka. Retsina in Griecheland, wir trinken mit Kocka Kolla. Bringe ich morgen bessere Wein, kannst du trinken."

Dressler ging nun nicht weiter auf Soula ein. Ob sie das ge-spürt hatte oder ob ihr nur einfach die Luft ausging, sie drehte sich wieder um und zog aus einer Tüte mehrere große Fische. Dressler versuchte sich wieder auf seine Arbeit zu konzentrie-ren, doch immer wieder wandte er sich mit einem Seitenblick der Arbeit Soulas zu, die nun damit begann, die Fische zu ent-schuppen, so dass die Schuppen bis auf den Küchentisch flogen. Danach krempelte sie sich die Ärmel hoch und ihre kurzen, di-cken Arme verschwanden bis zum Ellbogen in den Fischleibern. Mit einem energischen Ruck riss sie den Tieren die Eingeweide heraus. Dressler überkam ein kurzes Gefühl der Übelkeit. Doch dann entschloss er sich, dies als vollkommen natürlich anzuse-hen. Immerhin war Soulas Arbeit offener und ehrlicher als in je-der Fischfabrik, wo solche Arbeiten hinter verschlossenen Toren stattfanden und sicher nicht minder martialisch anmuteten.

Nach einer Viertelstunde gab Dressler es auf, sich auf die Ar-beit zu konzentrieren. Er ging hoch, um sich zu duschen. Als er sich abtrocknete, zogen bereits erste Schwaden des Geruchs von Fisch, Knoblauch und Zitrone in das obere Stockwerk. Er zog sich einen angemessen dunklen Anzug an und beeilte sich, aus dem Haus zu kommen, damit der Anzug nicht Geruch annahm. Auf der Treppe fiel ihm etwas Wichtiges ein. Er ging hinunter in den Keller, schloss die Tür zu seinem Synthesizer-Werkraum zweimal ab und versteckte den Schlüssel in einer Kommode, die unter der Treppe stand. Dann ging er in die Küche, wo er in aller Eile Soula einen Zweitschlüssel gab und sich verabschiedete. Als er sich auf den Weg zur Beerdigung machte, fiel ihm auf, dass Soula zweimal davon gesprochen hatte, morgen wiederzukom-men, obwohl sie über den nächsten Termin noch gar nicht über-eingekommen waren. Aber Dressler nahm sich vor, sie abends noch darauf anzusprechen.

Der Ortsteil Wevelinghoven befand sich im Ausnahmezustand. Überall parkten Autos am Straßenrand. Die Polizei hatte mit Flatterbändern Zonen für Einsatzfahrzeuge der Feuerwehr frei gehalten. Einige Polizisten regelten den Verkehr und sorgten dafür, dass die Straße nicht vollständig zugeparkt wurde. Dressler erwartete, dass die Beerdigung mit einem Schützenfest auf den gleichen Tag gefallen war, doch da fiel ihm ein, dass Güldner ja in mehreren Vereinen aktiv gewesen war und tatsächlich galt der Menschenauflauf dem Menschen, dessen Mörder er suchte.

Dressler fluchte leise vor sich hin. Denn zum einen würde es schwer werden, bei so vielen Menschen nach möglichen Freunden oder auch Feinden von Güldner Ausschau zu halten und zum anderen schien auch hier das Parken nahezu unmöglich.

Glücklicherweise erkannte er einen Kollegen, den er am Tatort gesehen hatte. Der winkte ihn sofort heran und hob ein Absperrband, so dass Dressler mit dem Wagen durchfahren konnte. Auf diese Weise hatte er einen Parkplatz, der nicht einmal 30 Meter von der Friedhofsmauer entfernt lag.

Als er an der Kirche angekommen war, hatte die Trauerfeier schon begonnen. Über zwei Lautsprecher wurde die Messe auf den Vorplatz übertragen, auf dem sich zahlreiche Menschen eingefunden hatten. Dressler schritt langsam durch die Menschenansammlung. Wie viele von den hier Anwesenden hatten sich wohl extra frei genommen und einen Urlaubstag geopfert für Güldner? Doch dann fiel ihm ein, dass sicher viele Menschen hier vor Ort arbeiteten. Und vermutlich wurde die Arbeit am Nachmittag einfach ausnahmslos gestrichen, weil Unternehmer, Angestellte und Arbeiter sich hier gemeinsam zu Güldners Beerdigung eingefunden hatten.

Mit aufmerksamem Blick visierte er die einzelnen Trauergäste an. Auch wenn es unwahrscheinlich schien, in dieser Menge einen Mörder auszumachen, wollte er es trotzdem probieren. Gab es jemanden, der ihn auffällig anschaute oder seinem Blick auswich, der vielleicht sogar, nachdem sich die Blicke getroffen hatten, den Standort wechselte, um sich einen Fluchtweg zu suchen?

Dabei fiel ihm auf, dass die Menschen dort beinahe ausnahmslos ehrlich trauerten und mit teilweise entsetzten Gesichtern der Ansprache des Priesters folgten.

Dressler hielt Ausschau nach einem Ort, von dem aus er den besten Überblick hatte. Dabei blieb sein Blick auf einer alten Buche haften, die sich auf einer leichten Anhöhe befand. Auf dem Weg zu dem Baum begegnete ihm der Mann aus der Imbissbude, bei dem er die Bratwurst gegessen hatte.

„Hallo! Und, habe ich zu viel versprochen?"

„Hallo, nein, das haben Sie nicht. So einen Andrang habe ich zuletzt bei der Beisetzung von Queen Mum gesehen."

Der Mann grinste ihn an. „Ja, der Vergleich ist gar nicht so schlecht. Was Queen Mum für Großbritannien war, das war Güldner für Wevelinghoven."

„Vermutlich haben Sie Recht. Haben Sie heute noch mal auf? Ich habe nach Beerdigungen meistens Hunger."

„Eigentlich nicht. Aber wenn Sie unbedingt möchten, dann kommen Sie an den Seiteneingang und klingeln dort. Dann mache ich vorne auf."

Dressler nickte freundlich. Dann widmete er sich wieder dem Geschehen auf dem Kirchvorplatz. Doch außer dem Polizisten und dem Imbisskoch kam ihm hier niemand bekannt vor. Was Dressler, trotz aller Aufmerksamkeit, nicht mitbekam, war, dass er selbst von einem gut gekleideten Mann aus dem Augenwinkel beobachtet wurde, der sich keine 20 Meter von ihm entfernt unter einer anderen Buche aufgestellt hatte. Der Mann schaute auf seine Armbanduhr. Er hatte genug gesehen. Außerdem wusste er von dem hirnlosen Kokser aus Köln schon alles, was er wissen musste. Es war Zeit zu gehen. In einer Stunde musste er am Flughafen sein.

# Kapitel 37

Die Straße von Palma nach Bunyola war auf beiden Seiten dicht
von Pflanzen bewachsen. Es lag ein feiner Geruch von Jasmin
in der Luft. Hans hatte das Schiebedach seines Mietwagens geöffnet. Es war eine friedliche Stimmung. Schon oft hatte Hans
andere über Mallorca erzählen gehört. Für sie war das Mallorca
abseits von Ballermann und Co. ein Rückzugsraum. Sie
schwärmten von der Ruhe und von der friedlichen Atmosphäre,
die von der Insel ausgingen. Auch für Hans hatte der Moment
so etwas wie Friedlichkeit. Doch anders als alle anderen lag sein
Friede in einer Mission, die es zu erfüllen galt. Da erst wurde
ihm bewusst, dass so etwas wie Urlaub für ihn seit Jahrzehnten
zu einem Fremdwort geworden war. Er war nach der Geschichte
mit Owens per Anhalter mit zahlreichen LKW-Fahrern getrampt.
Auf seinem Weg sah er Jugoslawien. Er durchquerte die Türkei
und überquerte in einem Lastwagen mit Sanitärbedarf die Grenze zum afrikanischen Kontinent.

Dann schlug er sich durch als Hilfsarbeiter. Er arbeitete auf
den Feldern eines libanesischen Bauern. Dann fand er Anschluss
an eine palästinensische Widerstandsgruppe. Hier lernte er, wie
man wirklich mit Waffen umging. Und hier lernte er, was es tatsächlich bedeutete, in Not und in ständiger Angst zu leben. Er
sah Kinder in Krankenhäusern sterben, denen es am Nötigsten
fehlte. Er lernte Arabisch und arbeitete Seite an Seite mit hohen
Funktionären der neu aufstrebenden Hamas.

Wie lächerlich und dilettantisch kam ihm manchmal das vor,
was er vor Jahren im satten Deutschland mit seinen Kumpels als
„Kommando Schinderhannes" vorgehabt hatte. Nun war er beteiligt an der Ermordung von Mossad-Agenten. Hier hatte er es
nicht mit gelangweilten Geldtransporterfahrern zu tun, sondern

mit Killern, mit denen er sich messen konnte. Denn die Leute vom Mossad gehörten zu den besten der Welt. Aber meistens war er immer noch ein wenig besser.

Mehr als zwölf Jahre lebte er in den Ausbildungslagern der palästinensischen Untergrund-Armee und ernährte sich von Maisfladenbrot und frischen Orangen und fühlte sich endlich und zum ersten Mal als Mensch, der tat, was er tun musste.

Doch eines hatte er nie vergessen: die Verschwörung, die damals in Deutschland von seinen engsten Genossen ausging. Zahllose Nächte lag er in der brütenden Hitze auf seinem Feldbett wach und sann nach, wie es seinen früheren Komplizen ergangen sein mochte. Bis er eines Tages einen Zeitungsartikel las von einem deutschen Journalisten, der aus einem israelischen Kibbuz berichtete. Der Mann nannte sich Krieger. Inmitten des Artikels war ein großes Foto abgedruckt. Hans betrachtete sich das Foto immer und immer wieder. Das Gesicht des Journalisten war glattrasiert und nicht, wie früher, von einem dichten Bart bewachsen. Die Augen waren vollkommen identisch. Die Nase war nicht mehr lang und hakenförmig, sondern eher klein, aber genauso schmal. Doch Hans war sich immer sicherer, dass der Mann, der sich hier Ulrich Krieger nannte, derselbe war, der vor mehr als 30 Jahren noch Dieter hieß und mit dem er sich, in einer für ihn bedeutsamen Nacht, Arm in Arm ewige Treue geschworen hatte. Derselbe Mann hatte ihm nicht lange darauf eine tickende Zeitbombe in den Kofferraum legen lassen.

Eines Tages wachte Hans morgens schweißgetränkt auf seinem Feldbett auf. Irgendetwas musste er geträumt haben, was ihm wie eine Erleuchtung vorkam. Er hatte einige Tage zuvor erfahren, dass er an Krebs litt und möglicherweise nur noch ein paar Monate zu leben hatte. Auch wenn er sich kerngesund fühlte, wusste er, dass er nicht hier irgendwo in der Wüste dahinsiechen wollte. Sein erster Gedanke war, sich mit einem israelischen Militärkonvoi in die Luft zu sprengen. Das hätte seinem Leben und seinem Tod einen noch größeren Sinn gegeben. Doch jetzt erinnerte er sich plötzlich an den Zeitungsartikel von Dieter. Er riss den Ausschnitt von der Wand neben dem Bett und sah sich Dieters Gesicht noch einmal an.

Da fasste er den Entschluss, sein Leben mit einer Tat abzuschließen, die alles wieder ins Reine bringen sollte. Der Gedanke, die Angelegenheit, die ihm sooft schlaflose Nächte bereitet hatte, in einem großen Showdown zu beenden, beruhigte ihn. Die Verschwörer sollten sterben. Alle.

Sie hatten damals den Schwur abgelegt, etwas gegen die Ungerechtigkeit zu unternehmen. Doch es gab eine Region in ihrem Kopf, die genauso falsch und verlogen war wie die Köpfe, die einen Krieg gegen das vietnamesische Volk ersonnen hatten. Genauso wie es Köpfe gab, die das Leid des palästinensischen Volkes in Kauf nahmen, die der leidenden Bevölkerung die Lebensmittel und die Medikamente verwehrten, die ihnen zustanden. Sie waren damals angetreten, um sich auf die Seite der Unterdrückten zu schlagen und dann hatte sie der plötzliche Reichtum geblendet und schlimmer werden lassen, als das ganze verdammte Establishment, auf das sie immer einen solchen Hass gehabt hatten.

Hans lenkte den kleinen Mietwagen von Bunyola aus rechts auf eine schmale Serpentinenstraße. Nach etwa fünf Kilometern stellte er das Fahrzeug auf einem Feldweg ab. Die letzten 100 Meter ging er zu Fuß. Er schlich vorsichtig durch ein Waldstück. Außer dem Zirpen der Grillen vernahm er in der brütenden Mittagshitze nur das Knirschen und Knacken der Blätter und Äste unter seinen Füßen.

Schließlich erblickte er die roten Ziegel einer kleinen Finca, die idyllisch auf einer Lichtung vor ihm erschien. Er suchte sich eine Stelle, von der aus er das Anwesen gut beobachten konnte. Das Haus schien auf den ersten Blick unbewohnt zu sein. Alle Fensterläden waren geschlossen und er konnte kein Auto entdecken. Also öffnete er seinen Rucksack und biss hungrig in ein Brötchen, das er sich am Morgen im Hotel geschmiert hatte. Er trank Wasser aus einer Plastikflasche und zündete sich danach eine Zigarette an.

Ganze zwei Stunden verbrachte er in seinem Versteck, ohne dass sich etwas tat. Dann plötzlich hörte er ein Motorengeräusch. Kurz darauf bog ein Range Rover Defender auf den Hof. Als sich die Tür öffnete, erkannte er den Mann auf Anhieb. Anders als Dieter und Walter war Guru seinem Äußeren treu geblieben. Ein wilder Bart wucherte in seinem Gesicht. Guru trug eine weitgeschnittene weiße Hose, ein weißes Hemd und dazu Militär-Boots.

Einen Moment lang überkam Hans eine ungeahnte Sympathie für den Mann, der vor Jahren noch als harmloser Mitläufer Mitglied des Kommando Schinderhannes war. Guru schritt über den Hof, öffnete eine Seitentür und verschwand im Haus. Wenig später erschien er wieder mit einer Flasche Wein und einer Pfeife. Er setzte sich auf eine Bank vor dem Haus, öffnete die Flasche, trank einen Becher in wenigen Zügen leer und zündete sich die Pfeife an.

Nach einer Viertelstunde lehnte er sich zurück und sah in die Richtung, in der Hans sich unter einem dichten Gestrüpp verschanzt hatte. Hans kam es einen Moment lang vor, als wenn Guru ihn gesehen hatte. Doch dann schloss der Mann auf der Bank die Augen und schien zu schlafen oder zu träumen. Es dauerte fast zwei Stunden, bis Guru sich von seinem Platz erhob und zurück ins Haus ging. Er lehnte die Tür an, so dass Hans lange Zeit dachte, er würde zurückkommen. Aber er kam nicht. So verbrachte Hans noch mehrere Stunden in Wartehaltung. Die Dunkelheit brach schnell über die Finca herein.

Als Hans spät um neun immer noch keinen Lichtschein im Haus erkennen konnte, packte er seinen Rucksack und schritt leise auf das Haus zu. Vor dem Haus setzte er sich noch einmal für ein paar Minuten auf die Bank, auf der Guru so lange verweilt hatte.

Noch konnte er einen Rückzug machen. Er war diesmal ohne Waffe und ohne Bombe unterwegs. Das Risiko war ihm zu groß. Denn in Deutschland wartete noch sein letzter Auftrag auf ihn. Und er durfte nicht erwischt werden.

Schließlich stand er auf und betrat das Haus. Die Tür knarrte leise in den Angeln. Doch aus irgendeinem Grund hatte er das Gefühl, dass er hier keine übertriebene Vorsicht benötigte. Er stand offenbar in einer Art Wirtschaftsküche. Alles um ihn herum war dunkel. Allein hinter der nächsten Tür, die ebenfalls nur angelehnt war, vernahm er einen leisen Lichtschein.

Er öffnete die Tür und stand nun in einem langen Flur. Links und rechts erkannte er die Gemälde, die er auch bei Güldner gesehen hatte und im Ferienhaus in Holland. Er wusste, dass Guru eine seltsame künstlerische Begabung hatte. Aber dass er einmal ein Kunstmaler werden würde, hätte er sich damals nie vorstellen können. Aber die Inhalte der Bilder zeugten davon, dass Guru mit seinen Erlebnissen nie ganz fertig geworden war.

In bedächtigen Schritten ging er durch den Flur und schritt auf die Tür zu, hinter der die Lichtquelle zu sein schien.

Dabei zog er leise die Metallstange aus seinem Rucksack hervor, die ihm diesmal genügen musste. Vorsichtig öffnete er die Tür und stand auf einmal in einem Schlafzimmer. Er blickte auf ein Himmelbett, links und rechts davon standen Nachttische, auf denen Kerzen brannten, die den Raum in eine traurige Atmosphäre tauchten. Auf dem Bett saß Guru, immer noch weiß gekleidet, wie Hans ihn am Nachmittag im Hof hatte sitzen sehen. Er schaute Hans direkt in die Augen. Hans' Griff um die Metallstange wurde einen Moment lang fester, doch schnell löste er sich wieder.

Er wusste nun, dass Guru ihn erwartet hatte. Hans wurde mit einem Schlag klar, dass Guru ihn die ganzen letzten Jahre erwartet hatte. Die Augen des Mannes, der sich an das Kopfende des großen Bettes gelehnt hatte, lagen in tiefen Höhlen. Vielleicht hatte Guru genauso oft wie Hans auf seinem Feldbett wachgelegen und auf diesen Moment gewartet.

Die Blicke der beiden Männer, die sich vor so vielen Jahren wie Brüder gemocht hatten, bohrten sich für Sekunden ineinander. Dann schloss Guru seine Augen. Hans zögerte noch einige Augenblicke. Danach schritt er auf das Bett zu, erhob die Metallstange und schlug mit aller Wucht zu.

# Kapitel 38

Am Samstag früh war Soula tatsächlich noch einmal gekommen. Und Dressler sah ein, dass dies wirklich nötig war. Denn sie krempelte das Haus gründlich um, machte sauber und schaffte – ohne dass er dies anfangs mitbekam – nach und nach eine Ordnung und eine Atmosphäre, die ihren Vorstellungen entsprach und die in vollkommenem Widerspruch zu seinem Geschmack stand. Auch diesmal kam sie wieder mit mehreren Plastiktüten bewaffnet von ihrem Auto ins Haus gewatschelt. Dressler wagte nicht zu fragen, was sie da mitbringe. Er ließ sie gewähren. Schließlich hatte er sich so etwas Ähnliches gewünscht: Jemanden, der da war und der sich in sein Leben einbrachte. Und ein wenig spürte er auch schon, dass sich die kleine, schwarzgekleidete Frau mit Volldampf in sein Herz geschlichen hatte.

Und so ärgerte er sich auch nicht lange, als er sah, dass sie den Küchentisch „gesäubert" hatte. Seine Servietten und die Wollfäden waren ungefragt in den Müll gewandert. Vielleicht hatte es ja seinen Grund, dass die Frau, die von schützendem Knoblauch und bösen Augen sprach, mit seinem Konzept – im wahrsten Sinne des Wortes – gründlich aufgeräumt hatte. Im Nachhinein hielt er es ohnehin für vollkommen nutzlos.

Dort, wo am Samstag früh noch seine Ermittlungsergebnisse gelegen hatte, lag jetzt eine große beigefarbene Häkeltischdecke, die er unter normalen Umständen nicht einmal mehr zum Reinigen der Autofelgen benutzt hätte. Doch so hässlich diese Decke auch war, so hatte sie doch etwas an sich, was ihm verbot, sie wieder zu entfernen.

Sonntags hatte sich Dressler mit seinem Synthesizer beschäftigt. Danach hatte er sich mit einem Buch unter einen Sonnenschirm gelegt und war in kurzer Zeit eingeschlafen. Genau in diesem Augenblick bog etwa 1500 Kilometer weiter südlich ein Kunstmaler mit seinem Range Rover auf das Grundstück seiner Finca, um die letzten Stunden seines Lebens mit einer Pfeife und einem Wein zu genießen.

Es war Montag am frühen Nachmittag, als Dressler im Besprechungsraum am Fenster stand und über Soula nachdachte. Die Mail von seinem Kollegen Schreiner vom LKA, die er am Vormittag erhalten hatte, hatte er einige Zeitlang erfolgreich verdrängen können. Er war aufgefordert worden, Ergebnisse zu liefern, wollte er den Fall noch länger behalten. Und es war ihm eine Frist gesetzt worden.

Samstag hatten sie noch alle, ohne erkennbare Ergebnisse zu liefern, an ihren Schreibtischen gesessen und bis in den Abend hinein gearbeitet. Dann hatte er seinem Team spontan für Sonntag frei gegeben. Ihm wurde klar, dass sie sich festgefahren hatten. Er kannte das Symptom, dass man zu sehr im Detail verharrte, um noch Augen für das Ganze zu haben. Und er war sich sicher, sie alle würden Kraft und Abstand brauchen, um mit voller Energie und neuen Ideen wieder an die Ermittlung zu gehen. Für Montag 14 Uhr hatte er sie hier alle wieder zusammengerufen. Und er hoffte, dass die kleine Verschnaufpause sie weiterbringen würde. Denn er wusste aus Erfahrung, dass er nun nicht mehr Zeit bekommen würde. Entweder, sie würden jetzt endlich einen großen Schritt in der Fahndung machen oder der Fall würde ihm entzogen. Und insgeheim wünschte er sich fast, der Täter würde wieder zuschlagen und dabei mehr Spuren hinterlassen als zuvor. Vielleicht war dies seine Chance, schnelle Ergebnisse zu liefern. Denn auch die Kollegen vom LKA müssten sich erst in den Fall einarbeiten.

Um Punkt zwei Uhr nachmittags winkte ihm Jens Meister vom Parkplatz unten zu. Er wirkte erholt und guten Mutes. Außerdem hatte er am Samstag offensichtlich im Garten gearbeitet. Denn sein Gesicht war stark gebräunt. Und auch Claudia kam mit einem Grinsen auf ihrem gebräunten Gesicht angelaufen.

Dressler kippte das Fenster, ließ die Jalousien herunter und ordnete seine Unterlagen ein weiteres Mal, bis Jens und Claudia gemeinsam den Raum betraten. Keine fünf Minuten später waren sie alle beisammen. Und es dauerte auch nicht lange, da hatte sich die Stimmung des Teams wieder verdunkelt wie der Raum, in dem sie saßen. Ihnen allen wurde viel zu schnell bewusst, dass der Druck immer stärker auf der Ermittlungsgruppe lastete. Die Erholung des gestrigen Sonntags war, wie auf Knopfdruck, einer anstrengenden Lethargie gewichen.

Dressler rieb sich nervös die Schläfen.

„Also, machen wir es kurz. Ich befürchte, dass nicht nur meine, sondern auch eure Ermittlungen nicht besonders erfolgreich waren. Und ich sage direkt dazu, dass ich heute morgen vom LKA eine Nachricht erhalten habe, dass man uns nur noch zwei Tage Zeit gibt, um Fortschritte in dem Fall vorzuweisen. Aber wir scheinen uns nicht einmal mehr einen Zentimeter vorwärtsbewegt zu haben. Habt ihr am Samstag in den Archiven noch etwas gefunden?"

Oliver Weiler schüttelte den Kopf. Doch Jens hob zögerlich die Hand.

„Wir haben noch kein offizielles Gutachten wegen der Gauloises-Kippen, die du gefunden hast. Aber ich habe heute Morgen mit einem Mitarbeiter des Labors telefoniert und er hat mir das vorläufige Ergebnis mündlich mitgeteilt. Nur ...", er zögerte. „Er hat mich halt gebeten, dass ich das Ergebnis noch für mich behalten soll, weil es nicht gesichert ist. Und ich fürchte, dass es uns sogar auf eine falsche Fährte führen kann."

„Jens, wir sind die ganze Zeit auf einer falschen Fährte. Also raus mit der Info. Viel mehr schaden kann es unserem Denken nicht."

„O. k., also, wir wissen ja schon, dass wir einen Mann suchen, der seine Herkunft in Westeuropa, vermutlich sogar Deutschland hat. Und, wenn die Ergebnisse wirklich zutreffen, dann ist er 67 Jahre alt."

Im Raum wurde es ruhig.

„67? Das wisst ihr so genau?"

„Wie gesagt, das muss noch bestätigt werden. Aber im Moment sieht es so aus."

„Tja, das ist ja schon mal etwas. Auch wenn es uns dem Mörder nicht zwingend näher bringt. Denn ich fürchte, dass er bisher noch nirgendwo auffällig geworden ist. Und wenn die wahre Identität von Güldner und Krieger so sehr im Dunklen liegt, dann wird es die des Mörders vermutlich auch sein. Allerdings passt das Alter ja sehr gut zu dem von den beiden Opfern. Und es bestärkt uns in dem Gedanken, dass die Verbindung irgendwo in der Vergangenheit liegen muss."

Plötzlich klingelte das Telefon im Besprechungsraum.

„Claudia, gehst du bitte mal dran, damit wir hier schon mal weitermachen können?"

Claudia griff den Hörer und hielt sich das andere Ohr zu, um besser verstehen zu können. Als die Besprechung weiterlief, verließ sie den Raum.

Dressler stand auf, nahm einen Stapel Karten aus seiner Tasche und breitete sie auf dem Tisch aus.

„Ich habe hier mal alles, was wir bisher wissen, auf Karten geschrieben: Krieger, Güldner, der Mörder, Miro, der Privatdetektiv, das Haus in den Niederlanden und so weiter. Dazu noch die Gemälde und jetzt auch die Zigarettenkippen. Am Freitag habe ich schon versucht, eine Form da reinzubringen. Aber ich bin einfach nicht weitergekommen. Darum habe ich die Karten neu gemischt und will ich es mit euch allen noch mal probieren."

Seine Kollegen standen auf und stellten sich rund um den Tisch.

„O. k., wer will mal damit anfangen, sie in eine Ordnung zu bringen?"

Niemand reagierte, sie starrten alle auf die ausgelegten Karten und man sah ihnen an, dass sie hoch konzentriert waren.

„Gut, dann lasst euch Zeit. Wer eine Idee hat, fängt einfach mal an, die Karten zu sortieren." Dann warf er einen Knäuel Bindfäden auf den Tisch. „Und das hier sind die Querverbindungen." Dressler bemerkte, dass sich die Kollegen irritiert ansahen.

„Ich weiß, das sieht aus, als wenn wir uns im Neandertal der Kriminologie befinden. Aber wenn wir es mit konventionellen Methoden nicht schaffen, dann eben mit unkonventionellen."

„Wie wär's", warf Oliver ein, dem es scheinbar widerstrebte, sich dieser Methode anzunehmen. „Wenn wir da mal einen Profiler dran lassen?"

„Gute Idee. In zwei Tagen wird dein Vorschlag vermutlich umgesetzt. Aber dann sind wir aus dem Rennen. Also möchte ich, dass wir selbst ein wenig ,profeilen'."

Während sich die anderen über die Zettelwirtschaft beugten, stellte sich Dressler ans Fenster und zündete sich eine Zigarette an.

In dem Moment klingelte das Telefon. Claudia war am anderen Apparat. Erst da bemerkte Dressler, dass sie schon länger abwesend war.

„Was ist? Wo bleibst du?"

Nach einem Moment hellte sich seine Mine auf. Er drückte seine Zigarette aus und er legte auf.

„Vielleicht eine gute Nachricht. Unsere Kollegen aus Holland haben sich gemeldet. Man hat den Detektiv ausfindig gemacht, den Krieger vor längerer Zeit auf den Mann angesetzt hat, den wir suchen. Der Mann ist wohl schon vor einem Jahr getötet worden. Aber man hat die beiden Fälle nicht in einem Zusammenhang gesehen. Jetzt hat einer den Fall noch mal geöffnet und dabei sind eine Reihe Fotos gefunden worden, die von Interesse sein könnten. Claudia wird in ein paar Minuten mit den Aufnahmen hier sein. Aber lasst euch nicht stören bei eurem Killer-Memory."

Er schrieb den Begriff „Detektiv-Fotos" auf einen Zettel und legte ihn zum „Detektiv-Zettel", den er mit einem deutlichen Kreuz markierte. Dies war nun der vierte Tote in diesem Fall. Doch Dressler nahm den Tod des Privatdetektivs nicht ohne Genugtuung zur Kenntnis. Vielleicht kam jetzt wirklich so etwas wie Bewegung in die Sache.

Nach zehn Minuten schlug die Tür auf und Claudia hastete in

den Raum. Sie hielt triumphierend mehrere Fotoausdrucke in der Hand.

„Also, noch mal von vorne. Hendrix rief gerade an. Im Sommer letzten Jahres hatte man in Amsterdam einen Detektiv tot in seiner Wohnung aufgefunden. Der Mann war bekannt dafür, dass er nur heiße Eisen anpackte, und diesmal hatte er sich anscheinend daran verbrannt. Nach ein paar Monaten hatte man die Angelegenheit zu den Akten gelegt. Es war wohl eher Zufall, dass ein Kollege von denen den Fall noch einmal durchgegangen ist. Dabei fand er unter den Unterlagen des Detektivs eine Adresse: die Adresse von Güldners Ferienhaus. Darum hatte er die Info an Hendrix weitergegeben. Und der hat die letzte Nacht damit verbracht, die Unterlagen noch einmal zu überfliegen. Er hat nicht viel von Bedeutung gefunden. Das Wichtigste sind diese Fotos hier, die man in einem Versteck unter seinem Aktenschrank gefunden hatte."

Sie breitete die Ausdrucke auf dem Tisch aus. Dressler erkannte sofort das Foto, das er schon in Miros Wohnung gesehen hatte und das tags darauf aus dem Rahmen verschwunden war. Ein Mann mit langen Haaren und Bart. Er atmete im Stillen auf. Jetzt konnte er die Aufnahme, die er auf seinem Handy gespeichert hatte, aus seinen Gedanken löschen. Jetzt war es offiziell.

Außer diesem Foto gab es noch einige andere Aufnahmen. Sie zeigten eine Gruppe von Männern, die sich vor einem Fachwerkhaus fotografiert hatten. Sie trugen Waffen in ihren Gürteln oder hielten sie hoch und posierten stolz vor der Kamera. Ein Mann zielte auf den Fotografen und lachte dabei. Plötzlich stockte Dressler der Atem und auf seiner Stirn bildeten sich vor lauter Aufregung kleine Schweißperlen.

„Das kann doch nicht war sein. Das ist es!", rief er aus. Er drehte sich um und machte eine Geste, als wenn er gerade das entscheidende Tor geschossen hatte. Dann riss er Claudia an sich, drückte sie und lachte dabei laut auf.

Seine Kollegen sahen sich erneut an und waren mehr als verwirrt wegen seines emotionalen Gebarens. War Dressler jetzt völlig übergeschnappt? Erst die Sache mit den Kärtchen und den Bindfäden und jetzt tanzte er wie ein Elfmeterschütze um den Tisch.

Als er sich wieder beruhigt hatte, sah er mit einem breiten Grinsen in die Runde.

„Leute, geht euch denn kein Licht auf? Was seht ihr denn da?"

Er drehte sich erneut um und klatschte in die Hände. So euphorisch hatte ihn noch nie jemand gesehen.

„Na, das sind halt ein paar Typen, die irgendwo auf dem Land mit Knarren vor der Kamera posieren. Aber was hat das mit Krieger und all dem zu tun? Die Fotos sind doch bestimmt schon 30, 40 Jahre alt."

„Ja, genau. Mann, geht euch denn kein Licht auf? Was fehlt uns denn bei dem Kartenspiel, das ich hier ausgebreitet habe?"

„Die Vergangenheit der Mordopfer", gab Claudia nach einer Weile langsam und leise von sich. Dressler grinste.

„Genau. Seht euch doch mal die Gesichter an."

Die Kollegen rückten zusammen und betrachteten die Fotos genauer. Claudia Hoppenstedt nahm sich eine Aufnahme und hielt sie direkt vor ihre Augen.

„Das ist doch Wahnsinn. Ich glaube, du hast recht."

„Was denn?", fragte Oliver Weiler genervt.

„Einen Moment." Dressler zog aus dem Stapel seines Ermittlungskartenspiels ein paar Fotos heraus und legte sie neben die Aufnahmen, die man bei dem Detektiv gefunden hatte.

Jetzt lag eine Aufnahme von Krieger neben dem Foto des Mannes, der mit der Pistole auf die Kamera zielte. Dressler legte eine weitere Aufnahme, die Güldner in den 80er-Jahren zeigte, daneben. Da wurde es allen offensichtlich.

Bei Krieger sah man es am deutlichsten. Seine stolze, etwas arrogante Haltung, das breite Kinn und die stechenden Augen waren identisch. Allerdings hatte er auf dem alten Foto eine längere Nase mit einem leichten Höcker, während er im Alter eine auffallend kleine Nase hatte. Zudem hatte er damals vermutlich etwas abstehende Ohren, die er nur mühsam durch seine langen Haare verbergen konnte. Vermutlich hatte er sich die Ohren ebenfalls durch eine OP anlegen lassen.

Bei Güldner war die Ähnlichkeit geringer. Ihn konnte man nur an dem typischen Grinsen und den dabei schlitzartig zusammengekniffenen Augen erkennen. Der Rest des Mannes schien in den letzten Jahrzehnten geradezu aufgepumpt worden zu sein. Er war auf dem alten Foto ein hagerer Mann. Seine Beine waren so dünn, dass selbst die am Oberschenkel engen Hosen noch zu weit waren. Sein Hemd hatte er unten zusammengeknotet, so dass man sehen konnte, dass er praktisch nur aus Haut und Haaren bestand. Und wie fett war er kurz vor seinem Tod!

„Das ist die Verbindung, nach der wir so lange gesucht haben. Jens hat Recht. Der Mann, den wir suchen, ist vermutlich wirklich 67 Jahre alt. Wir sind endlich, endlich, endlich einen Schritt weiter." Da brach bei allen Jubel aus. Sie klatschten sich gegenseitig in die Hände und selbst der sonst so beherrschte Stefan Mahlberg hob die Fäuste als Siegesgeste. Sie alle konnten das Glück kaum fassen.

„Also.", Dressler nahm das Foto und notierte über dem Kopf des einen Mannes den Namen „Krieger" und ein Kreuz. Über den Kopf eines anderen Mannes schrieb er „Güldner" und machte ebenfalls ein Kreuz. „Wir haben jetzt zwei Opfer. Drei Männer bleiben übrig. Ich denke, wir können mit größter Sicherheit sagen, dass unter den drei verbleibenden Männern einer der Mörder ist ..."

„Und zwei stehen noch auf der Warteliste zum Schafott", ergänzte Oliver.

„Richtig", überging Dressler die Bemerkung.

„Claudia, schnell, bitte maile die Fotos an den Erkennungsdienst. Sie sollen die Aufnahmen ein bisschen bearbeiten und uns zweifelsfrei sagen, ob die Männer auf den Fotos identisch sind. Und zwar sofort. Hatte man bei Kriegers Obduktion nicht festgestellt, dass er im Gesicht operiert worden ist? Jens, schau mal bitte nach, ob man bei Güldner auch so was festgestellt hat. Und vielleicht fragst du seine Frau, ob sie was darüber weiß."

„Äh ...", wendete Jens ein.

„Ja?"

„Jürgen, bei Krieger war das reine Glückssache, dass man noch so viele Teile seines Gesichtes finden konnte. Aber bei Güldner ist das anders. Du hast ja gesehen, wie viel noch von ihm übrig war. Und Schönheitsoperationen lassen sich auch nicht über modernste Methoden in der Gentechnik feststellen."

Dressler dachte einen Moment lang nach.

„Egal, überprüfe das trotzdem noch mal. Ihr beiden, Timo und, und ..."

„Lukas", antwortete der Angesprochene.

„Ja genau, ihr wendet euch bitte an Hendrix und fragt höflich nach, ob die dort noch die Verbindungsdaten des Detektivs haben oder Computerdaten oder sonst was. Ich weiß, das ist nicht wahrscheinlich, aber probiert es wenigstens."

Die beiden nickten und es kam eine freudig-hektische Bewegung in die Gruppe.

„Jens, du vergleichst bitte auch die Obduktionsberichte von Miro und dem Detektiv. Die beiden haben ja vermutlich den gleichen Feind gehabt. Die Unterlagen von Miro bekommst du von Michael Zalokar. Die Nummer gebe ich dir gleich. Und sag ihm, es ist dringend. Stefan, nimmst du dir bitte noch mal alles vor, was wir bisher vom Detektiv wissen, und gleichst es mit den Unterlagen aus Holland ab? Vielleicht können wir den Fall ja jetzt mit weiteren Bindfäden schmücken. Gut, wir sehen uns hier gleich wieder, wenn wir die Aussagen haben. Ich werde in der Zwischenzeit ein nettes Telefonat mit unseren Freunden vom LKA führen."

Es lag wirklich eine freudige Stimmung in der Luft. Die Fortschritte hatten sie zwar nicht ihrer eigenen Ermittlungsarbeit zu verdanken, aber das war im Moment egal. Es ging voran und die Chancen, den Täter zu fassen, hatten sich in den letzten Minuten deutlich verbessert.

Dressler ging in sein Büro. Gerade als er die Nummer von Klaus Schreiner wählen wollte, erschien sein Name auf dem Display seines Handys.

„Klaus?", fragte Dressler erstaunt. „Dich wollte ich gerade anrufen. Was ist denn?"

„Nein, dann du zuerst."

„O. k.. Wir sind den Schritt weiter, den du von uns in den nächsten 48 Stunden erwartet hast. Wir haben ein Foto vom Mörder. Es ist zwar ziemlich alt, aber wir können mit Sicherheit sagen, dass er unter den fotografierten Personen ist."

„Was heißt das: ‚unter den fotografierten Personen'?"

„Wir haben Fotos, die eine Gruppe von Männern zeigen. Einer unter ihnen ist mit nahezu hundertprozentiger Wahrscheinlichkeit Krieger. Ein anderer ist ebenso wahrscheinlich Güldner. Und die drei anderen Männer kennen wir noch nicht. Aber du kannst davon ausgehen, dass einer von ihnen der Mörder ist."

„Warum?"

„Klaus, jetzt fang nicht wieder so an. Verstehst du nicht? Wir haben hier zum ersten Mal eine echte Verbindung der Opfer zueinander. Krieger und Güldner gehörten ein und derselben Gang an. Irgendetwas muss da vorgefallen sein. Einer der noch lebenden Männer ist der Mörder. Und die anderen beiden sind in höchster Gefahr. Sollen wir warten, bis die beiden tot sind, um absolute Gewissheit zu haben? Außerdem haben wir von dem Täter einen genetischen Fingerabdruck. Wenn du magst, kann ich dir die Angaben zukommen lassen, damit ihr eure Datei durchforsten könnt."

„O. k., Jürgen. Dann mach weiter und halte mich auf dem Laufenden."

„So, und jetzt du."

„Tja, wir können vielleicht einen der drei Verbleibenden von der Liste streichen."

„Was?" Dressler sank auf seinen Schreibtischstuhl.

„Wir haben von der spanischen Polizei einen Fall geschildert bekommen, der im gewissen Sinne in das Raster passt."

„Was heißt ‚im gewissen Sinne'?", fragte Dressler aufgeregt.

„Es geht um einen deutschen Kunstmaler, der gestern auf Mallorca ermordet worden ist."

„Der Maler!", schrie Dressler fast ins Telefon.

„Der Maler?"

„Ja, wir suchen doch nach einem Maler, dessen Gemälde in mehreren Häusern von Beteiligten gefunden wurden. Sein Kürzel ist SGM."

„Der hier heißt „Sebastian Wellner. Aber ob der Name richtig ist, das muss sich erst noch zeigen."

„Und war es eine Bombe?", fragte Dressler unruhig.

„Nein, das ist genau der Punkt, der nicht passt. Aber der Kopf war auch diesmal wieder das Ziel. Vielleicht hatte der Täter einfach keine Möglichkeit, eine Bombe nach Mallorca zu schmuggeln."

„Das ist durchaus denkbar."

„Also. Ihr solltet so schnell wie möglich prüfen, ob auch seine Papiere gefälscht sind. Kannst du dich auf dein Team verlassen, Jürgen?"

„Hundertprozentig."

„O.k., dann solltest du dich in den nächsten Flieger setzen. Ich habe das Gefühl, dass der Fall auf Mallorca wichtig für die Ermittlungen ist. Und versuche, möglichst alle relevanten Beweismittel oder Gegenstände, die uns hier weiterhelfen können, mitzubekommen. Ich weiß, dass die Polizei da manchmal rumzickt. Aber probiere es bitte trotzdem. Wir können denen ja nach unseren Ermittlungen alles wieder zukommen lassen."

„O.k.. Dann also bis bald."

„Viele Glück."

„Klaus?", fragte Dressler hektisch, bevor dieser den Hörer auflegen konnte.

„Ja?"

„Kann ich den Fall behalten?"

„Ich kann dir nichts versprechen, aber ich denke schon. Vermutlich lebt ja sowieso bald keiner mehr von denen. Doch das laste ich dir nicht an. Die Ermittlungslage ist schwierig. Aber das sieht man hier auch. Also leg los und zeig uns, dass noch einer von denen zu retten ist."

Dressler legte auf und rief direkt im Anschluss den Polizeipräsidenten an und informierte ihn über die aktuelle Lage. Er teilte ihm auch mit, dass er dringend vor Ort den Mord des Kunstmalers in Augenschein nehmen müsse und dass er in der Zwischenzeit Claudia als seine Vertretung ausgewählt hätte.

„Gut, gut, Dressler. Was schlagen Sie vor, wie sollen wir mit der Presse umgehen?"

„Lassen wir die erst einmal aus dem Spiel. Der Mord passierte nicht in Deutschland und es war keine Bombe im Spiel. Die Presse wird da nicht von selbst draufkommen. Also sollten wir den Ball flach halten. Allerdings würde ich mir eine Option offen halten. Denn wenn uns die Öffentlichkeit bei der Identifizierung der Personen auf den Fotos behilflich sein kann, dann macht es Sinn, die Presse einzuschalten. Aber da will ich erst noch abwarten, bis wir sicher sind, dass die Fotos wirklich Krieger und Güldner zeigen."

„O. k., gut. Dann legen Sie los und halten Sie mich auf dem Laufenden. Viel Erfolg."

„Danke." Dressler legte auf und legte sich zurück. Nun überschlugen sich die Ereignisse, so dass er aufpassen musste, kein Detail aus den Augen zu verlieren.

Kurz nach dem Telefonat fand sich die Ermittlungsgruppe wieder im Besprechungsraum ein. Claudia Hoppenstedt merkte man die Aufregung deutlich an. Ihre Blicke zuckten von einem Kollegen zum anderen und sie sprach so schnell, dass es schwer wurde, sie zu verstehen.

„Also: Wir bekommen mal wieder nichts Offizielles. Aber der Kollege steckte mir am Telefon, dass er einen Besen fressen will, wenn das nicht ein und dieselben Männer sind. Er ist sich sicher, dass sich Krieger und auch Güldner Gesichtsoperationen unterzogen haben, um nicht erkannt zu werden. Die biometrische Untersuchung steht noch aus. Aber ich denke, wir sollten uns vorerst mit seiner mündlichen Aussage zufrieden geben und natürlich mit unserem eigenen Eindruck."

„Gut. Dann sollten wir jetzt tatsächlich an die Öffentlichkeit gehen. Und ihr solltet euch die ungeklärten Kriminalfälle der 70er-Jahre vornehmen – vor allem natürlich die Bandenkriminalität. Die Gruppe auf dem Foto muss irgendetwas ausgefressen haben. Und zwar was richtig Dickes. Sonst gäbe es keinen Grund, Papiere zu fälschen und Gesichter zu operieren. Wir sollten die Fotos in allen großen Presseorganen veröffentlichen. Ich will wissen, wer die Männer kannte, bevor sie sich eine neue Identität zugelegt haben. Und ich will wissen, was sie damals umtrieb."

„Timo und Lukas?" Dressler war selbst darüber erstaunt, dass er die beiden Namen wie aus der Pistole geschossen hervorbrachte.

„Wir haben die Daten vom Privatdetektiv angefragt und sie sollen uns im Laufe des Tages geliefert werden."

„Jens?"

„In der Obduktion habe ich nichts gefunden. Aber wie gesagt ..."

„Egal, weiter." Dressler war nun in Fahrt.

„Ich habe die Polizei in Grevenbroich gebeten, Güldners Witwe zu fragen. Und die hat ihnen gesagt, dass Güldner deutliche Narben hinter den Ohren hatte. Und er habe ihr erzählt, dass er sich die Ohren hat anlegen lassen, weil er früher Segelohren gehabt hat. Aber sonst sei ihr nichts aufgefallen."

„Und hast du schon die Obduktionsergebnisse von Miro und dem Detektiv beisammen?"

„Nein. Jürgen, das haben wir doch erst vor einer knappen halben Stunde angefragt."

„Sorry, ich weiß, ich bin jetzt etwas ungeduldig. Stefan?"

„Das Gleiche gilt für mich. Ich habe die Unterlagen zwar schon hier, aber bisher gibt es nichts Brauchbares."

Dann erzählte Dressler seinem Team von dem Vorfall auf Mallorca.

„Es kann sein, dass wir auch hier wieder eine Lücke schließen können. Der Mann könnte der Maler der Gemälde sein, die wir überall gefunden haben. Ich werde den nächsten Flieger nehmen und euch von dort aus auf dem Laufenden halten. Und ihr gebt mir bitte Bescheid, wenn ihr etwas Neues wisst. Noch etwas: Kann jemand von euch in Erfahrung bringen, wer in den letzten drei, vier Tagen von Deutschland aus nach Mallorca geflogen ist und schon nach ein, zwei Tagen wieder zurückgekehrt ist? Ich kann mir kaum vorstellen, dass der Mörder noch länger dort bleibt."

Dressler blickte zu den beiden neuen Kollegen rüber.

„Nach Mallorca gehen – vor allem jetzt im Sommer – ziemlich viele Flüge, aber ich kann es probieren. Die Fluggesellschaften sind da ja meistens sehr kooperativ."

„Probiert es einfach. Sonst noch was?"

Allgemeines Kopfschütteln. Claudia stand als Erste auf und versuchte hektisch, einen Stapel DIN-A4-Blätter auf dem Tisch geradezurütteln, wobei ihr der gesamte Stapel von der Tischplatte rutschte und sich auf dem Boden verteilte. Dressler war noch nie aufgefallen, dass Claudia hier eine Art schwachen Punkt hatte. Sie war meist sehr ruhig und kontrolliert. Aber wenn sie im Jagdfieber war, dann konnte es offenbar passieren, dass sie sich nicht so gut unter Kontrolle hatte – wie eben jetzt in diesem Moment. Im Hinausgehen dachte Dressler, dass dies eine sehr, sehr sympathische Eigenschaft war.

Während sich Dresslers Mitarbeiter in ihre Büros zurückzogen, machte sich Dressler auf den Heimweg. Es würde für alle eine lange Nacht werden.

Zu Hause angekomme stellte er seinen Wagen in gebührendem Abstand von dem alten Mercedes ab. Er hatte Soula in einem für ihn untypischen Anfall von Vertrauen seinen Haustürschlüssel überlassen und sie schien mit ihrer Arbeit ernst zu machen. Im Vorgarten hatte sie eine lange Wäscheleine gespannt, auf der nun für alle sichtbar seine Unterhosen im Wind flatterten. Dabei

hatte er sich doch erst vor ein paar Monaten einen neuen Wä-
schetrockner angeschafft. Egal, dachte er sich, es konnte nichts
schaden, ein wenig Strom zu sparen, und das Wetter war weiß
Gott gut genug, um die Wäsche auch so trocken zu bekommen.

Als er sein Haus betrat, war Soula gerade damit beschäftigt,
die trockene Wäsche zu falten.

„Hallo Soula."

„Hallo Jurrgen. Chast du Chunger?"

„Nein danke. Ich muss gleich wieder weg und werde unterwegs etwas essen."

„Unterwegs, immer unterwegs. Wie siehst du aus? Du brauchst
richtig essen."

„Ja, aber ich habe leider keine Zeit. Ich muss gleich zum Flughafen."

„Egal. Ich mache dir eine gute Essen."

„Das ist nett, aber ich habe wirklich keine Zeit."

„Dauert nicht viel. Ich mach nur schnell die Patates."

„Oh, nein. Vielen Dank. Aber ich muss gleich los."

„Sind schon in Offen. Mit Obersine. Ist sehr lecker. Musst du
probiere. Chast du was Gutes."

„Das ist wirklich nett, aber ..."

Doch Soula war schon in der Küche verschwunden.

Nachdem sich Dressler am PC einige Flüge herausgesucht
hatte, kam Soula erneut ins Arbeitszimmer.

„Weißt du, wo ist deine Biegeleisen?"

„Das ist hier im Schrank", gab Dressler zurück, ohne sich umzudrehen.

„Hast du Steckerdose?"

„Ja, natürlich. Bedien dich." Er schaltete den Drucker an,
um seine Ergebnisse auszudrucken. In dem Moment, als
er den Druckbefehl geben wollte, wurde plötzlich sein Bildschirm schwarz und der Rechner hörte auf zu surren. Dressler
drehte sich wütend um und sah gerade noch, wie Soula das
Bügeleisen in die Steckdose stöpselte, die noch vor Sekunden
seinen Computer mit Strom versorgt hatte. Eigentlich woll-

te er seiner Wut Luft machen. Doch als er sah, wie sie voller Energie das Bügeleisen schwang und dazu ein griechisches Lied sang, verebbte seine Wut und er suchte sich eine andere Steckdose, um sich erneut auf die Suche nach Mallorca-Flügen zu machen.

Während er ein paar Kleidungsstücke in seine Tasche warf, fiel ihm auf, dass sich auch im Wohnzimmer einiges verändert hatte. Soula hatte aufgeräumt und seiner Wohnung ganz nebenbei ihre eigene Handschrift gegeben. Sein geliebtes Prunkstück, ein original Designer-Sideboard aus den 70er-Jahren, zierte ebenfalls nun eine Häkeldecke, auf der eine große Vase mit frisch geschnittenen Blumen aus seinem Garten stand. Auch wenn das nicht unbedingt seinem Geschmack entsprach, verlor er kein Wort darüber. Er hatte allein seinen Mallorca-Trip im Sinn.

„So, Essen ist fertig", rief Soula aus der Küche.

„Tut mir leid. Aber ich kann wirklich nicht."

Soula erschien in der Küchentür mit einem sichtlich enttäuschten Gesicht.

„Gut. Ich packe dir Patates ein und Fis. Kannst du auf die Fahrt essen. Ist besser."

Dressler wischte sich den Schweiß von der Stirn.

„Soula. Ich bin in ein paar Tagen wieder da. Ich melde mich dann wieder. Aber erst mal danke schön, dass du dich so nett um mich kümmerst."

„Kein Problem. Wenn du wieder da, ist deine Wohnung wieder richtig, richtig sauber Wohnung."

„Nein, das ist wirklich nicht ..."

„Kein Problem. Fahr ruhig. Hier sind die Patates."

Dressler nahm eine ganze Reihe gefüllter Plastikdosen in Empfang, dankte höflich und machte sich auf den Weg.

Die folgende Nacht verbrachte er auf dem Flughafen Köln Bonn im Standby. Doch er hatte kein Glück. Die Maschinen waren alle ausgebucht und auch von Frankfurt und Düsseldorf gab es keine Flugmöglichkeit für ihn.

Um zwei Uhr nachts erwachte er mit heftigen Rückenschmerzen aus einem unruhigen Schlaf. Er hatte sich auf den harten Sitzen des Flughafens schlafen gelegt und verspürte nun einen Heißhunger. Da fiel ihm Soulas Essen ein, das er nun dankbar in sich hineinlöffelte. Noch nie hatte er etwas so Gutes in einer Flughafenabfertigungshalle gegessen.

Danach fragte er an der Information ein weiteres Mal nach einem freien Platz nach Mallorca. Doch die ebenfalls übermüdete Frau schüttelte den Kopf.

Erst am nächsten Morgen um halb sechs hob er ab in einem Flugzeug mit dem Ziel Palma de Mallorca. Dasselbe Flugzeug hatte kurz zuvor der Mann benutzt, um von Palma aus zurück nach Deutschland zu kommen.

# Kapitel 39

Hans war schon mehrere Kilometer weit gefahren. Das Gefühl, eine Bombe im Kofferraum zu haben, beunruhigte ihn sehr. Er hatte sich vollkommen auf Walter verlassen. Ihm blieb auch nichts anderes übrig. Aus irgendeinem Grund hielt er trotzdem an. Er wollte sich nur vergewissern, dass die Bombe auch wirklich sicher gelagert war.

Vorsichtig hob er das Reserverad aus seiner Halterung. Dort lag die Bombe, in eine dicke Daunensteppdecke eingewickelt. Er faltete die Decke auf und betrachtete die Konstruktion. Es schien alles in Ordnung zu sein. Gerade als er die Bombe wieder zudecken wollte, fiel sein Blick auf den Wecker, den er vor Ort noch anschließen und auf die passende Zeit stellen musste. Die Kabel des Weckers waren bereits mit der Bombe verbunden. Er erstarrte.

Der Weckzeiger stand auf zehn Uhr. Er schaute auf seine Armbanduhr. Es war viertel nach neun. Er drehte den Wecker um und stellte fest, dass auch die Batterie bereits in ihrem Fach lag. Der Schweiß schoss ihm auf die Stirn. Er riss die Batterie aus dem Fach, warf sie in den Kofferraum und stürzte mehrere Meter zurück, bevor er begriff, das nun wirklich nichts mehr passieren konnte.

Aber die Bombe hatte tatsächlich scharf in seinem Kofferraum gelegen. Langsam, als wenn die Bombe immer noch hochgehen könnte, ging er zurück an den Kofferraum. Er betrachtete das, was er vor sich sah, eingehend. Aber er hatte Walter genügend oft über die Schulter gesehen, um zu wissen, dass hier kein Missverständnis vorliegen konnte. Seine Freunde hatten ihn tatsächlich töten wollen.

Er steckte die Batterie in seine Hosentasche und verstaute die Bombe vorsichtig wieder unter dem Reserverad.

Danach schritt er ein paar mal um den Wagen herum und rauchte eine Zigarette. Es passte alles zusammen. Die Angst der anderen, die Geldgier, die er bei Dieter und wenigstens auch bei Berni vermutet hatte. Die scheuen Blicke, die sich seine vermeintlichen Freunde zuwarfen, als sie am Küchentisch saßen. Aber trotzdem fiel es ihm schwer zu glauben, dass sogar Guru und Walter es hinnahmen, dass er geopfert werden sollte, damit sich die anderen mit dem Geld ein schönes Leben machen konnten.

Einen Moment lang überlegte er, zurückzufahren und die anderen mit der Bombe in die Luft zu jagen. Dann strich er den Gedanken aus seinem Kopf. Er wollte sich voll und ganz auf sein eigentliches Ziel konzentrieren. Alles andere hatte jetzt Zeit.

Er fuhr lange Zeit über einsame Landstraßen, bis er spät am Abend in Bitburg ankam. Er fuhr langsam am Militärkrankenhaus vorbei. Der Vorplatz vor den Schranken war durch große Scheinwerfer hell beleuchtet. Es herrschte große Betriebsamkeit. Soldaten standen an der Torzufahrt und kontrollierten Kleintransporter, die hinein wollten.

An der Seite hielten mehrere Fahrzeuge, die gerade von Soldaten gefilzt wurden. Auf dem Vorplatz standen Pflanzenkübel, Getränkekisten und stapelweise Pappkartons. Offenbar wurde jeder Wagen ausgeräumt, damit man sichergehen konnte, dass nichts Unerwünschtes auf das Areal des Militärkrankenhauses geschmuggelt werden konnte.

Wieder einmal überkamen Hans Zweifel an der Aktion. So weit hatten sie gar nicht gedacht. Jetzt musste er einsehen, dass es unmöglich sein würde, eine Rohrbombe auf das Gelände des Krankenhauses zu bringen. Er fuhr im gleichmäßigen Tempo weiter. Nach etwa zwei Kilometern parkte er den VW-Bus auf einem Wanderparkplatz, stellte den Motor ab und dachte nach.

Jetzt hatten sie so lange an der Bombe gebastelt. Sie waren ernsthafte Risiken eingegangen. Nun hatte er das Ziel in Sichtweite und doch war sein Vorhaben in weite Ferne gerückt. Er überlegte, ob er Owens erwischen konnte, indem er ihn bei der

Vorbeifahrt in die Luft jagte. Doch dann verwarf er den Gedanken. Die Bombe am Straßenrand zu platzieren, war vollkommener Blödsinn. Der Zeitzünder konnte bestenfalls auf eine halbe Minute exakt gesteuert werden.

Er musste sich das Areal aus der Ferne genauer anschauen, um seine Chancen auszuloten. Aber er hatte nicht einmal an ein Fernglas gedacht. Da durchblitzte ihn ein Gedanke: das Gewehr hatte ein Zielfernrohr. Und es kam ihm direkt ein zweiter Gedanke. Es hatte nicht nur ein Zielfernrohr, man konnte damit auch auf weite Distanz schießen.

Vielleicht war es eine Fügung des Schicksals, dass er von Anfang an Spaß an dieser Waffe gehabt hatte. Er versuchte, sich an seine Schießübungen zu erinnern. Auf dem verlassenen Bauernhof hatte er seine Schüsse aus etwa 100 Metern Entfernung ziemlich genau abgegeben. Für diese Distanz war das Zielfernrohr recht gut eingestellt. Doch wie wollte er an Owens herankommen?

Er würde ihn wohl nur im vorbeifahrenden Auto zu Gesicht bekommen. Doch das Fahrzeug war mit Sicherheit gepanzert und außerdem hatte er in seinem Leben noch nicht einen einzigen Schuss auf ein bewegtes Ziel abgegeben. Es schien aussichtslos. Trotzdem wollte er sich im Dunkeln an das Gelände heranschleichen und nach Tagesanbruch einen Blick durch das Zielfernrohr wagen.

Er schraubte das Zielfernrohr ab und nahm nur das Wichtigste mit. Dann betrachtete er eingehend die Wanderkarte, die am Parkplatz angeschlagen war. In der Nähe des Eingangs zum Krankenhaus war ein Hügel mit einem dieser Trimm-Dich-Pfade, die seit der Olympiade überall aus dem Boden schossen. Von dort aus musste er einen guten Überblick haben. Also machte er sich auf den Weg. Obwohl fast Vollmond war, herrschte wegen der Bewölkung schlechte Sicht, so dass er mehrfach über Wurzeln und Steine stolperte. Erst nach fast zwei Stunden hatte er den Hügel erreicht, unter dem das Krankenhaus lag.

Und tatsächlich: Die Sicht auf den Eingang war hervorragend.

Die Soldaten waren immer noch mit Kontrollen beschäftigt. Aber auch hinter den Schranken tat sich etwas. Es waren inzwischen Scheinwerfer dort aufgestellt worden. Vor der großen Freitreppe des Hospitals wurden Bänke aufgebaut und an der Seite, unterhalb der Treppe, stand ein Rednerpult auf einem Rollwagen. Es sah so aus, als wenn Owens auf der Treppe eine Rede vor Soldaten oder Journalisten halten sollte.

Möglichweise war das Hans' Chance. Das einzige Problem war, dass die Entfernung sicherlich mehr als 120 Meter betrug. Außerdem lag das Ziel diesmal tiefer als der Ort, von dem aus er schießen konnte. Und noch ein Problem kam ihm in den Sinn. Er hatte einen alten Karabiner, mit dem das Nachladen seine Zeit brauchte. Vermutlich würde er nur eine einzige Chance haben. Aber er wollte diese Chance auf jeden Fall nutzen.

Er zog sich schnell zurück. Der Rückweg fiel ihm leichter, da er die Umgebung mittlerweile besser kannte und da die Wolken aufgerissen waren. Am Auto angekommen hatte er den Plan genau im Kopf. Er fuhr los und steuerte den Wagen über die Dorfstraßen. Es war inzwischen kurz vor vier Uhr nachts und er war weit und breit der einzige Mensch auf der Straße. In einem kleinen Dorf fand er das, was er suchte: ein Motorrad, das einigermaßen geländegängig erschien. Er fuhr weiter, drehte nach ein paar Hundert Metern um und stellte kurz vor der Dorfeinfahrt den Motor ab. Der VW-Bus rollte bis genau zu der Stelle, an der das Motorrad stand. Er stieg aus und trat, wie Walter es ihm einmal vorgemacht hatte, mehrfach gegen die Lenkstange, bis das Lenkradschloss brach. Danach kam das größere Problem. Er öffnete die Seitentür des VW-Busses und versuchte verzweifelt, das Motorrad hineinzubekommen.

Er hätte vor Anstrengung brüllen mögen, musste aber leise sein, wollte er niemanden aufwecken. Mit letzter Kraft stemmte er das Hinterrad über den Einstieg. Er hatte es geschafft. Anschließend setzte er sich mit zitternden Knien ans Steuer und ließ den Bully rückwärts bergab rollen, um wieder aus dem Dorf herauszukommen, ohne den Motor anlassen zu müssen.

Nachdem der Bus ausgerollt hatte, startete er den Motor, drehte auf einem Feldweg und steuerte den Wagen wieder in Richtung Hospital. Etwa zweihundert Meter vom Eingang entfernt stellte er den VW-Bus am Straßenrand ab. Er wollte die Bombe als Ablenkungsmanöver benutzen. Er stellte den Wecker, legte die Batterie ein und verglich die Zeit mit seiner Armbanduhr. Um etwa viertel nach vier Uhr nachmittags würde die Bombe explodieren, in etwas mehr als elf Stunden. Da der Besuch auf drei Uhr nachmittags angesetzt war, konnte Hans nur hoffen, dass Owens zu dieser Zeit seine Rede hielt.

Dann nahm er das Gewehr, lud es und rollte es in eine Decke ein. Das Motorrad kurzzuschließen war kein Problem. Er wusste mittlerweile, dass man Stromkreise auch ohne Schalter oder Zündschlüssel verbinden konnte. So fuhr er also den Waldweg hinauf zum „Trimm Dich"-Pfad. Von dort aus schob er die letzten 300 Meter, versteckte das Motorrad in einem Loch, das ein umgestürzter Baum gerissen hatte. Danach setzte er sich in Position und wartete ab.

Er rauchte, bis seine Zigaretten ausgingen. Danach war er eingeschlafen, obwohl er dies mit aller Mühe vermeiden wollte. Immerhin konnte es sein, dass hier oben plötzlich Wanderer oder sogar Militärangehörige auftauchten.

Er erwachte mit einem Schrecken. Die Uhr zeigte elf Uhr fünfzehn. Er sah rasch durch das Zielfernrohr und erkannte, dass die Arbeiten unten inzwischen deutlich voran gegangen waren. Er stand auf und bewegte seine Glieder. Die Nacht war feucht gewesen und er hatte mit dem Rücken auf einer Wurzel gelegen, so dass die Rippen ihn jetzt schmerzten. Nach seinen Lockerungsübungen setzte er sich wieder in Position, überprüfte sein Gewehr und verstellte vorsichtig die Zielvorrichtung, so dass sie – seiner Ansicht nach – für einen Schuss auf diese Distanz geeignet war.

Von da an verging die Zeit im Schneckentempo. Nur ab und an warf er einen Blick auf das Geschehen am Hospital. Einige Mitarbeiter der Gärtnerei, die nachts vor dem Eingang so streng kontrolliert wurden, bauten nun Pflanzenkübel vor dem Eingang auf. Andere fegten den Vorplatz sauber. Das Rednerpult war tatsächlich oben auf die Treppe gestellt worden. Mittlerweile waren auch mehrere Militärfahrzeuge mit offensichtlich hochrangigen Militärs eingetroffen. Auch einige Zivilfahrzeuge fuhren vor, vermutlich mit Journalisten oder Politikern.

Hans schaute auf seine Uhr. Es war kurz vor 15 Uhr. Jetzt legte er sich in Stellung und hoffte, das Owens wirklich pünktlich kam. Aber die Zeit verging. Zu Hans' Entsetzen füllten sich die Bänke bereits mit Zuschauern. Aus dem Seiteneingang des Hospitals strömten bald darauf rund 50 Soldaten, teils gingen Sie auf Krücken, teils wurden sie mit Rollstühlen auf den Vorplatz geschoben. Owens sollte also direkt zu Anfang seine Rede halten. Damit war die Zeitrechnung von Hans durcheinander gebracht. Sollte die Bombe im Bully explodieren, bevor Owens auf dem Gelände eingetroffen war, dann blieb ihm nichts anderes übrig, als zu fliehen, und der Plan war gründlich missglückt.

Abwechselnd schaute er mal auf die Uhr und mal durch das Zielfernrohr. Unten schien man ähnlich nervös zu sein, denn die Soldaten drehten sich bei jedem Fahrzeug, das sich dem Eingang näherte, um. Um kurz vor vier Uhr wurde er so unruhig, dass er seine Blase entleeren musste. Er robbte langsam rückwärts, stellte sich an einen Baum und pinkelte. In etwas mehr als 15 Minuten würde die Bombe explodieren. Er wollte sich noch fünf Minuten Zeit geben, dann musste er fliehen, wollte er vor der Explosion noch genügend Vorsprung bekommen. In diesem Moment hörte er mehrere Fahrzeuge, die sich eilig näherten. An den Geräuschen konnte er hören, dass es amerikanische Fahrzeuge waren, mit großem Hubraum. Er rannte schnell zu der Stelle zurück, an der sein Gewehr lag. Er konnte gerade noch sehen, wie die Tore sich hinter den Fahrzeugen wieder schlossen. Die Kolonne hielt auf dem Vorplatz und ein schlanker, drahtiger Mann in Militärkleidung sprang aus einem der mittleren Jeeps, eilte strammen Schritts die Treppe hoch und winkte dabei dem jubelnden Publikum zu. Das war er also: Owens. Auf ihn hatte Hans sein ganzes Denken eingerichtet. Mit dem Gesicht von Owens war er nachts eingeschlafen und morgens war er es, an den Hans zuerst dachte. Jetzt sollte er ihm tatsächlich vor die Flinte kommen.

Hans sah durch das Zielfernrohr. Er verstellte es noch ein wenig, bis er der Ansicht war, dass es passen müsste. Doch er zitterte so stark, dass Owens Kopf im Zielkreuz hin- und herpendelte. Also legte er die Waffe ab und schob vorsichtig ein paar Äste zusammen, so dass er eine bessere Auflagefläche hatte. Jetzt ging es besser. Er schaute auf seine Armbanduhr. Es war vier Uhr und 11 Minuten. Er konnte nur hoffen, dass die Bombe einigermaßen pünktlich explodierte. Er wollte vermeiden, vorher zu schießen. Denn die Bombe könnte ihm eine hilfreiche Ablenkung sein. Die Sekunden vergingen im Schneckentempo. Ständig wechselten seine Blicke vom Zielfernrohr zur Uhr. Doch plötzlich trat Owens vom Rednerpult seitlich zurück und verschwand aus Hans' Sichtfeld. Hans keuchte auf. Hatte Owens nur ein paar Grußworte gesprochen und war nun verschwunden? Er schaute auf die Uhr. Es waren nur noch anderthalb Minuten. Er wischte sich den Schweiß aus dem Auge und säuberte mit dem Ärmel die Linse, die nun beschlagen war.

Ein anderer Mann erschien an seiner Stelle und bückte sich. Doch es war kein zweiter Redner. Er schien irgendetwas am Pult zu basteln. Hans hoffte, dass nur etwas mit der Mikrofonanlage nicht stimmte. Er blickte nervös auf die Uhr. Es war 14 Minuten nach vier. Was sollte er machen? Er musste jetzt ausharren. Vielleicht blieb ihm auch nach der Explosion noch eine Gelegenheit zum Schießen.

Aber da erschien Owens wieder am Rednerpult, stellte das Mikrofon auf seine Höhe ein und schien einen Witz zu machen. Denn das Publikum gröhlte und klatschte Beifall.

In dem Moment atmete Hans tief ein und zielte. Jetzt oder nie.

Als Owens Kopf im Zielkreuz erschien, drückte er ab. Der Schuss hallte vom Hospital wieder. Doch Hans beeilte sich, das

Gewehr nachzuladen. Er wollte ein zweites Mal schießen, doch er konnte Owens nicht mehr erkennen. Dafür sah er, dass mehrere Soldaten zu ihm hochzeigten. Scheinbar konnte man die Schmauchwolke von seinem Schuss erkennen.

Er warf sich das Gewehr über die Schulter, rannte zum Motorrad und startete es. Zeitgleich mit dem Aufheulen des Motors hörte er einen unglaublichen Knall. Er hätte nie gedacht, dass eine so kleine Bombe solch einen Höllenlärm machen könnte.

Während er den Hügel herunterraste, konnte er noch das panische Geschrei unten vor dem Hospital vernehmen. Er hörte amerikanische Sirenen aufheulen, vermischt mit dem Martinshorn deutscher Polizei oder Krankenwagen. Dessen ungeachtet raste er weiter die Waldwege entlang. Er zitterte am ganzen Körper. Es war ein schreckliches Gefühl, nicht zu wissen, ob er getroffen hatte. Jetzt hatte er das umgesetzt, was er sich so lange in den Kopf gesetzt hatte, und er konnte noch nicht einmal sagen, ob er erfolgreich gewesen war.

In seiner Hektik übersah er eine Wurzel und überschlug sich mit dem Motorrad. Ohne einen Schmerz zu verspüren, schwang er sich erneut in den Sattel und gab wieder Vollgas. Es ging bergab und wieder bergauf. Er fuhr über Waldwege und bog manchmal, einer inneren Eingebung folgend, in den dichten Wald und jagte durch das Unterholz. Er hatte weder Gefühl für die Zeit noch für die zurückgelegte Distanz. Aber er schien weit genug vom Tatort weg zu sein, um anzuhalten. Er nahm das Gewehr von seiner Schulter und rannte etwa 100 Meter tief in den Wald hinein. Dort verscharrte er in aller Eile das Gewehr und setzte seine Flucht fort.

Nachdem er eine weitere Strecke zurückgelegt hatte, gelangte er an eine größere Straße. Er hatte inzwischen vollkommen die Orientierung verloren. Also entschied er sich, der Sonne nach in südlicher Richtung weiter zu fahren.

Einige Kilometer weiter bog er wieder in einen Waldweg ein und knatterte wie vom Teufel gejagt weiter, bis er ein weiteres Mal stürzte. Diesmal bekam er die Maschine nicht mehr ans

Laufen. Er fluchte, schob das Motorrad ein paar Meter vom Weg entfernt in ein Gebüsch und ließ es dort fallen. Den weiteren Weg rannte er zu Fuß, bis er schließlich an einen kleinen Teich kam. Er besah sich und stellte fest, dass er in diesem völlig verdreckten Zustand jedem auffallen musste. Also zog er sich rasch aus, sprang in den Teich und wischte sich Blätter, Lehm und Blut von Haut und Haaren.

Danach betrachtete er seine Kleidung. Er hatte glücklicherweise über seine Jeans eine Tarnhose gezogen, die er jetzt umkrempelte, um sich damit grob abzutrocknen. Danach stopfte er die Tarnhose und sein Hemd in ein Fuchsloch. Die Schuhe reinigte er mit ein paar Farnblättern. Sein T-Shirt und seine Jeans waren glücklicherweise relativ sauber geblieben. Ein letzter Blick galt seiner Uhr. Doch die war bei einem der Stürze kaputt gegangen. Das Glas war gebrochen und das Ziffernblatt war lehmverschmiert. Er warf die Uhr in den Teich und ging nun in angemessen langsamen Schritten durch den Wald, bis er an eine Hauptverkehrsstraße kam.

Dort setzte er sich in aller Ruhe auf die Leitplanke und hielt den Daumen raus. Aber die Straße schien vollkommen leer zu sein. Hatte man schon Straßensperren errichtet? War er durch seine Orientierungslosigkcit gar nicht so weit von dem Gelände entfernt? Aber all diese Fragen versuchte er sich aus den Gedanken zu wischen. Das, was er getan hatte, hatte besser geklappt als befürchtet, und er konnte sich sagen, dass er es wenigstens versucht hatte. Sollte er nun festgenommen werden, konnte er immer noch im Knast zum Märtyrer werden. Allein der Gedanke an die Verräter schmerzte ihn. Sie mussten nun der gerechten Strafe zugeführt werden. Denn was sie getan hatten, war nicht minder verwerflich als das, was Owens getan hatte.

Nach ein paar Minuten sah er das erste Fahrzeug, dass die Straße entlangfuhr, einen Renault R 4. Aus irgendeinem Grund war er sich sicher, dass er halten würde, und so war es auch. Der Fahrer und seine Beifahrerin waren etwa in seinem Alter. Sie grinsten ihn an und schienen noch nichts von einem Attentat gehört zu haben.

„Hi, Leute. Wohin des Weges?" Hans versuchte, sich möglichst lässig zu geben.

Zu allem Glück sagten sie wie aus einem Mund: „Italien!" und grinsten ebenfalls.

„O. k., da bin ich dabei."

Hans stieg hinten ein, schob zwei Rucksäcke und ein Seesack zur Seite und lehnte sich zurück. Er hatte sich vorsorglich die gefälschten Papiere und einige tausend Mark in kleinen Scheinen eingesteckt. Also konnte er die Dinge laufen lassen.

Er machte es sich zwischen den aufgetürmten Gepäckstücken bequem, legte sich auf den Seesack und war fast augenblicklich eingeschlafen. Das Kassettengerät dudelte westamerikanische Rockmusik. Immer wenn er erwachte, hatte er das Gefühl, seine Erlebnisse der letzten 24 Stunden seien ein einziger böser Traum gewesen.

Irgendwann wurde er wieder wach. Er wusste nicht, wo sie sich befanden, und wollte auch nicht fragen, wie spät es war. Er richtete sich auf. Auf seiner rechten Seite sah er, wie die Sonne sich langsam Richtung Horizont bewegte. Sie mussten sich also eine bedeutsame Strecke vom Tatort entfernt haben. Er betrachtete die beiden. Offenbar waren es zwei mehr als harmlose Hippies. Ihm fiel auf, dass er sehr lange Zeit vollkommen ohne soziale Kontakte außerhalb der Gruppe ausgekommen war. Das Mädchen auf dem Beifahrersitz trug eine sehr kurze, abgeschnittene Jeanshose und ein weites Hemd, das im Fahrtwind flatterte und von Zeit zu Zeit einen Blick auf ihre Brüste erlaubte. Ja, auch mit Frauen hatte Hans schon seit langem keinen Kontakt mehr gehabt.

„Zigarette?"

Der Fahrer sah ihn grinsend durch den Rückspiegel an.

„Ja, gerne."

Er zündete sich die Zigarette an und sog den Rauch mit Genuss ein. Jetzt fühlte er sich erholt genug, um mit den beiden ein Gespräch anzufangen.

„Was macht ihr zwei denn so, wenn ihr nicht gerade nach Italien fahrt?"

Der Fahrer blickte in den Rückspiegel und grinste erneut.

„Wir sind Terroristen und auf der Flucht."

Das Paar vorne sah sich an und lachte.

Doch Hans war nicht nach Lachen zumute. Er wurde nervös. Als der Fahrer das merkte, beschwichtigte er. „Nein, keine Sorge. Wir studieren in Bonn und wollen in Italien Urlaub machen. In Bitburg haben wir nur einen Freund besucht."

„Sagt mal, wisst ihr, wie spät es ist?"

Die Fahrerin drehte sich zu ihm um und lächelte ihn an.

„Vielleicht ist es acht oder neun."

Hans nickte und lächelte auch sie an. Vermutlich kam er den beiden vollkommen verwirrt vor. Aber vielleicht dachten sie auch bloß, dass er auf einem Trip war. Auf jeden Fall schienen sie keinen Verdacht zu haben.

„Sagt mal, habt ihr was dagegen, wenn wir mal die Nachrichten hören?"

Der Fahrer schaltete wortlos auf Radio um. Obwohl die Nachrichten noch längst nicht angefangen hatten, spielte keine Musik. Stattdessen lief eine Live-Reportage.

„... bereits abgeriegelt", hörten sie eine Telefonstimme sagen.

„Gibt es denn Vermutungen über einen Zusammenhang mit der Inhaftierung von Baader und Meinhof?"

„Das wäre wohl verfrüht. Aber natürlich wird zuerst in den Unterstützerkreisen nach potenziellen Tätern Ausschau gehalten."

Vor lauter Aufregung hielt es Hans kaum auf seinem Sitz.

„Wir danken für diese ersten Einschätzungen aus Bitburg und geben zurück nach Stuttgart zu den Nachrichten."

„Bitburg?" Der Fahrer sah seine Freundin an. „Waren wir da nicht heute?"

Seine hübsche Beifahrerin legte ihre Füße oben auf das Armaturenbrett und machte ein mürrisches Gesicht.

„Keine Ahnung."

„Habt ihr vielleicht noch eine Zigarette?", fragte Hans, dem der Schweiß nun wieder auf der Stirn stand. Er zündete sich die Zigarette an und machte einen Zug nach dem anderen. Dann begannen die Nachrichten.

„Bitburg. Der amerikanische General Mark Owens ist heute Nachmittag bei einem Truppenbesuch im Bitburger Militärkrankenhaus einem Anschlag zum Opfer gefallen. Nach Angaben der amerikanischen Militärpolizei war Owens auf der Stelle tot."

Den Rest der Nachrichten hörte Hans nicht mehr. Er warf seine Zigarette aus dem Fenster und fiel in einen tiefen Schlaf.

# Kapitel 40

Am Flughafen von Palma de Mallorca wurde Dressler vom örtlichen Polizeikommissar empfangen, der ihn ein wenig missbilligend musterte, auch, weil Soulas Auberginen deutlich sichtbare Fettflecken auf seinem Hemd hinterlassen hatten. Sein Ansprechpartner war ein noch recht junger Polizist, der tadelloses Deutsch sprach und ihm sofort jegliche Unterstützung zusagte. Der Fall war offenbar auch in Spanien durch die Medien gegangen. Dressler dankte höflich und sie stiegen in eine Polizeilimousine. Sie fuhren mit Blaulicht zum Tatort. In nur etwa 20 Minuten erreichten sie ihr Ziel. Ein wenig bedauerte er die Geschwindigkeit, denn zum einen überkam ihn schon bald eine leichte Übelkeit und zum anderen stellte er fest, dass die Insel tatsächlich ihre wunderschönen Seiten hatte.

Dazu zählte zweifelsohne auch das Anwesen des Mordopfers. Die Finca lag idyllisch auf einer Lichtung. Das Haus musste sehr alt sein. Alles war von Pflanzen überwuchert und er fand, dass der Getötete einen guten Geschmack gehabt haben musste.

Als er das Haus betrat, fielen ihm sofort die Bilder auf. Auch sie hatten die Signatur „SGM". Damit war die Verbindung schließlich besiegelt.

Im Vorbeigehen sah er in einer Stube, die vom Flur abging, eine Staffelei, viele weitere Bilder und alles, was zu einem Maleratelier dazugehörte. Er war sich sicher, dass er hier bei dem Mann zu Hause war, der die Bilder in Kriegers Haus und in dem Haus in Holland gemalt hatte. Und das Rätsel des seltsamen Kürzels würde auch sehr bald gelöst sein.

Der junge Polizist mit dem fantasievollen Namen Fernando Jesús Robles Mendéz führte Dressler in das Schlafzimmer. Dort erblickte der deutsche Polizist das vielleicht größte Bett, das er je gesehen hatte. Am Kopfende und an der Wand konnte er noch die Blutlachen erkennen, die von dem Mord zeugten. Die Leiche war bereits abtransportiert worden. Aber der spanische Polizist reichte Dressler einen Stapel Fotos.

Dressler blätterte sie durch. Hätte er nicht gewusst, dass der Mann erschlagen worden war, dann hätte es auch in diesem Fall wieder eine Bombe sein können. Der Maler war wirklich übel zugerichtet worden. Der Schädel war komplett zertrümmert.

„Hat man die Tatwaffe gefunden?"

„Ja, Sie können sich die Waffe heute Mittag anschauen. Es war eine Brechstange, die wir draußen im Hof gefunden haben. Der Mörder scheint mit voller Wucht zugeschlagen zu haben."

„Hat denn jemand etwas gehört oder gesehen?", fragte Dressler.

„Nein. Aber das Haus ist auch so abgelegen, dass der Mörder hier alles Mögliche hätte veranstalten können."

„Haben Sie eine Tatzeit oder können Sie den Zeitpunkt eingrenzen?", fragte Dressler seinen spanischen Kollegen.

„Vermutlich vorgestern Abend zwischen 6 Uhr und spätestens 11 Uhr nachts. Denn um 11 Uhr 15 wurde er gefunden."

„Wer hat ihn denn gefunden?"

„Ein Mann aus dem Dorf Bunyola. Ein Säufer. Aber wenn man den Leuten von hier glauben darf, dann war er der Einzige, zu dem der Getötete Kontakt hatte."

„Kann ich den Mann vielleicht sprechen? Würden Sie mir beim Übersetzen helfen?"

„Ja, gerne. Ich habe ihm befohlen, sein Haus nicht zu verlassen. Aber wenn er etwas zu trinken hat, dann hat er auch keinen Grund rauszugehen."

„Gut. Dann würde ich mir das Haus jetzt gern gründlich ansehen. Darf ich?"

„Selbstverständlich." Der junge Polizist ging hinaus, setzte sich auf die Parkbank und telefonierte auf spanisch.

Dressler verließ mit ihm das Haus. Er wollte zunächst den Garten und den Hof absuchen. Er wollte dabei nicht allzu gründlich wirken, damit sein Kollege von der Insel nicht den Eindruck bekam, er würde ihrer Ermittlungsarbeit misstrauen.

Dressler blickte sich um und suchte die weitere Umgebung ab. Er hatte im Hinterkopf, dass der Täter offenbar bei Güldner das Haus seines Opfers längere Zeit beobachtet hatte, bevor er zuschlug. Das konnte auch hier der Fall sein. Also stieg Dressler eine kleine Anhöhe hoch, die sich gut eignen würde, um das Haus zu observieren. Es war heiß und die Zikaden zirpten um die Wette. Dressler wischte sich mit dem Ärmel den Schweiß von der Stirn.

Er streifte durch die Büsche und sah dabei zum Haus hinüber, bis er einen idealen Platz gefunden hatte. Von dort aus ging er spiralförmig um die Stelle herum und suchte den Boden ab. Lange brauchte er nicht zu suchen. Denn ein Taschentuch oder eine Serviette lenkte seine Aufmerksamkeit auf sich. Er hob sie vorsichtig hoch und betrachtete sie gegen den Himmel. Jemand hatte sich vor kurzem den Mund oder irgendetwas Fettiges damit abgeputzt. Nicht weit davon fand er eine ganze Reihe Zigarettenkippen. Er brauchte eigentlich nicht nach der Marke zu sehen. Denn er wusste auch so, dass es wieder Gauloises-Zigaretten waren, die er auch in Holland und vor Güldners Haus gefunden hatte. Ansonsten fand er nichts außer ein paar Schrot-Patronenhülsen und Getränkedosen, die jedoch schon sehr lange hier zu liegen schienen.

Er steckte die Serviette und die Kippen ein und ging zurück zum Haus.

Der spanische Polizist blickte aufmerksam zu ihm herüber. Doch bevor er fragen konnte, was Dressler gefunden hatte, kam ihm der deutsche Polizist zuvor.

„Gibt es da oben einen Feldweg oder irgendeine Zufahrt?"

„Soweit ich weiß nicht. Aber das kann ich überprüfen lassen."

„Dann schauen Sie doch auch mal nach, ob da noch frische Reifenspuren zu finden sind."

Schon kurz nachdem Dressler dies gesagt hatte, hätte er sich selbst ohrfeigen können. Das alles klang wieder nach deutscher

Überheblichkeit, obwohl er es lieber gehabt hätte, wenn es als deutsche Gründlichkeit angesehen würde oder noch besser: Wenn die spanischen Kollegen von selbst auf die Idee gekommen wären, das Umfeld des Hauses abzusuchen.

Danach schritt Dressler um das Haus herum. Er suchte nach Stellen, von denen aus man unbemerkt durch eines der Fenster hätte sehen können. Aber er fand weder Fußspuren oder niedergetretene Pflanzen noch weitere Zigarettenstummel. Also betrat er von Neuem das Haus. Er versuchte, seinen Blick vollkommen unvoreingenommen auf das zu richten, was er vor sich sah. Er betrat eine Waschküche, die aber in letzte Zeit mehr als Müllsammelraum und als Leergutabstellraum genutzt worden war. Er sah sich einige der Flaschen an und obwohl er kein Weinkenner war, hatte er das Gefühl, dass das Mordopfer kein Freund von billigen Weinen war. Kein Wunder, dass der Dorfsäufer sich diesen Menschen zu seinem Freund auserkoren hatte.

Dressler betrat erneut den Flur. Wieder fiel sein Blick auf die Gemälde. Sie zeigten abstrakte Szenen, die der Maler am Strand und vielleicht vor seinem Haus eingefangen hatte. Das Atelier war so, wie man sich ein Maleratelier vorstellte. In der Küche besah er sich den Kühlschrank. Er fand Käse, Oliven und Fisch, der noch relativ frisch zu sein schien. Auch der Vorratsschrank war mit guten Speisen gefüllt. Der Maler war ein Lebemann gewesen. Er wusste kultiviert zu speisen, zu trinken und zu leben. Aber auch er musste in seiner Vergangenheit einen dunklen Fleck haben, der ihm das Leben erschwerte und ihn letztlich sogar das Leben kostete.

Dressler besah sich das Wohnzimmer und eine angrenzende Scheune, in der alles Mögliche untergebracht war, was vermutlich noch von den Vorbesitzern stammte. Aber nichts brachte ihn wirklich weiter.

Also ging er zuletzt wieder in das Schlafzimmer. Was ihn wunderte, war, dass er nichts Persönliches fand. Keine Bilder von Verwandten, keine Briefe. Nicht einmal eine Schallplattensammlung. Der Maler schien außer seinem kulinarischen Faible und seiner Malerei nichts im Leben besessen zu haben, was zu einem normalen Leben gehörte.

Als er das Schlafzimmer durchsuchte, trat der junge spanische Polizist in den Raum.

„Das hier hatte ich vergessen. Das war der Anlass, Sie überhaupt zu benachrichtigen."

Er hielt Dressler ein Notizbuch hin. Dressler blätterte es hastig durch. Auf den ersten Blick erkannte er den Wert des Buches. Es war eine Art Tagebuch, in dem von einem „Kommando Schinderhannes" die Rede war. Es tauchten auf einmal Namen auf, die für das Ermittlungspuzzle von großer Bedeutung sein konnten.

Dressler setzte sich draußen auf die Bank vor dem Haus und ging Seite für Seite durch. Dann rief er Claudia an.

„Claudia?"

„Hallo, Jürgen?"

„Ja, hallo. Sag mal, kannst du ..."

„Jürgen, ich verstehe dich nicht. Kannst du etwas lauter sprechen"?

Dressler sah auf sein Telefon und stellte fest, dass der Empfang hier mehr als dürftig war. Also stand er auf und ging ein paar Schritte.

„Verstehst du mich jetzt besser?"

„Ja. Gibt es etwas Neues?"

„Ja. Erstmal: Auch hier gibt es diese SGM-Gemälde. Der Mann ist also mit Sicherheit unser Maler. Aber ich habe eine dringende Bitte: Kannst du bitte mal recherchieren, wer oder was der Schinderhannes war? Soweit ich mich erinnern kann, gab es da mal einen Räuber im Hunsrück. Aber ich habe hier einen Hinweis auf ein ‚Kommando Schinderhannes' gefunden. Das scheint so etwas wie eine Terrorgruppe zu sein. Claudia, das ist dringend. Denn ich bin mir absolut sicher, dass das das alles verbindende Element ist."

„O.k.. Ich werde mal das Internet durchforsten und auch beim BKA nachfragen. Vielleicht haben die im Archiv irgendwas über so eine Terrorgruppe. Wir halten uns auf dem Laufenden, ja?"

„Gut. Ach so. Ich habe blöderweise nur einen Flug nach Frankfurt gefunden. Kannst du mir vielleicht einen Zug raussuchen?"

„Soll ich dich nicht abholen?"

Dressler überlegte einen Moment.

„Nein, ein Zug ist genauso schnell und du wirst in Gladbach gebraucht.

Er legte auf, sah zu seinem spanischen Kollegen hinüber und hielt das Tagebuch hoch.

„Darf ich das mitnehmen?"

Der junge Polizist nickte.

„Können wir denn jetzt noch den Freund des Opfers besuchen und die Leiche ansehen?"

„Ja natürlich", gab der Mann zurück. Und schon bald fuhr der Polizeiwagen durch die engen Gassen des angrenzenden Dorfes.

# Kapitel 41

Bevor Claudia das Internet bemühte, bat sie Stefan, die Archive der Polizei nach einer Terrorgruppe mit dem Namen „Kommando Schinderhannes" zu durchforsten. Danach setzte sie sich an den Schreibtisch vor ihren Monitor. Sie hatte den Namen „Schinderhannes" noch nie gehört. Im Internet fand sie alles Mögliche, aber nichts, was sie weiterbrachte. Da gab es einen Johannes Bückler, der wohl wirklich einmal gelebt hatte. Er war ein Räuber und die Geschichten, die sich um ihn rankten, wirkten auf sie, als wenn Teile davon als Vorlage für den Räuber Hotzenplotz verwendet worden seien. Es gab ein Theaterstück, einen Film, Bücher, es gab eine Schinderhannes-Sammlung im Hunsrück-Museum, ein Forschungsportal, dazu gab es eine ganze Reihe von Gaststätten mit diesem Namen und sogar einen Spießbraten mit original Schinderhannes-Geschmack.

Das alles half ihr nicht weiter. Sie rief ihren Kollegen Stefan an. Auch der war bisher erfolglos geblieben. Ein „Kommando Schinderhannes" tauchte nirgendwo auf.

Claudia lehnte sich zurück. Schon wieder waren sie bei ihren Ermittlungen an einen Punkt gekommen, an dem es scheinbar kein Weiterkommen gab. Aber selbst bei Krieger und Güldner hatten sich nach einiger Zeit Verbindungen aufgetan, die anfangs unmöglich erschienen.

Was hatten Krieger, Güldner und nun der Maler auf Mallorca mit dem Schinderhannes zu tun, mit Museen, Theaterstücken, Büchern, Mythen und Legenden? Da fiel ihr ein, dass Dressler ihr einmal von einer Buchhandlung in Overath erzählt hatte, deren Besitzer eine Art wandelndes Lexikon sei. Sie griff zum Hörer.

„Buchhandlung Bücken?"

„Guten Tag, Hoppenstedt von der Kripo Bergisch Gladbach. Ich bin eine Kollegin von Jürgen Dressler."

„Ah, gut. Wie kann ich Ihnen denn weiterhelfen?"

„Es geht um die Mordfälle. Aber da muss ich Sie zunächst um Verschwiegenheit bitten."

„Das versteht sich von selbst. Aber warum kommen Sie nicht einfach vorbei?"

Claudia überlegte einen Moment. Vielleicht war es wirklich besser, die Angelegenheit unter vier Augen zu besprechen. Außerdem konnte sie dort direkt Einblick in die Literatur nehmen.

„Gut, Sie haben Recht."

Zwanzig Minuten später stand Sie in der Buchhandlung und ein schlanker Mann mit grauen Schläfen kam ihr entgegen. „Guten Tag. Kommen Sie doch direkt zu mir ins Büro."

Claudia folgte ihm wortlos. Nachdem sie in seinem Büro waren, dankte sie ihm, dass er weder ihren Namen genannt noch noch sie als Polizistin angesprochen hatte.

„Keine Ursache. Sie können sich vorstellen, dass es auch für eine Buchhandlung von Nachteil sein kann, wenn sie Besuch von der Polizei bekommt." Er grinste und Claudia musste ebenfalls grinsen. Von dieser Seite aus hatte sie es noch gar nicht betrachtet.

„Jetzt bin ich aber gespannt, wie ich Ihnen helfen kann."

„Kennen Sie den Schinderhannes?"

„Johannes Bückler? Natürlich. Von solchen Legenden lebt die Literatur, aber auch der Film, das Theater."

„Ja", Claudia musste wieder lachen. „Und ich habe gesehen, dass es sogar einen Schinderhannes-Spießbraten gibt."

„Den haben wir hier allerdings nicht im Angebot."

„Also: Wir haben einen Hinweis zu einer Terrorgruppe mit dem Namen ‚Kommando Schinderhannes' bekommen. Die Gruppe war offenbar in den 70er-Jahren aktiv. Ich habe im Internet alles abgesucht und bis zum Spießbraten wirklich alles gefunden, aber keine Terrorgruppe."

„Haben Sie es denn mal mit dem Stichwort ‚Terror' versucht?"

„Ja. Aber das Internet ist einfach zu voll mit Seiten zum Terror. Und in der Verbindung mit dem Namen Schinderhannes findet sich gar nichts. Außerdem haben wir schon einen Kollegen auf die Listen von Terroristen und Unterstützern angesetzt."

„Wie gut kennen Sie sich denn mit dem Thema Terrorismus aus?"

„Ich habe mich in der Ausbildung natürlich intensiv damit beschäftigt. Immerhin wurde in den 70er-Jahren ja eine ganze Reihe von neuen Fahndungstechniken entwickelt."

„Ja, aber ich meine nicht solche Dinge wie die Rasterfahndung oder überhaupt etwas in der Weise, wie die Polizei ihre Sicht auf die Dinge legt. Wenn Sie das Thema „Terrorismus" verstehen wollen, dann müssen Sie mit einer guten Portion Empathie an die Sache gehen. Sie müssen sich in die Denkweise hineinversetzen. Der Begriff ‚Kommando' zum Beispiel wurde üblicherweise nie für eine Terrorgruppe verwendet, sondern nur für Terrorakte. Die RAF nannte zum Beispiel die Besetzung der Deutschen Botschaft in Stockholm ‚Kommando Holger Meins'. Oder die Entführung von Hans-Martin Schleyer wurde ‚Kommando Siegfried Hausner' genannt. Die Terrorakte wurden in der Regel nach getöteten Mitgliedern der Gruppe benannt, die gerächt werden sollten, oder auch nach Personen, die mit einem Terrorakt freigepresst werden sollten. Die Terrorgruppe blieb dabei aber immer die RAF. Und vielleicht liegt bei dem ‚Kommando Schinderhannes' ja etwas Ähnliches vor."

„Sie meinen, dass man die Hinrichtung an Bückler rächen wollte?"

„Das glaube ich nicht. Sonst wären die Opfer sicher eher Franzosen oder die Nachkommen von Verrätern im Hunsrück. Nein, ich meine nur, dass der Terrorismus in den 70er-Jahren eine sehr komplexe Sache war und dass auch nicht immer klar war, wer auf welcher Seite stand oder welchen Zielen die Terrorakte eigentlich dienen sollten. Die Entführung der ‚Landshut' etwa galt ja nicht nur der Freipressung von RAF-Mitgliedern. Da haben die Entführer auch mal schnell die Freilassung von zwei Gesinnungsgenossen in der Türkei gefordert und darüber hinaus auch eine Menge Geld. Das alles war ursprünglich wohl nicht so verabredet. Aber hatte man schon mal so eine Menge Geiseln, dann konnte man auch schnell noch dies und das fordern. Viele Terrorgruppen waren sich untereinander auch spinnefeind. Da gab es Neider und Trittbrettfahrer, aber auch Wendehälse."

„Wendehälse?"

„Ja, Horst Mahler zum Beispiel hat die RAF mitgegründet und landete später bei der NPD. Dann gab es Terrorakte, die anderen Gruppen in die Schuhe geschoben wurden. Mehrere Terroranschläge in Italien zum Beispiel – mit vielen Toten – wurden über Jahrzehnte den Roten Brigaden zugeschrieben. Und dann stellte sich heraus, dass die wahren Hintermänner aus einer zusammengewürfelten Gruppe von Rechtsradikalen, Geheimdienstmitarbeitern und Freimaurern bestand, der Propaganda Due, zu denen übrigens auch der spätere Ministerpräsident Berlusconi zählte."

„Mein Gott, das wusste ich ja alles gar nicht."

„Tja", der Buchhändler schob seinen Stuhl zurecht, lehnte sich vor und stützte sich auf seine Ellbogen. „Und ich fürchte, das hilft Ihnen im Moment auch nicht weiter. Aber ich wollte Ihnen damit nur deutlich machen, wie unübersichtlich die Verhältnisse damals in den 70er-Jahren waren. Ich glaube, dass die Experten der Polizei – aber natürlich auch die Medien – damals immer nur den naheliegendsten Gedanken verfolgt hatten. Es wurde zuerst immer alles der RAF zugeschrieben. Terror gleich RAF. Vielleicht ist das ‚Kommando Schinderhannes' ja ein Kommando, das nie zur Ausführung kam. Vielleicht handelt es sich dabei auch nur um eine Splittergruppe oder eben um Trittbrettfahrer. Ich denke, in diese Richtung müssen Sie weitersuchen."

„Zu dem, was wir bisher wissen oder besser gesagt, was wir noch nicht wissen, würde es tatsächlich passen, dass es hier um eine Terrorgruppe geht, die vielleicht nie richtig in Erscheinung getreten ist."

„Vielleicht."

Claudia stand auf. „Ich danke Ihnen. Sie haben mir zwar eine Flut neuer Sichtweisen vermittelt, die meine Aufgabe nicht gerade leichter macht. Aber ich bin mir sicher, dass darunter auch viele hilfreiche Denkanstöße sind. Jetzt will ich Ihre Zeit aber nicht weiter in Anspruch nehmen."

„Ich weiß, Sie stehen unter Erfolgsdruck. Ein Buch möchte ich Ihnen aber noch mit auf den Weg geben." Er hielt ein blutrotes Buch mit dem Titel ‚Der Baader Meinhof Komplex' in der Hand. „Das ist die Geschichte der RAF. Auch wenn es Ihnen im Moment nicht weiterhilft, lesen Sie es. Es ist spannend wie ein guter Krimi und Sie werden sich danach viel besser in der Gedankenwelt der Menschen zurechtfinden, über die Sie ermitteln."

Claudia nahm das Buch dankend entgegen und verabschiedete sich. Während der Fahrt zurück zur Dienststelle fiel ihr Blick noch oft auf den Beifahrersitz, auf dem das rote Buch lag. In Ihrem Kopf geisterten verschiedene Begriffe und Phrasen herum, wie „Trittbrettfahrer", „Wendehälse", „Rechtsradikale" oder „Gesinnungsgenossen". Sie musste nun versuchen, alle diese für Sie neuen Gedanken und Informationen mit den aktuellen Ermittlungen in Einklang zu bringen. Der Fall entwickelte sich immer mehr in die geografische Breite und in die zeitliche Länge. Sie ermittelte in einer Sache, die ihren Anfang nahm, als sie selbst noch lange nicht geboren war.

# Kapitel 42

Das Haus des Mannes, der den Maler gefunden hatte, war kein Vergleich zur Finca, die Dressler eben noch besichtigt hatte. Es stank nach Katzenurin und vollen Aschenbechern. Der Mann saß auf einem Sofa, vor ihm ein niedriger Tisch mit einer gestickten Decke. Er sah müde und verlebt aus. Dressler schätzte ihn auf über 70, obwohl er wusste, dass man sich bei Trinkern sehr leicht vertun konnte.

Aber er begrüßte Dressler höflich und bat ihn, sich zu setzen.

„Ich bin Jürgen Dressler von der deutschen Polizei. Ich habe ein paar Fragen an sie. Würden Sie sich ein paar Minuten Zeit für mich nehmen?"

Der Mann nickte, bevor Fernando Jesús Robles Mendéz übersetzen konnte.

„Ich verstehe etwas deutsch. Aber nur bisschen." Er zeigte mit Daumen und Zeigefinger, wie viel für ihn ein ‚bisschen' war.

„Wann haben Sie den Maler kennen gelernt?"

Der spanische Polizist übersetzte.

„Er hat ihn vor sechs Jahren beim Angeln getroffen. Die beiden haben sich direkt gemocht und der Deutsche hat ihn dann zu sich nach Hause eingeladen, wo sie wohl heftig gezecht haben."

Der Mann machte dabei mit der Hand eine typische Bewegung und grinste, so dass Dressler seine angefaulten Zähne sehen konnte.

„Hat der Maler Ihnen mal etwas über seine Vergangenheit erzählt? Wissen Sie, woher er stammte?"

Der Mann zuckte mit den Schultern. Und erzählte eine Weile mit rauer Stimme, was der Polizist wiederum übersetzte.

„Nein, die beiden haben wohl eher über das Leben und über

die Gegenwart philosophiert. Das Einzige, was er weiß, ist, dass der Maler in einem Waisenhaus aufgewachsen ist und irgendwann nach Mallorca gekommen war. Aber seiner Ansicht nach musste der Mann in Deutschland ein sehr berühmter Maler gewesen sein. Denn er hatte Geld und das hätten Maler eigentlich nie."

„Hatte er denn außer ihm selbst noch andere Freunde? Hatte er ab und zu Besuch von anderen Menschen?"

Der Mann zuckte beim Erzählen immer wieder mit den Schultern und gab durch seine Körpersprache zu verstehen, dass er nichts Genaues wusste. Doch die Übersetzung hörte sich weitaus interessanter an.

„Der Maler hat nichts von Freunden erzählt. Aber dieser Mann hier hat wohl einmal mehrere Männer bei ihm gesehen, als er ihn besuchen wollte. Da sei der Maler sehr abweisend gewesen und hatte ihm gesagt, dass einige wichtige Kunstkenner ihn besucht hätten. Das Verhalten sei ihm zunächst seltsam vorgekommen. Aber einen Tag später hatte der Maler ihn zu einem Essen in ein vornehmes Restaurant eingeladen und dabei hatte er wohl auch erzählt, dass er einige Bilder für einen guten Preis verkaufen konnte."

„Wann war das?"

Der Mann wiegte den Kopf hin und her und antwortete. Aber auch ohne Übersetzung war Dressler klar, dass er auch hier wieder keine gesicherte Antwort bekommen würde.

„Vor etwa zwei bis vier Jahren."

„Erinnert er sich, wie die Männer aussahen?"

Der Mann schüttelte den Kopf.

„Fragen Sie ihn doch bitte, wie er selbst den Maler einschätzen würde. Was war er für ein Mensch?"

Daraufhin legte der Mann erst richtig los. Er gestikulierte wild und lachte dabei häufiger. Dressler musste unweigerlich grinsen. Er empfand sowohl Sympathie für den verlebten Mann vor ihm als auch indirekt für den Maler, obwohl er die Übersetzung erst nachgereicht bekam.

„Der Mann sagt, der Deutsche sei ein guter Mensch gewesen. Er hätte zwar viel Dummheit geredet ... oder nein. Wie heißt es in deutsch, wenn man viel einfache Scherze macht?"

„Herumgealbert?", versuchte es Dressler.

„Ja, gealbert. Er muss wohl ein lustiger und etwas verrückter Typ gewesen sein. Aber der Mann hier meint, man hätte sich immer auf ihn verlassen können und wenn es dem Maler gut ging, dann hat er auch seinem Freund etwas davon abgegeben."

Bevor der spanische Polizist weiter übersetzen konnte, fing der alte Mann erneut an zu erzählen. Diesmal wirkte er jedoch nicht mehr so lustig. Er schüttelte den Kopf und rieb sich mit der Hand über die Augen. Dressler konnte auch so erkennen, dass der Mann traurig über den Tod des Malers war. Die Übersetzung bestätigte das.

„Der alte Mann hier sagt, er hätte seinen einzigen Freund verloren. Hier im Dorf lacht man nur über ihn, aber der Deutsche sei immer nett gewesen. Und wenn Sie den Mörder finden, dann sollen Sie ihn hier vorbeibringen, weil er ..." Der Polizist stockte.

„Weil er was?", fragte Dressler nach.

„Ich weiß nicht genau, ob man das so übersetzen kann. Er meint, er würde dem Mörder seine ..." Er zeigte dabei zwischen seine Beine.

„Seine Eier ausreißen?", fragte Dressler

„Ja, so ähnlich."

„Sagen Sie ihm bitte, er hätte uns sehr geholfen. Und wenn wir den Mörder haben, dann werde ich ihm die Eier rausreißen. Versprochen."

Der junge Polizist übersetzte mit ernster Mine, aber es schien ihm außerordentlich peinlich zu sein, das ins Spanische zu übertragen, was Dressler ihm gesagt hatte. Doch der alte Mann fand sein Lachen wieder. Er wischte sich mit seiner runzligen Hand die Tränen aus den Augen, stand auf und nahm Dressler in den Arm. Obwohl ein unangenehmer Gestank von ihm ausging, drückte auch Dressler ihn fest und klopfte ihm auf die Schulter.

„Deutsche gut. Ihr verstehen gut. Ihr macht gut", brachte er mit tränenerstickter Stimme heraus, wobei er mit der flachen Hand eine „Halsabschneiden"-Bewegung machte.

„Ja", sagte Dressler abwehrend und innerlich darüber erschaudernd, dass er als Deutscher immer den Ruf hatte, ein „guter Halsabschneider" zu sein.

„Wir verstehen gut. Vielen Dank und alles Gute. Sie haben uns sehr geholfen."

Damit war das Gespräch beendet. Auf der Fahrt zum Leichenschauhaus schwiegen die beiden Polizisten. Dressler wusste, dass die Begegnung mit dem alten Mann ihm noch lange im Gedächtnis bleiben würde. Aber jetzt musste er sich mit Hochdruck an die Arbeit machen, den Mann zu finden, dem er die Eier abschneiden sollte.

Im Leichenschauhaus fand Dressler das vor, was sich auf den Fotos bereits so übel angedeutet hatte. Dem Maler war mit unglaublicher Brutalität der Schädel eingeschlagen worden. Wie gutmütig und albern er auch immer gewesen sein mochte, es musste zumindest einen Menschen gegeben haben, der ihn abgrundtief hasste. Und das war selten ohne Grund der Fall. Die Lösung dafür erhoffte sich Dressler von dem Tagebuch, das man ihm gegeben hatte. Darum wollte er schnell noch die Mordwaffe sehen und sich dann sofort auf den Weg nach Deutschland machen. Er hatte die Hoffnung, nun endlich kurz vor der Lösung des Falles zu stehen.

Am Flughafen bat er den Spanier, ihm eine Kopie der Ermittlungsergebnisse zu schicken. Er dankte ihm für die unbürokratische Hilfe und versprach, irgendwann einmal als Urlauber zurückzukommen.

Dann musste sich Dressler beeilen, denn er wollte vor seinem Abflug noch mit seinen Kollegen aus Deutschland den letzten Stand der Dinge besprechen. Dabei fiel ihm auf, dass er vergessen hatte, das Handy nach dem Gespräch wieder einzuschalten. Es zeigte nach dem Anschalten augenblicklich vier Nachrichten. Zwei davon waren Hinweise auf die EU-Gebührenordnung im Ausland und zwei stammten von Claudia.

„Claudia? Hier ist Jürgen. Du hast versucht, mich zu erreichen?"

„Ja."

„Hast du etwas über den Schinderhannes?"

„Jein. Ich war bei deinem Freund in der Buchhandlung in Overath. Ich bin jetzt Expertin in Sachen Terrorismus. Aber er hatte so eine Fülle an Informationen, dass ich die jetzt erstmal sortieren muss. Aber schon mal zwei Gedanken vorweg: Einmal kann es ja sein, dass das ‚Kommando Schinderhannes' nie wirklich bei einem Terroranschlag in Erscheinung getreten ist. Vielleicht hat sie irgendetwas dazu bewogen, die Sache abzubrechen. Oder sie ist in Erscheinung getreten aber man hat ihre Taten vielleicht einer anderen Gruppe zugeordnet. Das sind so die wesentlichen Gedanken, an denen ich knapse. Aber ich habe noch mehr."

„Was denn?"

„Hier kommen noch ganz andere Dinge in Bewegung. Wir haben gestern Abend ja noch die Fotos an alle möglichen Redaktionen geschickt. Zwei Zeitungen haben es noch geschafft, sie vor Redaktionsschluss aufzunehmen. Und heute Mittag kamen schon die ersten Meldungen. Krieger hieß mit richtigem Namen Dieter. Ein früherer Studienkollege hat ihn wiedererkannt. Den Nachnamen wusste er nicht mehr."

„Was? Hast du mit dem Mann schon gesprochen?"

„Nein, noch nicht. Aber warte ab. Krieger war Ende der 60er in der Apo-Bewegung aktiv. Keine große Nummer, aber er muss sehr radikal gewesen sein.

Güldner hieß in Wirklichkeit Walter und war ein wohl eher harmloser Autodieb. Seinen Nachnamen haben wir auch noch nicht. Und dann wurde noch ein Hans auf den Fotos erkannt. Auch der war in der linken Szene aktiv. Eher ein Außenseiter, aber ebenso radikal wie Krieger. Der Anrufer wusste aber leider auch hier keinen Nachnamen oder sonst irgendetwas, was uns auf die Sprünge helfen kann. Wir sind im Moment dabei, die Studienverzeichnisse zu durchkämmen und andere Studienkollegen von Krieger aufzutreiben. Mehr kann ich dir im Moment nicht sagen. Aber es tut sich was."

„Also haben wir es wirklich mit einer Gruppe von Terroristen zu tun. Unglaublich. Ich habe hier mit einem Freund des Malers gesprochen. Aber vor allem habe ich ein Tagebuch von dem Maler. So, und jetzt muss ich mich aufmachen, sonst verpasse ich den Flieger. Wenn ich etwas Wichtiges finde, dann versuche ich euch über den Flugfunk auf dem Laufenden zu halten."

Claudia Hoppenstedt wollte Dressler noch etwas Dringendes sagen, aber er hatte das Handy schon abgeschaltet und war als einer der letzten Passagiere in das Flugzeug gehechtet. Im Flieger schloss er für ein paar Minuten die Augen und ließ die Gedanken kreisen. Vieles war in den letzten Stunden passiert. Jetzt musste er die Ruhe und den Überblick behalten. Bloß nicht auf der Zielgeraden ins Trudeln geraten.

# Kapitel 43

RÜCKFLUG MALLORCA – FRANKFURT
04.09.2012

Dressler wachte ruckartig auf, als das Flugzeug auf die Startbahn rollte. Er zog das Tagebuch aus dem Handgepäck und begann hastig zu lesen. Es begann alles Anfang der 70er-Jahre. Er überflog eine Einleitung, die das Leben und die Hinrichtung des Hunsrücker Räubers Schinderhannes beschrieb.

Einige Seiten später wurde es spannend. Der Mann, der das Tagebuch geschrieben hatte, wurde früher Guru genannt. Er schrieb, wie sich eine Gruppe von fünf Männern im Sommer 1972 im Hunsrück zusammentat, um etwas gegen die Ungerechtigkeit zu tun.

*24.06.1972*
*Wir haben uns entschlossen, nicht mehr länger nur zuzusehen, wie Baader und die anderen ihren einsamen Kampf gegen den Imperialismus führten. In dieser Nacht haben wir das ‚Kommando Schinderhannes' gegründet. Ich fühle zum ersten Mal, dass mein Leben einen Sinn hat. Endlich kann ich das machen, wovon ich immer schon geträumt habe. Und die anderen nehmen mich ernst.*

Dressler blätterte weiter, bis er auf das Wort Banküberfall stieß:

*Morgen wollen wir eine Bank bei Offenbach ausrauben. Ich habe unendlich viel Schiss. Ich habe mich heute Nachmittag übergeben vor lauter Aufregung. Aber ich glaube, Dieter und die anderen tun auch nur lässig. Und wir wollten es ja so. Wenn wir das geschafft haben, dann wird das meinen Glauben an mich selbst stärken. Meine Eltern haben mich immer geliebt. Aber ich glaube insgeheim, dass sie mich für einen Idioten halten. Leider kann ich Ihnen nichts von unseren Plänen erzählen. Und Dieter hat mir sogar verboten, überhaupt Kon-*

*takt zu ihnen aufzunehmen. Aber ich werde ihnen schreiben, damit sie sich keine Sorgen machen.*

Dressler notierte „Juli 1972. Bank in Offenbach."

Als er einen Tag später las, wie Guru den Überfall beschrieb, ergänzte er seine Notiz durch die erbeutete Summe.

Es folgten Einträge, in denen Guru beschrieb, wie er Schießübungen auf einem Bauernhof machte. Dressler blätterte schnell weiter. Er notierte noch weitere Banküberfälle und kam schließlich zu dem Überfall des Geldtransporters. Er stockte, weil er sich dunkel an das Ereignis erinnern konnte. Als er weiterlas, fühlte er sich bestätigt. Es wurden drei Männer dabei getötet.

*Ich bin seit heute ein Mörder. Ich habe wirklich einen Mann erschossen. So eine Waffe ist eine unglaubliche Maschine. Man drückt auf einen kleinen Hebel und der Mensch, der einem gegenübersteht, stirbt. Ich habe ihm in den Bauch geschossen. Es war gar nicht so viel Blut, wie man immer im Kino sieht. Ich habe geschossen und er ist einfach umgefallen. Er lag in einem Busch und hat mich noch lange angesehen. Ich werde den Blick nie vergessen. Er starb und hat mich dabei angeschaut. So, als wenn er fragen wollte, warum ich das getan habe. Aber ich weiß es selber nicht mehr. Dieter hat mir gesagt, dass es gut war und dass ich jetzt endlich ein richtiges Gruppenmitglied bin. Aber ich werde das Gesicht wohl nie vergessen. Vor meinen eigenen Augen entwickelte sich ein menschliches Gesicht zu einer quälenden Erinnerung.*

*Ich kann auch die anderen nicht mehr ansehen und wenn ich in den Spiegel sehe, dann habe ich das Gefühl, dass ich selbst der Mann bin, den ich getötet habe. Ich bin seit heute Mörder und Selbstmörder zugleich.*

Dressler lehnte sich zurück. Er verglich die Empfindungen, die er beim Lesen dieser Zeilen hatte, mit denen, die er heute hatte, als der alte Mann über den Maler sprach. Er fühlte sich hin- und hergerissen. Er hatte Sympathie für den Menschen und doch war er ein Mörder. Der Mann war selbst einen furchtbaren Tod gestorben und doch hatte Dressler das Gefühl, dass die Tat so etwas wie Gerechtigkeit wiederhergestellt hatte. Aber diese Zwiespältigkeit begleitete ihn seit Beginn seiner Tätigkeit für die Polizei.

Er blätterte weiter. Nun tauchte der Name Owens auf. Schweiß trat auf seine Stirn. Soweit er wusste, war der Mord an dem US-General nie richtig aufgeklärt worden. Man hatte ihn dem Baader-Meinhof-Umfeld zugeordnet. Nun wurde er sich bewusst, dass er ein Dokument in den Händen hielt, das die deutsche Geschichte nach mehreren Jahrzehnten korrigieren würde.

*Heute kam es zu einem Streit zwischen Dieter und Hans. Hans war alleine mit dem Karabiner zum Schießen gefahren. Dieter, Berni, Walter und ich haben zusammengesessen und diskutiert, wie es weitergehen soll. Im Radio liefen den ganzen Tag Meldungen über uns. Als ich gestern mit Dieter zum Einkaufen in ein Dorf gefahren bin, standen Polizisten mit MPs am Straßenrand und ich habe mir vor Schiss fast in die Hosen gemacht. Als wir angehalten wurden, standen vier Polizisten mit schusssicheren Westen um uns herum. Und Dieter hatte in seinem Gürtel die Knarre stecken. Ich dachte die ganze Zeit, er würde jeden Moment die Pistole ziehen und die Polizisten würden uns durchsieben. Aber Dieter war cool und hat denen erzählt, dass wir Campingurlaub in der Nähe machen. Dann wollten sie unsere Ausweise sehen. Ich hatte meinen nicht dabei, aber Dieter zückte ganz braun seinen gefälschten Perso. Danach konnten wir weiterfahren und ich hab fast geheult vor Glück.*

Einen Tag später fand Dressler folgenden Eintrag:

*Wir stehen kurz davor, dass die Gruppe auseinanderbricht. Walter und ich, wir haben einfach eine Höllenangst. Bei Dieter und Berni habe ich das Gefühl, dass sie nur Schluss mit dem Ganzen machen wollen, damit sie sich mit ihrem Anteil aus dem Staub machen können. Alleine Hans will auf jeden Fall weitermachen. Und eigentlich hat er recht. Wenn wir jetzt die Biege machen, dann sind wir lediglich ein paar Raubmörder. Wenn wir weitermachen, dann hat das alles*

*wenigstens einen Sinn gehabt. Aber ich habe inzwischen so viel Angst,*
*dass ich für die anderen, glaube ich, ein Risiko bin. Ich weiß halt*
*nicht, was ich machen soll. Am liebsten wäre ich tot.*

Auf der nächsten Seite kam der Maler auf die Verschwörung zu
sprechen.

*Hans hat sich gerade auf den Weg gemacht und Walter hat ihm die*
*Bombe ins Auto gelegt. Es war nicht meine Idee, aber ich habe das al-*
*les mit angesehen und Hans fahren lassen. Nur etwas mehr Mut, und*
*ich hätte Hans davon erzählt. Aber dann hätte es hier bestimmt eine*
*Schießerei gegeben. Und ich glaube, entweder Dieter oder Hans hätten*
*mich dann getötet. Jetzt lebe ich. Aber ich weiß nicht, wie ich den Rest*
*meines Lebens überstehen soll. Zu dem Gesicht von dem Geldtrans-*
*porterfahrer wird sich jetzt in meinen Träumen das Gesicht von Hans*
*gesellen. Ich habe noch nicht einmal den Mut, mich umzubringen.*
*Die anderen haben beschlossen, nach Südamerika zu fliegen. Da gibt*
*es einen Arzt, der für gutes Geld Gesichter umoperiert. Aber ich will*
*mich mit dem Geld irgendwohin absetzen, wo ich Ruhe habe. Ich kann*
*nicht einfach dadurch vergessen, dass ich meiner Seele ein neues Gesicht*
*verpasse. Ich möchte lieber malen, damit ich die Gesichter aus meinem*
*Kopf herausbekomme. Vielleicht fahre ich nach Italien oder Griechen-*
*land – irgendwohin, wo ich von all dem nichts mehr hören muss.*

Nach diesen Zeilen folgte der nächste Eintrag fast 12 Jahre später.

*Ich fühle mich alt. Und weil ich Niemanden habe, keine Frau, keine*
*Kinder oder Enkelkinder, denen ich meine Geschichte anvertrauen*
*kann, möchte ich wieder anfangen, sie niederzuschreiben. Ich habe*
*in den letzten Jahren eine gute Zeit verbracht. Ich habe mir auf*
*Mallorca meine kleine Welt geschaffen. Ich hatte Zeiten, die viele als*
*wundervoll ansehen würden, mit allem, was sich ein Mann wünschen*
*kann. Ich habe mir ein schönes kleines Haus im Paradies gekauft.*
*Ich hatte wunderschöne Frauen in meinem Bett, solange ich Geld*
*hatte, und ich konnte meine Gedanken in den besten Weinen der Welt*

ertränken. *Aber das, was ich getan habe, kam immer wieder zurück, wenn die Frauen aus meinem Bett verschwunden und die Weine aus meinem Kopf gewichen waren. Ich habe versucht, meine Erlebnisse in unzähligen Bildern auszudrücken und meinen Gedanken Luft zu verschaffen. Aber heute sehen mir die Fratzen meiner Vergangenheit aus hübschen Rahmen ins Gesicht. Es gibt nichts, was das Geschehene ungeschehen machen kann. Außer vielleicht den Tod. Und ich bin sicher, dass ich irgendwann einen gerechten Tod sterben werde. Hans hat unseren Komplott überlebt und er hat es tatsächlich geschafft, das zu tun, was wir alle für unmöglich gehalten haben. Er hat uns bewiesen, dass er Recht gehabt hat und wir im Unrecht waren. Und das müssen wir alle mit lebenslanger Angst bezahlen und letztlich mit dem Tod. Denn irgendwann wird Hans zurückkommen, um sich zu rächen."*

Dressler hätte gerne weiter gelesen. Aber er musste sich im Tagebuch schneller der Gegenwart nähern. Denn noch war die Geschichte nicht zu Ende. Er selbst steckte mittendrin im noch ungeschriebenen Teil des Tagebuches, er war Teil dieser Geschichte geworden.

Er überflog hastig die Zeilen. Irgendwo musste doch ein Hinweis sein, wer dieser Hans war, wo er abgeblieben war und wer sein mögliches nächstes Opfer sein konnte – sein letztes Opfer. Es musste dieser Berni sein. Aber wie hieß Berni heute und wo lebte er? Wusste Hans es, der seinen Rachefeldzug gegen die Verschwörer der Gruppe führte? Vermutlich hatte er über Miro oder sonst wen erfahren, wer Berni war und wo er lebte. Vielleicht hatten auch Güldner oder Guru ihr Schweigen gebrochen. In einer Situation von Todesangst war beinahe jeder Mensch bereit, einen anderen Menschen ans Messer zu liefern.

Im letzten Teil fand er eine Stelle, die aus dem letzten Jahr stammte und die sich mit den Erzählungen des Freundes von Guru deckten.

*Gestern waren sie alle hier. Sie wollten so tun, als wenn es nur ein harmloses Treffen alter Freunde war. Aber in Wirklichkeit hatten auch sie Angst. Sie hatten Angst vor Hans und sie hatten Angst davor, dass ich nicht länger stillhalten kann. Sie wissen, dass ich finanziell am Ende bin. Und wie vorletztes Jahr in Holland haben sie auch diesmal Interesse an meinen Bilder geheuchelt. Ich habe ihnen vor allem meine Teufelsfratzen verkauft. Sie sollten die gleichen Bilder im Kopf haben wie ich. Sie sollten die gleichen Schmerzen und die gleichen Träume ausstehen, die auch ich ausstehen muss. Aber zumindest bei Dieter habe ich das Gefühl, dass ihm das alles scheißegal ist. Und Geld spielte bei all denen keine Rolle. Hauptsache ich halte dicht. Aber das wird die Gerechtigkeit auch nicht aufhalten.*

Wenige Monate später hatte Hans offenbar mit seinem Rachefeldzug begonnen. Im Tagebuch fand er eine Postkarte. Auf der einen Seite zeigte sie eine alte Zeichnung von einem Mann. Auf der anderen Seite stand in großen Buchstaben „Lieber Guru, ich wollte mal wieder von mir hören und sehen lassen. Beste Grüße aus der Hölle. Hans."
Auf der gegenüberliegenden Seite hatte Guru die Postkarte kommentiert.

*Heute morgen hat uns Hans geschrieben. Allen. Irgendwie bin ich erleichtert. Ich habe immer damit gerechnet. Aber jetzt hat die Angst bald ein Ende. Dieter und Walter haben mich gerade nacheinander angerufen. Sie wollen, dass ich die Nerven behalte. Aber die Idioten kapieren gar nicht, dass ich jetzt endlich bald meine Ruhe finden werde. Ich habe das Gefühl, dass die beiden in den letzten Jahrzehnten einfach besser verdrängen konnten als ich. Das, was ich seit der Sache mit Hans durchgemacht habe, das machen die jetzt durch. Und zwar geballt. Dieter schrie mich fast an am Telefon, als er mir erklärte, dass er die Sache erledigen würde. Er hätte einen Profi auf Hans angesetzt. Weder er noch die anderen haben bis heute kapiert, dass Hans der Profi ist. Ich hoffe, dass Hans sich nicht aufhalten lässt, und ich hoffe, dass Hans bei mir anfängt. Dann ist es endlich bald vorbei. Der Tod wird mich endlich wieder ruhig schlafen lassen.*

Der letzte Eintrag bezog sich auf das Krieger-Attentat.

*Ich habe es gerade in der Zeitung gelesen. Und ich habe aus ganzem Herzen gelacht. Hans hat eine Bombe benutzt. Und er hat vorher einen Wecker klingeln lassen. Wie oft haben wir den Wecker klingeln gehört, als er und Walter am Küchentisch die Bombe ausprobiert haben. Hans ist wirklich genial. Wie lange hatte Dieter wohl Zeit, um zu verstehen, was passieren würde? Seit langem hat mich sogar Berni mal wieder angerufen. Berni. Er war scheißfreundlich. Einer der mächtigsten Männer an der Frankfurter Börse ruft bei einem beschissenen Säufer auf Mallorca an und bitte ihn um seine Hilfe. Aber uns kann niemand mehr helfen.*

Dressler las die letzte Seite nicht mehr zu Ende. Er schnallte sich ab, obwohl es gerade heftige Turbulenzen gab. Die Stewardess zeigte ihm mit energischen Handbewegungen an, er solle sich wieder setzen. Aber er arbeitete sich schwankend zu ihr durch. Sie rief ihm zu, dass er sich sofort wieder hinsetzen solle. Aber er zeigte ihr seinen Ausweis und forderte sie auf, ihm sofort eine Telefon- oder Funkverbindung zur Verfügung zu stellen.

„Was glauben Sie eigentlich, wer Sie sind?"

„Das ist keine Glaubenssache, sondern eine Sache um Leben und Tod. Und ich fordere Sie zum letzten Mal auf, mich telefonieren zu lassen."

„Ich werde, nachdem das Anschnallzeichen erloschen ist, mit dem Kapitän sprechen. Jetzt muss er sich sowieso auf den Flug konzentrieren. Also setzen Sie sich wieder hin."

„Haben Sie keine Möglichkeit, mir von hier aus eine Funkverbindung zu ermöglichen?"

„Sie sollen sich setzen!", schrie sie ihn an.

„Wenn Sie wüssten, dass jetzt in diesem Moment zu Hause vor der Tür Ihrer Familie ein Mörder steht, und nur Sie wissen das und Sie könnten Ihre Familie warnen, würden Sie dann hier sitzen oder würden Sie Ihre Familie retten?"

Das hatte gewirkt. Auch wenn es für sie schwierig schien, die Dienstvorschriften zu verletzen. „Scheiße, Scheiße, verdammte Scheiße", fluchte sie in sich hinein, während sie sich erhob, um das Funkgerät zu greifen. „Und Sie setzen sich jetzt augenblicklich auf den Boden."

„Kapitän? Wir haben hier einen lebenswichtigen Fall. Ein Polizist an Bord muss sofort eine Funkleitung bekommen. Geht das?"

Keine zehn Sekunden später überreichte sie Dressler das Funkgerät. „Sie haben den Tower in der Leitung. Teilen Sie denen mit, was Sie wollen."

„Hallo Tower?", fragte Dressler

„Roger, ich verstehe Sie. Wer sind Sie?"

„Ich bin Hauptkommissar Dressler von der Kriminalpolizei in Bergisch Gladbach. Ich ermittle in der Mordsache Krieger und Co. Können Sie eine Nachricht an meine Kollegin Claudia Hoppenstedt weiterleiten?"

„Schießen Sie los."

„Berni ist einer der mächtigsten Männer an der Frankfurter Börse. Vergleicht die Fotos und kriegt die Adresse raus. Und schickt einen Streifenwagen zum Flughafen."

„War das alles?"

„Reicht das nicht? Bitte schnell. Ich danke Ihnen."

Dressler drückte der Stewardess das Funkgerät in die Hand.

„Vielen Dank für Ihr Verständnis. Auch wenn es etwas gedauert hat."

Er stolperte zurück an seinen Platz. Jetzt hatte er Zeit, die letzte Seite des Tagebuches in Ruhe zu lesen.

*Dieter ist tot, Walter ist tot und ich bin der Nächste. Ich habe gerade einen Mann gesehen, der mich aus dem Wald beobachtet hat. Das muss er sein. Hans, tu, was du tun musst. Ich habe dich verehrt und geliebt. Und ich tue es immer noch. Wir alle müssen für das büßen, was wir getan haben. Auch für den Schinderhannes war es irgend-*

*wann mal Zeit zu sterben. Heute weiß man auch, dass er kein Rächer der armen Menschen war. Er hat sie bestohlen und getötet. Er hat sich nicht gegen die Besatzer aufgelehnt, er hat sich nur bereichert. Und zuletzt hat man ihm den Kopf abgehackt. Ich verstehe dein Handeln. Du bist der Einzige, der immer konsequent war. Sei es auch bei mir.*

Dressler schlug das Buch zu und legte es auf seinen Schoß. Wie mochte die Geschichte weitergehen?

# Kapitel 44

Am Flughafen schaltete Dressler rasch sein Telefon an. Er fand erneut zwei Anrufe von Claudia und zwei SMS. Die erste Nachricht hatte Claudia ihm noch nach Mallorca geschickt: „Hole dich am Flughafen ab. Claudia". Die zweite SMS war erst wenige Minuten alt: „Stehe am Ankunftbogen vor der Buchmesse-Reklame."

Dressler eilte durch den Ausgang und stand quasi direkt vor Claudias altem Golf. Er stieg ein. Claudia grinste über seine zerknitterte und fleckige Kleidung, aber ihm fiel auch auf, dass sie in den letzten Tagen wenig geschlafen hatte.

„Hallo Jürgen, wie geht es?"

„Es geht. Die Sache nimmt mich ganz schön mit. Ich hätte nie gedacht, das da so etwas draus erwächst."

„Hast du keinen Streifenwagen bekommen?"

„Doch, aber ich wollte lieber in Zivil kommen."

„Sehr gut."

Sie gab Gas und brachte den Golf in den engen Kurven der Flughafenstrecke zum Quietschen. Dressler hielt sich am Griff oberhalb des Beifahrerfensters fest.

„Hast du die Adresse?"

Sie nickte. „Klar." Weiter wurde das Gespräch vorerst nicht geführt. Beide mussten offenbar ihre Gedanken sammeln. Dressler besah seine Kollegin von der Seite. Noch vor kurzem hatte er gedacht, sie sei untalentiert. Aber er musste immer mehr einsehen, dass sie eine Bereicherung für sein Team war. Und noch etwas fiel ihm auf. Sie war eigentlich ausnehmend hübsch. Er hatte sie bisher noch nie als Frau wahrgenommen.

„Alles O. k.?" Sie blickte ihn grinsend von der Seite an. Offenbar hatten Frauen einen siebten Sinn, wenn sie von einem Mann auf diese Weise begutachtet wurden."

„Ja, alles O.k.. Du weißt vielleicht, dass mir so was schwerfällt. Aber ich halte wirklich viel von dir."

„Als Frau oder als Polizistin?"

Dressler hatte diese Offenheit befürchtet.

„Scheiße. Ich glaube, ich reite mich gerade ganz schön rein. Aber ich meinte es eigentlich in Bezug auf deine Fähigkeit."

„Die du sonst aber immer angezweifelt hast, stimmt's?"

Dressler rutschte unruhig auf dem Sitz herum.

„Ach, weißt du, von der Polizeischule kommt jetzt so eine neue Generation, mit der ich meistens nichts anfangen kann. Die jungen Polizisten sind fachlich vielleicht nicht schlecht. Aber ihnen fehlt oft das Bauchgefühl und die Angemessenheit."

„Was meinst du mit Angemessenheit?"

„Tja, schwer zu sagen. Weißt du, früher hat man auch mal ein Auge zugedrückt. Man hat einfach viel öfter aus dem Bauch heraus entschieden. Heute geht alles über Dienst nach Vorschrift. Niemand traut sich mehr eine Entscheidung zu, wenn der Staatsanwalt nicht mindestens dreimal sein O.k. gegeben hat."

„Aber das hat doch auch seine Vorteile. Es ist eben nicht unser Job, Gesetze zu machen oder über Gut und Schlecht zu entscheiden. Wir müssen Regeln befolgen und für die Einhaltung von Gesetzen sorgen."

„Ja, aber es gibt immer Spielräume und die haben wir früher auch genutzt. Wenn heute jemand mit einem defekten Bremslicht durch die Gegend fährt, dann wird er direkt wie ein Verbrecher behandelt."

„Und wieso hältst du ausgerechnet so viel von mir? Ich gehöre auch zu der neuen Generation von Polizisten."

„Ja, aber du bist anders. Ich glaube, du blickst mehr über den Tellerrand hinaus als andere in deinem Alter. Darum hast du auch deinen Privatwagen genommen und nicht einen Streifenwagen."

„O.k., gut. Ich bin also lernfähig. Bist du das auch?"

Dressler wurde wieder unruhig.

„Vielleicht sollte ich lernfähiger sein, als ich es bin. Aber ich bin so, wie ich bin, immer ganz gut über die Runden gekommen."

„Und wie schätzt du mich als Frau ein?"

Er schaute zu ihr hinüber.

„Weißt du, dass du ganz schön direkt bist?"

„Ja, aber wenn du ehrlich bist, dann schätzt du auch das an mir, oder?"

„Ja, vielleicht hast du recht."

Dressler wartete ab. Er wollte die Frage nicht beantworten, um nicht wieder in ein Fettnäpfchen zu treten. Und Claudia hatte genügend Feingefühl, nicht noch einmal nachzufragen. Stattdessen sah sie ihn kurz von der Seite an und lächelte.

„Weißt du was, Jürgen. Mir ist vor allem wichtig, dass du mich als Polizistin ernst nimmst."

Dressler atmete auf. Das private Gespräch war damit beendet. Aber von diesem Moment an sah er sie mit anderen Augen.

„Dann erzähl mal, was du auf Mallorca herausgefunden hast. Du sagtest gerade, du hättest nicht gedacht, dass die Geschichte so eine Wendung erfährt."

Dressler schilderte ihr den Tatort, das Gespräch mit Gurus Freund und auch seinen Besuch im Leichenschauhaus. Vor allem aber erzählte er ihr von dem Tagebuch, von dem „Kommando Schinderhannes", von den Überfällen, vom Streit, von dem Verrat und von Hans, der schließlich den US-General erschossen hatte.

Claudia hörte aufmerksam zu. „Also ist es wirklich sicher, dass das ‚Kommando Schinderhannes' doch aktiv geworden ist? Die Jungs vom BKA konnten bisher nämlich überhaupt nichts dazu finden."

„Vielleicht nicht die ganze Gruppe. Aber eben Hans, der Mann, den wir suchen."

Die beiden schwiegen eine Weile. Dann begann Dressler wieder. „Es ist unglaublich, wie sich in diesem Fall das Blatt mehrfach gewendet hat. Weißt du, wir haben zuerst gedacht, ein früherer Showgast von Krieger hätte ihn erledigt. Dann kam Gabrenz in den Fokus. Danach haben wir den Drogenzweig verfolgt, schließlich kam ich auf die Russenmafia. Und jetzt sind wir auf einmal mitten im heißen Herbst der 70er-Jahre."

Also Claudia nicht direkt darauf einging, fuhr er fort: „Hast du vorher schon mal was von dem US-General Owens gehört, der in Vietnam mit dem Holzhammer aufgeräumt hat?"

„Nein. Als ich geboren wurde, haben die in Vietnam schon Cola und Hamburger verkauft."

„Und hast du in der Schule noch was über den Terror in den 70er-Jahren gelernt?"

„Viel nicht. Aber ich weiß jetzt einiges durch deinen Freund in der Buchhandlung."

„Tja, viel weiß ich auch nicht. Aber ich erinner mich noch an die wichtigsten Ereignisse. Jürgen Ponto, die Schleyer-Entführung und die Erstürmung der ‚Landshut' in Mogadischu. Und damals so gegen Mitte der 70er-Jahre wurde auch der US-General in Bitburg ermordet. Das war eine absolut verrückte Zeit. Der Staat wurde grundsätzlich in Frage gestellt. Deutschland rückte in den Fokus der internationalen Presse. Nach dem Olympia-Attentat auf die israelischen Sportler durften wir uns nichts mehr erlauben. Und dann das Attentat auf den amerikanischen General. Alle haben gedacht, dass die RAF dahintersteckt. Und die haben sich natürlich nicht dagegen gewehrt, dass man ihnen den Mord unterschob. Aber seit heute wissen wir, dass es noch eine Terrorgruppe gab, von deren Existenz niemand vorher etwas wusste."

Dressler lehnte sich zurück und atmete tief durch. „Und wir sind jetzt gerade dabei, die deutsche Geschichte neu zu schreiben."

Claudia fuhr weiter auf der Autobahn in nördliche Richtung.

„Was meinst du denn, wie die Geschichte weitergeht?"

„Tja, keine Ahnung. Das haben wir wohl zum Teil selbst in der Hand. Hast du eigentlich die hessische Polizei informiert?"

„Indirekt. Ich habe mit deinem Freund Schreiner vom LKA gesprochen. Er hat sich zwischen uns und das hessische LKA geschaltet und will sich darum kümmern, dass ein SEK auf Abruf steht."

„Wie hast du die Adresse von Berni rausbekommen?"

„Das war nicht schwer. Wir haben die Datenbank der Frankfurter Börse durchforstet und die Ausweisbilder mit unseren Fotos von damals verglichen. Berni heißt heute Christian Mertes. Er ist zwar kein ganz großes Tier an der Börse, aber Macht hat er auf alle Fälle. Er wohnt in einem Vorort von Frankfurt. Ich habe Schreiner übrigens gebeten, dass er die Information an das hessische LKA ein wenig hinauszögert, damit sich das SEK vorerst zurückhält. Ich dachte, wir sollten erst mal alleine anrücken, um die Lage zu prüfen. Vielleicht können wir den Mörder ja abfangen, bevor er zugreifen kann."

„Und das hat Schreiner genehmigt? Ich meine, immerhin arbeiten wir hier auf fremdem Territorium und dann benutzen wir diesen Berni auch noch als Köder."

„Er hat mir das trotzdem zugesichert. Ich glaube, der ist gar nicht so sehr dein Feind, wie du es immer darstellst."

Dressler ging darauf nicht ein. Seine Beziehung zu Schreiner war immer schon eine komplizierte und sie würde es wohl auch immer bleiben.

„Habt ihr versucht, Berni zu erreichen?"

„Ja, natürlich. Aber er geht nicht ans Telefon."

„Außerdem glaube ich, dass er vor uns fast so viel Angst hat wie vor dem Mörder. Immerhin gehörte er mal zu einer Terrorgruppe."

„Das sehe ich genauso. Wenn die vom SEK mit allem drum und dran anrücken, dann kann es sein, dass uns der Mann durch die Lappen geht."

Claudia schaute zum ihm herüber. „Du hast nicht besonders viel Vertrauen zu den Experten von den SEK, oder?"

Dressler schaute sie fragend an.

„Weißt du, ich habe irgendwie das Gefühl, dass es noch was ganz anderes ist."

„Du hast dich wohl intensiver mit Schreiner unterhalten, was?"

„Ja, natürlich. Weißt du, im Gegenteil zu dir ist mein Verhältnis zum LKA relativ entspannt."

„Claudia, was willst du loswerden? Mach es doch nicht so spannend. Entweder du willst mir etwas von eurem Telefonat mitteilen oder du willst es nicht. Beides ist gut, solange es schnell geht, denn wir müssen uns gleich unserer Arbeit widmen. Wir müssen einen Mann vor dem Tod retten, einen Mörder fangen und ganz nebenbei noch dafür sorgen, dass wir in einer Stunde noch leben!"

„Jürgen, kann es sein, dass du Schreiner den Job neidest?"

„Also, jetzt hört doch wohl alles auf. Sag mal, was denkst du eigentlich? Klar hätte ich manchmal nichts dagegen, den ganzen Tag lang meinen Arsch von einem gut beheizten Büro ins andere zu tragen und fürs Wichtigtun eine ganze Menge Geld mehr einzusacken. Aber so bin ich nicht. Ich gehöre auf die Straße."

„Jürgen, ich weiß. So habe ich das auch gar nicht gemeint. Aber weißt du, als ich mit Schreiner gesprochen habe, da hat er sich Sorgen um dich gemacht."

„Ja, das macht er sich schon, seitdem ich ihn kenne. Er zweifelt ständig an meiner Fähigkeit."

„Nein, quatsch, das ist es nicht. Mann, das ist doch verbohrt. Meinst du, du hättest den Fall nach dem zweiten Mord noch in deinen Händen gehabt, wenn Schreiner an dir zweifeln würde? Ich bin mir sicher, dass er die ganze Zeit die schützende Hand über dich hält und wahrscheinlich kriegt der von oben den gleichen Druck, wie du den von oben bekommst."

„O.k., Claudia, die Sprechzeit ist wohl leider vorbei. Jetzt lass uns unsere Arbeit machen."

In den nächsten Minuten schwiegen sie. Sie benötigten jetzt Konzentration und volle Aufmerksamkeit.

„O.k., Claudia. Halt mal irgendwo an."

Sie fuhr in eine Seitenstraße und hielt hinter einem Porsche.

„So, jetzt zeig mir mal das Foto von Berni. Und ich möchte mir auch noch mal das Foto von der ganzen Gang anschauen, damit ich mir die Gesichter der beiden merken kann."

Sie kramte die Fotos heraus, schaltete die Innenbeleuchtung

an und sie besahen sich beide die Aufnahmen noch einmal ausgiebig.

„Stimmt", sagte Dressler, während er die beiden Fotos miteinander verglich. „Das hier ist Berni. Er hat sich auch operieren lassen. Schau dir mal das Kinn an. Und die Nasenflügel sind deutlich schmaler. Aber insgesamt hat er sich am besten von allen gehalten."

„Du weißt noch nicht, wie sich Hans gemacht hat", warf Claudia ein.

„Stimmt."

Sie stiegen aus und rauchten noch eine Zigarette gemeinsam.

„Tut mir leid", brachte sie schließlich heraus.

„Was?"

„Ich wollte dich nicht wegen Schreiner kränken. Ich habe es ja eigentlich nur gut gemeint."

„Schon gut. Ich weiß das."

„Na gut. Bei dir alles O. k.?"

Er grinste sie an. „Ja, bei mir alles O. k.. Bei dir auch?"

„Ja."

„Gut." Sie nahmen sich kurz in den Arm. Es war einfach wichtig, eine gute Atmosphäre zu schaffen, bevor man sich an eine so gefährliche Aufgabe begab. Sie mussten wissen, dass sie sich hundertprozentig aufeinander verlassen konnten.

Danach lenkte Claudia ihren alten Golf in eine herrschaftliche Allee. Sie reichte Dressler einen Zettel.

„Guck mal nach der Hausnummer."

Dressler war es unangenehm, seine Lesebrille hervorzukramen.

„Hausnummer 12."

„O. k., 38 haben wir hier. 34, 26, 14, 12. Das ist es."

„Fahr ein Stück weiter."

Sie parkte den Golf an einer dunklen Stelle zwischen zwei Straßenlaternen, um möglichst nicht aufzufallen.

„Der Mann wohnt nett. Nur eine Wohnung, aber trotzdem stilvoll."

Die beiden blieben in ihrem Wagen sitzen und sahen hinüber zu dem Wohnkomplex, in dem Berni seine Wohnung hatte.

„Tja, was machen wir jetzt?" fragte Dressler. „Wir können ja nicht einfach klingeln."

„Warum nicht?"

Dressler sah zu ihr hinüber und überlegte. „Tja, warum eigentlich nicht."

„Hast du meine Dienstwaffe mitgebracht?"

„Nein", sie erblasste. „Das habe ich vergessen. Scheiße. Es tut mir leid. Da habe ich wirklich nicht drüber nachgedacht. Willst du meine haben?"

„Aber dann hast du keine."

„Es reicht mir, wenn du eine hast. Schießen war nie meine Sache."

Dressler steckte sich ihre Waffe in die Hosentasche und sie stiegen aus. Sie schlenderten ruhigen Schrittes auf das Haus zu. Bei Nummer 12 angekommen, suchte Claudia den Namen auf dem Namensschild. Sie klingelte neben dem Namen ‚Christian Mertes'.

Sie warteten. Aber es geschah nichts.

„Ein Mitarbeiter des Mannes sagte mir, dass er im Penthouse wohnt."

Dressler schaute hoch.

„Entweder er ist nicht da oder er hat das Licht ausgeschaltet."

„Ist beides möglich. Also komm, wir drehen wieder um", schlug Dressler vor.

„Sollen wir nicht bei einem Nachbarn klingeln und versuchen, schon mal auf das Grundstück zu kommen?"

„Noch nicht. Lass uns lieber im Auto warten", entschied Dressler.

Die beiden drehten um und stiegen wieder in den Golf.

Als sie an einem silberfarbenen Audi vorbeigingen, bemerkten sie nicht, dass sich ein Mann auf den Beifahrersitz gebeugt hatte, bis sie vorüber waren.

Die Zeit verging wie in Zeitlupe. Beide beobachteten ständig ihre Umgebung. Sie sahen aus dem Fenster und in die Rückspiegel. Doch sie konnten nichts Auffälliges entdecken.

Eine Stunde später schlug Dressler vor zu handeln.

„O. k., dann also Plan B. Wir sollten versuchen, in das Haus zu kommen und an seine Tür zu klopfen."

„Gut, ich gehe hoch, bleibst du hier unten?"

„Wieso du?", fragte Dressler.

„Einer Frau macht er vielleicht eher auf", gab sie lächelnd zurück.

„Gut, dann gehe ich auf die andere Straßenseite. Wenn irgendetwas ist, dann gib mir ein Zeichen."

Sie stiegen aus und Dressler stellte sich auf der anderen Straßenseite in den Schatten eines Baumes, während seine Kollegin an der Eingangstür sämtliche Klingeln gleichzeitig drückte. Schon bevor sie sich als Polizistin vorstellen konnte, summte es und sie verschwand hinter der Tür.

Dressler steckte sich eine Zigarette an und schaute unruhig hoch, ob in Bernis Wohnung ein Licht angeschaltet wurde. Doch es blieb dunkel. Da fiel ihm ein, dass er ihre Pistole hatte und sie nun unbewaffnet in das Haus gegangen war. Er fluchte in sich hinein. Was, wenn der Mörder sich schon mit Berni oben verschanzt hatte? Gerade wollte er ihr hinterhergehen, da fuhr ein großer Mercedes vor. Er parkte in einer Parklücke unweit des Eingangs. Ein großgewachsener Mann im Anzug stieg aus. Dressler warf seine Zigarette fort.

Er erkannte ihn sofort. Er hätte ihn auch ohne das aktuelle Foto erkannt. Trotz der vielen Jahre, die mittlerweile vergangen waren, trotz des veränderten Haarschnitts und der Gesichts-OP wusste er sofort, dass es der gesuchte Berni war. Der Mann öffnete seinen Kofferraum und holte eine Aktentasche und einen Mantel heraus.

Dressler wollte gerade auf Berni zugehen, als plötzlich die Tür eines silberfarbenen Audi aufsprang und ein Mann auf Berni zustürzte. Er griff dem Mann von hinten um den Hals, drückte ihm die Waffe an die Schläfe und schlug zu. Er warf den überwältigten Mann auf den Beifahrersitz und sprang selber ans Steuer. Kurz darauf heulte der Motor auf und der Mercedes schoss davon.

In Dresslers Kopf rotierten die Gedanken. Seine Kollegin konnte er nicht mehr rufen. Dann hätten sie den Wagen aus den Augen verloren. Den Golf hatte Claudia abgeschlossen. Außerdem würde der wohl kaum ausreichen, es mit einer hochmotorisierten Luxuslimousine aufzunehmen.

Also drehte er um und sprang in den Audi. Er hatte Glück. Der Mann hatte die Schlüssel stecken lassen. Mit Vollgas lenkte er den Wagen durch die Straße. Es dauerte nicht lange, bis er den Mercedes vor sich sah. Hatte der Entführer mitbekommen, dass er verfolgt wurde? Jetzt musste er vorsichtig sein. Mit Entführungen hatte Dressler bisher keine Erfahrungen gemacht. Er fummelte hektisch sein Telefon aus der Hosentasche und wählte die Nummer seiner Kollegin.

„Claudia? Der Mann hat zugeschlagen und ist mit Berni unterwegs. Ich folge den beiden in einem Audi."

Noch bevor sie antworten konnte, piepte sein Handy. Sein Akku war bald leer.

„Claudia, scheiße. Mein Akku ist leer. Ich schalte jetzt ab und melde mich später noch mal, wenn ich weiß, wohin sie fahren."

Er schwitzte. Sollte er das Handy anlassen und das Telefonieren vermeiden, damit die Mobilfunkortung noch möglichst lange funktionierte, oder sollte er das Risiko eingehen, dass der Kontakt ganz weg war?

Während er versuchte, dem Mercedes möglichst unauffällig zu folgen, durchsuchte er das Handschuhfach, in der Hoffnung, dass dort ein Handy lag. Danach drückte er alle möglichen Knöpfe am Radio. Er wusste, dass solch große Autos oft ein Telefon im Radio eingebaut hatten. Aber alle seine Versuche blieben erfolglos.

Der Mercedes fuhr auf die Autobahn.

Dressler schaltete sein Handy ein und gab seiner Kollegin kurz seine aktuelle Position durch.

„Claudia? Ich fahre die A 60 in westliche Richtung. Melde mich." Dann legte er auf, denn das Handy hatte bereits wieder zu piepen angefangen. Er schaltete es ab und versuchte, sich auf die Fahrt zu konzentrieren.

Er folgte lange Zeit in großem Abstand. Entweder, der Entführer hatte nicht bemerkt, dass er verfolgt wurde, oder es war ihm schlicht und einfach egal.

Nach einer Dreiviertelstunde schaute Dressler unruhig auf die Tankuhr. Der Audi hatte laut Display nur noch für 80 Kilometer Sprit. Und wenn er liegen blieb, wäre die ganze Aktion umsonst gewesen. Dann dürfte er in Zukunft wieder Streifendienst schieben. Er wollte und durfte das Vertrauen, das Schreiner ihm schenkte, nicht aufs Spiel setzen. Vor allem nach dem, was Claudia ihm gesagt hatte, ahnte er, wie schwer es für seinen früheren Kollegen war, seine Leute vom LKA davon zu überzeugen, dass sie ihm den Fall nicht abnahmen.

Endlich bog der Mercedes an der Ausfahrt Simmern ab. Dressler fiel das Handy beim Versuch, seine Kollegin zu informieren, aus der Hand. Als er es im Fußraum suchte, wäre er fast von der Straße abgekommen.

„Claudia? A 61 / E 42 Ausfahrt Simmern, in Richtung Simmern. Gib das auch den Leuten vom SEK weiter. Kann sein, dass wir die bald brauchen. Ich weiß nicht, wie lange der noch fährt und ich habe nicht mehr viel Sprit im Tank."

Seine Telefon piepte nun schon beim Einschalten.

Ihm wurde immer deutlicher, dass nun alles von ihm abhängen würde. Zu allem Übel leuchtete die Tankanzeige nun rot vor ihm auf. Und der Mercedes gab Gas. Dressler versuchte dranzubleiben. Doch hier auf der Landstraße würde es bald schwer werden, dem Mercedes unauffällig zu folgen. Die Straße machte zahlreiche Kurven. Dressler schaute nervös auf die Tankuhr. Da wurde der Mercedes plötzlich langsamer. Offensichtlich suchte der

Fahrer etwas. Schließlich bog er in einen Waldweg ein. Dressler fluchte. Er hatte vergessen, auf die Straßenschilder zu sehen. So konnte er keine genaue Ortsangabe machen.

„Claudia, ich weiß nicht, wo ich hier genau bin. Wir sind raus aus dem Ort gefahren in den Wald, nördliche Richtung. Eine Landstraße mit vielen Kurven, Wald. Vielleicht könnt ihr die Position anhand des Mobiltelefons ermitteln. Der Mercedes ist gerade in einen Waldweg eingebogen. Da vorne ist ein Wanderparkplatz, aber ich parke den Audi hier am Straßenrand der Hauptstraße, damit ihr ihn schneller findet. Ich glaube es ist eine Kreisstraße. Aber ich bin mir nicht ...“

In diesem Moment gab das Telefon seinen Geist auf.

Dressler stellte den Wagen ab und schaltete das Fernlicht und die Warnblinkanlage an. Er schrieb hastig auf einen Zettel „Dringend! Das LKA in Köln informieren, Schreiner. Jürgen Dressler." Den Zettel legte er auf das Armaturenbrett. Daneben legte er noch seinen Dienstausweis. Er schloss ab und bog zu Fuß in den Waldweg ein. Der Mercedes war nicht mehr zu sehen. Entweder der Mörder hatte ihn abgehängt oder er hatte das Licht ausgeschaltet.

Dressler hätte sich ohrfeigen können. Vielleicht war der Mann einfach auf der nächsten Straße weitergefahren und er würde hier allein im Wald herumrennen und sich lächerlich machen. Während er rannte, dachte er über das Gespräch mit seiner Kollegin nach. Wie hatte er doch die neue Generation kritisiert. Jetzt war er mit seinem scheiß Bauchgefühl, aber ohne Verstand, zu Fuß auf der Jagd nach einem Entführer. In seiner Hosentasche drückte er die Waffe gegen seinen Oberschenkel. Er wusste nicht einmal, ob sie geladen war.

Sein Hemd klebte ihm schweißnass an der Brust. Jetzt erst bemerkte er, dass er viel zu schnell rannte. Er fing an, sich an seine Läuferzeit zu erinnern. Er hörte in sich hinein und versuchte, seine Atmung und seine Schrittfrequenz in Einklang zu bringen. Das Blut pochte in seinen Adern. Seine Halsschlagader hämmerte. Er nahm sein Tempo etwas zurück und steckte seine

Waffe hinten in den Gürtel. Jetzt tat er so, als würde er eine gemütliche Joggingtour am Abend unternehmen. Langsam bekam er seinen Körper in den Griff. Er versuchte, so gut es ging, seine Füße abzurollen. Die Panik wich von ihm. Das Tempo war nun seiner Kondition angemessen und seine Augen hatten sich an die Dunkelheit gewöhnt. Er verlor das Zeitgefühl, wie es früher beim Laufen so oft gewesen war. Zwischen den Ästen über ihm schien der Mond von Zeit zu Zeit auf ihn herab.

Wenige Kilometer weiter erschien für kurze Zeit im Lichtkegel des Autos ein alter Bauernhof. Hans setzte sich aufrecht. Mit der rechten Hand lenkte er und mit der linken richtete er eine 9-mm-Browning-Pistole auf den Bauch seines Beifahrers. Berni schien durch die unruhige Fahrt auf dem unebenen Waldweg offenbar das Bewusstsein wieder zu erlangen.

Doch tatsächlich war der schon vor mehreren Minuten aufgewacht. In Frankfurt hatte er zwar nur einen Sekundenbruchteil lang mitbekommen, dass er überfallen wurde. Aber ihm war sofort klar geworden, wen er hier vor sich hatte. Und er wusste, dass Hans in töten wollte. Aber scheinbar hatte er keine Eile damit.

Bernis Kopf schmerzte und er fühlte sich nahezu bewegungsunfähig. Er hätte im Moment keine Chance gehabt, aus dem Auto zu springen und davonzurennen. Aber vielleicht gab es später noch eine Möglichkeit, wenn er mehr zu Kräften gekommen war. Vor allem musste er feststellen, wo sie waren. Die letzten Kilometer war Hans über einen unbefestigten Weg gefahren. Steine knirschten unter den Reifen, Zweige strichen raschelnd an der Tür vorüber und Hans schien um Schlaglöcher herumzukurven, was ihm nicht immer gelang.

Vorsichtig öffnete Berni ein Auge und blinzelte durch die Lider. Der Wagen bog in den Atriumhof eines alten Bauernhauses ein. Die Scheinwerfer streiften dabei ein zerfallenes Gemäuer, das von Efeu überwuchert wurde. Hans schwenkte nach links und rollte langsam auf ein Scheunentor zu, das schief in den Angeln hing. Schließlich hielt er vor einer Mauer, aus der schon an manchen Stellen das Mauerwerk herausgebrochen war. Es lag allerlei Schrott vor dem Gemäuer und Jugendliche hatten ihre Graffiti hinterlassen. Doch ein Zeichen überragte alle anderen: ein verblasster roter Stern, in dessen Mitte ein ein rotes ‚S' sichtbar war, das man auch nach all den vielen Jahren noch als Fallbeil deuten konnte.

Die neueren Graffiti reihten sich wie ein Rahmen um dieses alte Zeichen, als wenn die jungen Leute damit ihren Respekt vor den alten Meistern bekunden wollten. Langsam ließ Berni seine Augenlider wieder sinken. Nun wusste er, wo sie waren.

Es mochten zehn oder zwanzig Minuten vergangen sein, bis Dressler es schaffte, seinen gewohnten Schritt zu finden. Er lief und lief und wurde sich seines Körpers immer sicherer. Jetzt hätte er stundenlang so weiterlaufen können. Was mochte in der Zwischenzeit passiert sein? Lebte Berni noch? Hatte der Fahrer irgendwo gehalten oder war er doch nur hier durchgefahren und jetzt schon wieder auf einer befestigten Straße? Doch da tauchte vielleicht 500 Meter vor ihm ein Licht auf.

Kurze Zeit hielt er an. Er ging vorsichtig ein paar Meter weiter, bis er zwischen den Ästen erkennen konnte, woher das Licht stammte. Es war das Abblendlicht eines Fahrzeugs, das einen alten, verfallenen Bauernhof beleuchtete. War nicht in dem Tagebuch von einem alten Hof die Rede, der dem Kommando Schinderhannes als Unterschlupf gedient hatte? Das also war das Ziel des Mörders.

Er näherte sich nun vorsichtig der Lichtquelle und achtete darauf, möglichst keine Geräusche zu machen. Als er auf den Hof trat, sah er das Auto vor einer Mauer stehen. Das Licht hatte der Fahrer angelassen, vermutlich um ungewünschte Eindringlinge rechtzeitig zu bemerken.

Vorsichtig schlich sich Dressler an das Haus heran. Jetzt konnte er erkennen, dass auch im Haus ein schwaches Licht brannte. Jemand musste eine Kerze oder Ähnliches darin angezündet haben. Dressler näherte sich von der Hinterseite des Mercedes', um nicht im Lichtschein erkannt zu werden. Doch dem Hauseingang konnte er sich von dieser Seite aus nicht nähern, ohne aufzufallen.

Also schlich er wieder aus dem Hof heraus und machte einen weiten Bogen um das Haus herum. Überall war dichtes Gestrüpp. Ständig verfing er sich in den dornigen Zweigen, die nach ihm langten, so dass er nur langsam vorwärtskam. Außerdem ließ es sich nicht vermeiden, dass ab und an ein Zweig knackte. Dressler tropfte der Schweiß von der Stirn. Da sah er auch auf dieser Seite ein Fenster, aus dem Licht drang. Glücklicherweise befand sich hier ein schmaler Pfad durch das Gestrüpp, der vermutlich von Wildschweinen stammte.

Dann stand er seitlich an einem Fenster und konnte in das Zimmer sehen, aus dem das Licht kam. Er sah eine dicke Stummelkerze, die auf einem alten Tisch flackerte. In der einen Ecke des Zimmers sah er den Mann, der früher Berni genannt wurde. Er saß auf dem Boden und war mit einem Seil an einen alten Ofen gefesselt. Doch Dressler konnte den anderen Mann nicht entdecken. Plötzlich raschelte es neben ihm. Ihm stockte der Atem, als er seine Waffe aus dem Gürtel zog. Doch es war offenbar nur ein Tier, das in hastigen Schritten durch das Unterholz jagte.

Aber es schien, dass das Geräusch auch im Inneren des Hauses gehört worden war, denn er hörte knirschende Schritte, die sich dem Fenster näherten. Er drückte seinen schweißnassen Körper an die Hauswand, als er auf dem Gestrüpp einen undeutlichen Schatten erkennen konnte. Ein Mann schien von innen nach draußen zu blicken. Dressler stand nur einen halben Meter von ihm entfernt. Sollte er jetzt bereits zugreifen und versuchen, den Mann zu überwältigen? Doch er wusste nicht, ob Hans eine Waffe in der Hand hielt. Und tot würde er dem Gefangenen auch nichts nutzen.

Da entfernten sich die Schritte wieder. Und er konnte deutlich Stimmen vernehmen.

„Guru und ich, wir haben damals dagegen gestimmt, dich hochgehen zu lassen. Aber Dieter und Walter haben sich durchgesetzt. Was hätte ich denn tun können?", sprach der Mann, der an den Ofen gefesselt war.

„Das alles spielt keine Rolle mehr, Berni. Ich glaube auch, dass Guru niemals zugestimmt hätte. Aber er hätte mich warnen können. Genauso wie du. Nur dir war das sowieso alles scheißegal. Du hattest doch schon nach der ersten Bank Dollarzeichen in deinen Augen."

„Hans, du hast schon damals die Lage völlig falsch eingeschätzt. Wir waren nicht gegen dich. Aber es war Wahnsinn, in der Situation auf den General loszugehen."

„Mag sein. Aber ich habe es getan. Und wenn ihr mir nicht in den Rücken gefallen wärt, dann wäre es ein Kinderspiel gewesen."

„Hans, du hast einfach Glück gehabt. Das hätte genauso gut in die Hose gehen können. Aber du wolltest das halt nicht kapieren."

„Aha, Glück gehabt habe ich, ja?"

Dressler schob seinen Oberkörper leicht nach vorne. Jetzt konnte er sehen, wie sich der Mann über den Gefesselten beugte.

„Glück gehabt habe ich also. Hast du eine Ahnung, wie ich die Zeit danach verbracht habe? Ihr habt euch mit dem Geld was aufgebaut. Ihr seid ein Teil des Schweinesystems geworden. Ihr habt Leute gekillt und mich verraten. Ich war jahrelang auf der Flucht und du hast mit Aktien gehandelt. Dieter hat eine fette Show aufgezogen und Walter hat sich mit Autos eine goldene Nase verdient. Was seid ihr für Wichser? Guru war der Einzige, der vielleicht nicht wusste, was er tat. Aber ihr alle habt gegen unser Gelübde verstoßen und mich hochjagen wollen. Weißt du noch? ‚Wir werden einer für den anderen da sein bis ans Ende unserer Tage. Bis unsere Mission beendet ist'. Jetzt ist das Ende eurer Tage und jetzt habe auch ich meine Mission beendet. Guru war der Einzige, der ein Gewissen hatte. Aber nach so vielen Jahren hat ihm das auch nichts mehr genutzt."

„Hast du ihn etwa auch ..." Berni hörte man sein Entsetzen an.

„Ja, ich habe. Und er hat es genossen, endlich sterben zu dürfen."

Es entstand eine Pause. Dressler versuchte sich vorzustellen, was nun innen passierte. Da hörte er auf einmal heraus, dass der Mann, der am Ofen gefesselt war, zu weinen begann."

„Hans, das macht doch alles keinen Sinn."

„Doch, es macht Sinn", antwortete ihm Hans mit seiner seelenruhigen Art.

„Dann erschieß mich doch. Du Arschloch", brüllte Berni ihn an.

Hans lachte. „Nein, das wäre nicht angemessen. Du sollst sterben wie alle anderen. Wie Schinderhannes. Dem haben sie auch den Kopf abgehauen. Und genauso wirst du krepieren."

„Hans, du bist wahnsinnig." Berni flüsterte nun und man hörte ihm deutlich die Angst an, die seine Stimme zum Zittern brachte. Danach herrschte wieder Stille im Inneren des Hauses. Dressler beugte sich ein wenig vor. Jetzt konnte er sehen, dass der Mann, der Hans hieß, am Tisch saß und offensichtlich an einer Bombe herumhantierte. Er zog seinen Kopf vorsichtig zurück. Die Zeit eilte ihm davon. Er konnte nicht darauf hoffen, dass Claudia und das Sonderkommando rechtzeitig vor Ort wären. Er entsicherte seine Pistole und überlegte, wie er am besten zuschlagen konnte.

Der Mann am Tisch saß frontal zum Fenster. Also schlich Dressler vorsichtig auf die andere Seite des Hauses. Es gab nur ein Fenster, das nicht von den Autoscheinwerfern beleuchtet war. Er schaute kurz hinein. Von hier aus konnte der Mann am Tisch ihn nicht sehen. Aber wie sollte er unbemerkt in das Haus kommen? Auf dem Tisch neben der Bombe lag eine Pistole. Er musste damit rechnen, dass der Mann schnell reagieren konnte und zielsicher schoss. Immerhin war er auch mit Miro fertig geworden. Doch Dressler hatte in den letzten Stunden schon genügend versaubeutelt. Er musste zugreifen. Ein paar Meter weiter entdeckte er eine Tür, die halb offen stand. Sie schien in einen Flur zu führen. Also konnte man seinen Schatten von dem

Zimmer, in dem die beiden Männer sich aufhielten, auch nicht sehen. Er schlich behutsam bis zu der Tür und zwängte sich hinein. Vor sich auf dem Boden lagen Glasscherben von einem Fenster, und leere Bierdosen, die vermutlich von Jugendlichen stammten, die in dem leeren Haus gefeiert hatten. So leise es ging, tastete er sich Schritt für Schritt vorwärts, bis er in das Zimmer blicken konnte.

Jetzt sah er dem gefesselten Mann direkt ins Gesicht. Dressler hielt die Waffe vor sich. Noch einen halben Meter und er müsste den Mörder von hinten zu Gesicht bekommen. Da knirschte etwas unter Dresslers Füßen. Der Mann vor dem Ofen blickte rasch auf. Dressler zögerte keine Sekunde und warf sich in den Raum. Dabei zielte er in die Richtung, in der der Mann sitzen musste. Ein Schuss zerfetzte die Stille und Dressler fühlte einen brennenden Schmerz in seiner Schulter. Er zielte auf den Mann, der neben dem Tisch stand. Doch der warf sich zur Seite, so dass Dresslers Schuss ins Leere ging. Er landete auf dem Boden und ihm wurde schwarz vor Augen. Dann bekam er einen Tritt gegen seinen Kopf. Er verlor auf der Stelle das Bewusstsein.

Als er aufwachte, konnte er sich vor Schmerzen nicht bewegen. Er lag nun selbst auf dem Boden und war an einen Heizkörper gefesselt. Ihm gegenüber saß Berni immer noch auf dem Boden. Er hatte den Kopf gesenkt und er schluchzte. Die Situation schien Dressler wie in einem Traum. Er suchte den Raum nach dem Mörder ab. Doch die Kerze war erloschen. Erst nach einiger Zeit erkannte er den Mann rechts neben sich. Es war Hans. Er sah noch fast genauso aus wie auf den alten Bildern. Doch sein Gesicht war zerfurcht von Falten. Er hatte immer noch lange Haare, die nun zu einem Zopf nach hinten zusammengebunden waren.

Der Mann beugte sich über ihn.

„Du bist doch der, der in Miros Haus geschnüffelt hat?"

Dressler antwortete nicht, sondern sah den Mann abwartend an.

Hans lachte laut auf.

„Hat er dich gejagt, ja? Und du bist wie ein Hase vor ihm hergelaufen. Du ahnst ja nicht, wie sehr mich das amüsiert hat, wie oft ich über deine dilettantischen Ermittlungen gelacht habe. Du warst immer ein paar Schritte hinter mir. Aber du hast immer an mir vorbeigesehen. Ich dagegen hab dich oft gesehen. Ich habe gesehen, wie du in der Bäckerei warst, um Miro zu beobachten. Und ich hab dich gesehen, wie du mit vollen Hosen wieder aus seinem Haus gerannt bist. Auf jeder Beerdigung habe ich dich gesehen und ich war auch dabei, als du dich vor den beschissenen Presseleuten von deiner Bullenmietze hast retten lassen. Ihr Scheißbullen seid auch nicht mehr das, was ihr mal ward. Früher konnte man euch noch ernst nehmen. Aber heute seid ihr alle weichgespülte Witzfiguren. Und was war das gerade?"

Er lachte laut auf, so dass das Gelächter von den kahlen Wänden widerhallte. Es dauerte einige Zeit, bis er sich wieder gefangen hatte. Es schien ihn wirklich zu amüsieren. Und das Schlimmste für Dressler war, dass er ihm in jedem Punkte Recht geben musste. Er hatte in jeder Hinsicht versagt.

„Willst du mal was richtig Tolles erleben, ja? O.k., the show must go on. Vorhang auf für die Super-Show."

Der Mann schritt auf Berni zu. Offenbar hatte er Berni am Kopf verletzt. Denn er blutete ziemlich stark an der Schläfe. Hans riss Bernis Kopf an den Haaren hoch. Der hatte allem Anschein nach resigniert. Sein Blick war leer. Berni hatte mit seinem Leben abgeschlossen. Erst da sah Dressler, dass er an seinem Hals einen Strick befestigt hatte. Und an dem Strick erkannte er Drähte, die hinter seinen Kopf geführt worden waren.

Hans griff unsanft in den Nacken seines Opfers und Dressler ahnte, dass er nun die Uhr stellen würde. Danach ging der Mann zurück zum Tisch und zündete sich seelenruhig eine Zigarette an.

Es herrschte Stille im Raum. Dressler überlegte, was nun passieren würde. Wie lange würde es dauern, bis die Bombe explodierte? Wie stark war sie? Würden sie alle dabei draufgehen? Was würde der Mann mit ihm machen? Dressler fühlte sich –

aus Sicht von Hans – als Vertreter des Schweinesystem genauso
in Gefahr, wie es die Sicherheitsleute um Arbeitgeberpräsident
Hans Martin Schleyer waren. Wie schon ein paar Mal in seinem
Leben kam er sich vor wie in einem Film. Alles wirkte unecht auf
ihn. Er spürte nicht einmal mehr den Schmerz in seiner Schulter. Ein letzter Funke Verstand ließ sein Hirn rotieren. Was sollte,
was konnte er tun? Es ging ihm nicht mehr um das Leben des
Mannes, der ihm gegenüber auf der anderen Seite des Raumes
am Ofen gefesselt war. Dieser Mann schien verloren. Dressler
dachte jetzt nur noch an sich. Seine ureigensten Instinkte mel-
deten sich. Er wollte nicht sterben. Aber ihm waren im wahrsten
Sinne des Wortes die Hände gebunden. Er musste eine lächerliche Figur abgeben.

Er dachte darüber nach, wie seine Kollegen ihn hier vorfinden
würden: hilflos. Entweder durch eine Bombe zerfetzt oder durch
eine Kugel getötet wie Miro. Er hatte schon zig Leichen in seinem Leben gesehen. Sie hatten durchnässte Hosen und oftmals
qualvoll verzerrte Gesichter.

Er dachte darüber nach, wie Claudia ihn sehen würde. Und es
war ihm peinlich, auf diese Weise in ihrer Erinnerung zu bleiben. Was würde Kim denken, wenn sie davon erfuhr? Würde sie
trauern? Würde sie weinen? Gab es überhaupt jemanden, der
ihn vermissen würde? Ihm gegenüber zündete sich der Mann
am Tisch eine weitere Zigarette an. Doch Dressler nahm dies
alles nur verschwommen war.

Jetzt wurde ihm wieder einmal klar, dass er vermutlich so viele
falsche Entscheidungen in seinem Leben getroffen hatte.

Und mitten in diese Gedanken hinein zerriss plötzlich ein
furchtbarer Knall die Luft. Glas zersplitterte und Scherben reg-
neten auf ihn herab. Er versuchte, sich zur Seite zu drehen. Aber
die Fesseln schnitten ihm ins Fleisch. Er konnte noch sehen, wie
Hans die Zigarette aus dem Mund fiel. Er stand auf und blickte
einen Moment lang verstört zu Berni herüber. Da schossen grel-
le Blitze durch den Raum. Der Mann am Tisch griff nach seiner
Waffe und plötzlich krachten von allen Seiten Schüsse durch die

Fenster. Mehrere Kugeln durchschlugen den Kopf des Mannes und der Körper schleuderte rücklings über den Tisch.

Dann herrschte plötzlich Ruhe. Rauchschwaden durchzogen den Raum. Dressler blickte auf und sah zu dem gefesselten Mann hinüber. Auch Berni blickte zu ihm und nach einem Moment des Entsetzens schien ein leises Lächeln über sein Gesicht zu gleiten.

Dann sprangen maskierte Männer mit Helmen durch die Fenster. Dressler wandte sich um. Plötzlich zuckte ein Gedanke durch seinen Kopf. Er schrie: „Neeeeeeeiiiiiiin!!!"

In diesem Moment blitzte es erneut auf aus der Richtung des Ofens und eine ohrenbetäubende Explosion erschütterte das Haus. Dresslers Kopf schlug heftig zurück gegen die Heizung, an die er gefesselt war, und er verlor augenblicklich das Bewusstsein.

# Kapitel 45

Er hatte nicht einmal mehr Zeit, richtig wach zu werden, als er neben sich eine Stimme vernahm:

„Mann, Mann, Mann, da haben Sie echt Schwein gehabt. Die mussten sie ja komplett wieder zusammenflicken."

Dressler konnte seine Augen einfach nicht öffnen. Es gab praktisch nichts, was ihm nicht weh tat. Sein Kopf schmerzte, sein Gesicht spannte so, dass er befürchtete, seine Haut könnte reißen. Auch sein Rücken tat weh und in seinen Beinen regte sich offenbar ein Muskelkater, wie er ihn seit langem nicht mehr gespürt hatte.

Dann zwang er sich, die Augen zu öffnen. Das Erste, was er sah, war ein großes Bild, das ihm gegenüber an der Wand hing. Er kannte es aus dem Film „Die fabelhafte Welt der Amelie". Er erkannte die Frau im Zentrum des Geschehen, die so abwesend wirkte.

„Renoir", flüsterte Dressler wie in einem Traum. Dann schloss er die müden Augen wieder.

„Renoa? In den Zeitungen werden Sie immer Dressler genannt. Ist das Ihr Deckname? Ich heiße übrigens Schwaiger. Nett Sie kennen zu lernen. Wieso haben Sie eigentlich nicht auf die Spezialeinheit gewartet? Ihre ganzen Verletzungen hätten Sie sich doch ersparen können."

Mühsam versuchte Dressler, seine Augen wieder aufzubekommen, um zu sehen, wer da mit ihm sprach. Er drehte seinen Kopf nach links und sah zwischen mehreren Blumensträußen hindurch einen Mann, der sich auf seinen Arm gestützt hatte und neugierig zu ihm herüberblickte.

„Joachim Schwaiger. Hallo."

Der Mann im Bett neben Dressler reichte ihm die Hand herüber, doch Dressler schaffte nicht einmal, seinen Kopf noch länger auf die Seite zu drehen. Er schaut hoch zur Decke und rief sich die letzten Minuten in sein Gedächtnis zurück, bevor er das Bewusstsein verlor. Er sah den gefesselten Mann vor seinen Augen, den Mörder Hans, der seelenruhig am Tisch saß und rauchte. Dann sah er Blitze, Rauch und Glassplitter, die überall herumflogen. Inmitten des Rauchs stand Hans mit seiner Waffe in der Hand, bis er von mehreren Kugel zerrissen wurde und über den Tisch stürzte.

Jetzt erinnerte sich Dressler auch wieder daran, dass eine Sondereinheit das Haus gestürmt hatte. Und dann drang das Weckergeräusch in seine Erinnerung zurück. Die Bombe musste explodiert sein. Er hatte keine Ahnung, ob es weitere Opfer gegeben hatte.

„Gibt's weitere Tote?", fragte er mit zerbrechlicher Stimme. Dabei merkte er, dass auch seine Lippen furchtbar schmerzten.

„Nun ja." Der Mann richtete sich auf, ordnete die Schläuche, an denen er hing, und setzte sich auf die Bettkante. „Nur die beiden von der Terrorgruppe sind draufgegangen. Na ja, und Sie sehen auch nicht viel besser aus." Der Mann lachte.

„Das können Sie alles in Ruhe nachlesen. Ich habe die ganzen Zeitungen aus den letzten Tagen für Sie aufgehoben. Hier."

Er hielt Dressler einen Stapel Zeitungen hin, aber der Polizist schaffte es nicht, seinen Kopf noch einmal in die Richtung zu drehen.

„Egal", sprach der Mann. „Ich lese es Ihnen vor."

Dresslers Zimmergenosse setzte sich seine Lesebrille auf und begann mit der Bild-Zeitung.

„Sondereinheit stürmte Haus des Kopf-Bombers. Ein einsamer Bauernhof im Hunsrück wurde zum Schauplatz des letzten Aktes im Kopf-Bomber-Fall. Zwei Terroristen von Bombe zerfetzt. Ein Polizist schwer verletzt. Der Kopf-Bomber ist tot ..."

Mehr bekam Dressler nicht mit. Sein Bewusstsein schwand. Die Überschriften verschwommen langsam mit einem Traum. Die Worte seines Zimmernachbarn hallten durch sein benebeltes Hirn. Er sah wieder das Bild von der Teufelsfratze, das sich vermischte mit dem Gesicht von Hans, der sich tief zu ihm herabbeugt, bis die Kugeln den Kopf zerfetzten.

Als er das nächste Mal aufwachte, saßen Claudia Hoppenstedt und Oliver Weiler an seinem Bett und unterhielten sich angeregt. Weiler schaukelte auf seinem Stuhl und stützte seine Füße am Fußende von Dresslers Bett ab. Dressler fühlte sich deutlich klarer. Aber auch die Schmerzen spürte er nun stärker als vorher.

„Hallo, du Held", grinste ihn Claudia Hoppenstedt an. Dressler wusste, dass das ein gutgemeinter Versuch war, seine Tollpatschigkeit zu überspielen.

„Wie geht's, Dressler?", fragte Oliver Weiler. „Immerhin hast du jetzt vier Tage auf Staatskosten gepennt.

„Na, der wird wohl noch länger bei Ihnen ausfallen, so wie man den zusammengeflickt hat", sprach jetzt wieder die Stimme links neben Dressler.

Dressler drehte sich in Richtung der Stimme um. Da erinnerte er sich an den Mann, der sich schon das letzte Mal auf unangenehme Art und Weise in sein gerade erwachtes Bewusstsein gedrängt hatte.

Dann beugte er sich zu Claudia herüber, zog sie vorsichtig zu sich heran und flüsterte ihr ins Ohr.

„Kannst du dem mal den Stecker rausziehen? Ich bin noch nicht fit genug, um den zu erschlagen."

Seine Kollegin grinste ihn an und nickte Dressler zu. Aber zu Dresslers Freude machte es ihr Schwierigkeiten zu grinsen, denn sie schien ehrlich besorgt zu sein.

„Jetzt mal ernst, wie geht es dir?", fragte sie ihn.

„Ich hab keine Ahnung. Mir tut einfach alles weh. Was hab ich denn alles?"

„Sie haben einen glatten Schulter-Durchschuss. Ist aber nix Schlimmes", sprach wieder die Stimme von links. „Dann hat man ihren den Hinterkopf genäht mit 16 Stichen. Das kam vom Schlag gegen die Heizung. Und man hat sicher 30 Glassplitter aus Ihnen rausgeholt. Aber das war's auch schon. Ich hab ja alles mitbekommen."

Dressler stöhnte auf. Claudia gab Oliver ein unauffälliges Zeichen. Der sprang unvermittelt auf, ging zum Nebenbett und zog Dresslers Bettnachbarn hoch.

„Weißt du was, Opa, wir gehen jetzt mal zusammen eine Runde pinkeln."

„Was soll das heißen?", empörte sich der Mann.

„Nichts soll das heißen, nur, dass wir jetzt schiffen gehen. Verstehst du? Wasserlassen, Schischi."

„Ich muss aber nicht."

„Doch, du musst."

Oliver Weiler stellte den Mann auf seine wackeligen Beine, ging vor in Richtung Tür und zog den Tropf langsam hinter sich her. Der Mann folgte ihm gezwungenermaßen, wie ein Hund an der Leine. Er hatte noch nicht einmal Zeit, seine Pantoffeln anzuziehen.

„Das wird Konsequenzen haben. Darauf können Sie sich verlassen."

„Mund halten – Pipi machen."

Dann zwinkerte Oliver noch einmal zu Dressler ins Zimmer hinein und schloss leise die Tür,

Dressler hätte Oliver Weiler umarmen können vor Glück.

„O.k., dann erzähl doch mal in Ruhe, was da eigentlich vorgefallen ist", bat ihn Claudia Hoppenstedt.

Dressler erzählte in langsamen Worten die wichtigsten Momente seiner Verfolgungsjagd und seines verpatzten Zugriffs bis zu dem Zeitpunkt, an dem er das Bewusstsein verloren hatte.

„So, und jetzt bist du dran", gab er das Wort neugierig an Claudia weiter.

„Als du mir das von der Entführung gesagt hattest, habe ich direkt deinen Freund Schreiner angerufen. Er hat sofort die Sondereinheit auf den Weg geschickt. Aber es war schwer, dir zu folgen, weil wir immer nur spärliche Hinweise bekamen. Wir haben auch versucht, dich über dein Handy zu lokalisieren und parallel haben wir uns von der Zentrale die von dir beschriebene Straße heraussuchen lassen. Aber dann rief die örtliche Polizei aus Simmern an. Ein Autofahrer hatte deine Nachricht im Audi gefunden. Na ja, und in der nächsten Kurve führte ein Waldweg von der Straße weg, mit frischen Reifenspuren. So war es kein Problem, den Bauernhof zu finden."

„Und wie lief die Erstürmung ab?"

„Die waren super ausgestattet. Die haben mit einer Wärmebildkamera gesehen, wo ihr im Raum verteilt ward. Und dann haben sie Blendgranaten geworfen. Als der Killer dann nach seine Waffe gegriffen hat, haben sie aus mehreren Richtungen geschossen."

„Und die Bombe?"

„Die hat der Mann noch irgendwie zünden können."

„Ist denn noch jemand verletzt worden?", fragte Dressler. Es war ihm wichtig, dass er sich nicht für Opfer unter seinen Kollegen verantwortlich fühlen musste.

„Nein, die waren alle gut geschützt. Aber Berni hat es natürlich voll erwischt."

„Was hat Schreiner denn zu der Sache gesagt?"

„Du hast mächtig Schiss, dass man dir was anhängt, was?"

Dressler drehte sein Gesicht langsam Richung Decke.

„Ja, ich weiß, dass ich Scheiße gebaut habe. Und ich will nicht dafür verantwortlich sein, dass andere deswegen ins Gras beißen. Und, um ehrlich zu sein, will ich auch nicht, dass ich jetzt als der Idiot vom Dienst rumlaufe."

Sie schüttelte den Kopf.

„Also gut. Dann ganz kurz. Schreiner sagte mir, er wird dich anrufen, sobald es dir besser geht. Er will selbst mit dir sprechen. Aber ich bin mir sicher, dass er dir keine Vorwürfe macht. Schreiner war erst sauer, weil er meinte, dass die Spezialeinheit schon auf der Autobahn hätte zuschlagen können. Aber dann meinte er, es sei wegen der Bombe schon ganz gut gewesen, dass die Angelegenheit auf dem Bauernhof abgeschlossen wurde. Also mach dir keine Sorgen. Auch die Presse hält sich in der Angelegenheit zurück."

Dressler atmete laut hörbar auf. Claudia nahm seine Hand und drückte sie. „Jetzt komm erst mal wieder auf die Beine. Dann werden wir weitersehen. O. k.?"

Dressler nickte.

„So, und jetzt werde ich mal deinen Zimmernachbarn aus der Einzelhaft vom Herrenklo befreien. Und dann müssen wir dringend los. Wir müssen noch so einiges klären. Und für morgen ist eine Pressekonferenz angesagt. Bis dahin müssen wir die Ermittlungsakten noch aufarbeiten und sortieren."

„O. k.. Ich danke dir. Wo liege ich hier eigentlich?"

„In der Klinik für Plastische Chirurgie in Merheim. Du hast erst zwei Tage in Frankfurt gelegen. Dann hat man dich hierhin transportiert. Ich denke, du bist hier sehr gut aufgehoben."

„Gut, und vielen Dank. Auch an Oliver."

Seine Kollegin lächelte ihm noch einmal zu und ging hinaus.

Es dauerte nicht lange, bis Dressler wieder in einen unruhigen Schlaf gefallen war. Er träumte erneut von der Teufelsfratze, die er in Kriegers Haus gesehen hatte, bis ihn laute Gespräche aus dem Schlaf rissen. Er öffnete verschlafen die Augen und sah eine dralle, dunkelhaarige Frau lächelnd auf sich zukommen. Er lächelte zurück und dachte zunächst an eine durch Morphium ausgelöste Halluzination.

Sie war stark geschminkt und schmuckbehangen, wie ein Weihnachtsbaum. Außerdem ging ihr eine Duftwolke voraus, die ihn fast vollständig wieder in das Reich der Träume geschickt hätte. Dressler schaute sich zu seinem Zimmernachbarn um, der jedoch genauso erstaunt und schulterzuckend zurückblickte. Da erkannte er die Stimme von Soula, die sich hinter der großbusigen Frau ins Zimmer drängte. Sie hatte Tränen in den Augen.

„Jurrgen. Was maxt du? Warum maxt du so geferrliche Arbeit? Fast er hatte dich tott gemacht."

Soula war mit zig Einkaufstüten bepackt, die sie nun auf einem Stuhl abstellte. Dann drückte sie ihr Gesicht an Dresslers

Wange, so dass ihre Tränen einen schmierigen Film zwischen seinem und ihrem Gesicht erzeugten.

„Jurrgen, ich will dich meine allerbeste Freundin zeigen, Stavrula. Sie ist ganz ein liebe Frau."

Soula zog ihre Freundin zu Dressler heran. Sie gab ihm schüchtern die Hand und sah dabei betreten auf den Boden.

„Jurrgen, Stavrula hat fir dich ein gutes Kaziki in Offen gekocht, was sie hat von Mutter aus Kavalla. Ist beste Kaziki, was du kriegst. Und ich hab Patates und Bamies gekocht. Warte, Jurrgen."

Sie schob Dresslers karges Abendessen, das aus einer dünnen Tütensuppe und einem Butterbrot bestehen sollte, beiseite und begann damit, zahlreiche Plastikdosen aus ihren Tüten hervorzuzaubern.

Es entstand ein betretenes Schweigen, das nur unterbrochen wurde durch das Öffnen und Schließen von Dosen, das Entfernen von Aluminiumfolie, Papiergeraschel und Besteckgeklimper. Dabei breitete sich ein immer intensiverer Geruch nach Feta, Knoblauch und Hammel aus.

Dressler drehte seinen Kopf erneut vorsichtig zu seinem Bettnachbarn, der ihn wie erstarrt anblickte. Da begann Dresslers Bauch schmerzhaft zu wippen. Er brachte keinen einzigen Ton hervor, aber sein Lachen breitete sich auf den gesamten Körper aus.

Soulas Freundin schaute ihn verlegen an und lächelte. Als sich sein Lachanfall gelegt hatte, schmerzte der Körper, als wenn man mit vielen Nadeln in ihn hineingestochen hätte, was ja sogar stimmte. Ihm selbst wäre es lieber gewesen, jetzt noch ein wenig zu schlafen.

„Soula, ich ..."

„Jurrgen, macht nix. Du sollst nix sprechen. Besser essen. Ist besser. Hier habe ich Bamies und ... warte."

Nachdem sie ihm eine Gabel und eine Plastikdose mit einem schleimigen grünen Inhalt herübergeschoben hatte, packte sie weitere Dosen aus.

„Habe ich heute extra gekocht", mühte sich Soulas Freundin zu sagen.

Dressler nahm eine Gabel, lächelte dankbar und es überkam ihn augenblicklich ein kaum zu stoppender Würgereiz.

„Soula, ich ...“

„Und hier ist Kaziki. Macht dich stark und ...“

„Soula, bitte sei mir nicht böse. Ich werde wirklich alles essen. Aber ich muss noch ein wenig schlafen“, versuchte er als Ausweg aus der Situation.

„Slafen? Kannst du speter. Bist doch junge Mann. Guck Stavrula, ist starker Mann.“

Um ihrer Aussage mehr Gewicht zu verleihen, drückte sie Dresslers rechten Oberarm, so dass er kurz vor Schmerz aufkeuchte.

„Ist stark, wenn wieder gesund“, sagte sie in Richtung ihrer Freundin.

Soulas Freundin antworte etwas auf griechisch, was Dressler nicht verstand. Aber er deutete es als Rücksichtnahme, denn Soula schaute daraufhin nachdenklich auf seine Wunden.

„Ist gut. Ist gut, Jurrgen. Kannst du auch gleich essen. Stavrula muss auch wieder nach Hause. Hat ein großes Haus. Muss viel arbeiten. Wann du nach deine Haus zurück bist, ich habe alles gut gemacht. Mach keine Sorge.“

„Nein, Soula. Ich mach mir keine Sorgen. Ich muss nur schlafen.“

„Ist gut, Jurrgen. Ist alles gut. Kali Nichta.“

Soula packte ihre Einkaufstüten zusammen und gab Dressler einen Kuss auf beide Wangen. Ihre Freundin gab ihm die Hand und beide machten sich auf den Weg nach draußen. In der Tür drehte sich die vollbusige Freundin noch einmal um und winkte Dressler ein letztes Mal schüchtern zu.

Nachdem die Tür geschlossen war, ließ sich Dressler mit einem Aufatmen in sein Kissen sinken.

„Kaziki?“, fragte sein Zimmernachbar. „Haben die ihnen wirklich gebackene Katze mitgebracht? Ein seltsames Volk. Aber die Große war wirklich ein Feger.“

„Fresse halten, sonst schick ich dich diesmal eigenhändig Pipi machen“, gab Dressler leise zurück, bevor er ein weiteres Mal in einen tiefen Schlaf fiel. Diesmal jedoch schlief er ohne belastende Träume. Er war mit sich und der Welt und auch mit seiner neuen Reinigungskraft mehr als zufrieden.

# Kapitel 46

Noch ein wenig unbeholfen schritt Dressler die Stufen zum Dienstgebäude hoch. Im Besprechungsraum standen seine Kollegen auf und klatschten. Am liebsten hätte Dressler sofort wieder kehrtgemacht. Denn er selbst war von seinem Handeln alles andere als überzeugt. Auf ihn wirkte der Empfang nett gemeint, aber völlig unangemessen.

Dann fiel ihm an der Kopfseite des Tisches ein Bild auf, das seine Kollegen offensichtlich an die Wand gehängt hatten. Es zeigte eine dieser schreckverzerrten Gesichter, die eindeutig von Guru stammten. Seinen fragenden Blick beantwortete Claudia umgehend.

„Das Bild hat dir Sabine Krieger geschickt. Sie hat mich angerufen. Sie ist wohl froh, dass wir die Sache jetzt aufgeklärt haben. Und du hast dich offenbar für die Gemäldesammlung interessiert."

Dressler betrachtete das Bild eingehend. Er war sich sicher, dass er es nirgendwo aufhängen konnte. Er würde auch ohne ein solches Bild genug damit zu tun haben, die Geschehnisse zu vergessen, und er verspürte keine Lust, jeden Tag von einer solchen Fratze angestarrt zu werden. In dem Moment kam Dr. Markworth hinein. Er schüttelte ihm die Hand und beglückwünschte ihn, obwohl Dressler nicht heraushören konnte, ob es der Lösung des Falles galt oder einfach nur der Tatsache, dass er ihn überlebt hatte.

Der Vormittag verlief ausgesprochen ruhig und freundlich. Alle Kollegen, auch die, mit denen Dressler sonst nie etwas zu tun hatte, schüttelten ihm die Hand. Einige klopften ihm, zu Dresslers Leidwesen, auf die verletzte Schulter. Er beeilte sich, seine Bürotür hinter sich zuzuziehen. Obwohl er noch zwei Wochen krankgeschrieben war, überflog er den Papierstapel auf seinem Schreibtisch. Zuoberst lag eine Knolle von seinen Kölner Kollegen, die er sich bei der Flucht vor Miro eingehandelt hatte. Doch die würde er gerne zahlen. Ihm waren die 60 Euro lieber, als wenn jemand auf die Idee gekommen wäre, er hätte etwas mit dem Killer zu tun gehabt.

Das Wichtigste waren zwei Briefe von Angehörigen der Opfer, darunter ein sehr rührender Brief von Güldners Eltern, die beide schon im hohen Alter waren, aber noch frisch wirkten. Sie hatten ihren Sohn seit über 30 Jahren für tot gehalten. Jetzt erfuhren sie, dass er die ganzen Jahre über gelebt, sich aber nicht ein einziges Mal gemeldet hatte. Es muss wohl auch für ihn selbst schwer gewesen sein, seine Identität vor Vater und Mutter zu verschweigen. Aber die Angst war offenbar stärker.

Ein anderer Brief stammte vom Bruder des Killers Hans. Auch er war Dressler eher dankbar. Er hatte viele Jahre in Ungewissheit gelebt. Dass sein Bruder für den Mord an Owens verantwortlich war und darüber hinaus Miro, Krieger, Güldner, Guru, Berni und vermutlich auch den holländischen Privatdetektiv getötet hatte, konnte er einfach nicht glauben. So aber hatte sich die Geschichte für ihn aufgeklärt. Er hatte endlich Gewissheit, darüber, was wirklich vorgefallen war.

Unter der Post lag auch ein Brief ohne Absender und ohne Empfänger. Hastig riss Dressler ihn auf. In großen Druckbuchstaben standen da die Worte „Gut gemacht, Bulle". Er musste grinsen und steckte den Brief schnell in seine Hosentasche, weil Claudia, mal wieder ohne anzuklopfen, in sein Zimmer trat.

„Ich hab ganz vergessen, dass Hendrix dir Grüße ausrichten lässt. Er hat dich nach Holland eingeladen. Wenn du Lust hast, dann sollst du dich bei ihm melden."

Claudia gab ihm einen Zettel mit der privaten Telefonnummer seines holländischen Kollegen. Dressler steckte den Zettel ein und beeilte sich, sich von seinen Kollegen zu verabschieden.

Auf der Heimfahrt kramte er den Zettel aus der Hosentasche. Eine Woche Holland klang mehr als verlockend. Bei nächster

Gelegenheit fuhr er seinen Wagen rechts ran und wählte die Nummer.

„Pieter?"

„Ja. Wer spricht?"

„Jürgen."

„Oh, hallo. Geht es dir gut?"

„Wenn die Frage dienstlich ist: nein. Aber wenn du mich ganz privat fragst, ob ich Lust darauf habe, ein paar Tage die Beine im Meer baumeln zu lassen, dann: Ja, es geht mir gut."

„O. k.. Wann kannst du kommen?"

„Wann hast du Zeit?"

„Ich habe seit ein paar Tagen Urlaub und ich packe gerade meine Sachen."

„Gut. Wo sehen wir uns?"

„Wenn die Frage dienstlich ist: Ich werde uns ein Haus in Domburg anmieten. Wenn die Frage privat ist: ich habe noch die Schlüssel vom Wochenendhaus eurer Terrorgruppe. Das wäre doch angemessen, oder?"

Dressler lachte laut auf.

„Gut, ich bin in ein paar Stunden da."


Er fuhr rasch nach Hause, packte seine Sachen und holte noch eine Flasche vom besten Whiskey aus dem Schrank. Kurz vor Domburg parkte er seinen Wagen vor einem Coffee-Shop und besorgte sich ein paar Gramm Gras.

In Domburg sah er seinen holländischen Kollegen schon von weitem, wie er sein Angelzeug im Garten des Ferienhauses sortierte. Die beiden begrüßten sich herzlich.

„Für heute Abend habe ich uns einen Tisch bestellt. Ich hoffe du magst Fisch?", fragte er Dressler.

„Na klar. Aber ich dachte, wir wollten Angeln gehen", entgegnete Dressler erstaunt.

„Ja, schon. Aber ich bringe es nie übers Herz, die Fische dann auch zu töten."

Den Nachmittag verbrachten die beiden am Meer. Zwischen

ihnen stand die Whiskey-Flasche, die sich in beachtlichem Tempo leerte. Als sich die Sonne dem Horizont näherte und den Himmel in ein kräftiges Rot tauchte, zog Dressler eine Packung Zigaretten-Blättchen hervor und ein Tütchen mit White-Widdow-Gras.

Hendrix schaute ihn verwundert an. „Hast du das bei deiner letzten Razzia mitgehen lassen?"

„Nein, das hab ich ganz legal gekauft. Schmerzmittel sozusagen. Rauchst du einen mit?"

„Ist die Frage dienstlich oder privat gemeint?"

Die beiden grinsten sich an. Seit langem fühlte sich Dressler zum ersten Mal wieder richtig wohl in seiner Haut.

Ein paar Tage später stand im weit entfernten Bunyola ein Postbote vor einem bruchreifen Haus und suchte vergeblich nach einer Hausnummer. Er klopfte an die schäbige Tür.

Der Mann, der innen auf dem Sofa lag und schlief, hörte das Klopfen erst nach längerer Zeit. Er griff nach seiner Brille, die auf dem Tisch mit der gestickten Tischdecke lag, und schlurfte zur Tür. Als er den Postboten erblickte, schauten sich beide eine Weile verwundert an. Der Postbote fragte, ob die Adresse richtig sei. Der alte Mann in dem ungewaschenen Hemd nickte. Er bekam ein großes Paket in die Hand gedrückt und der Postbote verabschiedete sich. Nachdem der alte Mann die Tür geschlossen hatte, legte er das Paket zunächst auf den Tisch vor seinem Sofa. Er betrachtete die Sendung misstrauisch. Seit seiner Kindheit hatte er kein Paket mehr bekommen.

Schließlich setzte er seine Brille auf und las laut seine eigene Adresse vor. Dann drehte er das Paket um und las den Namen des Absenders. Jürgen Dressler. Er löste vorsichtig und mit feierlicher Spannung das braune Papier und es kam dicke Luftpolsterfolie zum Vorschein. Ebenso vorsichtig trennte er mit einem Küchenmesser die Klebefolie. Als er die Folie vollständig entfernt hatte, hielt er ein Gemälde in einem goldenen Rahmen vor sich. Es zeigte in wilden Farben ein Gesicht, wie es nur von seinem verstorbenen Freund kommen konnte. Auf dem Bild lag lose ein Zettel. Er zog die Brille etwas von der Nase und versuchte, die Handschrift zu entziffern.

„Von deinem alten Freund in Liebe. Und von einem guten Freund aus Deutschland. PS: Die Eier sind ab."

Der Mann drückte das Bild an seine Brust. Er lachte leise in sich hinein und von seiner Nasenspitze tropften Tränen auf das Bild. Für ihn hatte am Ende doch die Gerechtigkeit gesiegt.

***

## Danksagung

Ich danke meinen beiden wundervollen Mädchen, der einen fürs Lesen und das qualitätssichernde Genörgel, wenn mal wieder nicht alles perfekt war, und der anderen für ihr Verständnis dafür, dass Papa Tag und Nacht Wörter in den „Pentuter" hacken musste.

Danke an meinen Vater, der mir gezeigt hat, welch schöne Dinge man mit Worten machen kann.

Danke an Alex, der dafür sorgte, dass aus einer spannenden Geschichte ein spannendes Buch wurde. Danke an Dagmar, Petra und Marcus für das „Vorkosten". Vielen Dank an Kriminalhauptkommissar Eckehard Ruffmann, der meine dichterische Freiheit durch harte Fakten ergänzte. Danke Kai für die Überlassung der „Stadtmitte" als Schauplatz.

Darüber hinaus danke ich der so genannten „68er-Generation", dass sie mir Visionen gegeben und mir einen Teil davon wieder weggenommen hat.

Handlung und Personen dieses Werkes sind frei erfunden. Ähnlichkeiten mit Personen und Geschehnissen des Lebens sind Zufall und vom Autor nicht beabsichtigt.